Markku Ropponen

# FINNISCHER MITTSOMMER

*Zu diesem Buch*

Es ist Mittsommer in Finnland. Und abgesehen von den unvermeidlichen Stechmücken eine Jahreszeit, die auch Privatermittler Otto Kuhala sehr zu schätzen weiß. Anstatt sich aber einen Whiskey einzugießen und seine geschulte Beobachtungsgabe auf die reizende Annukka zu konzentrieren, muss Kuhala sich auf die Suche nach einer vermissten jungen Frau machen. Die Ermittlungen enden zunächst in einer Sandgrube, wo er ein Paket findet, aus dem eine rote Frauensandale ragt – mit dem dazugehörigen Fuß. Verständlicherweise bringt dieser ungewöhnliche Fund weitere Nachforschungen mit sich und erfordert den vollen Einsatz von Kuhalas Spürsinn. Wie heiß der Fall ist, zeigt sich, als Kuhala buchstäblich das Dach über dem Kopf abgefackelt wird. Und es beweist, dass er mit seinen Vermutungen nicht ganz falsch liegen kann. Kuhalas Gegner stammen offensichtlich aus dem Drogenmilieu – und mit ihnen ist nicht zu spassen ...
Verwegen ist er, melancholisch und mutig, gesegnet mit trockenem finnischen Humor – Privatermittler Otto Kuhala ist die Krimientdeckung aus Finnland.

*Markku Ropponen*, 1955 geboren, gehört zu den renommiertesten Krimiautoren Finnlands. 1995 erhielt er den Kulturpreis seiner Heimatstadt Jyväskylä, wo er mit seiner Frau und seinen zwei Söhnen lebt. »Finnischer Mittsommer« ist der erste Fall für Privatermittler Otto Kuhala, der auf Deutsch erscheint.

Markku Ropponen

# FINNISCHER MITTSOMMER

Kriminalroman

Aus dem Finnischen
von Stefan Moster

Piper Nordiska

*Mehr über unsere Autoren und Bücher:*
*www.piper.de*

Die finnische Originalausgabe erschien 2003 unter dem Titel »Kuhala ja musta juhannus« im Tammi Verlag, Helsinki.

Die Übersetzung wurde von FILI, Finnish Literature Information Centre, gefördert.

ISBN 978-3-492-05232-0

Umschlaggestaltung: Cornelia Niere, München
Umschlagabbildung: Nordic Photo
Autorenfoto: Tammi Publishers
Satz: Satz für Satz. Barbara Reischmann, Leutkirch
Druck und Bindung: Pustet, Regensburg
Printed in Germany

# 1

# 1

Das Leben lehrt, dass ungefähr jeder fünfte Mensch eine Schande für seine Spezies ist. Nach den Regeln der einfachen Mathematik gab es in Finnland also eine Million solcher Scheusale. Und auf der ganzen Welt mehr als eine Milliarde. Das waren schwindelerregende Zahlen. Schon der Gedanke daran berechtigte zu der Schlussfolgerung, dass die Menschheit ein großer Fehler der Natur war, dessentwegen alles auf ein einziges großes Chaos hinauslief. Besaß überhaupt noch jemand die Bereitschaft, ein Heilmittel gegen die Kotzbrockenepidemie zu entwickeln?

Wenn man einen Unangenehmen zum Schweigen brachte, verschönerte das die Statistik nicht wesentlich, auch nicht wenn man einen zweiten oder dritten folgen ließ.

Der Seitenweg, den er kurz vor Tikkakoski willkürlich gewählt hatte, machte einen guten Eindruck. In den Fahrspuren wuchsen Gras und Ranunkeln, vermutlich war vergangenen Sommer zum letzten Mal jemand diese Strecke gefahren. Er blickte kurz in den Rückspiegel und dachte, dass sich in diese Augen nicht so leicht ein Schrecken einschlich. Dann senkte sich der Blick auf die Hände, die das Lenkrad hielten, und richtete sich schließlich auf die Armaturen des Zwei-Liter-Laguna, die dank Luftdruckanzeiger und Bordcomputer an das Cockpit eines Raumschiffes erinnerten.

Die Sonne brannte, der Weg wurde breiter, Kies prasselte gegen den Unterbodenpanzer. Auf dem Hang, der linker Hand anstieg, wuchsen Wacholder von einem Meter Höhe. Sie standen zum Teil dicht neben Findlingen, aber auch im offenen Gelände und nahmen das vorbeifahrende Auto stumm zur Kenntnis. Die Wacholder erinnerten ihn an einen unbekannten Zwergenstamm, dann erkannte er vorne rechts den Kraterrand einer Sandgrube. Die Flughafenerweiterung mit ihrer Riesenbaustelle hatte bestimmt für Leben in der Gegend gesorgt, aber das war nun auch schon wieder Jahre her. Seitdem war kein Mensch mehr hier gewesen. Die Provinz verödete überall, die Leute zogen in die überlaufenen Städte im Süden, auf der Suche nach Lohn und Brot.

Er trat aufs Gas. Der Gedanke an die Zahl der Übeltäter, die den anderen auf der Nase herumtanzten, war so schlimm, dass er im Magen brannte wie aufgewärmter Kaffee. Den guten Absichten anderer Menschen wurde heutzutage keinerlei Wert mehr beigemessen, Respekt galt erst recht nichts mehr. Viele fanden den einzigen Lebensinhalt darin, ihren Nächsten zu ärgern. Wer konnte so etwas hinnehmen? Das Sodbrennen sorgte für kräftige Geschmacksnoten im Mund, und allmählich erhitzte sich auch der Kopf. Bald war die Ruhe, die ihm das Fahren beschert hatte, dahin. Aber was konnte er schon für seine Gedanken? Und was für den ärgerlichen Widerspruch, der lautete: Je mehr man sich für sein Glück ins Zeug legte, umso näher schien vor einem das Verderben auf.

In irgendeinem Artikel hatte es geheißen, der Mensch sei eine psychophysische Gesamtheit ... nein, dort hatte nicht ›Gesamtheit‹ gestanden, sondern ein vornehmeres Wort, das ihm ums Verrecken nicht einfallen wollte, weil ihm jetzt auch die Wörter abhandenkamen. Es stimmte leider: Lebenserfahrung allein führte nicht immer ans Ziel. Der entscheidende Grund dafür, dass einem etwas aus den Händen glitt, lag anscheinend im Verlust der Gelassenheit.

Das linke Vorderrad traf einen Stein, worauf die Lenkstange des Fahrrads, das er achtlos hinten eingeladen hatte, gegen einen der Lautsprecher schlug. Die Klingel meldete sich.

Die Sandgrube sah aus wie ein Meteoritenkrater, auf dem Grund war ein schuppenartiges Gebäude zu erkennen. Er griff nach den Zigaretten in der Türablage und öffnete das Fenster einen Spaltbreit, um sich die Stirn zu kühlen, denn die automatische Klimaanlage war ihm zu künstlich.

Eine Pferdebremse, die auf ihre Chance gelauert hatte, stieß sich vom Bügel der Sonnenbrille ab, schoss wie ein Funke auf das Augenlid und schlug zu. Er stöhnte vor Schmerz auf und wischte sich die Brille von der Nase. Sie fiel ihm zwischen die Füße; das Insekt brummte wie ein Kampfbomber um seinen Kopf herum, das Auto scherte nach links und dann nach rechts aus und durchbrach dort den brüchigen Sandwall, jedoch so spielerisch, dass nicht einmal die Airbags aufgingen. Er wedelte noch eine Weile mit den Händen und stieß dabei aus Versehen gegen den Satellitenregler im Lenkrad. Dadurch sprang die CD mit den Goldenen Hits der 40er-Jahre in voller Lautstärke an. Die Räder des Wagens aber landeten mit einem Schlag auf dem steilen Abhang – der Kühlergrill zeigte nach unten, auf den Grund der Sandgrube.

Er wagte nicht mehr, sich zu rühren, ihm war, als würde jeder Atemzug den mehr als eine Tonne schweren Wagen einen Zoll weiter nach unten ziehen, als würde er sich jeden Moment überschlagen und anschließend der gesamte Hang über ihm zusammenschlagen.

Das gehörte nicht zum ursprünglichen Plan.

Das früher am Tag erfolgte Umschlagen der sorglosen Autofahrt in eine Tragödie war ebenso wenig Bestandteil der Planungen gewesen. Aber wie zum Teufel hätte er ahnen sollen, dass der Dominoeffekt auch im Leben eines gewöhnlichen Menschen auftreten konnte? Berührt man einen Stein, kracht die ganze Chose zusammen. Oder nein, verdammt noch mal, war das doch Murphy's Law?

Die Pferdebremse hockte inzwischen auf dem Knauf des Schaltknüppels. Am meisten nervte vielleicht die Interpretation der Andrew Sisters von »Rum and Coca Cola«, die mit gekünstelter Heiterkeit ringsum vom Kraterrand der Sandgrube widerhallte und deren Refrain mit absoluter Sicherheit die Erdmassen in Bewegung setzen würde. Schweißnass hörte er dem Geträller zu, die Sonnenbrille und die Zigarette, die er nicht mehr hatte anzünden können, lagen zwischen seinen Füßen auf der Gummimatte.

Drei Minuten verstrichen. Das war an der im Armaturenbrett eingelassenen Digitaluhr abzulesen, »Rum and Coca Cola« ging in »Wedding Samba«, gegrölt von Edmundo Rossi, über und wurde dann von Doris Days »Sentimental Journey« abgelöst. Er dachte an all die Jahre, die hinter ihm lagen, und verwünschte die billigen Schlager, die ihn begleiteten, wenn er gleich lebendig begraben würde.

Wie viele Minuten könnte er den Atem anhalten, nachdem der Sand nachgegeben hatte? Er glaubte nicht an höhere Mächte und hatte schon vor Zeiten das Mysterium des Jenseits für sich gelöst. Wenn der Mensch stirbt, wenn der letzte Atemzug die Lunge verlassen hat, beginnt die Verwandlung in Erde. Oder in Sand. Unter solch trockenen Bedingungen würde er vermutlich mumifiziert. Die Seele war erfunden worden, damit die Pfarrer ihr Monatsgehalt einstreichen konnten, und schon allein deswegen handelte es sich wahrscheinlich um eine prima Erfindung.

Die Bremse flog zum Handschuhfach und von dort zum Rand der Sonnenblende, wo sie Fahrt aufnahm und durch den Fensterspalt davonsummte.

Der Hang zitterte. In dem Tempo würde es ein halbes Jahr dauern, bis das Auto den Grund der Sandgrube erreicht hatte.

Er schaltete den CD-Spieler aus und löste den Sicherheitsgurt.

Die vorsichtig ausgeführte Maßnahme verschärfte die Lage nicht, sorgte freilich auch nicht für Verbesserung. Es bestand die kleine Chance, dass sich die Räder beim allmählichen Hinabrutschen immer tiefer in den Sand gruben, bis die Bewegung irgendwann zum Stillstand kam. Eine Reduzierung der Einbruchgefahr war damit aber noch nicht gegeben; die französischen Ingenieure hatten in ihren Berechnungen weder Pferdebremsen noch sandige Abgründe einkalkuliert.

Der Weg nach unten betrug mehr als dreißig Meter, und wenn das Auto richtig in Fahrt käme, würde es sich unterwegs mehrmals überschlagen. Resultat: sechs offene Airbags, eingedrücktes Dach und zwei Kubikmeter Sand im Motor.

Und was die Limousine sonst noch geladen hatte, würde Neugierigen eine Menge Anlass zur Verwunderung bieten.

Der Erste schien bereits eingetroffen zu sein. Er trat hinter dem Schuppen hervor und sah gleichgültig auf das am Abgrund hängende Auto, bevor er an der grauen Bretterwand ein Hinterbein hob. Sein rötlicher Schwanz erinnerte an einen Fuchs, der Rest an eine Kombination aus fünf verschiedenen Rassen. Der Hund ließ sich im Schatten nieder und kehrte dem Auto den Hintern zu, als hätte er schon öfter Fahrzeuge gesehen, die an dieser Stelle eine Abkürzung ausprobiert hatten.

Der Mann im Laguna legte die Hand auf den Türgriff und spannte die Bauchmuskeln an. Das eine Auge schwoll langsam zu, im Gewebe pulsierte der Schmerz. Jetzt war die Gelassenheit der Jugend nötiger denn je, und mehr denn je war all das gefragt, mit dessen Hilfe er sich im Laufe seines Lebens aus ähnlich heiklen Lagen befreit hatte. Betonung auf »ähnlich«.

Er zählte bis drei, stieß die Tür auf und warf sich aus dem Wagen. Wie ein Weberschiffchen purzelte er den Hang hinab, es rauschte in den Ohren, das Tempo wurde immer höher. Dabei die Arme am Körper zu halten überstieg seine Kräfte, und er schlug mit weit von sich gestreckten Gliedmaßen am Grund der Sandgrube auf. Dort lag er eine Weile auf dem Rücken und lauschte, ob er noch lebte. Er konnte atmen, auch die Beine ließen sich bewegen. Zwei Zoll neben ihm lag ein scharfkantiger, großer Stein. Der hätte ihm den Schädel gespalten.

Er spuckte Sand aus und stand auf. Unwillkürlich krümmte sich der Rücken, der Nacken schmerzte. Aber die Sandlawine ließ auf sich warten. Von oben glotzte das Auto herab, dank der Scheinwerfer sah es aus wie ein großes Insekt. Es steckte fest, die Fahrertür stand sperrangelweit offen, und die dramatisch geschlängelten Spuren der abschüssigen Fahrt bezeugten die Sorte von Heldentat, mit der man nirgendwo prahlen konnte.

Wenn man es genauer bedachte, war es sogar dringend angeraten, die Spuren zu verwischen und die Kiste mit irgendeinem Zaubertrick so schnell wie möglich von dort oben herunterzuholen. Er wischte sich über die Hose und sehnte sich nach einer Zigarette.

Die Gier war so stark, dass er den Geruch von brennendem Tabak in der Nase spürte.

»Wohl vom Weg abgekommen?«

# 2

Der Mann war braun gebrannt, kräftig gebaut und wirkte nicht wie ein Eremit, der im Schuppen einer Sandgrube hauste und vom Beginn der Abbrucharbeiten träumte. »Wehgetan?«

Neben ihm stand der Hund und sah vertrauensvoll aus. Der unfreiwillig gestrandete Fahrer lächelte dem Mann zu, mit einem Lächeln, das in den Augen brannte. Die ganze verdammte Aktion drohte in die Binsen zu gehen. »Eine Bremse ist durchs Fenster reingeflogen und hat zugestochen, ab da ging's nur noch an der Schmerzgrenze entlang. Aber der Hang stürzt bei so einer Kleinigkeit doch nicht ein, oder?«

Der Mann, der so überraschend hinter dem Schuppen hervorgekommen war, trug ein grün kariertes Sommerhemd, kittgraue Baumwollhosen und Sandalen. Das war die Tracht eines soliden Bürgers in Urlaubsstimmung, und solche Leute beunruhigten ihn stets aufs Äußerste. Sein Auge fing nun ernsthaft an zu brennen, das linke Knie war während der Talfahrt gegen einen Stein oder einen herumliegenden Ast geschlagen, was die alte Meniskusverletzung wieder aufbrechen ließ. Der Mann trat zu ihm, sie betrachteten das schiffbrüchige Auto und dann sich gegenseitig.

»Mein Wagen steht da drüben vor der Schranke. Wir kriegen die Kiste schon allein da runter. Seil hab ich genug dabei. Man muss ja bloß nach unten ziehen, ich glaub, das kriegen wir hin.«

»Überschlägt er sich dann nicht?«

»Nein. Dafür versinkt er zu tief im Sand. Man muss nur langsam machen.«

»Und wenn der Hang einstürzt?«

»Dann wäre es längst passiert. Sind Sie sicher, dass Sie keinen Arzt brauchen, für das Auge oder sonst?«

Er schüttelte den Kopf und holte Luft. Auf den breiten Kinnladen des Grünkarierten spross ein Eintagesbart, ein sympathischeres Lächeln würde man lange suchen müssen. Unangenehm war der Mann nicht, das sah man, aber warum zum Teufel hatte er seine Nase ausgerechnet jetzt hereingesteckt, wo die Show kein Publikum vertragen konnte? Keine Menschenseele.

Er erwiderte das Lächeln und zuckte mit den Achseln, als wäre er auch so einer von den unerschütterlichen Finnen, auf deren Schultern die Wettbewerbsfähigkeit und das Glück der Zukunft ruhten, und als hätte er sein Leben lang dieselbe Luft geatmet wie die anständigen Leute. »Sie hätten nicht zufällig eine Zigarette ... in dem Alter würde man seine Sommertage lieber friedlicher verbringen als so. Ich hab geglaubt, das ist das Ende.«

Der Mann hatte sich bereits ein paar Schritte entfernt, drehte sich aber um und zog eine Schachtel Zigaretten aus der Tasche. Die Hände, die das Streichholz hielten, sahen groß aus, die stählerne Uhr am Handgelenk war eines von den Wundermodellen, deren Räderwerk sich durch Sonnenenergie auflud, wenn nicht gar durch den Blick seines Besitzers. Er bedankte sich für die Zigarette und sagte, er habe zu überstürzt reagiert, weil er nie zuvor in so einem Schlamassel gesteckt habe.

»Soll ich hochklettern und die Tür zumachen?«

»Nicht nötig. Warten Sie hier, wir machen sie zu, wenn wir das Seil hochbringen. Jermu, komm mit!«

Der Hund entblößte die Vorderzähne, knurrte aber nicht.

Dann drehte er sich um und trabte mit wedelndem Fuchsschwanz seinem Herrn hinterher.

Der Laguna-Fahrer spähte durch den Türspalt in den Schuppen. Er war leer, die Mittagssonne sickerte durch die Bretterritzen und zeichnete in den Ecken und auf dem gestampften Erdboden Streifen in gleichmäßigem Abstand. Er zog sein kurzärmliges Hemd aus und schüttelte den Sand ab; etwas davon war in den Hosenbund geraten. Natürlich hätte er sich die Fahrtroute vorher überlegen sollen. Dafür gab es schließlich Landkarten. Wieso hatte er geglaubt, sich beeilen zu müssen, nachdem das Mädchen sein freches Maul so weit aufgerissen hatte, dass der ganze Tag auf Höllenfahrt umschaltete?

Zwar hatten willkürliche Entscheidungen was von Rock'n' Roll an sich, aber sie enthielten Gefahrenmomente, von denen so ziemlich jedes gerade eintrat.

Im Schuppen war es still, es roch nach morschem Holz.

Auf die Tür des blauen Geländewagens waren mit schwarzer Farbe das Logo und der Name eines Ingenieurbüros gemalt worden. Der Mann nahm ein Seil aus dem Kofferraum und bot sich an, es den Hang hinaufzutragen, aber er sagte, das komme nicht infrage, und nahm das Seil an sich, bevor der andere etwas sagen konnte.

»Ich kenne den Weg ja schon. Außerdem habe ich den Schlamassel angerichtet. Darf ich fragen, ob Sie Herr Honkanen persönlich sind?«

»Jawohl.«

»Hat Ihr Ingenieurbüro Projekte in der Gegend?«

»Darüber wird gerade nachgedacht«, raunte Honkanen mit einer tiefen Stimme, die gut zu seinem Aussehen passte. Es war eine tiefe Verhandlungsstimme, die niemanden reizte. »Im Herbst wird hier wahrscheinlich Hochbetrieb herrschen. Das Seil reicht locker, können Sie mit dem Auge da sehen?«

Vorsichtig, einen Fuß nach dem anderen in den Sand stoßend, stieg er neben seinen eigenen Spuren den Hang hinauf, das Knie knackte gemein. Falls im Herbst tatsächlich Planierraupen und dergleichen hier wüteten, war die Stelle schlecht gewählt. Kurz hatte er überlegt, sich mit falschem Namen vorzustellen, aber auf die Schnelle waren ihm nur zwei unmögliche Eigenkonstruktionen eingefallen, deren Unglaubwürdigkeit von derselben Kategorie war wie die Künstlernamen von Schlagerstars. Wenn Honkanen die Musik gehört hatte, warum sagte er dann nichts dazu?

Auf halbem Weg drehte er sich um und schaute nach unten. Der Ingenieur kauerte vor dem Geländewagen und befestigte das Nylonseil am Abschlepphaken, der karierte Hemdstoff, der sich über dem vertrauensseligen Rücken spannte, sah aus wie ein Spielbrett. Der Hund überwachte von der Seite die Haltbarkeit des Knotens, die Hitze brachte die Dachpappenfetzen auf dem Schuppen zum Schmelzen.

Er bückte sich, um die Sonnenbrille unter den Pedalen hervorzuholen, und schloss die Fahrertür des Laguna. Die Reifen waren eine Handbreit im Sand versunken, im Blech waren nirgendwo Dellen zu erkennen.

Es dauerte nicht lange, das Seil durch die Öse unter der Stoßstange zu ziehen. Die Angst vor dem Einsturz des Hangs war kindisch, wer hätte die Lage besser einschätzen können als Honkanen?

Dessen erfahrener Blick und an komplizierte Berechnungen gewöhnter Kopf repräsentierten den Gipfel der Zivilisation, der Ingenieur musste sich seiner Intelligenz bewusst sein.

Er winkte Honkanen zu und machte sich wieder auf den Weg nach unten.

»Sie haben doch nichts Schweres geladen?«, fragte Honkanen und zog probehalber am Seil. Die Adern im Arm traten zutage. »Der wird auf keinen Fall haltlos runterschießen. Ich glaube, der Kühlergrill wird am Anfang ein bisschen einsinken, aber danach rutscht er wie ein Schlitten. Geben Sie mir ein Zeichen, wenn es aussieht, als ginge was schief.«

Er nickte. Der Ingenieur rief seinen Hund und ließ ihn auf den Beifahrersitz, wo er vermutlich immer saß und Zusatzpunkte für die Firma einheimste.

Der Motor des Geländewagens heulte auf, das Seil spannte sich. Er wischte sich den Schweiß von der Stirn und berührte dabei das geschwollene Augenlid. Honkanen bremste abrupt und fragte durchs Seitenfenster, ob alles in Ordnung sei.

»Ja, ja, nur weiter.«

Die weiße Zahnreihe des Ingenieurs blitzte auf, bald spannte sich das Nylonseil erneut, und der Bug des Laguna schien sich zunächst tiefer in den Sand hineinzugraben, aber dann glitt das Auto doch flüssig nach unten, genau so, wie es der Ingenieur vermutet hatte. Hinter den Scheiben zeichnete sich die Lenkstange des Fahrrads ab; so eilig hatte er es plötzlich gehabt, dass er nicht mehr dazu gekommen war, die Innenverkleidung vor Kettenfett und anderem Dreck, der jetzt überall hängen bleiben würde, zu schützen. Aber er würde das schon wegbekommen, jedes verdammte Sandkörnchen würde den Weg in den Schlund des Staubsaugers finden. Die Blutflecken gingen mit Chemikalien raus, aber dafür brauchte man Ruhe und Einsamkeit. Und wenn er etwas schätzte, dann waren das Ruhe und Einsamkeit anstelle von hektischem Gemurkse. War das etwa zu viel verlangt? Wieder fing sein Magen an zu brennen.

Das von der Bremse ramponierte Auge war nun schon komplett zugeschwollen; sein Leben lang hatte er überempfindlich auf Insektenbisse reagiert, aber dieser hier war unvergesslich, was die Folgen anbelangte. Und sein Leben lang war er überempfindlich gegen unangenehme Menschen gewesen. Heute war das Maß dann voll geworden.

Er verlagerte das Gewicht aufs andere Bein und hob den

Arm, als der Laguna die ebene Erde erreicht hatte. Die Hitze, die schon seit Wochen anhielt, zehrte an den Nerven, sie hatte das Fass zum Überlaufen gebracht.

Honkanen stieg aus und löste das Seil, der Hund wieselte um seinen Herrn herum. Eine einsame Schönwetterwolke segelte über die Sandgrube hinweg, etwas Oberflächensand und kleine Steine rieselten den Hang herab bis an die Stelle, an der sie standen. Honkanen zog das Seil unter der Stoßstange hervor und wickelte es auf. »Probieren Sie mal, ob er anspringt. Sand und moderne Elektronik ergänzen sich nicht unbedingt.«

Honkanen hängte sich das aufgewickelte Seil über die Schulter und trat ein paar Schritte näher an das gerettete Fahrzeug heran. Der Mann war noch keine vierzig und ging davon aus, dass sein Leben in keiner Weise bedroht war.

Er würde noch Jahre lang in der Lage sein, sich neue Sachen anzueignen. Familie, Eigenheim, das Schnurren von Haushaltsgeräten, wachsenden Wohlstand und Großtaten, die ihm einen kleinen Artikel in der Zeitung einbrächten, wenn die runden Geburtstage dämmerten.

Er trat vor den Ingenieur hin. Der Hund stellte sich dazwischen, worauf er von seinem Herrn beim Namen gerufen und im Nacken gekrault wurde.

»Wie viel bin ich schuldig?«, fragte er den Ingenieur.

»Ach was. Und wenn er nicht anspringt, schleppen wir ihn ab. Dann sehen wir weiter. Also, zeigen Sie mal, ob Sie Leben in den Motor bringen.«

Er konnte den Mann nicht daran hindern, näher an das Auto heranzugehen. Was würde das für einen Eindruck machen? Die Neugier eines Ingenieurs mochte ihre eigenen Nuancen haben, aber im Prinzip war sie von derselben Plumpheit wie bei jedem anderen auch. Er grinste seinen Wohltäter an, drehte sich um und ging zum Wagen. Hinter sich hörte er Honkanens Schritte.

Er hatte das Gefühl, als würde ihm jeden Moment der Sauerstoff in der Lunge ausgehen. Die Zunge trocknete aus. Verflucht, gleich würde sich Honkanen neben ihn drängen.

Er setzte sich ans Steuer, um den Wagen anzulassen, und summte vor Nervosität »Wedding Samba«, wobei er über den Seitenspiegel den Ingenieur im Auge behielt.

Honkanen stieß Zigarettenrauch aus und stützte sich mit dem Ellbogen auf den Dachrand des Laguna, das aufgewickelte Seil berührte das Seitenfenster.

Der Motor sprang an. »Einwandfrei.«

»An Ihrer Stelle würde ich in die Werkstatt fahren. Die Dinger sind relativ empfindlich, was unvorhergesehene Flüge anbelangt, wenn Sie wissen, was ich meine. Und Ihr Auge sollten Sie einem Arzt zeigen, offen gesagt, sieht es so aus, als wären Sie Lennox Lewis in die Faust gelaufen.«

»Vielen Dank, ich glaube, das wär's ... Ich würde Ihnen gern eine kleine Entschädigung zahlen«, versuchte er es noch einmal und spürte dabei Erleichterung, denn er begriff, dass noch nichts verloren war und der ganze Vorfall ihm nur eine Lehre sein konnte: Hinter der nächsten Ecke konnte alles Mögliche lauern, wenn man nicht aufpasste.

Von allen »Das-war-knapp-Storys« seines Lebens war das hier der Gipfel, direkt schade, dass er niemandem davon erzählen konnte.

Er streckte die Hand zum Türgriff aus.

Honkanen trat zur Seite, und auf diesen Moment hatte der Hund gelauert.

Seine Schnauze stieß ein panisches Jaulen aus, als er mit zwei Sprüngen auf dem Schoß des Fahrers war und von dort in ungebremster Geschwindigkeit durch den Spalt zwischen den Vordersitzen nach hinten sprang.

»Jermu!«

Er schlug die Tür zu.

Das Tier tobte mit gesträubtem Fell und bellte wütend. Es stieß mit der Flanke gegen die Lenkstange des Fahrrads, und dessen Glocke begleitete den Tumult sogleich musikalisch. Er griff nach den Hinterbeinen des Hundes, prallte aber mit dem zugeschwollenen Auge so heftig gegen die Lenkstange, dass sich der Schmerz wie ein elektrischer Schlag im Kopf ausbreitete und ihm das Blut in einem salzigen Streifen über die Wange in den Mund rann. Der Hund wich seinen Händen aus und riss an dem Plastikbündel. Das Rückenfell stand ihm zu Berge, und sein Bellen reduzierte sich auf ein scharfes Brummen, als wollte er zum Ausdruck bringen, dass er auf jeden Fall herauszufinden gedachte, was in dem Paket steckte, auch wenn es ihn das Leben kosten sollte.

Honkanen öffnete die hintere Tür und zog den Hund aus dem Wagen. Innerhalb weniger Sekunden war alles vorbei.

Er trat aufs Gas, konnte dem Geländewagen nur mit viel Glück ausweichen und fuhr die Rampe hinauf, die aus der Grube hinausführte, bis er sich besann und anhielt. Die hintere Tür war nicht fest zu, sie flog auf und knallte gegen ein Ölfass, das auf der Erde lag. Die Lichter am Armaturenbrett brannten. Er drehte sich nach hinten, um die Tür zuzuziehen, und merkte dabei, dass er gerade die Schranke im Abstand von zwei Zentimetern passiert hatte. Er musste endlich seine Hektik in den Griff bekommen.

Der Fuß der Frau ragte aus dem Plastikbündel, bis zum Oberschenkel hinauf war ihr Bein entblößt.

Er zog die Handbremse und kämpfte gegen die aufsteigende Übelkeit an. Ingenieur Honkanen stand unten in der Grube neben seinem Geländewagen und schaute herauf, der Hund war nirgendwo zu sehen.

Große Fehler, kleine Fehler, eine Milliarde Kotzbrocken, der Schmerz und die Hitze. Er hörte seine Herzschläge und den schnellen Takt seines Atems. In der Grube umrahmte jetzt flimmernder Dunst den Schuppen. Der von der Bremse zugetackerte Augenwinkel war aufgeplatzt, in schmutzigen Streifen rann Blut über Wange und Hals. Er versuchte sich zu beruhigen, indem er aus dem Sitz sprang und das Auto mitten auf dem Anstieg stehen ließ.

»Tut mir leid. Ich hab mich unnötig aufgeregt. So ein Mist. Der Hund hat sich doch nicht wehgetan?«

Seine Stimme klang wie die eines anderen, der Staub, den die Reifen aufgewirbelt hatten, verstärkte das Gefühl der Unwirklichkeit noch.

Honkanen stand mit dem Mobiltelefon in der Hand zwanzig Meter von ihm entfernt. Von der gelassenen Ingenieursmiene war nichts mehr übrig, die Gesichtsmuskeln zuckten vor Angst. Auch bleich geworden war er, bleich wie einer, der es nicht gewohnt war, dass Überraschungen in sein ausgeglichenes Leben platzten, die auf die Schnelle gedeutet werden mussten.

Der Mischlingshund nagte an einer Riemchensandale, die er zwischen den Pfoten hielt.

»Neugieriger Hund. Sicher kein Absolvent einer angesehenen Hundeschule«, versuchte er die Stimmung zu heben, obwohl er wusste, dass er mit seinem blutüberströmten Gesicht exakt wie der Transporteur einer Fracht aussah, als den man ihn nun entlarvt hatte. »Aber was können diese Tiere schon gegen ihre Natur. Die sind eben nun mal mit dem Wolf verwandt.«

Honkanen schluckte. Wieder kam die Zungenspitze zum Vorschein. »Ich hab im Auto einen Erste-Hilfe-Koffer. Wir können einen Verband ... auf die Wunde da ...«

»Aber eines hab ich mich schon immer gefragt: Warum halten die Leute ihre Hunde nicht fest? Ist das so schwer? Damit keine unschönen Dinge passieren. In den Verordnungen vieler Städte steht längst drin, dass man Hunde nicht frei herumlaufen lassen darf, und obwohl die Ecke hier nicht direkt zum Stadtgebiet gehört, sag ich: an die Leine mit ihm. Sie haben meterweise Seil im Wagen, aber kein Zipfel davon ist für den Hund reserviert. Jermu ... gib dem Onkel die Sandale ... Jermu ...«

Der Hund sah ihn mit braunen Augen an und wich zurück. Man hörte ein Geräusch, da sich hinter der Absturzstelle des Laguna eine mehrere Meter breite Sanddüne löste, nach unten rutschte und dabei die Spuren der Abschleppmaßnahme verdeckte. Der Hund erschrak durch das Geräusch und rannte mit der Sandale im Maul in den Schuppen.

Honkanen kam von seinem Geländewagen nicht los, die Hand mit dem Telefon schlotterte. Der Mann hatte sich in Gelee verwandelt, das Tremolo breitete sich bis in die unteren Gliedmaßen aus, und schon war von der Sicherheit des Ingenieurs nur noch der Urin übrig, der ihm vor lauter Angst aus dem Hosenbein rann.

Er wischte sich das Blut am Ärmel ab und bat den Ingenieur um eine Zigarette. Irgendwo hinter dem Schuppen hörte man, wie sich eine zweite Kleinlawine in Bewegung setzte, drinnen schoss die Promenadenmischung mit dem roten Schwanz hin und her, ließ von ihrer Beute aber nicht ab. In dem Moment, in dem die einzige Wolke dieses Sommertages sich für einen flüchtigen Augenblick vor die Sonne schob und ein kühler Hauch über die Grube hinwegging, bückte er sich, um einen Stein von der Erde aufzuheben.

Es war derselbe scharfkantige Stein, neben dem er nach seiner Abwärtsrolle zum Liegen gekommen war.

Der Stein war schwer, das gehörte zu seinem steinernen Wesen, der Ingenieur versuchte auf der Handytastatur zu stochern. Die Hand mit dem Stein zielte auf die Schläfe. Ein hohles Krachen ertönte, Honkanen rutschte an der Flanke seines Autos herab und verbog sich krampfhaft, bevor er endgültig zusammenbrach.

Die Wolke bröckelte, Honkanen fiel das Telefon aus der Hand, und es rollte unter den Geländewagen.

Als er den Laguna erreichte, stürzte der gegenüberliegende Steilhang mit einem brausenden Geräusch in sich zusammen und begrub den Geländewagen und die Hälfte des Schuppens unter sich. Dann wurde es still. Er betrachtete sein geschwollenes Gesicht im Rückspiegel und erinnerte sich an das Wort, das ihm vorhin nicht eingefallen war: Entität. Der Mensch ist eine psychophysische Entität.

# 3

Kuhala hatte am Morgen mit Himbeermarmelade verfeinerten Haferbrei, zwei Karotten und ein Glas Joghurt gegessen und dazu schwarzen Kaffee getrunken, aber seitdem waren mehrere Stunden vergangen, und die Hitze sorgte ohnehin dafür, dass der Blutzuckerspiegel sank. Er trug ein kurzärmliges Hemd mit Strandmotiv und Shorts; die Sandalen in Größe 46, die er sich um den Hals gehängt hatte, wirkten zu groß für einen einzigen Menschen.

Er watete durch kniehohes Wasser, inmitten eines mannshohen Schilfgürtels, in dem es vor Insekten wimmelte. Fehlte nur noch das schreddernde Zuschnappen eines Alligators an der Wade. Das schlickige Ufer stank nach den Nestern von Wasserratten und süßlicher Schlacke, deren Aroma eine Mischung aus landwirtschaftlichen Emissionen, Sodwasser und dem Schleim aus den Spülungen von Sommerhäusern enthielt.

Es war ein Auftrag, und es war der letzte Tag vor dem Sommerurlaub. Von dem Honorar wollte Kuhala die zweite Rate der Pragreise bezahlen, zu der er sich entschlossen hatte, um von seiner angeschlagenen Ehe »Abstand zu nehmen«. Die Sonne machte aus dem Blaualgenteppich, der auf das Schilf zutrieb, ein schillerndes Mosaik, die Watgeräusche des Privatdetektivs gingen im verbissenen Meckern der Möwen unter.

Er wich einem Reusenkadaver aus und versank bis zu den Oberschenkeln, als er um einen Maschendrahtauswuchs herumging, der als Verlängerung eines Grundstückszauns ins Wasser hinein ausgespannt worden war. Jemand hatte mit Teer Mund und Augen auf einen Betonkegel geschmiert, der als Grenzstein oder so etwas diente, und falls dadurch Eindringlinge ferngehalten werden sollten, verfing die Maßnahme bei Kuhala jedenfalls nicht. Er ging an Land und zog seine Sandalen an.

Die festungsartige Gestalt der aus Holzbalken auf dem Felsen errichteten Villa wurde durch einen Turm betont, auf dessen Dach ein rot-gelber Wimpel hing.

Wenn man so einen Turm sah, wurde man nur schwer den Gedanken los, dass der Herrscher über den betreffenden Turm vermögend und ein Visionär der von ihm repräsentierten Branche war – und dass die Aufgabe des Turms darin bestand, dies so groß an die Glocke zu hängen, dass es auch der Dümmste verstand. Kuhala lächelte. Es war ein verschwitztes Lächeln mit einem Hauch von Bitterkeit und wollte einfach nicht bis in die Augen aufsteigen.

Hinter dem Haus blitzte der Kühlergrill eines Luxusautos, die aus bester Holzware zusammengeklopfte Terrassen-Bootssteg-Kombination im Tanzbodenformat war ein bekannter Anblick aus den Klatschspalten der führenden regionalen Tageszeitung.

Viktor Bister pflegte zum Beginn der Frühlingssaison, zum Abschluss der Herbstsaison und auch dazwischen zu so vielen Partys einzuladen, wie es die Lage erforderte und die Leber ertrug.

Berühmte Menschen wurden dabei willkommen geheißen, und die Aufnahmefähigkeit von deren Lebern wurde mit dem fortschreitenden Sommer immer besser.

Rallyefahrer, Personen, die bei Schönheits- und Gesangswettbewerben Medaillenränge belegt hatten, glorreiche Vertreter der regionalen Wirtschaft und Politik sowie allerlei Kometen und Jongleure, deren von Bowle geölten Münder vor Small-

Talk-Müll überquollen und nur dann eine Pause einlegten, wenn der Fotograf eines Boulevardblatts um ein Lächeln bat. In den frühen Morgenstunden spuckten dieselben Münder in großen Schwallen den Frust der nachlassenden Betrunkenheit in die Flachwasserzone, aber das nahm ihnen der Gastgeber nicht übel, denn er wusste um den Nutzen guter Beziehungen, und da sein Ehrgeiz sich im Einklang mit seiner Geldgier befand, gab es so gut wie keine moralischen Hemmnisse.

Bister war über sechzig und darauf bedacht, einen etwas rätselhaften Eindruck zu machen. Zu seinem Vermögen war er durch glückliche Anlagemanöver Anfang der 90er-Jahre und später im Mietwohnungsbusiness gekommen. Letzteres war mit zwielichtigen Geschäften verbunden, weshalb in das rätselhafte Bild, das Bister von sich vermitteln wollte, mehr vom Unkraut des Obskuren hineinwuchs, als ihm lieb war. Er war ein Mann mit lebhaften Gebärden, klein gewachsen, rundlich. Er war stolz auf seine schulterlangen gelockten und schwarz gefärbten Haare im Michael-Bolton-Stil, der hängende Ohrring mit eingelassenem Granat, den er an einem Tag trug, wurde am nächsten Tag von einem Ohrschmuck in Säbelform aus Weißgold abgelöst, seine Anzüge stammten vom Schneider, die englischen Schuhe waren handgenäht, fünfhundert Euro das billigste Paar. Bister machte einen äußerst tiefen Eindruck auf sich selbst.

Seine Art zu sprechen war volkstümlich jovial, bei Bedarf auch volkstümlich unfreundlich, und er kultivierte dialektale Ausdrücke aus den ostfinnischen Provinzen Savo und Karelien, die nicht immer ganz saßen. Früher wäre einer wie Viktor Bister schlicht und einfach als Geschäftsmann tituliert worden, und in noch früheren Zeiten hätte er sich in Barockschlössern wie zu Hause gefühlt, aber die Wahrheit war die, dass ihn zwar die Hälfte seiner Gäste für eine spannende Erscheinung, die andere Hälfte aber für einen Stilbruch auf zwei Beinen hielt. Seinen Reichtum wussten freilich alle zu schätzen.

Nur seinem engsten Kreis war bekannt, dass der Mann aus Riihimäki stammte und das Abgangszeugnis von der Hauptschule wegen spielerischen Beilwerfens im Werkunterricht verpasst hatte.

Sein Vater war ein versoffener Schießmeister und seine Mutter Putzfrau in der Messgerätefabrik gewesen. Nur sein engster Kreis wusste, dass immer wieder Tobsuchtsanfälle Bisters Urteilsvermögen trübten und dafür sorgten, dass sich in seinen Mundwinkeln Schaumbläschen bildeten.

Und einen liederlicheren Lüstling musste man weit und breit lange suchen. Das war sogar im näheren Umfeld, das sich außen an den engsten Kreis anschloss, bekannt.

Kuhala ging, ohne sich zu ducken, am Zaun entlang, denn er hatte nichts zu verbergen. Das zwei Meter hohe Tor an der Hauptzufahrt zur Sommerresidenz war geschlossen geblieben, obwohl der Privatdetektiv noch so sehr die Klingel betätigt hatte. Besagte der rot-gelbe Wimpel auf dem Turm nicht, dass Bister zu Hause war?

Unter Kuhalas Gewicht raschelte und knackte es im trockenen Unterholz. Bald aber endete der im Naturzustand belassene Geländestreifen, und es begann der Teil des Grundstücks, für dessen Blütenpracht der Gärtner seinen Lohn empfing. Die atemberaubendste Bepflanzung, die der Millimeter kurz rasierte Rasen einfasste, setzte sich aus blauen und weißen, am Fuße einer Fahnenstange zur finnischen Flagge komponierten Rosen zusammen, deren Bestimmung darin bestand, anknatternden Wasserflugzeugen zu beweisen, welch patriotischem Haus man im Begriff war einen Besuch abzustatten.

Das Resultat war geschmacklos, dennoch musste Kuhala sich bücken und daran riechen. Noch immer tropfte Wasser von seinen Shorts, die swingende Schlankheit des Hula-Hula-Mädchens auf seinem Hemd passte schlecht zur Schwere seines mittleren Alters, aber er musste einfach herausfinden, ob die

Rosenkloner im Stande waren, auch bei blauen Rosen den Duft zu bewahren.

»Das hier ist Privatgelände.«

Kuhala hielt sich beim Aufstehen an der Fahnenstange fest. Sie geriet ins Schwanken. Jenseits des an ein Grab erinnernden Rosenbeets stand ein Asiate in grauen Anzughosen und Flipflops. Den sehnigen Oberkörper zierte eine Drachentätowierung. Warum musste es immer ein Drache sein? Auch ohne diesen wäre Kuhala auf die Idee gekommen, dass sich der Mann hier nicht zum Unkrautjäten aufhielt, sondern bei Bedarf Salti schlug wie ein Stein, den man flach übers Wasser wirft, damit er möglichst oft hüpft. Die Gesäßtasche seiner Hose wurde von Diplomen in zehn Kampfsportarten auf die Probe gestellt.

»Ich weiß. Und es tut mir leid. Auf mein Klingeln hat niemand reagiert. Aufs Telefon ebenfalls nicht. Der Wimpel da oben hat mich aber trotzdem vermuten lassen, dass jemand daheim ist, und da ich schon immer unternehmungslustig gewesen bin, stehe ich jetzt hier.«

»Herr Bister will niemanden sehen.«

»Ich hätte etwas Dringendes mit ihm zu besprechen.«

»Hier lang, bitte.«

Der schwarze Pony schaukelte, die Nüstern des Drachen spien Flammen in die aus Stahlbeton gegossenen Brustmuskeln. Bisters Leibwächter ging rückwärts auf den Sandweg, der zum Eingangstor führte, ohne Kuhala dabei aus den Augen zu lassen. Plötzlich flammte in ebendiesen Augen Interesse auf, und als der Privatdetektiv schon mit einem Schlag in die Magengrube rechnete, bückte sich der Asiate, um ein Rosenblatt in Augenschein zu nehmen. »Die haben diesen Sommer Schädlinge, schreckliche Arbeit, sie zu vernichten. Keine Angst, ich schlage nicht. Habe in meinem ganzen Leben noch nicht geschlagen, ist ja vom Gesetz verboten. Das verbietet aber auch, auf dem Grundstück von anderen Leuten herumzuschleichen.

Ich hatte in der Kauppakatu eine Pizzeria, aber als der Preis auf unter dreißig alte Finnmark fiel, hab ich den Ofen kalt gemacht und aus den Tischdecken Flickenteppiche. Hier bin ich auf Probezeit, dass Sie hier reinkommen, wird man mir zumindest nicht positiv anrechnen. Sie waren mal als Gast bei mir, haben eine Familienpizza in einer Viertelstunde gegessen.«

Das Redestakkato passte schlecht zu den Vorstellungen, die Kuhala von fernöstlichen Kulturen hatte. Vielleicht war der Mann einfach einer von der gesprächigen Sorte. Er baute seine Sätze flink zusammen und behandelte das Rosenblatt so behutsam, als hätte er Angst, es könnte zu Staub zerfallen.

Er richtete sich auf und schoss die Blattlaus ab, die über seine Hand trippelte. »Wir, die wir von anderswo kommen, landen entweder in der Pizzabranche oder als Lohnempfänger von Leuten wie Bister. So ist es immer.«

Kuhala nickte. Sein Magen knurrte, er war ein wenig überrascht von den außerordentlichen Sprachkenntnissen des Vietnamesen – sogar der Akzent hatte sich im Alltagsgetümmel fast bis zur Unhörbarkeit abgeschliffen.

# 4

»Wer ist das, Tra?«

Der energische Ruf sprengte den sommerlichen Frieden, ein Rosenblatt fiel von seiner Blüte und segelte zu Boden. Kuhala drehte sich zu dem Turmfenster um, wo ein Mann, der wie Viktor Bister aussah, zappelte.

»Ich heiße Kuhala, Otto Kuhala.«

»Kuhala, der Schnüffler?«

Kuhala hob beide Hände und verzog das Gesicht.

»Worum geht's?«

»Bisschen unschön, das von hier aus in die Gegend zu posaunen, aber Ihre Exfrau schickt mich«, rief Kuhala zurück, ein wenig geschmeichelt davon, dass man ihn erkannt hatte.

Bisters Kopf wurde eingezogen, das Fenster ging klirrend zu. Tra brachte Kuhala zur Eingangstür des Turms.

»Sie hatten Muscheln, Champignons, Ananas und Schinken als Belag. Immer wenn mir auf der Straße ehemalige Gäste entgegenkommen, erinnere ich mich an den Belag.«

Als die Tür aufging, zog sich Tra zurück. Bister stand zornig und strotzend vor Vitalität auf der Schwelle. Er trug einen weiten, hellen Leinenanzug und Sandalen, die kaum aus demselben Ramschladen stammten wie die von Kuhala. Die Haare waren zum Pferdeschwanz gebunden, auf den Wangen glühte das Rot der Gartenrosen. »Was will das Flittchen noch von mir? Gehen wir nach oben. Warum schickt sie jemanden wie Sie?«

Bister klang ungeduldig, seine Stimme kletterte nahe ans höchste Register. Kuhala kam nicht dazu, eine Antwort zu geben. Hintereinander gingen sie die gelackte, von Stahlblech gestützte Wendeltreppe hinauf; an den Wänden des Turms hingen Bilder von Meerjungfrauen. Kuhala war bereit, sie als Straßenkunst einzustufen, obwohl er sich nicht für einen Kenner hielt. Bister roch nach Lavendelseife, Haarfett, Rasierwasser und Cognac. Er schnaufte und wirkte in seiner Aufregung wie eine Comicfigur, deren Sprechblasen sich mit den Sätzen eines hektischen Idioten füllen.

»Auf welchem Weg sind Sie überhaupt hier reingeschneit, verdammt?«

»Ich bin vom gegenüberliegenden Ufer aus getaucht.«

»Das geht nicht. Ich hab ein Netz davor, ein Menschennetz«, keuchte Bister und trat die Tür oben an der Treppe auf.

Er sah lange auf die Uhr, als wollte er zählen, wie viele Sekunden er dem Besuch noch gönnte.

Vor dem Turmfenster, das zum See ging, standen ein Schreibtisch aus Mahagoni und ein Stuhl; das patinierte schwarze Sofa miaute, als Kuhala mit seinen nassen Shorts darauf Platz nahm. Viktor Bister setzte sich in einen Sessel, der zur selben Garnitur im Viehzüchterstil gehörte, das Sonnenlicht vergoldete die Karaffen auf dem Servierwagen.

»Falls sich diese Frau in den Kopf gesetzt haben sollte, um Entschädigungen zu betteln, hätten Sie keinen sinnloseren Ausflug machen können. Wir haben einen Ehevertrag, nach dem das Eigentum beider Parteien ungeteilt bleibt. Da sind so gute Stempel und Namen drauf, die stößt nicht mal der Teufel um. Immerhin habe ich mir das Gewackel dieser Henne zwei Jahre lang in meinen eigenen vier Wänden mit angesehen. Hätte ich nicht aufgepasst, hätte sie mir die Augen aus dem Kopf gehackt.«

»Hören Sie auf zu schwadronieren«, sagte Kuhala und zog

ein Kuvert aus der Brusttasche seines Sommerhemds. »Ihre Exfrau hat hier ein paar kleine Sachen aufgelistet, die bei Ihnen geblieben sind und die sie sich nicht zu holen traut. Der Post scheint sie auch nicht zu trauen, darum wollte sie, dass ich Ihnen die Liste in die Hand gebe.«

»Was für Sachen? Geben Sie her!«

Bister schnappte sich das Kuvert, öffnete es und fing an zu lesen. Ein Segelboot glitt über den schillernden See, eine Kiefer, die am Ufer wuchs, reichte bis auf die Höhe des westlichen Fensters und filterte das von dort einfallende Licht.

Kuhala musterte den stirnrunzelnden Millionär und kam plötzlich auf den Gedanken, dass dieser hinter seinem unruhigen Clownswesen nicht nur eine ganze Portion Cleverness, sondern auch einiges an Enttäuschungen verbarg. Bisters Persönlichkeit hatte eine Seite, der die Einsamkeit gefiel.

Allerdings war diese Erkenntnis nicht viel wert; alle verbargen ihre Schwächen und brachten ihre Stärken zur Geltung, soweit es die Situation und der innere Spürsinn erlaubten. Der Privatdetektiv richtete den Blick auf eine der Meerjungfrauen.

»Das Gerümpel ist nicht hier.«

»Aber mit Ihrer Hilfe bekommen wir es am besten an die richtige Adresse.«

»Und mit so etwas verdienen Sie sich Ihre Brötchen? Mein Beileid.«

Kuhala tat so, als hätte er es nicht gehört. »Jetzt kennen Sie den Sachverhalt. Ihre Exfrau bittet um eine Frist oder eine Stellungnahme bezüglich der Rückgabe der Sachen. Ich werde ihr das übermitteln, ich fungiere als eine Art Bote.«

Bister entnahm einem Reservedöschen aus der Jackentasche eine Tablette, die verhindern sollte, dass ihm die Augen aus den Höhlen quollen.

»Zuerst hat die Hure mich geschröpft, und jetzt hat sie die Stirn, ein paar Klunkern und Fotoalben hinterherzumaunzen!

Und dabei drücke ich bis Ende des Jahres noch Monatsgeld an sie ab.«

»Wie es aussieht, haben Sie es ja recht dicke.«

»Da auf dem Sofa hat sie gesessen und noch im Frühling ihre frisch lackierten Zehen gespreizt. Hat um eine Wochenendreise nach London gebettelt, damit sie dort dem Erstbesten gibt, was sie hat.«

»Eine solche Stellungnahme werde ich nicht übermitteln.«

»Zum Schluss habe ich ihr zum Verschwinden eine Stunde Zeit gegeben und das Taxi bezahlt.«

Bister warf das Blatt Papier auf den Fußboden, sprang auf und tänzelte über den Teppich, als würde er sich auf die nächste Runde im Boxring vorbereiten. Innere Erregung entlud sich bei dem Mann in Form von Bewegungsabläufen, die auf Funktionsstörungen der Schilddrüse hindeuteten. Vielleicht auch des Urteilsvermögens. Er schien sich kein bisschen darum zu scheren, dass seine ehemalige Frau sich nicht traute, die Reste ihres Eigentums selbst zu holen, und dass ihr Auszug nicht nur hastig, sondern auch eindeutig unter Gewaltanwendung vonstatten gegangen war.

Kuhala dachte an den Besuch dieser Salla Kosonen zurück, an den ersten Eindruck, den er von ihr gewonnen hatte, als sie ihm den Auftrag gegeben hatte. Gemessen daran, schien der auf dem Teppich herumturnende Viktor Bister mehr böswillige Phantasie in seine Interpretation zu stecken, als adäquat gewesen wäre. Salla Kosonen hatte ihre kokette Seite, aber das berechtigte nicht dazu, sie als Hure zu bezeichnen.

Dann gestattete sich der Privatdetektiv den einen oder anderen Gedanken an seine eigene auf Grund gelaufene Ehe und war zufrieden, dass es dabei nicht zu so einem Spektakel gekommen war. Leena und er waren einfach auseinandergedriftet.

Bister schnaufte immer mehr und setzte sich schließlich wieder. »Wie viel kriegen Sie für diesen Job?«

»Das geht Sie nichts an.«

»Ich überbiete das Miststück um das Doppelte, wenn Sie ihr eine Botschaft überbringen, die man nicht einmal aufschreiben muss. Sagen Sie ihr, sie soll sich ...«

»Na, na, na«, unterbrach Kuhala das Wüten des reichsten Mannes der Stadt und hob warnend den Zeigefinger. »Vielleicht erledigen wir den Fall wie zivilisierte Menschen. Befinden sich die Gegenstände in Ihrer Stadtwohnung?«

»Ja.«

»Fahren Sie hin, und sammeln Sie alles in einem Karton. Oder schicken Sie jemanden. Ich will nicht wissen, was Sie ihr angetan haben, wenn sie sich nicht traut, ihr Eigentum selbst zu holen. Aber macht es Ihnen denn Spaß, das Ganze unnötig in die Länge zu ziehen? Bei dem Respekt, den Sie für Ihre Exfrau aufbringen, sollte man eigentlich vermuten, dass Ihnen auch an ihren Sachen nicht viel liegt.«

Auf dem Schreibtisch lagen ein Block mit Karopapier und ein Stift.

Bog Bister seine verflossene Beziehung etwa in Verse um? Er hüpfte hin und her, stopfte das Schreibzeug in die Schublade und entnahm dieser einen Schlüsselbund; das Gegenlicht verlieh seinen geölten Haaren einen Heiligenschein, war aber nicht dazu angetan, seine schicksalshaft-dramatische Erscheinung zu steigern, sondern höchstens seine Lächerlichkeit.

»Ich stehe nicht im Ruf eines Blutsaugers. Hier ist der Schlüssel zu meiner Wohnung in der Kauppakatu. Fahren Sie mit Tra hin, und holen Sie das Zeug ab. Tra wird es schon finden, von der Gründlichkeit der Tschingtschangs können Sie auch noch was lernen. Dann kommen Sie wieder hierher, damit ich sehe, was Sie sich gekrallt haben. Ich komme nicht mit, ich habe hier alle Hände voll zu tun. Sie gehören zu den zusätzlichen Belastungen, die ich gerade am wenigsten gebrauchen kann.«

Kuhala fing die Schlüssel auf. »Ist mir recht, aber wäre ihre Exfrau nicht die beste Expertin?«

»Nein. Sie wird nämlich keinen Fuß in meine Wohnung setzen und auch sonst in nichts, was mir gehört. Ich habe genug von der Frau.«

Tra hatte ein blaues Hemd über seine Drachentätowierung gezogen und hielt dem Privatdetektiv die Tür zum Fond des Lexus auf. Bister stand vor der Tür des Turms, die Hände in die Hüften gestützt. Es sah aus, als könnte er sich nur mit Mühe zurückhalten, einen Stein in die Heckscheibe seines eigenen Wagens zu schleudern. Auf dem Weg nach drinnen dampfte der Mann für fünf, er war eine Kerze, die an beiden Enden brannte, mit einem Docht als Zündschnur, die wie eine Schlange zischelte, und Kuhala bedauerte unwillkürlich all die Lehrer, die einst gezwungen gewesen waren, den kleinen Viktor ans Pult zu schrauben.

»Entschuldigung, kleinen Moment. Ich habe mein Handy vergessen«, sagte Tra und verschwand in der Villa, um nach wenigen Minuten zurückzukehren.

Das Glitzern auf dem Wasser des Päijänne wurde durch die getönten Scheiben traumartig abgedämpft. Kuhala nahm eine bequeme Haltung ein und hatte dabei das Gefühl, nach der ganzen Waterei und nach Bisters Gefuchtel auch nichts anderes verdient zu haben.

Sie fuhren eine halbe Stunde lang schweigend und passierten dank der erstklassigen Schallisolierung des Autos die lauten Baustellen der Innenstadt, ohne etwas vom Dröhnen der Maschinen zu hören. Die Fahrt war so gleichmäßig und komfortabel, dass Kuhala kurz vor dem Ziel am Kirchenpark glaubte, das Rätsel der entfremdenden Wirkung der Macht gelöst zu haben: Was hatten Präsidenten aus dem Fond eines solchen Schlittens dem Volk schon zuzuwinken?

Die Wohnung im ersten Stock hatte früher einer Bank gehört

und war saniert worden. Schon beim ersten Schnuppern war klar, dass der astronomische Kaufpreis den meisten Normalsterblichen den Atem rauben würde.

Tra reichte Kuhala gerade mal bis zum Kinn, stoppte ihn aber mit Leichtigkeit auf dem Fußabstreifer. »Warten Sie hier. Es dauert nicht lange.«

Der Asiate verschwand mit der Liste. Das Parkett glänzte, die Möbelpolitur roch mit dem Geld, das für winzige Details aus dem Fenster geschmissen worden war, um die Wette. Sogar die Teppichfransen sahen gekämmt aus. Durch das Wohnzimmerfenster blickte man auf den Turm der Stadtkirche, deren Glocke gerade die Fünf-Uhr-Schläge erklingen ließ.

Normale Leute hatten um diese Zeit Feierabend, aber der Privatdetektiv ließ sich davon nicht stören, auch wenn der Feierabend an diesem Tag mit dem Urlaubsanfang zusammenfiel. Er begnügte sich damit, auf seine kanugroßen Sandalen zu blicken.

Tra kam mit einem Karton unter dem Arm zurück. Kuhala durfte zwei Fotoalben tragen. Er blätterte sie auf der Rückfahrt skrupellos durch, hatte aber bald genug von den Posen, die mal in Bisters Sommersitz und mal weiter weg, auf der anderen Seite der Erdkugel, eingenommen worden waren.

Seite um Seite von Champagner beseeltes Lächeln, Seite um Seite Interieurs von Luxushotels und Uferboulevards, im Bauchnabel eingelegte Edelsteine und die Sittenverderbnis des Konsumrauschs.

Kuhala war in Gedanken bereits im Urlaub und bei der Frage, wie er es sich auf dem Eisenbett in seinem Büro etwas gemütlicher machen könnte, jetzt, nachdem Leena ihm die Tür gewiesen hatte. Die Reise nach Prag schien in weiter Ferne zu liegen.

Tra wurde mit dem Einfahrtstor zum Sommerpalast per Fernbedienung fertig, der Wagen glitt auf dem von Rosen gesäumten Sandweg dahin. Kuhala nahm von dem Asiaten den Karton in Empfang und legte die Alben obenauf. »Danke schön. Die Treppe komme ich alleine hoch. Ist das hier alles?«

»Ja.«

»Wie haben Sie das so schnell finden können?«

»Es lag bereit.«

»Etwas Ähnliches hatte ich mir schon gedacht«, erwiderte Kuhala.

Tra verzog keine Miene; seine Gesprächigkeit war wie weggeblasen, sein asiatisches Wesen zu Kuhala vertrauterer Form zurückgekehrt.

Bister hatte die Tür zum Turm offen gelassen, eines der Seejungfrauenbilder im Treppenhaus hing schief. Das Zwielicht der Wendeltreppe bereitete dem Privatdetektiv ein wenig Schwierigkeiten, aber trotzdem war selten ein Auftrag so rasch über die Bühne gegangen wie dieser.

Doch auch jetzt ging es nicht wie geschmiert.

Der reichste Mann von Jyväskylä saß mit einem Messer in den Nieren am Schreibtisch. Bis zum Griff war es hineingerammt worden. Bisters Kopf hing schlaff nach hinten, als wäre der Angriff mit Wucht und überraschend gekommen – seine Redseligkeit hatte darunter enorm gelitten.

# 5

Kriminalhauptmeister Sakari Antikainen hatte in der Sommerausgabe einer Gratiszeitung mit hoher Auflage eine vierspaltige, zu Herzen und Leber gehende Geschichte darüber verfasst, wie er vom Fluch des Alkohols losgekommen und aus dem Sumpf gestiegen war, um wieder zu dem eisenharten Profi zu werden, ohne den die Kriminalität in Jyväskylä vollkommen außer Kontrolle geraten würde. Man hatte ihn auf der Aussichtsterrasse des Restaurants Vesilinna fotografiert, die muskulöse Symmetrie seines Gesichts verriet eine unübertroffene Selbstgefälligkeit.

Und jetzt befand sich dieses Gesicht fünf Zentimeter von Otto Kuhala entfernt. Der Privatdetektiv war sich sicher, Alkohol zu riechen.

»Auch nix Großes, was du da so treibst. Alben und Schmuck abholen. Wie wird so was eigentlich bezahlt? Ich kauf dir deine Geschichte nicht mal für fünf Pfennig ab, bevor die Exalte gehört worden ist.«

Antikainen hatte sein Sakko über die Rückenlehne des Stuhls gehängt, ein Tischventilator quirlte die Luft im Zimmer zu einem muffigen Wirbel auf. Die Zwietracht der beiden Männer nahm mit jeder Begegnung zu, und keiner von beiden versuchte, etwas dagegen zu tun. Eine gepflegte Feindschaft hatte ihre guten Seiten, daran lohnte es sich festzuhalten.

Kuhala sagte, ihn interessiere nicht, was Antikainen glaube

oder nicht. »Nicht für einen halben Pfennig. Das Ganze ist genau so, wie ich es dir beim ersten Mal erklärt habe. Du weißt, dass ich kein Wort daran ändern werde; sinnlos, irgendwas zu versuchen.«

»Warum ist Bister nicht mitgekommen?«

»Er sagte, er habe alle Hände voll zu tun.«

»Warum hat er einen ihm vollkommen unbekannten Lulatsch und einen Türsteher in Probezeit in seine eigene Wohnung geschickt? Auch noch einen ausländischen Türsteher. Wie konnte er sich sicher sein, dass nicht mehr als erlaubt an euren Fingern kleben bleibt? Ich glaube, dass der Mann mehr als jeder andere etwas von Eigentum verstanden hat. Von seinem eigenen und dem von anderen.«

»Er wollte das Thema vom Tisch haben. Darüber haben wir uns auch unterhalten, dass es sich nicht lohnt, eine so geringfügige Angelegenheit in die Länge zu ziehen. Ich habe Bister ein bisschen überredet. Was hast du eigentlich gegen Ausländer?«

»Unter uns: Die kommen hierher und verlangen, dass wir ihre Kultur respektieren, und sie respektieren von unserer Kultur nichts als die Sozialhilfe. Ich kenne deinen Jähzorn, Kuhala. Und Bisters Neigung zum Schwadronieren ist ein offenes Geheimnis. Vielleicht hat er dich veräppelt, vielleicht ist die Verhandlung im Turmzimmer aus dem Ruder gelaufen, weil du auf so spezielle Art aufs Grundstück gekommen bist«, sagte Antikainen.

In dem Zeitungsartikel waren Antikainens Lieblingsspeise, Hobbys und familiären Verhältnisse aufgezählt worden: Pfifferlingsragout, Golf und eine beflügelnde Ehefrau.

Verkohlte Grillwürste, Gartencrocket und Sendepausen in der Ehe, die unvermutet zu Tobsuchtsanfällen führten – man kannte das. Der Kriminalhauptmeister rumpelte in seinem Mittelschichtsgeisterbahnwagen garantiert nicht anders vorwärts als jeder andere auch.

Kuhala sagte, er steche keinen ab, bloß weil er schwadroniere. »Dein Tischventilator ist anscheinend nicht effektiv genug, weil du solches Zeug von dir gibst. Ich dachte, mein Urlaub fängt an, Bisters Schwadronieren war nichts gegen dein Geschwätz. Von mir aus können wir den Verlauf der Ereignisse bis morgen früh durchgehen. Aber die Wahrheit ist die: Ich hatte es eilig, in den Urlaub zu kommen, und Bister hatte es eilig, mich loszuwerden. Plus alles, was mit Salla Kosonen zu tun hat.«

»Das berührt schon den Tatbestand der Amtsbeleidigung. Was hast du gegen meine Worte oder gegen die staatlichen Tischventilatoren? Es geht dir doch bloß gegen den Strich, dass du seinerzeit einen soliden Job geschmissen hast. Jetzt vegetierst du an der Hungergrenze vor dich hin und versuchst einen auf clever zu machen.«

Antikainen legte die Füße auf den Tisch. Das sollte lässig aussehen, sollte heißen, dass sich die Kräfteverhältnisse äußerst ungünstig für Kuhala verlagert hatten, aber dieser konnte die tiefer werdende Röte im Gesicht des Kriminalhauptmeisters nicht übersehen.

»An der Hungergrenze dahinzuvegetieren macht zäh. Und man muss nicht auf clever machen, wenn man sowieso schon cleverer ist als du.«

»Was?«

»Wie gesagt, kehrt einfach mal in Bisters dunklen Geschäften gründlich durch und lasst mich in Ruhe. Es ist nicht mal zwei Monate her, dass er in den Boulevardblättern verdächtigt wurde, im Zusammenhang mit den Bauaufträgen in Muurame Schmiergelder gezahlt zu haben. Du liest diese Zeitungen doch.«

Antikainen war auf Ratschläge nicht scharf, sondern zog eine bärbeißige Grimasse, obwohl er in dem Vierspalter der Gratiszeitung von der Notwendigkeit, seinen Nächsten zu achten, und den rosigen Aussichten seines neuen Lebens getönt hatte. Er schälte sich vom Stuhl.

Dieser stöhnte auf. Durch das offene Fenster hörte man die Beschleunigung eines Killerfahrers unten auf der Hannikaisenkatu, die anschwellende Tobsucht der Motorumdrehungen. Inzwischen erfreute sich die Gleichgültigkeit gegenüber dem Gesetz einer solchen Popularität, dass die Eifrigsten sie sogar auf der Asphaltgeraden vor dem Polizeipräsidium praktizierten.

»Der Tag wird kommen, an dem du dein Maul nicht mehr so weit aufreißen wirst. Du kannst Gift darauf nehmen, dass die Jungs von der Technik alles aus Bisters Turmzimmer herausholen.«

»Darf ich gehen?«

»Und du kannst ebenso Gift darauf nehmen, dass wir den Krempel, den du aus Bisters Stadtwohnung geholt hast, einer genauen Inventur unterziehen.«

»Du verdächtigst mich als Mörder und Dieb?«

»Alle stehen unter Verdacht. Nimm es nicht zu persönlich, aber was steckst du deine Nase auch in so heiße Geschichten.«

»So long.«

Kuhala schlurfte zur Tür. Sein Kopf war voller spitzer Bemerkungen über Antikainens Vorgehensweise, bei der das Persönliche extrem ausgewalkt wurde. Trotzdem war es besser, sie nicht laut auszusprechen, denn einen Kriminalhauptmeister zu reizen war Energieverschwendung. Kuhala ergriff die Türklinke. Seine Hand zitterte leicht, er bekam den toten Bister im Turmzimmer einfach nicht aus dem Kopf. Hinter dem Messerstich hatte Kraft gesteckt, aber auch Hass und Überlegung, und vermutlich hatte der Mörder von seinem Versteck aus Kuhalas und Tras Abfahrt beobachtet, bevor er sich zur Mordtat aufgemacht hatte.

»Morgen früh um neun kommst du wieder. Wir ziehen das nach dem offiziellen Schema durch, einmal darüber schlafen verbessert das Gedächtnis. Falls die Zeitungshyänen an deine Tür klopfen, hast du nichts gesehen und nichts gehört. Halte einfach deine Öffentlichkeitsgeilheit im Zaum und versuche nicht nach kostenloser Reklame für deine Belange zu geiern.«

Kuhala drehte sich um. »In der Disziplin würde ich wohl kaum gegen dich ankommen. Übrigens, stimmt es wirklich, was in dem Zeitungsartikel über dich steht, dass du jeden Morgen vor der Arbeit zweimal die Runde am Stadtberg läufst?«

»Was soll das jetzt ...«

»Na ja, ich hab gedacht, ich fang auch mit Laufen an, aber weil sich bei mir genauso ein Frontrucksack gebildet hat wie bei dir, wollte ich dich mal fragen, wie du ihn beim Joggen abstützt. Damit er sich nicht so in die Länge zieht.«

Kuhala schloss die Tür hinter sich und ging die Treppe hinunter.

Draußen wellte sich der Schleier des Kleinstadtsmogs über den Dächern, auf dem Parkplatz vor der Post hatte eine Politesse die Augenlider unter der Dienstmütze auf Halbmast gesetzt und verteilte Sofortgewinne.

Der Privatdetektiv überquerte auf dem Zebrastreifen die Hannikaisenkatu, das Dröhnen eines Linienflugzeugs im Landeanflug ließ die warme Luft erzittern und begrub für eine Weile alle anderen Geräusche unter sich.

Aus dem Fenster eines Flugzeugs im Landeanflug sieht man in Hülle und Fülle Resultate menschlichen Fleißes, dachte Kuhala, aber irgendwie erkennt man gleichzeitig auch die Geringfügigkeit und Einsamkeit der Menschen. Die neuesten wissenschaftlichen Erkenntnisse über das Universum besagten, dass der Mensch in anderen Galaxien schwerlich Anschluss finden würde, und eine Eiskristallbeobachtung auf der Marsoberfläche konnte kaum unter Beweis stellen, dass es dort irgendwann einmal eine Privatdetektei gegeben hatte.

Er ging die Stufen zu seinem Büro in der Vaasankatu hinunter, schloss die Tür auf und rief einen Gruß an das Terrarium im Wartezimmer, wo die Geckos Inkeri und Hytönen logierten.

Der eine meditierte im Schatten eines Steins, der andere war gerade nicht zu sehen. Manchmal hatte Kuhala das Gefühl, als steckte ihn die Starre der beiden Tiere mit zunehmendem Alter an. Wenn er morgens mal einen Kater hatte, meinte er sogar echsenhafte Züge in seiner äußeren Erscheinung erkennen zu können.

Er schaltete die Schreibtischlampe an und warf einen besorgten Blick auf das ungemachte Klappbett in der Ecke, das ihn durch seine bloße Existenz an die große Veränderung in seinem Leben erinnerte. Die Worte seiner Frau, die nach jahrelanger Überlegung gereift waren und besagten, dass es sich nicht lohnte, eine Ehe nur der Form halber fortzusetzen, waren ihm wie Backpfeifen ins Gesicht geklatscht. Das Nachbeben spürte er noch immer.

Aber Leena hatte ja recht gehabt – man musste ausprobieren, wie es war, eine Zeit lang getrennt zu leben. Warum sich weiterhin die wort- und ereignislosen Familienabende antun, bei denen das Geplapper des Nachrichtensprechers und das Brummen des Kühlschranks den Soundteppich bildeten? Könnten sie es nicht jeder für sich versuchen, waren sie das dem Leben nicht schuldig, jetzt, da Tatu, ihr einziger Sohn, zum Studieren nach Helsinki gegangen war? Leena kannte genug Kollegen und andere Leute, die immer nur nachgaben und sich einbildeten, am Ende würde ihr Leid irgendwie honoriert. Aber nein, am Ende stand nur das Vergessen, das war verdammt klar. Leena würde sich auch bei keiner Eheberatung blicken lassen, um dort ihren Kummer abzulassen, als Erwachsener müsse man selbst zu einer Lösung fähig sein, fand sie.

Kuhala hatte sich den Redeschwall seiner Frau mit einem Klumpen der Beklemmung in der Brust angehört, und sosehr er Leena innerlich auch zugestimmt hatte, drohte der Klumpen doch, sein Herz zu zerquetschen.

Er goss sich einen Schuss Whisky ein und zog das Sommerhemd aus, kratzte sich die Flanke und überlegte, ob er Leena anrufen sollte, begnügte sich dann aber damit, den Vierzehn-Zoll-Fernseher einzuschalten, dessen briefmarkengroßes Bild ihm am Anfang ebenfalls wie eine einzige Niederlage vorgekommen war.

Der kahlköpfige Roberto Carlos feuerte gerade aus dreißig Metern mit links einen Freistoß ab, der allen physikalischen Gesetzen zum Trotz immer mehr Fahrt aufzunehmen schien, je weiter er vorankam, bevor er von der Latte in die wogende Sambahorde auf der Tribüne prallte. Die Granate hätte dem Torwart das Handgelenk gebrochen. Kuhala beugte sich dicht an den Bildschirm heran, als die Zeitlupe gezeigt wurde.

Die Willenskraft im Gesicht des brasilianischen Verteidigers barg eine Portion Wahnsinn; hatte nicht irgendwo gestanden, jeder Kopfstoß sei so viel wie eine kleine Gehirnerschütterung?

Carlos erwiderte den Blick des Privatdetektivs, ohne mit der Wimper zu zucken.

Eine zweite Vier-Zentimeter-Dosis Haddington House hielt auf halbem Weg zum Mund inne, weil das Telefon klingelte. Kuhala meldete sich, dabei registrierte er den kräftigen Geruch seines eigenen Schweißes.

Die Anruferin entschuldigte sich wegen der späten Uhrzeit und stellte sich mit dem Namen Kati Ojanen vor. Ihre Stimme zitterte, als sie sagte, sie habe seit vier Tagen nichts mehr von ihrer Tochter gehört. Kuhala drehte den Ton am Fernseher leiser und richtete sich auf, um eine Formulierung zu bilden, die geeignet war, die Anruferin zu beruhigen und gleichzeitig seine berufliche Kompetenz unter Beweis zu stellen. Der in ausgebleichte Shorts gehüllte, fast hundert Kilo schwere Privatdetektivkörper kippte gegen die Rückenlehne.

»Haben Sie schon Kontakt mit der Polizei aufgenommen?«

# 6

Kati Ojanen hatte die Polizei gleich am Morgen nach dem Verschwinden ihrer Tochter angerufen, aber die überlastete Zentrale hatte die Mitteilung mit einer Routine entgegengenommen, die vermuten ließ, dass sie schon mehrere von der Sorte erhalten hatte. Im Sommer verschwinden die Leute.

»Ginge es, dass ich morgen gleich um elf bei Ihnen vorbeikomme, dann sehen wir, was wir tun können?«, schlug Kuhala unbeholfen vor.

Er schluckte. Dann empfahl er der Frau, ruhig zu bleiben, und verfluchte dabei seine Umständlichkeit, deren einziger Grund darin bestand, dass sein beginnender Urlaub vom Stress zermalmt zu werden drohte. Zuerst das offizielle Verhör am Morgen und jetzt das.

In Kati Ojanens Stimme klang Hysterie durch. »Ich will, dass Sie sofort kommen. Ich ... ich werde es Ihnen auch bezahlen.«

Kuhala bat um die Adresse. Er legte den Hörer auf und ließ einige private Unflätigkeiten ab, bevor er sich unter die kalte Dusche zwang. Die Suche nach verschwundenen Töchtern und Söhnen gehörte zum Standardgeschäft der Sommersaison. Der Profit, den sie abwarf, hielt den Haushalt im Gleichgewicht, und die Aufklärungsarbeit schlug nie fehl, wenn man auf die Idee kam, im Internet die Veranstaltungskalender nach den aktuellen Open-Air-Konzerten durchzusehen. In der

Regel zog sich der goldige Nachwuchs anständiger Familien bloß eine Mischung chemischer Freiheit rein, die dafür sorgte, dass die Welt wie ein Goldvorkommen aussah und die Ausgangszeiten in Vergessenheit gerieten. Bis jetzt hatte Kuhala jeden Gesuchten wieder auf den Weg nach Hause bringen können, und jeder Erziehungsberechtigte hatte die Rechnung bezahlt, denn es war nur recht und billig, in den Nachwuchs zu investieren.

Kuhala wusste, dass in Finnland jährlich an die zweitausend Personen für vermisst gemeldet wurden und der größte Teil nach wenigen Tagen wieder auftauchte. Lediglich zwanzig Vermisstenfälle blieben Rätsel.

Es war zwanzig vor elf, und es war einer der längsten Tage des Jahres, der leider auch zum arbeitsamsten zu werden drohte. Brasilien führte zwei zu null, als Kuhala eine halbe Handvoll Pfefferminzbonbons einwarf, um die Whiskyfahne einzuholen.

Er fuhr um den Block herum zur Yliopistonkatu und bog in die Voionmaankatu ein; durchs Seitenfenster wehte Juniduft herein, der sich aus Abgasen, dem Dampf eines Schnellimbisses, heißem Asphalt und verblühenden Faulbäumen zusammensetzte, die in den Gärten ihre Zweige reckten.

Die Verkehrskontrolle auf der geraden Straße in Richtung Savela störte die Idylle, auch wenn das Blau der Amtsgewalt mit den sanften Nuancen der hellen Sommernacht durchaus harmonierte.

Kuhala öffnete das Fenster ganz und schluckte den Pfefferminzklumpen, bevor er sich ans Ende der Schlange von zehn Autos stellte, um zu warten, bis er mit Blasen an der Reihe war. Der Whisky war ein Fehler gewesen, auch wenn Kuhala vermutete, die gesamte verfluchte Dosis schon ausgeschwitzt zu haben, bevor sie es die Speiseröhre hinuntergeschafft hatte. Trotzdem konnte man nie wissen. Er musterte im Spiegel sein von den Prüfungen des Tages malträtiertes Gesicht und gab sich Mühe, den Zwischenbereichsausdruck eines Verwaltungsuntertanen hineinzulegen, angemessen unabhängig und angemessen demutsvoll. Dann sah er denselben Gesichtsausdruck vor sich in der Zeitung des folgenden Tages und dachte sich eine Überschrift aus, die man den Enkelkindern später nicht erzählen könnte: Bekannter Privatdetektiv betrunken am Steuer!

Die Meldung würde Antikainens Tag retten, nein, seinen ganzen restlichen Sommer.

Und sie würde Kuhala die Ausübung seines Berufs erheblich erschweren.

Noch vier Fahrzeuge. Kuhala atmete in seine Faust. Mensch, ein kleines Glas Whisky entsprach nicht einmal einem Fläschchen Bier, und die Grenze lag nach wie vor bei immerhin einem halben Promille. Außerdem würde die Zeitung voll mit dem Mord an Bister sein.

Die Sonne war über den Höhenzug des Laajavuori gewandert und sandte rötliche Strahlen aus, Inlineskater in spärlicher Bekleidung warfen einen flüchtigen Blick auf die Razzia, bevor sie in die Schikanen der Unterführung einbogen. Es war nicht einmal ein Jahr her, dass jemand von der Spitze der Polizeihierarchie wegen Trunkenheit am Steuer aus dem Amt geflogen war. Man hörte das Bellen eines Hundes, der Privatdetektiv blies in das Plastikröhrchen, das man ihm in den Mund stopfte. Er trug jetzt ein weißes T-Shirt, darüber ein rot kariertes Hemd mit kurzen Ärmeln und dazu Baumwollhosen und konnte nicht verstehen, warum er so aufgeregt war; die belebende Wirkung der Dusche war dahin.

Schließlich konnte er hier nicht aus dem Amt fliegen.

Die Hand des Polizisten winkte ihn durch, Kuhala nickte und gab Gas. Durch den Seufzer, der sich aus seiner Brust löste, beschlug fast die gesamte Windschutzscheibe, sein Herz wollte gar nicht mehr zum Normalrhythmus zurückkehren. Nach der Ampel wurde er ernst und fragte sich, ob er überhaupt noch wusste, was er vom Leben erwartete.

Spät am Abend an Spirituosen zu nippen war eine lächerliche, aufgeschnappte Angewohnheit, die er loswerden musste. Sie beruhigte nicht, sondern machte schlaff, und der vierzigprozentige Alkohol verbrannte auf dem Weg in den Magen die Schleimhäute. Was Haddington House sonst noch anrichtete, wusste nur der Teufel.

Als er es bis zur Pyssymiehenkatu geschafft hatte, drehte er Sarah Vaughan leiser und stellte fest, dass er Lust hatte, ein Gläschen zu trinken.

Kati Ojanen wohnte in einem zweigeschossigen Einfamilienhaus aus gelbem Backstein. Es wurde von einer Hecke umzingelt, deren Rasur nicht fertig geworden war. Neben den Platten des Gartenwegs lag ein umgekippter Plastiktraktor, etwas entfernt konnte man weiteres Spielzeug erkennen, das wohl kaum der entfleuchten Tochter gehörte. Kuhala warf einen kurzen Blick auf den Van im Carport und versuchte zu schätzen, welches Baujahr der Zweitwagen der Familie hatte. Hinter den zugezogenen Vorhängen brannte Licht.

Dunkler würde es in dieser Sommernacht nicht mehr werden, es roch nach Rauch, Traubenkirsche und Sonnencreme. Vom Nachbargrundstück hinter dem Zaun hörte Kuhala ein gedämpftes rhythmisches Geräusch, als würde jemand auf etwas Weiches schlagen.

Gerade als Kuhala die Klingel drücken wollte, ging die Haustür der Ojanens auf.

Er stellte sich vor und hatte dabei das Gefühl, infolge der Verkehrskontrolle schweißnass zu sein. Eigentlich hätte er schlafen gehen müssen, denn er hatte einfach keine Kapazitäten mehr.

Der Mann in dem ärmellosen Netzhemd und den kurzen

Hosen nannte sich Risto Ojanen. Er war vermutlich nicht weit über vierzig, sah aber Jahre älter aus, als er sich die dünnen Haare aus der Stirn strich und mit seinen grauen Augen über Kuhalas Schulter hinweg zum Gartentor spähte, als hoffte er, seine Tochter könnte jeden Moment dort hereinspazieren.

Kati Ojanen saß am Küchenfenster auf einem Hocker und begnügte sich damit, dem Privatdetektiv zuzunicken. Sie schien vom Kummer über die verschwundene Tochter wie gelähmt zu sein, der Ausdruck auf dem ins Graue spielenden, puppenhaften Gesicht war schwer zu deuten, es sah aus, als hätte sie schon alle Mühe, sich nur auf dem Hocker zu halten. Vielleicht hatte sie etwas Beruhigendes genommen.

»Suvi ist ein anständiges Mädchen. Sie meldet sich nicht, wenn man ihr Handy anruft.«

Das klang wie eine Verteidigung, aber die Frau sagte es kaum hörbar, als Beschwörung. Kuhala nahm Platz, auf der Spüle schimmerten hinter einer Packung Cornflakes und einer Rolle Küchenpapier eine Likörflasche mit bis zur Hälfte abgesunkenem Pegel und eine Schachtel Seroxat hervor.

Was war ein anständiges Mädchen, wie definierte man das? Bereiteten sich anständige Mädchen in ihren Zimmern im ersten Stock solch prächtiger Einfamilienhäuser auf die Zukunft vor, indem sie die Wünsche ihrer Eltern in Tagebücher mit Roseneinband eintrugen?

Kuhala schaute Risto Ojanen an, der sich an der Küchentür selbstvergessen die Kopfhaut zerfurchte. Die Anständigkeit, die sich in den Blicken von Mann und Frau eingenistet hatte, roch ein bisschen veraltet, aber die Geheimnisse, die sich dahinter verbargen, offenbarten sich nicht bei einem einzigen Hausbesuch; auch in diesem Haus hier wurden die Preise von Antidepressionslampen verglichen und von der Oma selig erlernte sechszeilige Abendgebete über die Folgen des Schwelgens in Sünde aufgesagt.

»Ich bin ehemaliger Polizist und kann Ihnen nur sagen, dass man die Vermisstenanzeige, die Sie aufgegeben haben, ernst nehmen wird«, erklärte Kuhala.

Er ließ unerwähnt, was ›ernst nehmen‹ in der Praxis bedeutete, denn er wusste es in Wahrheit selbst nicht mehr, fuhr aber mit einer Serie beschwichtigender Sätze fort, deren Kernbotschaft lautete, das Leben werde wieder in seine gewohnten Bahnen zurückkehren.

Er kannte diese Sätze auswendig, der Schluss kam ohne größere Anstrengung. »Ich kenne Ihre Tochter nicht, aber in solchen Fällen handelt es sich gemeinhin um die Faszination des Abenteuers, wie sie Sechzehn-, Siebzehnjährige nun mal befällt. Das dürfte nicht einmal eine Plage der heutigen Generation sein, die war schon zu meiner Zeit im Umlauf.«

Er schaute erneut auf Risto Ojanen, der nun zu seiner Frau trat und ihr eine Hand auf die Schulter legte.

Der eingesunkene Schattenriss des Paares zeichnete sich vor dem Küchenfenster ab, unter ungerahmten Bildern mit Gewürzpflanzen klebte ein Notizzettel: »Tschüs! Wir sehen uns morgen!« War das Suvis letzte Botschaft? Kuhala bat um ein Foto der Tochter. »Am liebsten ein neues.«

Während der Mann das Foto holen ging, nahm sich die Frau zusammen und sagte, Suvi sei am Montagmorgen mit dem Fahrrad zum Sommerhaus ihrer Klassenkameradin Pirita Kangas aufgebrochen. »Von hier aus sind es knapp zwanzig Kilometer, und Suvi ist schon früher ab und zu dort gewesen.« Diesmal war sie nicht angekommen; Pirita und ihre Eltern hatten sich am Montagnachmittag gemeldet.

»Wo steht das Sommerhaus?«

»In Tikkakoski. Am Ufer des Nuotta-Teichs, der eigentlich eher ein See ist. Suvi kannte den Weg, wir haben sie auch schon mit dem Auto hingebracht. Und abgeholt. Risto und ich sind heute beide möglichen Strecken abgefahren, so wie gestern auch schon, aber wir haben nichts gefunden. Und zwischendurch sind auch die Kangas hin und her gefahren ...«

Die Frau schluchzte und stand auf, um sich einen Likör einzuschenken. »Ich will nicht behaupten, dass wir nie Streit mit Suvi gehabt hätten, aber wir haben uns immer wieder versöhnt. Sie ist ein ganz normales Mädchen. Ich weiß nicht, wie Sie sich ein normales Mädchen vorstellen, aber Suvi ist selbstbewusst. Hat sich auch selbst einen Job als Aushilfe bei Prisma besorgt, und am Dienstag haben sie von dort schon angerufen, weil Suvi Spätdienst gehabt hätte. Was hätte ich da sagen sollen?«

Kati Ojanen kippte den Likör und sagte, sie seien sämtliche Bekannten und Halbbekannten ihrer Tochter durchgegangen, aber niemand schien etwas zu wissen. »Suvi ist ein extrovertierter Typ, Anfang Juli wollte sie für einen Monat nach England. Ich kann das einfach nicht verstehen. Als wir zuletzt aneinandergerieten, ging es um irgendeine belanglose Geldangelegenheit. Nichts, weshalb man einfach so weggeht.«

»Ich kenne die Einzelheiten nicht, aber vielleicht hat das, was Ihnen belanglos erscheint, Ihre Tochter ein bisschen zu sehr belastet.«

Die Frau wandte Kuhala den Rücken zu. Risto Ojanen gab ihm ein Foto seiner Tochter. Es war in der letzten Maiwoche im Hof des Gymnasiums aufgenommen worden, im Hintergrund sah man den Stadtberg mit seinen Kiefern.

Das Mädchen hatte blonde, kurz geschnittene Haare, breite Wangenknochen und Grübchen. In den dunklen Augen schimmerten Intelligenz und ein Funke der selbstbewussten Suvi. Es war schwer zu sagen, ob sie mehr an ihren Vater oder mehr an ihre Mutter erinnerte. Die beiden sahen einander abrupt an und blickten dann auf Kuhala.

Für eine Sekunde lief es dem Privatdetektiv kalt über den Rücken, als hätte ihn eine dunkle Vorahnung gestreift.

Er tarnte den Schrecken, indem er seine Haltung korrigierte – wenn jemand nicht an die Existenz des Übernatürlichen glaubte, dann er, nach einem solchen Tag war ein Zucken im autonomen Nervensystem nichts Verwunderliches.

»Darf ich mir das Foto ausleihen?«, fragte Kuhala.

»Nehmen Sie es mit.«

»Hat Suvi einen Freund?«

»Nein, soweit wir wissen.«

»Hatte sie einen?«

»Nichts Ernstes. Sie war vielleicht mal verliebt, wie das halt so ist.«

Kuhala folgte Risto Ojanen in den ersten Stock, wo im Flur weitere Fotos der Tochter und des kleinen Bruders hingen.

»Der Junge schläft da drüben. Er ist sechs, und meine Frau und ich haben ihm gesagt, Suvi wäre zu ihrer Tante nach Varkaus gefahren. Ville würde die Wahrheit nicht ertragen, auch für uns ist es nicht leicht.«

Plötzlich blieb Ojanen stehen und drehte sich zu Kuhala um, der nur mit Mühe einen Zusammenprall vermeiden konnte.

»Wir sind verzweifelt. Nicht der geringste Hinweis, und das ist schlicht und einfach nicht Suvis Art, mit Dingen umzugehen.«

Er ergriff Kuhalas Ärmel. »Finden Sie das Mädchen, versprechen Sie es mir! Ich zahle Ihnen, was Sie wollen.«

»Vielleicht sehen wir uns zuerst mal ihr Zimmer an«, schlug Kuhala verlegen vor, denn er wollte keine unhaltbaren Versprechen an Risto Ojanen privat vergeben. Außerdem kannte er die Dramatik der ›Ich zahle Ihnen jeden Preis‹-Sätze aus vielen Zusammenhängen nur zu gut.

Noch besser bekannt war ihm die Tatsache, dass die Zahlungsbereitschaft jedes Einzelnen letztendlich seine engen Grenzen hatte.

Suvi Ojanens Zimmer war mit neuester Unterhaltungselektronik ausgestattet, Poster von Stars hingen an den hellen Wänden jedoch keine. Irgendwie meinte Kuhala an der Art, wie die Bücher im Regal aufgereiht waren, und an der Ordnung im Detail abzulesen, dass die Tochter des Hauses den Blick in die Zukunft gerichtet und die von allen Seiten einströmenden Eindrücke von der Welt der Erfolgreichen, wo die Säume der Kostümröcke mit dem Geld um die Wette raschelten, verinnerlicht hatte.

Kannte diese Suvi Ojanen überhaupt so etwas wie eine schwärmerische pubertäre Phase? Kindheit und Jugend waren auch nicht mehr das, was sie einmal waren, je schneller jemand den Weg von der Wiege zum Altar der Wettbewerbsfähigkeit fand, desto besser.

Kuhala nickte und trat wieder in den Flur. Er hörte den Mann die Tür zum Zimmer seiner Tochter schließen, unten klirrte die Flasche. »Hat jemand gesehen, wie Suvi losfuhr?«

»Nein. Ich glaube nicht. Ich war auf der Arbeit, und Kati brachte Ville zur Tagesmutter.«

»Wann sie genau los ist, steht also nicht fest?«

Der Mann schüttelte den Kopf, sie drehten sich beide noch einmal zur Zimmertür des verschwundenen Mädchens um, dann gingen sie die Treppe hinunter. Auf einem Bord an der Wand saß ein einäugiger Teddybär mit einem Strauß verblasster Trockenblumen im Arm. Der Kopf des Bären hing herab, aus der Naht an der Schulter quoll die Füllung heraus. Die ganze Erscheinung des Wesens kündete von Kummer, für Kuhala war das fast schon zu viel. Zugleich wunderte er sich über seine Sensibilität für solche Einzelheiten, denn Leena hatte bei ihrem letzten Streit das Urteil der Vernageltheit, von der das ganze männliche Geschlecht befallen sei, über ihn gefällt.

Kati Ojanen stellte verschämt die Likörflasche weg.

Auf der Karte sahen sie sich beide Wege zum Sommerhaus der Familie Kangas an, die Uhr signalisierte, dass bereits ein neuer Tag begonnen hatte.

»Das ist der Nuotta-Teich, und hier liegt das Grundstück der Familie Kangas. Am Ufer stehen noch zwei andere Sommerhäuser. Das eine gehört einer Firma, das andere ist privat. Wir sind mit den Kangas nicht so eng bekannt.«

»Suvi ist immer die Strecke über Vertaala gefahren, weil da nicht so viel Verkehr ist. Und viel weiter ist es auch nicht«, erklärte Kati Ojanen.

Kuhala machte Anstalten zu gehen. Die Beschriftung der Karte verschwamm vor seinen Augen, das Straßennetz erinnerte an Spaghetti, die mit der Schöpfkelle an die Wand geklatscht worden waren.

Das Mädchen hatte die Geschichte mit dem Sommerhaus wahrscheinlich komplett erfunden und sein Fahrrad irgendwo hingelenkt, wo es am besten einen Lift zum nächsten Open Air bekam; das Trommelfeuer der Warnungen von Vater und Mutter hatten sie zu dieser Ausweichbewegung gezwungen, und das war man in dieser Familie einfach nicht gewohnt. Stellte sich nur die Frage: Welches Open Air und wann? Schrillten in diesen Wochen nicht auf jeder zweiten Halbinsel und in jedem Tal die E-Gitarren, hatte nicht jede gottverdammte mittelfinnische Kommune ihre eigene Rockfete, wo Mädchen wie Suvi Ojanen früher oder später landeten, um ihre Eltern zu verfluchen, nachdem sie aus der Flasche Mut geschöpft hatten? Das war das erste ordentliche Manöver in der Schlacht um die Selbstständigkeit, eine Reihe weiterer würde folgen, bis sich niemand mehr darüber aufregte. Und ein paar Jahre später lachten alle nur noch darüber.

Kuhala war sich seines Gesichtsausdrucks nicht mehr sicher, als er sich in den Hausflur absetzte und versprach, sich zu melden. Risto und Kati Ojanen blieben nebeneinander an der Küchentür stehen, die Gesichter vom elektrischen Licht ausgebleicht: Sie hatten ihr Bestes versucht, aber wozu hatte es gereicht, wozu?

»Es ist schon so spät, dass man die wichtigsten Fragen vergisst. Was hatte Suvi am Morgen, an dem sie weg ist, an? Da können Sie doch bestimmt etwas sagen.«

»Ein blau-weiß gestreiftes Top, rote Jeans und Riemchensandalen.«

# 7

Bei der Verkehrskontrolle waren fünf Autofahrer ins Netz gegangen. Bei einem hatte man einen Wert von fast zweieinhalb Promille im Blut gemessen. Meldungen über blindlings ausgeführte nächtliche Faustschläge vor Diskotheken garnierten als Füllsel den Artikel über den Mord an Bister, und am unteren Rand der Seite wurde berichtet, dass der Pyromane, der die Mülltonnen von Supermärkten im Stadtrandgebiet anzündete, wieder unterwegs war. Nur weil ein aufmerksamer nächtlicher Spaziergänger geistesgegenwärtig Alarm geschlagen hatte, hatten größere Schäden verhindert werden können.

So sah der durchaus übliche Saldo eines Tages aus – wenn das so weiterging, konnte die Polizei bald hilflos die Arme ausbreiten.

Kuhala ließ den Haferbrei bei geschlossenem Deckel ziehen und setzte sich auf sein provisorisches Bett, dessen unbequeme, schmale Matratze für empfindlichen Schlaf sorgte. Es schien seine Zeit zu brauchen, bis man sich an das Alleinleben gewöhnt hatte, die Verlockungen des Junggesellendaseins ließen vorläufig jedenfalls auf sich warten. Kuhala hatte mit der Hausverwaltung vereinbart, dass er so lange im Büro wohnen durfte, bis er eine Mietwohnung gefunden hatte, aber er unternahm nichts, fing gar nicht erst an zu suchen, vielleicht weil er tief in seinem Inneren die Hoffnung nährte, Leena könnte anrufen und ihn bitten zurückzukommen.

Auch das Aufstehen schien manchmal die Kräfte zu übersteigen. Und oft vergaß er sich morgens inmitten seiner alltäglichen Verrichtungen und sank gebannt ins Leere starrend aufs Bett zurück. Das mochten erste Anzeichen von Depression sein, aber da heutzutage praktisch jeder wahnsinnig depressiv war, fand Kuhala es klüger, gar nicht erst auf dem Thema herumzureiten. Die Zeit würde die Dellen der Rückschläge ausbeulen, im Herbst, wenn es kühler wurde, konnte das Leben schon wieder ein ganz anderes sein.

Er warf die Zeitung auf den Fußboden, ohne die Berichterstattung über Bister zu Ende gelesen zu haben. Auf dem Foto sah der Mann mit seinen künstlichen Locken und dem schleimigen Gesichtsausdruck aus wie einer, der mit gefälschten Meerjungfraugemälden handelte. Den Namen der Kriminalkommissarin, die die Ermittlungen leitete, kannte Kuhala nicht, und es war ihm nur ein schwacher Trost, dass Antikainen mit keinem Wort erwähnt wurde.

Dieser Clown konnte Kuhala dessen wenige Erfolge nicht verzeihen und hielt es für seine Mission, dem Privatdetektiv die Arbeit zu erschweren.

Der Kaffee machte munter, und anschließend tat es gut, die Magenkrämpfe, die von der Gerbsäure ausgelöst wurden, mit Haferbrei zu dämpfen, den Kuhala direkt aus dem Topf löffelte. In seiner ganzen Pracht stand er nackt am Souterrainfenster, mit den krampfadrigen Beinen, der schlaffen Taille und den Scheunentorschultern; sein Profil setzte sich aus ähnlichen Bestandteilen zusammen wie das von Eddie Constantine.

Kriminalkommissarin Annukka Maaheimo und ihr Kollege Antikainen hatten für Kuhala einen mit schwarzem Kunstleder bezogenen Stahlrohrstuhl reserviert, der nicht über Armlehnen verfügte und dessen ergonomisches Elend bis tief in die Muskulatur des unteren Rückenbereichs ausstrahlte.

Nur einer wie Antikainen besaß das nötige Maß an bösem Willen, um einen solchen Stuhl aus dem Magazin zu holen. Kuhala fand keine bequeme Haltung und gab es bald auf, danach zu suchen, denn er vermutete, das Sitzmöbel würde in jedem Fall bocken, egal, was er versuchte.

Sie saßen in einem Raum, in dem das Licht den Augen wehtat und dessen Luft nach Antikainens Schweiß und Annukka Maaheimos Dienstparfum duftete. In Letzterem schimmerte eine Prise straff angezogene Selbstdisziplin durch, ein gleiches Quantum Willenskraft und vielleicht ein Hauch von irgendeiner Blume, die Kuhala nicht zu benennen wusste. Die Frau war groß, eine blendende Erscheinung, und man konnte sich kaum vorstellen, dass sie vor etwas zurückschreckte. Eine Nachfahrin des Matriarchats, die kein leichtes Leben wollte, sondern gern Verantwortung übernahm. Sie trug einen kurzen schwarzen Rock, eine luftige Sommerbluse, und die naturroten, modisch geschnittenen Haare waren mit Sicherheit dazu angetan, die Konzentration ihres jeweiligen Gegenüber ins Wanken zu bringen, falls dieser es nicht verstand, auf der Hut zu sein.

Kuhala verstand es, hatte er doch nach dem Händedruck in weniger als fünf Sekunden sämtliche Schwächen der Frau erkannt. Es gab keine. Jedenfalls nicht in dieser Sitzung.

Ihre raue Stimme plätscherte in den unteren Registern dahin und schmeichelte dem Ohr; noch großartiger hätte sie mit Saxophonbegleitung geklungen, aber leider saßen sie im Polizeipräsidium und nicht in einer Kneipe, und bedauerlicherweise befand sich Kriminalhauptmeister Antikainen im Raum und kam mit Frechheiten.

»Gestern hast du gesagt, du wärst zwischen zwei und drei bei Bister reingeschneit. Jetzt redest du von kurz nach drei. Was werden wir morgen zu hören kriegen?«

»Es war kurz vor oder kurz nach drei.«

»Gestern hast du gesagt, du änderst kein Wort an deiner Aussage.«

»Ich habe letzte Nacht gut geschlafen. Jetzt erinnere ich mich wieder.«

»Wen hast du dort gesehen?«

»Tra Hun.«

»Denk genau nach. Nicht, dass dir die Hitze einen Streich gespielt hat«, drechselte Antikainen.

»Eigentlich sah er mich zuerst. Danach war Bister an der Reihe, den Kopf aus dem Turmzimmerfenster zu strecken. Das war alles. Wir wechselten ein paar Worte, dann bat er mich in seinen Turm, damit wir nicht zu schreien brauchten.«

Kommissarin Maaheimo fragte noch einmal nach der Uhrzeit und bat Kuhala zu überlegen, wie viel Zeit welche Episode jeweils in Anspruch genommen hatte. »Wir haben praktisch keine Spuren von einem Ankömmling gefunden, außer Ihren. Die Gegend dort ist allerdings felsig, und es ist auch noch nicht annähernd alles, was wir aufgenommen haben, identifiziert worden, aber eine Möglichkeit wäre natürlich, dass der Täter auf demselben Weg gekommen ist wie Sie. Oder dass er wusste, wo die Überwachungskameras hängen und sich länger versteckt hielt, nachdem er sie umgangen hatte.«

»In deine zierlichen Fußspuren Größe 49 passt eine ganze Kompanie rein, ohne dass es auffällt.«

Seine Gewohnheit, persönlich zu werden, drosselte Antikainen nicht einmal in Anwesenheit seiner Vorgesetzten, und wenn Kuhala die Spannung im Raum richtig deutete, fing Annukka Maaheimo bereits an, sich zu fragen, in was für eine Dienststelle sie hier eigentlich geraten war.

Keiner von beiden berichtete, was Salla Kosonen ausgesagt hatte oder ob man sie überhaupt befragt hatte. Vor der Tür hörte man das Schnurren einer Bohnermaschine, der Schimmer der Abwesenheit in den Augen der Kommissarin verweilte nur einen flüchtigen Moment, aber er blieb Kuhala nicht verborgen.

Die Versuchung von Sommerurlaub, Mittsommerfest und Müßiggang machte auch den Härtesten zu schaffen; das Erklimmen der Karriereleiter und der neue Arbeitsplatz kosteten Kraft. Vielleicht war Jyväskylä nach Helsinki auch bloß eine Art Schock für die gute Frau. Ging ihr das Trompetensolo, das jeden verdammten Sommerabend auf der Aussichtsterrasse des Restaurants Vesilinna gespielt wurde, bereits auf die Nerven, oder witterte sie den mittelfinnischen Sauerstoffschwund, die geistige Schaufensterkrankheit, von der man Wind bekam, sobald man die Leserbriefe in der Zeitung las oder wenn man sich versehentlich in einen Auflauf von dreitausend Menschen verirrte, die sich in der Innenstadt versammelt hatten, um dort ein Rallyeauto zu begaffen?

Kuhala entspannte sich mit dem Gewicht all seiner Kilos, der Folterstuhl stöhnte auf.

»Sie waren früher Polizist?«, fragte Maaheimo.

Kuhala nickte.

»Und dadurch hat sich bei Ihnen so eine Sensibilität für kleine Dinge herausgebildet?«

»Das kommt auf die Dinge an.«

Antikainen warf verstohlen einen prüfenden Blick auf Maaheimos Beine und wollte gerade anfangen, in der Nase zu bohren, als er merkte, dass Kuhala es merkte. Da geriet der Kriminalhauptmeister mit seinen Gebärden durcheinander, und vom unteren Bereich seines gleichmäßig glänzenden Gesichts stieg ein dunkelroter Streifen auf.

»Erzählen Sie mal, wie es war, als Sie sich auf den Weg zu Bisters Stadtwohnung machten.«

»Da war nichts Besonderes. Ich setzte mich auf die Rückbank.«

»War Tra Hun die ganze Zeit anwesend?«

»Nein. Er holte von irgendwo den Autoschlüssel ... oder es war das Handy.«

»Von irgendwo?«

»Aus dem Haus. Von drinnen.«

»Durch welche Tür ist er hineingegangen, wie lange hat es gedauert, bis er wieder da war?«

»Zwei Minuten. Über die Tür kann ich nichts sagen.«

Kuhala ahnte, worauf Maaheimo hinauswollte, aber der Gedanke schien so irrsinnig, dass er ihn gar nicht erst zu Ende spinnen wollte. Das war auch nicht nötig, denn er bekam Hilfe, als die Kommissarin einen Plastikbeutel auf den Tisch legte. Er enthielt ein Messer mit schwarzem Griff. Es war das Modell, das man Bister in den Rücken gerammt hatte, und wirkte abstoßend mit seiner schmuddeligen Klinge.

»Das ist die Mordwaffe. Herr Tra hat das Handy nicht etwa aus dem Turmzimmer geholt?«

»Ich habe nicht gesehen, durch welche Tür er ging.«

»Hat Tra irgendetwas über Bister gesagt?«

»Nein.«

In Annukka Maaheimos von rotem Haar eingerahmtem Blick schillerte nicht das Warten auf den Urlaub, sondern der Wille, alle Hindernisse aus dem Weg zu räumen. Kleinen Schrammen würde sie dabei keine Beachtung schenken, jeden Angriff jedoch erwidern.

Antikainen bugsierte sich näher an den Tisch heran, beugte sich über ihn und zwinkerte Kuhala zu. »Tra Huns Bruder hat am oberen Ende der Puistokatu einen mit Ach und Krach vor sich hinkrebsenden Laden, der auf Haushaltswaren, Süßigkeiten, Zigaretten und solches Zeug spezialisiert ist. Dort werden Messer dieser Marke verkauft. Made in Taiwan. Tra Pen, der Bruder, ist der Einzige, der diese Dinger nach Jyväskylä importiert, und der Einzige, der sie in seinem Laden verkauft. Was meinst du, wie weit die beiden vietnamesischen Brüder unter einer Decke stecken?«

Kuhala sagte nichts. Annukka Maaheimo bat ihn, darüber nachzudenken, ob ihm etwas an Tras Verhalten aufgefallen sei, nachdem dieser mit seinem Handy zurückgekommen war. Kuhala sagte noch immer nichts, schüttelte aber den Kopf. Vermutlich hatte man ihn von der Position des Hauptverdächtigen verdrängt, aber auch Tra passte nur schlecht in diese Rolle. Zwar hatte der Mann sich während der Autofahrt distanziert und wortlos gegeben, aber das musste noch nichts heißen. Auch nicht, dass er seine Drachentätowierung mit einem Hemd verhüllt hatte.

Wie zum Teufel war die Polizei an die Information gekommen, dass niemand sonst solche Messer verkaufte?

»War er aufgeregt oder nervös?«

»Nein.«

»Tra hatte Zeit, Bister abzustechen. Dir ist ja wohl klar, dass so etwas nicht lange dauert und dass man anschließend ohne Weiteres einen wie dich in die Stadt chauffieren kann, als wäre nichts gewesen. Der Fuchs beherrscht diverse Kampfsportarten. Da lernt man Selbstbeherrschung. Der hätte keine Miene verzogen, auch wenn er Bister die Kehle durchgeschnitten hätte«, ereiferte sich Antikainen. »Wäre nicht das erste Mal in diesen Kreisen.«

»Soweit ich mich erinnere, steckte das Messer im unteren Rückenbereich. Und zur Selbstbeherrschung gehört auch, dass man niemanden ersticht. Außerdem: warum so hektisch zuschlagen?«

»Die Kopfschmerzen kannst du uns überlassen.«

»Stimmt. Ich hab selbst genug davon.«

»Kann sein, dass du erst weißt, was richtige Kopfschmerzen sind, wenn die Ermittlungen voranschreiten, Kuhala.«

Antikainen konnte ein saures Rülpsen nur halb unterdrücken und lehnte sich mit bombastischem Gesichtsausdruck auf seinem Stuhl zurück. Die Hände suchten die Hüften auf, und die Pupillen rotierten wie bei Mussolini. Plötzlich kam Kuhala auf den Gedanken, dass Antikainen absichtlich Theater machte, um die Aufmerksamkeit seines Gegenübers auf etwas anderes als das Wesentliche zu lenken und ihn dazu zu bringen, sich in Widersprüche zu verstricken. Verbarg sich hinter der ganzen Ungehobeltheit kaltes Kalkül?

Oder griff der Kriminalhauptmeister nur deshalb nach den Zügeln, weil Annukka Maaheimo seiner Meinung nach eben nur eine Frau und eine neu zugezogene Streberin war, ungeachtet ihres höheren Dienstranges?

Etwas behexte Antikainen. Aber was? Die Pisse, die ihm durch den vierspaltigen Zeitungsartikel in den Kopf gestiegen war?

Und weshalb, zum Teufel, verdichtete sich die Atmosphäre überhaupt dermaßen, als hätte Bister die Polizei von Jyväskylä stets mit großzügigen Weihnachtspräsenten bedacht?

Kriminalkommissarin Maaheimo verriet jetzt mit keiner Miene mehr, was sie von ihrem Kollegen hielt. Sie äußerte die Vermutung, Kuhala könne sich als ehemaliger Polizist gewiss daran erinnern, in welch erstaunlicher Weise es die Ermittlungen voranbringen konnte, wenn man in einer frühen Phase die richtigen Hypothesen aufstellte, und auch wenn es den Zeugen mitunter ermüdend erscheinen möge, so berge die Rekapitulation von Einzelheiten doch manchmal Überraschungen. »Das werden Sie bei Ihrer jetzigen Arbeit doch sicherlich auch bemerkt haben?«

Kuhala zauberte ein Lächeln aufs Gesicht, das er einst vor dem Spiegel als eines seiner besten gecastet hatte. Es bestand aus einem jungenhaften Grinsen, ließ einen Mundvoll gesunder weißer Zähne aufblitzen und kräuselte die Winkel der braunen Augen. Allerdings waren seit dem letzten Testlächeln Jahre verstrichen.

Plötzlich nahm er an sich erste Symptome von Abgenutztheit wahr und war ein wenig irritiert.

Der Reaktion der Kommissarin nach zu schließen hatten sich das Jungenhafte, die Lachfältchen und dergleichen mittlerweile in den Teig des mittleren Alters verwandelt.

»Na gut, vielleicht machen wir Schluss für heute.«

Maaheimo sah auf die Uhr, sprach die vorgeschriebenen Sätze aufs Band und schaltete es aus. Antikainen saß finster auf seinem Stuhl, die Zigaretten, deren Packung sich in seiner Hemdtasche abzeichnete, gehörten zu den stärksten Sorten, die auf dem Markt waren, und lüfteten die Lunge mindestens so gründlich wie zwei Joggingrunden am Stadtberg. »Halte dich zur Verfügung, bald machen wir weiter.«

Die Hitze schlug einem ins Gesicht wie aus einem offenen Backofen, sie drückte den Passanten Furchen in die Haut, auf keiner Miene blitzte Mittsommerfreude auf.

Nicht einmal bei Kuhala, der immerhin wehmütig an die Sommer seiner Kindheit zurückzudenken pflegte, an die Johannisfeuer am Abend, als er die Walderdbeeren vertilgte, die seine Mutter gesammelt hatte, und den Blick nicht von den zum Himmel aufsteigenden, knisternden Flammen wenden konnte.

Er holte seinen Wagen vom Parkplatz des Alko-Ladens, zügelte dann aber die Hand auf dem Weg zum Zündschloss und stieg wieder aus, um sich einen Dreiviertelliter Haddington House als Nachschub zu besorgen. Er musste die Flasche ja nicht gleich aufmachen, und es war nur recht und billig, dass man etwas im Haus hatte, wenn Gäste kamen.

# 8

Über der Pyssymiehenkatu lag eine schläfrigere Hitze als in der Innenstadt. Auf einem unbebauten Grundstück sprossen Herkulesstauden, gegen die niemand etwas unternahm, obwohl es von den Gewächsen hieß, sie eroberten nach und nach jedes fruchtbare Stück Erde. Kuhala glitt an den prächtigen Pflanzen vorbei und dachte daran, einen Herkulesstängel zur nächsten Vernehmungssession mit Antikainen mitzubringen.

Das gelbe Backsteinhaus der Ojanens lag ruhig da. Neben dem Plattenweg lagen noch immer dieselben Sachen herum wie beim letzten Mal, am Fenster an der Giebelseite im ersten Stock waren die Vorhänge zugezogen. Kuhala drehte sich um, ein Schwarm Drosseln flatterte, wild geworden durch die Hitze, in das Erlengehölz hinter dem unbebauten Grundstück.

Dies hier war eine Gegend für glückliche Menschen, die gut über die Runden kamen, hier wurde der schönste Garten der Stadt gewählt, und auf den Messingschildern an den Briefkästen prangten durchweg Rokokobuchstaben.

Hinter dem Fenster des grün gestrichenen Hauses gegenüber regte sich etwas genau in dem Moment, in dem Kuhala darüber nachdachte, was schlecht daran war, glücklich zu sein und gut über die Runden zu kommen, und ob eigentlich je eines von beiden auf ihn zugetroffen hatte. Nein, jedenfalls nicht das mit dem Gut-über-die-Runden-Kommen.

Er ging mit großen Schritten auf das Haus zu und drückte den Klingelknopf. Ein Mann öffnete die Haustür gerade so weit, dass er sein argwöhnisches Gesicht ans Tageslicht schieben konnte. Das graue, wellige Haar war gekonnt gekämmt, die Nase witterte Umtriebe. »Wir brauchen nichts, danke.«

Das Gesicht wich ins Halbdunkel des Flurs zurück, die Tür wurde zugezogen, aber Kuhala schob die Fußspitze in den Spalt und sagte mit wenigen Sätzen, was er wollte.

»Weil Sie in unmittelbarer Nähe wohnen, wollte ich Sie fragen, ob Sie zufällig gesehen haben, wie Suvi Ojanen am Montagmorgen weggefahren ist. Vielleicht so gegen neun?«

»Nein. Tut mir leid.«

Kuhala war inzwischen so weit auf die Schwelle vorgedrungen, dass der Mann die Tür nicht mehr zubekam.

Er war kräftig gebaut und von seiner Erscheinung her ein Sturschädel von der alten Garde, der, wenn er sich einmal querstellte, jedem Schwierigkeiten bereiten konnte. Kuhala wollte keine Scherereien, aber irgendwie hatte er das Gefühl, einen Mann vor sich zu haben, der nicht viel mehr zu tun hat, als am Fenster Wache zu schieben, um seine Langeweile auszubrüten.

Der Vorgarten war mit Gartenmaschinen picobello aufpoliert, die hier und da platzierten kniehohen Stimmungsleuchten sorgten an Augustabenden gewiss für heimeliges Zwielicht. Der Gesamteindruck war jedoch eher diszipliniert als behaglich; Spaten, Hacke und Rechen im Miniformat, die für den letzten Schliff an den Pflanzungen vorgesehen waren, lagen neben dem Fußabstreifer aus verzinktem Gitterblech wie das Besteck für ein Festmenü.

»Kennen Sie die Ojanens?«

»Wie man eben seine Nachbarn so kennt.«

»Und das Mädchen?«

»Die Kleine tut anständiger, als sie ist.«

Der Mann konnte die Petze in sich doch nicht im Zaum halten. Er trug ein dunkelblaues Hemd mit kurzen Ärmeln, dunkle Hosen mit Bügelfalten und gut gepflegte Schuhe; er hatte sich dafür entschieden, an seinem Stil bis zuletzt festzuhalten, auch wenn seine Lebensaufgabe zusammengeschrumpft war und nur noch im Umherschleichen in Innenräumen und im Spannen am Fenster bestand. Suvi Ojanen habe getrunken, wechselnde Beziehungen und ein reges Nachtleben gehabt. »Hat mich manchmal mit ihrem Radau aufgeweckt, wenn sie im Arm von irgendeinem Lump von ihren Sauftouren zurückkam. Hier vor meinen Augen haben sie sich dann gegenseitig abgeleckt, und die Flasche stand mitten auf der Straße, als würde ihnen ganz Europa gehören.«

»Was war das für ein Radau?«

»Eben so ein Geschrei, nicht die Spur von Vernunft. Und die anständigen Leute haben nicht mal nachts ihre Ruhe. Man kann von Glück sagen, wenn sie nicht angefangen haben, in der Öffentlichkeit zu bumsen.«

An der Tür stand der Name Rautala. Rautala ließ die Klinke los und trat auf die Grenze von Licht und Schatten. Er roch nach Rasierwasser, in seinen Armen steckte noch Kraft. Kuhala fragte ihn, ob er Suvi Ojanen nach ihren nächtlichen Ausflügen jedes Mal mit einem anderen Kavalier angetroffen habe.

»Manchmal war es ein Junge, der genauso betrunken war wie sie, und manchmal kam sie im schicken Auto. War gerade mal achtzehn, das Mädchen, wenn überhaupt, und was für ein Vorbild für ihren kleinen Bruder.«

Kuhala fragte sich, ob der Mann nur aus Versehen in der Vergangenheitsform über das Mädchen sprach. Rautalas Enthüllungen waren nicht sensationell, sondern bestätigten nur, was Kuhala vermutet hatte. Suvi Ojanen verbrachte den Sommer auf ihre Art. Mindestens jede Zweite in ihrem Alter machte hemmungslos Party, und wenn das Geld schon aus der eigenen

Tasche kam, war es dann besser, es in den Windschatten zu legen, als es zu verfeiern?

Der Privatdetektiv bedankte sich und ließ seine Visitenkarte da, für den Fall, dass dem Nachbarn noch etwas einfiel. Auf einmal schob sich hinter Rautala ein elektrischer Rollstuhl ins Bild. Die stumme Gestalt der Frau, die darin saß, fügte sich perfekt zu der stillen Beschaulichkeit, die das Haus umgab.

Die Tür fiel zu.

Am Himmel war kein Wölkchen zu sehen, nicht der geringste Windhauch streifte die Wipfel der Birken. Eine graue Katze eilte geduckt über die Straße, in der Hecke stießen die Spatzen warnendes Schilpen aus. Als sie verstummten, hörte Kuhala wieder das weiche, ein wenig schlagende Geräusch vom Abend zuvor.

Es stammte vom Nachbargrundstück der Ojanens, wo er ohnehin hinwollte. Das bescheidene, hellgrün gestrichene Holzhaus erinnerte an eines von den Veteranenhäuschen, wie sie nach dem Krieg in Jyväskyläs Vororten Nisula und Kypärämäki hinter dem Stadtberg gebaut worden waren. Es passte nicht recht ins Bild, die Farbe blätterte von den Brettern ab, und auf der Dachleiter wuchs Moos. Rechts und links vom ungepflasterten Gartenweg lagen verstoßene Fahrräder herum, der Briefkasten war aus Sperrholz gezimmert worden.

Das Grundstück war groß, aber für den Titel des schönsten Gartens der Stadt würde noch eine Menge Fleißarbeit anfallen. Wäre die blühende Hecke auf Bodenniveau heruntergeschnitten gewesen, hätte sich sicherlich manch einer vor Erschütterung an die Stirn geschlagen.

Kuhala stieg die steile Treppe zur Veranda hinauf, konnte aber das Geräusch noch immer nicht orten. An der Tür stand der Name Närhi, doch niemand öffnete. Er spähte durch die Fenster und machte dann kehrt, um die Treppe wieder hinunterzugehen.

In der entlegensten Ecke des Grundstücks befand sich hinter ungepflegten Johannisbeersträuchern ein schuppenartiges Gebäude, das vielleicht mal eine Garage gewesen war. Die Türen standen weit offen, ein Lichtschein drang heraus.

Ein sehniger, muskulöser Mann, der lediglich eine Sporthose anhatte, kämpfte sich mit ökonomischen Schritten auf einem Laufband vorwärts, seine Hände sorgten dabei für den Rhythmus. Auf einem Breitwandbildschirm an der Rückwand sah man eine asphaltierte Straße, gesäumt von Palmen, breiten Promenaden und hotelartigen Gebäuden mit dekorierten Sonnenbalkonen. Der Rücken des Mannes glänzte vor Schweiß, an den Wänden hingen Werkzeuge und Autoreifen an Haken.

Ab und zu winkte er dem Publikum am Straßenrand zu und blickte dann auf die Uhr, als würde er sich dem Punkt nähern, an dem er den Ausreißversuch riskieren musste. Es handelte sich hier um das Resultat der Produktentwicklung für Fitnesssportler, die sich ihrer Sache mit Leib und Seele hingaben, es half dabei, sich in die Langatmigkeit des Kilometerfressens hineinzuleben, und stellte unter Beweis, dass sich die finnische Prägung des Wahnsinns bester Gesundheit erfreute.

Kuhala wusste nicht recht, ob der passende Augenblick gekommen war, die Trainingseinheit zu unterbrechen, doch falls hier gerade die Auftaktkilometer eines Vollmarathons vonstatten gingen, hatte er nicht die geringste Lust, bis zur Zielankunft abzuwarten. Eine dunkle Schönheit reckte sich nach vorne und winkte dem Mann mit einer spanischen Fahne zu – und der Mann hob die Hand. Als die erste Versorgungsstation in Sichtweite rückte, räusperte sich Kuhala.

Der Mann machte sich nichts aus dem triefenden Schwamm, der ihm entgegengereicht wurde, er wollte auch keinen Becher, kam aber durch das Räuspern des Privatdetektivs aus dem Rhythmus und sprang vom Band.

»Barcelona?«

»Sieht es vielleicht nach Lohja aus?«

»Der wievielte Kilometer?«

»Na ja, das ist die Phase des Marathons, in dem sich zeigt, was ein Mann ist. Die Schlaffen fallen jetzt zurück. Danke auch für die Unterbrechung.«

»Ich suche Suvi, die Tochter der Ojanens, und dachte, ich fange bei den Nachbarn an, weil Nachbarn sich ja meistens kennen. Das Mädchen ist seit Montag ausgeflogen, und die Eltern machen sich Sorgen. Sie sehen nicht so aus, als wären Sie fünfunddreißig Kilometer gelaufen.«

Närhi wischte sich über die verschwitzen Brustmuskeln und das Gesicht. Er schien die Anstrengungen des Mittagstrainings bereits verkraftet zu haben, in seinem Blick zuckte skeptische Aufmerksamkeit auf. »Sie haben insofern falsche Vorstellungen, als ich die Ojanens nicht kenne. Jeder lebt sein eigenes Leben.«

»Vom Sehen werden Sie sie doch kennen?«

»Schon. Und man sagt sich Guten Tag, wenn man sich auf der Straße begegnet, aber ist das schon Kennen?«

Er schaltete den Marathonfilm ab, gerade als die Kamera einen geschäftigen Straßencafékellner herauspickte, der mit einer Hand auf einer Registrierkasse herumhackte und mit der anderen einen vollgepackten Eispokal balancierte. Auf dem Schirm, der in der obersten Kugel steckte, waren die spanischen Farben zu erkennen.

Sie traten in den Garten. Närhi setzte eine Flasche mit einem Energiegetränk an und musterte Kuhala ernst. Der Adamsapfel hob und senkte sich, über den gebräunten Körper liefen Adern. Der Mann wirkte wie einer, der fest verwurzelte Gewohnheiten besaß, einen regelmäßigen Tageslablauf und eine mit Beton ausgekleidete Wertewelt, der aber schon lange begriffen hatte, dass all das zu nichts führte.

Vielleicht halfen dreißig Vollmarathons im Jahr beim Vergessen, vielleicht wurden beim Ausreißen am Anstieg nicht nur die Gegner, sondern auch ein paar Sorgen abgeschüttelt.

»Die Kleine ist auf den Geschmack des Lebens gekommen. Das ist alles. Dafür braucht man eigentlich nicht die Dienste eines Privatdetektivs, sollte man meinen.«

»Wann haben Sie Suvi Ojanen zuletzt gesehen?«

»Letzte Woche. Möglicherweise.«

Er zog seine gelben Laufschuhe aus und massierte sich die Zehenzwischenräume, die Drosseln tauchten in die Johannisbeersträucher ein und machten mit den unreifen Früchten kurzen Prozess. Kuhala fragte Närhi, ob er manchmal wach geworden sei, wenn das Mädchen spätnachts nach Hause kam.

»Ich habe einen guten Schlaf. Ich bewege mich viel, esse gesund und mische mich nicht in die Angelegenheiten anderer Leute ein. Wie kommen Sie überhaupt darauf, dass das Mädchen gern spätnachts nach Hause kam?«

»Hat mir ein anderer Nachbar erzählt.«

»Rautala? Da haben wir es mit einem schwierigen Menschen zu tun. War schon schwierig vor dem Unfall seiner Frau und ist jetzt auch noch sonderbar, wenn ich so sagen darf.«

»Was ist mit seiner Frau passiert?«

»Sind in Vesanka am helllichten Tag von der Straße abgekommen. Es war eine gerade Straße. Es heißt, Rautala habe Selbstmord versucht, aber es ist ihm nur geglückt, seine Alte für den Rest ihres Lebens an den Rollstuhl zu fesseln. Selbstmord und Mord, das war es, was er versucht hat.«

Er schlug die Laufschuhe gegeneinander und schien absolut nicht zu merken, wie schnell er seine Aussage, sich nicht in die Angelegenheiten anderer Leute einzumischen, auf den Kopf gestellt hatte. »Rautala ist böswillig. Er ist einer von der Sorte, die ihre Kraft daraus beziehen, andere anzuschwärzen. Falls ich auch nur einigermaßen bei Sinnen bin, dann kümmerte sich Suvi um ihren kleinen Bruder und machte ihren Sommerjob.«

Wieder die Vergangenheitsform. Der Imperfektionismus schien sich von Garten zu Garten auszubreiten.

»Haben Sie auch Schwierigkeiten mit Rautala?«

»Ich hatte. Jetzt nicht mehr, weil er im Haus bleibt und nicht herkommt und das Maul aufreißt.«

Pentti Närhi blieb vor der Treppe zur Veranda stehen und hob eine mit Rost gesprenkelte Zehn-Kilo-Hantel aus dem Gras auf. Es war ein Knastmodell, ihr schmutziges, kantiges Design ließ sie fünf Kilo schwerer aussehen. »Der hat es gewagt, mir zu raten, wie ich die und die Ecke sauber zu machen hätte, damit ich einen mustergültigen Garten bekäme. Hat mir offen ins Gesicht genörgelt, aber ich hab ihm das Gartentor gezeigt und gesagt, wenn er rennt, schafft er es gerade noch zu verhindern, dass er eine wenig mustergültige Visage bekommt. Ich wohne hier länger als jeder andere. Bald dreißig Jahre. Das ist das Haus meines Vaters, und wenn es anderen nicht recht ist, sollen sie fortbleiben.«

Die Hantel sah jetzt leicht aus, unter der Haut lebte der Bizeps, und trotz des Pumpens schlich sich kein Pfeifen der Atemlosigkeit in die Sätze. Närhi wechselte die Hand, indem er die Hantel in die Luft warf, musste aber einen zusätzlichen Schritt einlegen und taumelte gegen das Treppengeländer, das so morsch war, dass es krachte. Kuhala schätzte Närhi eher auf sechzig als auf fünfzig.

Die Einsamkeit des Marathon- und Hanteltrainings hatte außer der Muskulatur auch sein Ego in einem Maß anschwellen lassen, dass die Gefahr der Übertreibung drohte.

Sie starrten auf die Geländerpartikel, die auf die Erde gerieselt waren. Närhi ließ die Hantel um ein Haar auf Kuhalas Zehen fallen.

»Da Sie nun Ihre Nachbarn samt deren Hintergrund doch ein

bisschen zu kennen scheinen, haben Sie vielleicht auch ein bisschen Fingerspitzengefühl dafür, wo Suvi hingegangen sein könnte.«

Der Mann warf seine Laufschuhe vor die Tür. »Wenn ein Kerl so ein Mädchen in die Finger bekommt, wo geht's dann hin?«

Kuhala wartete auf die Antwort. Er bekam sie nicht. Närhi nickte und ließ den Privatdetektiv allein im Garten zurück, damit er über die Lücken in seiner Bildung nachdenken konnte.

# 9

Drei Tage vor Mittsommer war Kuhala bei der Suche nach Suvi Ojanen weniger vorangekommen, als er erwartet hatte. Das Mädchen schien vom Erdboden verschluckt zu sein, auch wenn der Privatdetektiv nicht im Geringsten daran dachte, den Eltern eine solche Erklärung zu liefern. Auch die anderen Erklärungen gingen ihm allmählich aus, die Sonne, die strahlend im Zenit stand, zehrte an den Kräften und trocknete den Mund aus.

Kuhala kniete auf dem braun verbrannten Gras vor seinem Büro und träufelte Nähmaschinenöl auf die Kette seines Fahrrads; die fröhliche Witwe aus dem vierten Stock hängte Kleinwäsche auf die Leine. Zwischen den Spitzen ihrer BHs hindurch behielt sie den Privatdetektiv im Auge und ließ das Beste aus ihrem Flirtvorrat erklingen, was Kuhala mit Miesepetergebrumm quittierte, denn er war ein bisschen missmutig, weil er nichts zustande brachte.

Die Geckos Inkeri und Hytönen behielten einander in ihrem Freiluftkarton im Auge und bewegten die trockenen Köpfchen keinen Millimeter. Obwohl sich Kuhala keineswegs sicher war, ob man die Kreaturen überhaupt aus dem Terrarium an die Luft holen durfte, hatte er in seiner humanen Art gedacht, es müsse jedem zustehen, den Sommer zu genießen. In dem Karton hatte er Sand, Steine und Zweige ausgestreut, es war das Ferienhäuschen der Echsen.

In einer kleinen, halb von der Streu verdeckten Meldung in der Zeitung, mit der Kuhala den Karton ausgekleidet hatte, wurde von Suvi Ojanens Verschwinden berichtet.

»Hast du nicht Lust, zum Kaffee zu kommen? Ich hätte sogar Erdbeerkuchen und alles«, schlug die lustige Witwe vor, wobei sie ihren dauergewellten Kopf zwischen den Beinen einer Strumpfhose hindurchschob, ohne zu präzisieren, was dieses »alles« beinhaltete.

Der Privatdetektiv kratzte die wollige Brustbehaarung seines unverhüllten Oberkörpers und brachte die Kette in Schwung.

»Senga Sengana«, ertönte es hinter den Unaussprechlichen.

»Nee, das Rad ist ein finnisches Fabrikat, Monark. Hat mein Sohn hier gelassen, als er zum Studieren weg ist.«

»Hallo, Papa! Redest du über mich?«

Kuhala fuhr zusammen und grinste Tatu an, der braun gebrannt und vital hinter der lustigen Witwe stand. Über seinen Schultern hing eine Art Rucksack, die Kleidung setzte sich aus Shorts, Sandalen und ärmellosem Hemd zusammen, dessen Brust ein wellenartiges Muster zierte. Vielleicht sollte es Vögel darstellen. Die Haare waren halblang. Dieser Stil war zuletzt Ende der 60er-Jahre in Mode gewesen, erinnerte sich Kuhala.

Er hatte Tatu das letzte Mal an Ostern gesehen und freute sich über die Begegnung dermaßen, dass er kurz schlucken musste, bevor er sich aufrappelte und die Hand ausstreckte, duckte sich aber sogleich zu einer Serie von angedeuteten Boxhieben, bevor er seinen Sohn umarmte, verlegen, glücklich. »Ich freue mich echt, dich zu sehen. Armi, hol den Kuchen runter, ich koch uns Kaffee.«

In das Lächeln der lustigen Witwe schlich sich eine Furche der Unzufriedenheit ein, die sich aber schnell glättete. Kaum hatte sie ihren restlichen Fummel auf der Leine, verschwand sie im Treppenhaus. In Wahrheit wusste Kuhala gar nicht, ob Armi überhaupt Witwe war, aber lustig war sie jedenfalls und mit ihrer Koketterie voller Lebenswillen, den man nur bewundern konnte. Sie hatte sich um einen Ritter des Mannerheim-Kreuzes aus dem Nachbarhaus bis zu dessen Tod gekümmert, und da auch Kuhala mit dem Ritter zu tun hatte, war die Bekanntschaft wie von selbst entstanden.

»Ist das mein altes Rad?«, wollte Tatu wissen.

»Ja.«

»Wo willst du denn damit hin?«

»Ich mache eine Mittsommertour«, erwiderte Kuhala.

Vater und Sohn musterten sich gegenseitig. Kuhala bückte sich, um die Dellen in der vorderen Felge in Augenschein zu nehmen, und erkundigte sich, wie es dem Jungen in der großen weiten Welt ergangen war und wie er es fertig gebracht hatte, den sündhaften Verlockungen der Großstadt aus dem Weg zu gehen. Der Sinn des scherzhaften Geredes bestand darin, die Rührung zu verbergen, die sich in seiner Brust regte. Es war ja gerade erst einen Moment her, dass der Junge zwischen den Füßen umhergelaufen war und auf den Arm genommen werden wollte, ganz zu schweigen von der Phase, in der er um eine Indexerhöhung seines Taschengeldes geschnorrt hatte. Und wie wenig erst seit der Zeit, als die gottverdammte Kernfamilie noch zusammenhielt.

Tatu sagte, er wohne in einer Art WG im Helsinkier Stadtteil Tapanila und trage Zeitungen aus, um sich über Wasser zu halten, weil die staatliche Unterstützung so knauserig sei. Der Junge war nicht mehr so schmächtig, sondern muskulös, die Flamme der Jugend brannte.

»Aber du studierst doch auch?«

»Ja, ja.«

»Sag mir doch noch mal, was dein Hauptfach ist.«

»Kulturanthropologie.«

»Toll. Ist bestimmt interessant.«

Gecko Hytönen wirbelte mitten im Karton herum, stellte

sich auf die Hinterfüße und zitterte mit dem Schwanz, um Tatu zu begrüßen.

»Ich hab den Geckos nichts mitgebracht, aber die brauchen ja auch nichts. Und du und Mama? Habt ihr immer noch ein kühles Verhältnis?«

Allmählich bekam Kuhala Lust auf einen Schluck Whisky und eine Zigarette; er drehte am Vorderrad des Monark und sagte, es bestehe derzeit praktisch kein Verhandlungskontakt. »Warst du schon bei deiner Mutter?«

»Ich dachte, ich komme zuerst hierher, weil das näher ist. Du wohnst doch noch im Büro?«

»Ja. Sag Leena schöne Grüße. Was machst du an Mittsommer?«

»Ich fahr mit ein paar Kumpels auf 'ne Insel.«

»Du weißt nicht zufällig, was deine Mutter vorhat?«

»Nein.«

Kuhala wühlte in seinem Portemonnaie und überlegte kurz zwischen einem Fünfziger und einem Hunderter hin und her, bis er dem Jungen schließlich beide gab. »Kauf dir eine Bratwurst ... und was zum Runterspülen.«

»... das ist aber viel zu viel.«

»Dann gib mir halt was zurück.«

»Ich war schon immer der Meinung, dass du an dem Tag, an dem du deinen inneren Geizhals überwunden hast, perfekt sein würdest«, lachte der Junge und schob die zusammengerollte Spende in die Hosentasche. »Wohin soll deine Tour denn gehen?«

»Bloß in Richtung Tikkakoski«, antwortete Kuhala, schwang sich aufs Fahrrad und fuhr um die leicht im Windhauch flatternde Unterwäsche der lustigen Witwe herum.

Tatu war selbstständig und erwachsen geworden, er brauchte seine Eltern nicht mehr, als es eine gelegentliche Budgetaufstockung erforderte, aber das war das Gesetz des Lebens. Eine gleich hohe Spende von Leena würde bedeuten, dass die Mittsommerparty finanziell gesichert war.

»Ach ja, der Kaffee. Du, schalt doch mal die Maschine ein, bevor der Kuchen kommt.«

Tatu verschwand auf der Treppe, der wilde Wein raschelte. Auch im Geckokarton raschelte es, weil Inkeri und Hytönen wie verrückt umeinander herumspurteten.

Das Fahrrad knirschte und wackelte, die Kugellager hatten ihre besten Tage vermutlich lange hinter sich. Kuhala bremste und hielt das Gesicht in die Sonne. Er schloss die Augen: Ein weiteres Gesetz des Lebens lautete, dass es keinen Sinn hatte, sich an glückliche Momente zu klammern. Wenn ihre Wärme schwand, lag es in den Händen des Zufalls, ob man auf neue stieß oder nicht.

»Wie pervers! Also so was von pervers!«

Die lustige Witwe stand mit dem Erdbeerkuchen in den Händen neben den Mülltonnen, ihr Ausruf hallte in der ganzen Hinterhofschlucht wider. Kuhala wachte aus seinen Träumen auf und wischte die Strumpfhose weg, die ihm der Sommerwind um den Hals geschlungen hatte.

Sie deckten im Grillhäuschen der Hausgemeinschaft den Tisch und schlürften den heißen Kaffee aus den Bechern, die Kuhala im Trennungsclinch mitgenommen hatte. Sie stammten aus den ersten Ehejahren. An den Henkeln sah man Klebespuren, die Ränder hatten Sprünge, die Blumenverzierung war verblasst wie die Erinnerungen.

Armi Vihinen erkundigte sich bei Tatu, wie es ihm gehe, anschließend ging sie die interessantesten menschlichen Schicksale der vier umliegenden Häuser durch und würzte ihre Erzählung mit herzzerreißenden Details, als führe sie darüber Buch. »... seine ganze Geisteskrankheit war nichts anderes als eine Flucht ... nimm dir nur ein großes Stück, mein Junge ...«

Ab und zu wurde ihre pausenlose Rede von einem Lachen oder halb boshaften Kichern unterbrochen; hin und wieder erhielten auch Kuhala und Tatu die Gelegenheit, etwas zu sagen. Das klingende Geräusch der Tortenschaufel und der warme Wind auf der Haut ließen sie vergessen, dass der Sommer kurz war und die knochenerweichenden Herbstböen nur wenige flüchtige Wochen entfernt lauerten.

Vater und Sohn griffen aus Herzenslust zu, die Geckos hingen an einer Innenwand des Freiluftkartons und lauschten der Party mit geschlossenen Augen, in Echsenstarre.

Als die lustige Witwe mit der leeren Kuchenplatte im Treppenhaus verschwand, bat Kuhala seinen Sohn noch einmal, Leena Grüße zu bestellen. »Falls sie fragt, wie es mir geht, dann sag ihr ... na ja, du siehst ja, wie es mir geht.«

»Kannst du sie nicht selbst anrufen und ihr sagen, wie es dir geht? Ich mein ja bloß, schon gut, ich sag's ihr.«

»Komm noch mal vorbei, bevor du wieder nach Helsinki fährst.«

»In Ordnung.«

Tatu warf sich den Rucksack über die Schulter und winkte. Sein vom Capoeira-Training elastischer Schritt führte ihn über den ausgelaugten Rasen zum Zaun, wo die Reise mit einem fast schon saltoartigen Sprung in den Nachbarhof weiterging. Kuhala brachte Inkeri und Hytönen ins Terrarium zurück und ließ sich dazu erweichen, beiden ein paar zusätzliche Beißschrecken zu spendieren, aus Freude darüber, dass Tatu seinen alten Vater nicht vergessen hatte. Die Geckos machten sich nichts aus den Leckerbissen, sondern begeisterten sich dafür, einander anzustarren, reglos und derart verschroben, dass Kuhala der Verdacht überkam, sie könnten zu viel Sonne abbekommen haben.

In den frühen Morgenstunden wachte er auf seinem provisorischen Bett mit einem unangenehmen Gefühl auf. Zu viel Erdbeerkuchen, zu wenig Erfolg bei der Arbeit, zu viele mit Trennungsfrust glasierte Träume?

Nein, diesmal war es nichts dergleichen.

Jemand hielt Kuhala ein Messer an die Kehle.

Die Kundschaft der Detektei setzte sich aus gut und schlecht Betuchten zusammen, aber üblicherweise kamen sie alle zu den Öffnungszeiten und sagten wenigstens ein paar Sätze, bevor sie in Erwägung zogen, handgreiflich zu werden.

Kuhala hörte das Rauschen des Nachtwindes und die schneller werdenden Schläge seines Herzens. Er versuchte sich zu rühren, aber die Messerklinge verhinderte es. Seit fast einer Woche ließ er nachts wegen der Hitze die Tür einen Spaltbreit offen – in diesem Moment bereute er diese Maßnahme zutiefst. Schließlich gelang es ihm, dem Unbekannten mit heiserem Piepsen mitzuteilen, dass die Geldbörse in der hinteren Tasche seiner Hose irgendwo unter dem Bett steckte. Es waren nur Münzen darin, das Papiergeldfach war leer, seitdem er in einem Freundlichkeitsanfall Tatu die beiden Scheine zugesteckt hatte.

Der Eindringling roch nach Schweiß und etwas Süßem. Er sagte, er werde Kuhala töten. Der ausländische Akzent und die ulkige Silbenbetonung nahmen der Drohung ein wenig von ihrem Pep, zumal das Messer alleine schon ausgereicht hätte, die Absichten des Mannes unter Beweis zu stellen. Kuhala versuchte, seine Muskeln zu entspannen, und hätte durchaus auch versucht, dem Eindringling eine zu verpassen, aber dieser hatte sich mit der Behändigkeit eines alten Fuchses ans Kopfende geschlichen und stand dort mit seinem Messer wie ein wahnsinnig gewordener Barbier. Dem Privatdetektiv kam das Bild von Viktor Bister in den Sinn, in seinem Turmzimmer am Stuhl festgenietet.

»Die Polizei hat meinen Bruder mitgenommen.«

Die Klinge kitzelte den Adamsapfel des Privatdetektivs. Er war so erschrocken, dass er noch immer nichts begriff. »Ich bin kein Polizist. Welchen Bruder?«

»Meinen großen Bruder.«

In dem Moment, als die Einzelteile im Zusammenhang einrasteten, gab das mobile Gästebett für fünfunddreißig Euro nach. Ein achtloser Stoß durch Tra Pen, der im oberen Teil der Puistokatu als Einzelhändler arbeitete, war zu viel für den Mechanismus. Der ausklappbare Metallrohrfuß des Kopfendes rutschte weg, und Kuhala knallte aus etwas mehr als einem halben Meter auf den Fußboden und biss sich dabei auf die Zunge. Der Strom des Schmerzes löste ein Feuerwerk an den Rändern seines Sehfelds aus, und der Zorn, den er von seiner aus Kauhava stammenden Mutter geerbt hatte, brach los.

Kuhala sprang in den Wartezimmerbereich des Büros und baute sich in geduckter Verteidigungshaltung vor dem Terrarium auf. Es war schließlich nicht einmal zwei Jahre her, dass zwei Kleinkriminelle, die später totgeschlagen und verbrannt worden waren, in seiner Detektei gewütet und das Heim der Geckos kaputt gemacht hatten. Das würde nicht noch einmal passieren.

Er wartete auf die Attacke des Vietnamesen. Nichts geschah. Kuhala war nackt, und nackt fühlte er sich auch. Im Mund schmeckte er Blut. Gehörte Tra Pen einem alten Guerillageschlecht an und wartete in der anderen Ecke des Büros auf die Initiative des Gegners?

»Wenn du glaubst, ich hätte deinen Bruder in die Zelle gebracht, täuschst du dich.«

Kuhala kratzte sich am Unterleib und streckte sich nach der Fahrradpumpe auf der Hutablage. Das rauchige Licht der Sommernacht schien gedämpft durch die Souterrainfenster und warf seinen Schein auf die Tür und die Gästebettruine.

Der wilde Wein raschelte, irgendein urbaner Wellensittich, der aus seinem Käfig abgehauen war, pfiff im Hof eine hübsche Melodie.

»Und wenn die Polizei glaubt, dass dein Bruder schuld am Mord an Bister ist, täuscht sie sich ebenfalls. Komm jetzt raus da. Wir klären das vernünftig. Ich stehe hier mit blanken Eiern; ist kein besonders tolles Gefühl.«

Kuhala machte einen Schritt auf die Tür zu und hielt den Atem an. Er hob die Pumpe und überlegte kurz, ob er den Messermann vielleicht mit zu viel kompliziertem Finnisch überschüttet hatte. Womöglich bestanden dessen Sprachkenntnisse lediglich aus wenigen Kehrversen, die er dem Fernseher abgelauscht oder vom Einkaufen mitgebracht hatte. »Wirf das Messer auf den Boden!«

Kuhala machte das Licht an. Tra Pen saß weiß angelaufen hinter Tisch und Stuhl in der Ecke. Er hatte schwarzes, in die Stirn gekämmtes Haar, trug dunkelgrüne Shorts und ein dazu passendes Sommerhemd und schien nicht zur Elite der Messerakrobaten zu gehören, denn er hatte sich in dem Moment, in dem das Bett zusammengebrochen war, selbst in den Oberschenkel geschnitten.

Das war einfach Pech gewesen, aber Kuhala fing gar nicht erst mit teilnahmsvollen Wehklagen an. Die oberflächliche Schnittwunde versaute das Ahornparkett, das Messer, das neben der Fußleiste lag, war das gleiche verfluchte Modell, mit dem Bister umgebracht worden war.

»Du verdammter Idiot.«

Kuhala warf Tra Pen das Bettlaken zu und zog sich die Hose an. Von der leidenschaftlichen Bruderliebe des Vietnamesen war keine Spur mehr übrig. Der Mann schwitzte und starrte Kuhala gefügig an, ohne auf die Idee zu kommen, das improvisierte Verbandsmaterial zu benutzen. Vielleicht konnte er einfach kein Blut sehen oder zumindest nicht sein eigenes.

Kuhala bückte sich, um einen Zipfel des Lakens auf die Wunde zu drücken. »Ist weit weg von der Schlagader. Wenn du dich schwach fühlst, leg dich hin.«

»Wir wollen nichts Böses. Wir kriegen keinen Frieden.«

Das war ein Statement zur Stellung der Ausländer, aber die Situation war die falsche, weshalb Kuhala nicht in Beifall ausbrach.

Tra Pen wischte sich die Schweißperlen von der Oberlippe und ließ sich langsam auf den Rücken kippen, während Kuhala das Laken um den Oberschenkel schlang. »Wenn du nichts Böses willst, warum zum Donnerwetter hast du dann versucht, mir die Kehle aufzuschlitzen?«

»Ich war wütend.«

»Wenn wir in Finnland wütend sind, dann sagen wir; ›Scheiße‹ und werfen den Fernseher vom Balkon. Das reicht fast immer. Stecht ihr bei euch daheim jedes Mal mit dem Messer zu?«

»Entschuldigung.«

»Das ist mir nicht genug. Du hast mit einer einzigen Aktion deinen Gewerbeschein und dein Recht, in Finnland zu wohnen, aufs Spiel gesetzt, aber vor allem hast du mein Leben gefährdet, du verdammter Hornochse.«

Die Vorstellung, wo das Messer im Moment des abrutschenden Bettfußes hätte hingeraten können, brachte Kuhalas helfende Hände zum Zittern. Er schluckte das Süßliche des Erdbeerkuchens, das ihm in den Mund geperlt war, hinunter und stand auf, um aus dem Bad Jod, Pflaster und Verbandsmull zu holen.

Nach einigen Minuten stummer Geschäftigkeit fanden die Strahlen der Morgendämmerung ihren Weg in Kuhalas unterirdisches Büro und schlugen als goldenes Parallelogramm gegen die Schranktür. Die Uhr zeigte wenige Minuten nach drei, in der Kaffeemaschine pröttelte der Morgenkaffee, und die

Putzlumpen, mit denen Kuhala das Blut aufgewischt hatte, waren ausgewaschen worden und wurden nun im Eimer eingeweicht. Außer Kaffee waren Zimtkekse, Milch und Whisky im Angebot.

Tra Pen erholte sich allmählich von seinem Schwächeanfall, er saß auf dem Klientenstuhl, wenn auch noch immer blass und mit verbundenem Oberschenkel. Kuhala ließ seinen Mund von der Schärfe des Whiskys streicheln, bevor er ihn schluckte. Er hatte seinen Bademantel angezogen und erinnerte damit an einen römischen Senator, eine Hand hob sich, um durch die Haare zu fahren, die ihm nach dem abrupten Wecken noch immer zu Berge standen.

»Ich werde das hier nicht der Polizei melden, aber wenn ich irgendwann anfange, ihnen etwas mitzuteilen, dann bist du ganz klar der Erste auf der Liste. Nur eine kleine Lüge, und du kommst zu deinem Bruder in den Käfig, bloß dass du auch noch ein Urteil vorgelesen bekommst, während Tra Hun herausspaziert.«

Der Einzelhändler nickte.

Kuhala nahm das Messer, das er konfisziert hatte, und legte es vor Tra Pen hin. »Die Polizei behauptet, solche Messer werden in Jyväskylä nur in deinem Laden verkauft. Stimmt das?«

»Vielleicht.«

»Woher beziehst du die?«

Tra Pen erzählte, er sei vor der Emigration nach Finnland in einem Hongkonger Flüchtlingslager gewesen. Dort habe er die Kontakte geknüpft. »Gutes Haushaltsmesser.«

»Um Adamsäpfel zu schälen. Du weißt doch, dass Bister mit genau so einem ermordet wurde. Und wenn es die nirgendwo anders als in deinem Geschäft gibt, muss man kein besonderer Intelligenzbolzen sein, um auf diverse Gedanken zu kommen.«

»Was heißt ›diverse‹?«

»Du bist der Hauptverdächtige.«

»Mir sind Messer gestohlen worden.«

»Wann?«

»Im Frühjahr.«

»Wie viele? Wie kannst du dir da so sicher sein?«

Der Vietnamese breitete die Arme aus und blickte besorgt auf sein Bein. Er war nicht wie sein Bruder, sondern unruhig und ständig auf der Hut, bereit, die Flucht zu ergreifen.

Kuhala fragte sich, was für Schrecklichkeiten sich im Erfahrungsschatz seines Gegenübers durch das Flüchtlingslager und die vorangegangene Bootsfahrt angesammelt hatten, ließ sich aber nicht von Wellen des Mitgefühls mitreißen. Die unangenehmen Sekunden der Todesdrohung waren ihm wie eine Ewigkeit vorgekommen. Der Bluthöcker am Zungenrand schmerzte jedes Mal, wenn Kuhala den Vietnamesen tadelte.

Wenn er das verwandtschaftsliebende Brüderchen angezeigt hätte, würde der Richter sein Urteil am bittersten Rand der Strafskala fällen, denn vietnamesische Abstammung würde kaum als mildernder Umstand durchgehen.

»Ich passe auf. Muss sein. Oft werden Sachen gestohlen. Fünf oder sechs Messer sind verschwunden«, fuhr der Ladenbesitzer nervös fort.

»Und vom Täter keine Ahnung?«

»Wenn ich ins Hinterzimmer gehe, wird gestohlen. Wenn ich nach Hause gehe, wird das Fenster eingeschlagen.«

»Hast du den Arbeitgeber deines Bruders gekannt? Viktor Bister?«

»Nein. Mein Bruder hat nur mal den Namen erwähnt, glaube ich.«

»Wohnt ihr zu zweit in Jyväskylä?«

Der Vietnamese nickte. »In verschiedenen Wohnungen. Das Leben anzufangen ist schwer. Ich beklage mich nicht, aber man muss Tag und Nacht versuchen. Ich kann die Miete zahlen und fürs Leben, weil ich frühmorgens Zeitungen austrage.«

»Und bei deiner Zeitungsrunde bist du auf die Idee gekommen herauszufinden, warum ich kein Abo habe. Stimmt's?«

»Was?«

»Versuch dich mal wenigstens an einen der Fenstereinschmeißer oder Langfinger zu erinnern. Ich bin nämlich sicher, dass du deinen Laden keine Minute aus den Augen lässt. Jedenfalls nicht, wenn er geöffnet ist. Dann gehst du nirgendwo hin, Selbstständige haben es schwer.«

Tra Pen streckte das verbundene Bein aus und starrte Kuhala unter dem schwarzen Mützenschild seines Ponys wütend an. Er schien kurz über etwas nachzudenken und ließ dann den Blick durch das Büro schweifen. »An dem Tag, an dem die Messer mitgenommen wurden, kam ein Mann zu mir. Es war das erste Mal, dass er kam. Kaufte Zigaretten. Ich verstand nicht, dass er ein Dieb war. Er steckte die Zigaretten in die Tasche und ging trotzdem noch mal um die Regale herum. Ich hätte es verstehen müssen, aber ich kann nicht alles ahnen.«

»Wie sah der Mann aus?«

»Breite Schultern. Nicht so groß wie du. Hatte die Kapuze seiner Regenjacke tief im Gesicht, weil es damals regnete. Ging raus zu seinem Auto.«

»Was für ein Auto?«

»Ein blauer Renault Laguna Kombi.«

»Oho! Hattest du das Auto vorher schon mal gesehen?«

»Nein.«

»Wieso kannst du dich dann so genau an die Marke erinnern?«

Kurz sah es aus, als lächelte der Vietnamese, aber womöglich war es nur eine Grimasse, verursacht durch die schmerzende Wunde.

»Man muss aufpassen. Mutter hat uns beigebracht, dass man aufpassen muss. Wenn man in ein fremdes Land kommt, fällt einem ein, was einem die Mutter beigebracht hat. Ich erinnere mich an die Gesichter der Menschen, wenn ich sie sehen kann. Ich erinnere mich an Autos und Häuser und Landschaften. Ich und mein Bruder hatten eine schöne Mutter. Gute Mutter.«

»Hatten?«

»Sie ist auf der Bootsfahrt nach Hongkong ertrunken.«

»Das tut mir leid.«

# 10

Die Fohlen torkelten von einem Pfahl des Weidenzauns zum nächsten, blieben Zuflucht suchend stehen und setzten dann ihren Weg rund um die Weide herum fort, als hätten sie entsprechende Spielregeln von der rotbraunen Stute erhalten, die im Schatten eines Steinhaufens stand und mit dem Schweif wedelte. Ein Auto, das an Weide und Roggenfeld vorbeisauste, zog eine Staubschleppe hinter sich her, der Perlmuttschimmer des Himmels erstreckte sich bis zum Horizont. So konnte man sich die Anfangsszene eines alten Films vorstellen, an dessen Ende die Tugenden des Landlebens gekrönt wurden und der Schlingel aus der Stadt von der Mistgabel aufgespießt in der Jauchegrube landete.

Kuhala fragte sich, ob es einen solchen Film überhaupt gab, und machte sich ein alkoholarmes Bier auf. Der Kioskbesitzer war ein ausgehungert wirkender, pockennarbiger Mann mit Koteletten, der die Schürze eines Erfrischungsgetränkeherstellers trug und dazu einen Gesichtsausdruck, als träume er allnächtlich von Massenaufhängungen. Der Kiosk war aus Brettern zweiter Wahl errichtet worden, und sein Schild hatte Löcher, aber er stand in dicht belaubtem Schatten, wo es von den Flügelschlägen lebhafter Drosseln nur so raschelte. Man konnte von der Stelle aus schön den vorbeirauschenden Verkehr und den Gang der Welt beobachten.

Also eröffnete Kuhala die Unterhaltung, indem er die Lage

des Kiosks lobte. Der Mann hing aus der Luke und verscheuchte Fliegen mit einem Geschirrtuch. Er sagte nichts, vielleicht war der Wirtschaftsstandort des Kiosks doch nicht von der besten Sorte.

Das auf dem schlotternden Gepäckträger des alten Monark-Rads festgezurrte Bündel aus Ruck- und Schlafsack war bei der Fahrt über Bodenschwellen verrutscht, aber trotzdem hatte es sich angenehm strampeln lassen, und Kuhala fühlte sich frisch. Er trank die Flasche aus und holte sich eine zweite.

Eine Stimmprobe des Pockennarbigen hatte er noch immer nicht bekommen. Kuhala schob die Bezahlung durch die Luke und ein Foto von Suvi Ojanen hinterher. »Kommt Ihnen daran etwas bekannt vor?«

Der Mann hatte sich ins Halbdunkel des Kiosks verzogen, um auf eine schwere Registrierkasse einzuschlagen, die Töne von sich gab wie eine antike Kriegsmaschine. Eine Hand schnappte sich das Foto.

»Ich kenn die Kleine aus der Zeitung.«

Das Wechselgeld fiel in Kuhalas Pranke, aber das Foto kam nicht zurück.

»Sie hat hier auch mal ein Eis gegessen.«

»Ach ja? Wann?«

»Vor einer Woche, anderthalb. Vorletzte Woche Montag.«

Kuhala hätte sich fast auf die ramponierte Zunge gebissen. Er bat den Pockennarbigen, weiter nachzudenken, aber dieser verschwand komplett von der Luke, bis er wie durch einen Zauber hinter der Kioskecke aus dem Boden schoss. Im Mundwinkel hing eine Zigarette, das Spektrum der Flecken auf der Schürze reichte wahrscheinlich mehrere Sommer zurück. Er setzte sich Kuhala gegenüber auf einen Plastikstuhl und studierte wortlos das Foto von Suvi Ojanen, als feilte er innerlich so lange an den Wörtern seines nächsten Satzes, bis er sie in der Reihenfolge hatte, die ihm gefiel.

»Das Mädchen saß auf demselben Platz wie Sie und telefonierte mit dem Handy. Hübsch wie der Teufel war sie, und die Backen haben geglüht. Hat sich ein Schokoladeneis gekauft.«

»Sie haben nicht zufällig gehört, mit wem Suvi gesprochen hat? Oder worüber?«

»Nein. Und dann verschwindet so eine einfach. Seit ich das Bild in der Zeitung gesehen hab, geht mir das durch den Kopf. In den 30er-Jahren verschwand ein Komponist und tauchte nie mehr auf. Hier in Finnland. Emil Kauppi. So ein traurig aussehender Kerl, schon ziemlich hoher Haaransatz und im Gesicht Looser-Anzeichen.«

Der Kioskbesitzer streifte die Asche an einem umgedrehten Blumentopf ab und warf Kuhala einen leicht irren Blick zu, mit Pupillen, die geweitet waren, als hätte ihr Besitzer Drogen genommen. »Dieser Kauppi hatte sich sogar schon einen Namen gemacht, und dann komponierte er eine Oper, bei der er alles aufs Spiel setzte. Die Kritiken waren ablehnend. Er fuhr zur dritten Aufführung nach Helsinki und verschwand auf dem Heimweg nach Kangasala. Wurde nie gefunden. Die Oper ist geblieben. In den Büchern heißt es, er sei ein volkstümlicher Melodiker gewesen. Muss man sich mal vorstellen. Irgendwo klimpert jetzt der Wind mit seinen Knochen, falls von denen noch was übrig ist. Von den Knochen des volkstümlichen Melodikers.«

Das Lachen sprang weit nach oben, die Hand mit der Zigarette suchte den Weg zum offenen Mund. »Man sollte es sich zweimal überlegen, bevor man alles aufs Spiel setzt. Aber andererseits: Was kann man sich in einem langen und sicheren Leben denn schon für Ziele setzen?«

»Vielleicht hat Komponist Kauppi aber gerade versucht, durch seine Oper Sicherheit und ein hohes Alter zu erlangen«, spekulierte Kuhala.

Das Bild von Suvi Ojanen fiel aus den Fingern des Mannes

auf die Tischbretter. Kuhala fragte sich, ob der Kioskbesitzer seine eigenen Erfindungen darlegte, und plötzlich kam ihm der Gedanke, dass der Mann ein Psychopath war und Suvis Ausflug nicht weiter geführt hatte als bis zu diesem Plastikstuhl vor dem Kiosk.

»Haben Sie der Polizei erzählt, was Sie wissen?«

»Nein. Die haben nicht danach gefragt. Wer sind Sie eigentlich? Der Vater?«

Kuhala lief ein Schauder über den Rücken. Der oasenhafte Zauber des Laubwerks war wie weggeblasen, und stattdessen kam ihm der Eingang einer Höhle in den Sinn, wo der Pockennarbige als Türsteher wirkte. »Ich bin Privatdetektiv und damit beauftragt, Suvi zu suchen.«

Der Mann drehte sich um und betrachtete das Fahrrad mit dem beladenen Gepäckträger, das am Geländer lehnte. »Wenn Sie die Kleine finden, müssen Sie das Gepäck auf den Rücken nehmen, damit sie einen Sitzplatz hat. Als sie da den Berg hinunterrollte, da war ich richtig neidisch. Ich mein bloß, weil bei dem Job hier bist du so eingespannt, dass du gar nicht mal in die Sonne kommst. Man müsste das ganze Gebüsch hier bis unten absägen, aber die Frage ist, ob ich dann die viele Sonne vertrage.«

»Wie weit ist es von hier noch bis zum Nuotta-Teich?«, fragte Kuhala.

»Elf Kilometer.«

»Woher wissen Sie das so genau?«

»Ich hab da ein Quartier stehen.«

»Ich wollte mir dort einen Platz zum Campen suchen. Was meinen Sie, finde ich einen?«

»Am nördlichen Ufer sind flache Felsen. Gehen Sie da hin, falls sie nicht besetzt sind. Ich schließe erst um sechs. Dann setze ich mich im Garten in die Schaukel und feiere Mittsommer.«

Und ergänze mein Sammelalbum mit Verschwundenen, dachte Kuhala und trank einen Schluck Alkoholarmes.

Der Kioskbesitzer ließ die Kippe in den Sand fallen und stand auf, seine Bewegungen waren kultiviert, eilig schien er es nicht zu haben. Schwer zu glauben, dass der Bursche vom Ertrag seines Unternehmens leben konnte. Schließlich musste auch Tra Pen zusätzlich Zeitungen austragen, und viel hätte nicht gefehlt, dass Kuhala sich zu Beginn seiner Karriere Gelegenheitsjobs gesucht hätte, weil niemand nach den Diensten eines Privatdetektivs verlangt hatte.

»Eines noch. Haben Sie Suvi Ojanen vorletzte Woche Montag zum ersten Mal gesehen?«

»Ja.«

»Ich glaube, ich habe noch nicht nach der Uhrzeit gefragt.«

»War wohl so um die Mittagszeit. Die Kleine hatte es nicht eilig, brauchen die jungen Leute ja auch nicht. Verstehen Sie mich nicht falsch. Ich hab sie bewundert, wie man eben die Jugend bewundert und die Tatsache, dass das glänzende Tablett des Lebens noch in Reichweite vor ihnen steht.«

Das waren mit Metaphern gespickte, schicksalsgeladene Worte, wie sie vermutlich beim Warten auf Kundschaft reiften. Das kräftige Knochengerüst seines Gesichts sorgte für eine Eckigkeit der Züge, die durch die schlechte Haut und das halb irrsinnige Starren noch verdüstert wurde, aber durfte man sich von so etwas zu falschen Schlussfolgerungen verleiten lassen? Erbfaktoren, Zufall und ähnliche Konjunkturen des Daseins konnten einem Menschen eben auch die Zügel eines solchen Kiosks in die Hände drücken. Das machte noch lange keinen Mörder aus ihm.

Kuhala schob sein Fahrrad zum Straßenrand, bevor er sich in den Sattel schwang. Schon aus dieser Entfernung sah es aus, als hätte die Vegetation den Kiosk verschluckt.

Der ungeübte Fahrer spürt das Ungemach des Radsports als Erstes in den Gesäßmuskeln, denn es dauert seine Zeit, bis der Hintern sich der Form des Sattels anpasst. Kuhala hatte die ländliche Strecke zum Nuotta-Teich gewählt, weil er angenommen hatte, dass auch Suvi so gefahren war, und weil er davon ausging, Gefallen an der Exotik kleiner, ungeteerter Nebenstraßen zu finden, wo kein starker Verkehr störte.

Er störte tatsächlich nicht, aber jedes Mal, wenn ein einzelnes Auto vorüberschoss, hüllte eine Staubwolke die stattliche Erscheinung des Privatdetektivs ein. Er bekam heftige Hustenanfälle und sah nichts mehr, die Felgen schlugen in hinterhältige Löcher am Straßenrand oder prallten gegen Steinbrocken, dass man es bis in die Nieren spürte. Das Monark-Rad, das Tatu einst aus dem Fluss geangelt hatte, zitterte, seit seinen Glanzzeiten war eine gute Weile verstrichen.

Und die Anstiege? Kuhala war nicht angetreten, um zu schieben, schließlich fühlte er sich noch im Vollbesitz seiner Kräfte und war außerdem zäh. Die großkopfigen Kühe hörten auf wiederzukäuen und sahen neugierig zu, wie die Ein-Mann-Expedition des Privatdetektivs einen Berg hinaufruckelte, der den Fahrer in Schweiß ausbrechen und die Hinterbacken aus dem Sattel nehmen ließ. Die Schafe, die vom schönen Wetter abgestumpft hinterm Elektrozaun herumstanden, wurden plötzlich munter, als sie das Keuchen des Mannes auf dem Steilhang hörten, und da das Monark dank seines Alters auch noch zufällig quietschte, drückten sich die Angehörigen der Herde dicht aneinander, wenn sie nicht das Weite suchten.

Kuhala beschloss, keine Angst vor steilen Abfahrten zu haben. Er stieß kindische Juchzer aus, ohne sich zum Bremsen herabzulassen, und spielte kurz sogar mit dem Gedanken, seine Kreditkarte ans Vorderrad zu klemmen, damit sie in den Speichen knatterte.

Den Ausflug mit der Suche nach Suvi Ojanen zu verbinden

roch nicht professionell, aber Kuhala glaubte, die Strecke von gut zwanzig Kilometern gut zu überstehen. Vom Fahrradsattel aus bemerkte er womöglich etwas, was man im Auto übersah. Hätte er zum Beispiel am Kiosk des Pockennarbigen angehalten, wenn er mit dem Auto unterwegs gewesen wäre? Wohl kaum.

Er hatte Suvis Freundeskreis abgeklappert, aber keiner wusste etwas von dem Mädchen, erst recht konnte niemand das Open Air nennen, zu dem Suvi abgehauen war. Manche waren von ihrem Verschwinden erschüttert, aber ebenso viele schienen das Ganze eher für eine Selbstverständlichkeit zu halten, als wollten sie andeuten, dass sie früher oder später ebenfalls vorhatten, den Abgang zu machen. Sie sahen Kuhala vielsagend an, als fragten sie sich, ob er je etwas von der Kluft zwischen den Generationen gehört hatte.

Nachbar Rautalas Klagen über Ruhestörungen anlässlich nächtlicher Heimkehr schien auf das Konto der Missgunst zu gehen. Selbst wenn der Mann gesehen haben sollte, wie Suvi beschwipst nach Hause kam, hätte er das nicht zu verallgemeinern brauchen. Kuhala hatte sich sogar die Mühe gemacht, Kontakt zu Suvis letzter Klassenlehrerin aufzunehmen.

Die Frau verschwendete ihren hochwertigen Superlativvorrat an das Mädchen und sagte ihr die Zukunft eines begabten Menschen voraus. Das Verschwinden wertete sie als Beweis der ungeheuren Kreativität, von der das Mädchen bereits Anzeichen hatte erkennen lassen, soweit sie als Klassenlehrerin das beurteilen könne.

Ein dünnes Eichhörnchen wechselte die Seite, zwei vom Sturm entwurzelte Fichten lehnten am Ende einer Gerade aneinander und warfen das Bild eines verzogenen Kreuzes auf die Straße.

Kuhala fragte sich, warum noch niemand die Bäume gefällt hatte, und richtete den Blick grimmig auf die näher rückende, bis dahin anspruchsvollste Abfahrt der ganzen Tour. Er trat in die Pedale, um ordentlich Anlauf zu nehmen, und spürte den Gegenwind an den Schläfen. »Yippie!«

»Entschuldigung.«

Die Frau hörte auf, mit der Gießkanne die Kaiserlilien zu besprengen, ihre konzentrierte Gärtnermiene bröckelte, die Augen weiteten sich.

»Ich bin in der Senke dahinten ein bisschen zu schnell in die Kurve gekommen. Und das ist das Resultat. Wie als kleiner Junge vor etlichen Jahren. Sie könnten mir nicht zufällig ein bisschen Wasser aus dem Eimer leihen, damit ich Knie und Ellbogen abspülen kann?«

Kuhala lächelte. Dann verzog er das Gesicht, der Schmerz brannte ebenso heftig wie die Reue, sich als Anfänger eingebildet zu haben, der siegreiche Ausreißer bei der Tour de France zu sein. Eddy Merckx oder wie die alle hießen.

Um ein Haar wäre er dabei aus dem Leben ausgerissen. Er hätte daran denken müssen, dass Fluchtversuche grundsätzlich an Anstiegen unternommen wurden und nicht im unteren Teil von höllischen Abfahrten, wo das Tempo auf mindestens sechzig Sachen kletterte.

Die Frau schien bereit zu sein, die Männer herbeizurufen und Haus und Hof mit allen Mitteln zu verteidigen, aber als sie sah, dass Kuhala nicht betrunken und nach allem, was er durchgemacht hatte, sogar durchaus noch ganz Gentleman war, winkte sie ihm zu. »Machen Sie das Tor auf, und kommen Sie herein. Brauchen Sie einen Krankenwagen?«

Kuhala schüttelte den Kopf. Er versuchte die verschiedenen Stadien seines Tiefflugs zu analysieren und war dankbar, dass er im Gesicht nichts abbekommen und sich auch nichts gebrochen hatte. Nur Schürfwunden und das gesamte Gepäck im Graben dermaßen zwischen der Schafgarbe zerstreut, dass er sich für den Sturzregen an Flüchen, der seinem Mund entwichen war, noch immer schämte.

Er setzte den Rucksack ab, legte das Fahrrad daneben auf den Rasen und folgte der Frau zum Brunnen.

»Ziehen Sie Schuhe und Strümpfe aus.«

Die Frau kurbelte und füllte die Gießkanne. Damit goss sie Kuhala kaltes Wasser über die Knie, was sich wunderbar anfühlte. Das Zirpen der Grillen, das sich mit dem Plätschern des Wassers mischte, und die beruhigenden Worte der Frau brachten das Zittern zum Stillstand, das sich in die Muskeln geschlichen hatte.

»Wenn man so plötzlich zu einer Radtour aufbricht, übertreibt man es leicht. Vermutlich ist die Kette rausgesprungen.«

Unter der Treppe schob schüchtern ein Hund seinen Kopf hervor, es dauerte seine Zeit, bis er Mut gefasst hatte und die ersten Schritte zum Kaiserlilienbeet unternahm. Er schien ein Mischling zu sein und wirkte demütig. Zum Kampf um sein Revier war er offenbar nicht unbedingt bereit, denn sonst hätte er nicht den blutenden und taumelnden Kuhala in den Garten gelassen. Er hatte eine Art Spielzeug im Maul, starrte sein Frauchen an und warf erschrockene Blicke auf Kuhalas Gepäck und Fahrrad.

»Zeigen Sie mal die Ellbogen. Das sind bloß Schürfwunden, aber es ist schon länger her, dass ich bei einem Mann Ihres Alters solche Schrammen verarztet habe.«

»Da lagen Steine herum, die haben das Hinterrad aus der Spur gebracht«, erklärte Kuhala.

»Das heißt, um genau zu sein, hat es meinen verstorbenen Mann in derselben Kurve über die Lenkstange geschleudert, vor ein paar Jahren, im betrunkenen Zustand. Den hab ich nicht verarztet. Stattdessen hat sich der gute Reino was anhören dürfen. Nicht mal am nächsten Morgen, als er noch kränker war, hab ich ihn verarztet.«

Kuhala bedankte sich bei der Frau und freute sich über ihre sanftmütige Direktheit. Er sagte, weitere Maßnahmen seien gar nicht nötig, und ging zu seinem Rad, um die Kette wieder an Ort und Stelle zu bringen. »Schöner Hund. Ist er ein bisschen scheu?«

»Der gehört nicht mir. Kam vor etwas mehr als einer Woche hier aufs Grundstück, und weil er so artig ist, dachte ich, er kann bleiben.«

»Was hat er denn im Maul?«

»Sieht nach einem Schuh aus. Den gibt er nicht her. Sogar wenn man ihm was zu fressen gibt, behält er ihn im Auge. Dürfte eine rote Frauensandale sein. Ich hab sogar gedacht, den Hund hat mir mein Reino von einer Wolke aus geschickt. Beide haben die gleichen ungeschickten Pfoten.«

Kuhala rief den Hund zu sich, aber dieser traute dem Fremden nicht, sondern legte die Ohren an und suchte Zuflucht bei der Frau. Das hellgelb gestrichene Holzhaus sah betagt, aber gepflegt aus. Mit dem prächtigen Baumstumpf, der als Gartentisch diente, schien der verschiedene Hausherr eine Probe seiner Kunstfertigkeit geliefert zu haben, und auf seinen Namen war wohl auch das rote Opa-Moped zugelassen, das am Schuppen lehnte und den alten Zeiten nachzutrauern schien.

Kuhala schnürte sein Bündel und dachte, dass dieses Haus mit seinem Garten und seiner Witwe eine der letzten Inseln des anständigen Lebens von früher repräsentierte, in dem nicht ständig mit dem Handy herumgefummelt worden war und man an die Gesetze des Marktes ebenso wenig geglaubt hatte wie an Elvis' Auferstehung, geschweige denn dass man auch nur den Hauch eines Gedankens daran verschwendet hatte, ob die neue Miss Finnland mit einem Doppelkinn, mit Silikonbrüsten oder womöglich mit beidem ausgestattet war.

»Ein schönes Mittsommerfest, gute Frau. Den Rest der Strecke werde ich es etwas ruhiger angehen lassen ... ach ja. Kommt Ihnen dieses Mädchen hier bekannt vor?«

Die Frau kehrte der Sonne den Rücken zu und hielt das Foto höher. »Herrgott, das ist ja die Suvi von Ojanens.«

»Haben Sie die Lokalzeitung abonniert?«

»Nein.«

»Das Mädchen ist verschwunden. Darüber war eine kleine Meldung mit Bild in der Mittelfinnischen. Woher kennen Sie sie?«

»Sie kam rein und sagte Guten Tag. Hat sie immer gemacht, wenn sie hier vorbeigefahren ist. So lieb, wie man sich es nur vorstellen kann. War das nicht erst Anfang letzter Woche? Aber wieso, was ist denn passiert?«

Kuhala berichtete kurz, wobei er versuchte, jede unnötige Dramatisierung zu vermeiden, zu der ja auch kein Anlass bestand. »Wahrscheinlich hat sie zum ersten Mal ihrem Freiheitsdrang weitreichende Befugnisse eingeräumt, sonst nichts. Wie haben Sie sich denn ursprünglich kennengelernt?«

»Die Eltern von Suvis Freundin haben ein Ferienhäuschen am Nuotta-Teich, und vorletzten Sommer, als Reino starb, kam das Mädchen und bat um etwas Wasser zu trinken. Ungefähr wie Sie heute. Ein umstandsloser, offener Mensch.«

Das Lob der Frau wurde kaum merklich von einem leicht ängstlichen Unterton ergriffen, der ihre Stimme bis zur Heiserkeit verengte. Sie folgte Kuhala zum Gartentor und erinnerte sich, wie Suvi sie einmal zu einem Besuch in der Stadt eingeladen hatte. Der Hund kam mit der Sandale im Maul hinterher. »Aber ich alte Frau gehe doch nicht zu fremden Leuten. Und außerdem wie denn? Mit Reinos altem Moped?«

Sie blieben am Tor stehen. Auf dem Briefkasten stand der Name Teivainen. Die Frau schluchzte und konnte nicht mehr weiterreden.

Kuhala musste sie fragen, ob alles in Ordnung sei.

»Sie hatte Angst.«

»Wer? Suvi?«

»Ich sah, dass sie Angst hatte, ließ sie aber trotzdem weiterfahren.«

»Beim letzten Mal?«

»Ja. Sie saß neben der Schaukel auf dem Rasen und aß Rhabarbergrütze mit Milch. Obwohl wir uns nur zweimal im Sommer sehen, ist sie immer freundlich. Und sie hat mich wieder zu sich eingeladen. Aber wenn Sie mir das jetzt erzählen und ich mich richtig erinnere, dann hat sie Angst gehabt. Als hätte ihr der Schrecken noch in den Gliedern gesteckt.«

»Suvi war doch nicht verletzt? Ich meine, Sie haben ihr nichts dergleichen angesehen?«

»Nein. Jedenfalls nicht so deutlich wie Ihnen. Vielleicht bilde ich mir mit meinem alten Kopf auch bloß was ein. Wenn man so viel allein ist, füllt sich der Kopf mit allem möglichen Zeug. Ein Teil davon geht nicht mal in der heißen Sauna weg.«

Kuhala setzte sich auf den Sattel und blickte sich nach der Senke mit der Kurve um. Er beruhigte die Frau und sagte, bis jetzt habe er noch jeden Vermissten gefunden. Überflüssig, daran zu zweifeln, dass es ihm auch diesmal gelingen würde.

»Haben Sie alle lebendig gefunden?«

»Das habe ich.«

Frau Teivainen suchte Halt am Briefkasten, die Sorge machte ihr Gesicht älter. Und als hätte er die Veränderung der Stimmung bemerkt, setzte sich der Hund neben sein neues Frauchen und blickte melancholisch zu ihm auf.

»Gleich nachdem Suvi weitergefahren war, kam von der Stadt her ein blauer Kombi vorbei. Ich erinnere mich, jetzt, wo Sie mir das Foto gezeigt haben.«

»Was für ein Auto? Können Sie es näher beschreiben?«

»Genauer erinnere ich mich nicht. Die sehen doch heutzutage alle gleich aus.«

# 11

Das Johannisfeuer, das auf dem verfallenen Bootssteg aufgeschichtet worden war, bestand traditionsgemäß aus zwei aneinandergelehnten Booten, die von einem dicken Seil zusammengehalten und von leicht entflammbaren Fichtenzweigen eingefasst wurden. Leicht Entflammbares gab es noch mehr. Das weckte in Kuhala die Frage, ob der Veranstalter der Feierlichkeiten alle Brandschutzbestimmungen befolgte, zumal in den Abendnachrichten die Waldbrandwarnsymbole die Wetterkarte des gesamten Landes gesprenkelt hatten.

Das Gebilde ragte gut und gern fünf Meter auf, und sein Spiegelbild zitterte dunkel auf der Oberfläche des Nuotta-Teichs.

Die Wände des Bierzeltes blähten sich vor Gelächter, der Koch, der am Ufer in der Lachssuppe rührte, nahm das Paddel aus dem Topf und schüttete Salz hinein. Der Mann war ein laufender Meter, die Kochmütze verdoppelte seine Länge vermutlich. Ein Fläschchen zur Aufmunterung hatte er in einer kleinen Felsnische neben dem Topf versteckt, immer wenn es die Essenszubereitung erlaubte, ging er hin und nahm einen Schluck.

Das Beispiel des Kochs ermunterte den Privatdetektiv, der einen Flachmann von einem halben Liter Fassungsvermögen mit Haddington House gefüllt und in die Seitentasche seines Rucksacks geschoben hatte. Er vermutete, dass es sich bei der

Veranstaltung um ein Mittsommerfest der Uferanwohner oder der Dorfgemeinschaft handelte, nicht nur über Waldwege und die Landstraße tauchten Trauben von Menschen auf, zusätzlich glitt eine Armada von zwanzig Ruderbooten in die Bucht. Das Plätschern der Ruder klang anheimelnd und erinnerte Kuhala an die Sommer seiner Kindheit am Havujärvi, weit im Norden.

Die Karte bot ein fehlerhaftes Bild. Trotz des Namens war der Nuotta-Teich eher ein See, dessen Größe man schwer schätzen konnte. Die Bucht lief zu einer von Schilf gesäumten Engstelle zusammen, einem kaum zwanzig Meter breiten Hals, durch den die Boote kamen und hinter dem der offene See schimmerte.

Eintrittskarten wurden nicht verkauft, vielleicht durfte ein einzelner Stadtbewohner an der ländlichen Mittsommerfeier teilnehmen.

Kuhala bestaunte das Funkeln der Sonnenstrahlen auf seinem versilberten Flachmann, bevor er den Deckel abschraubte und einen vorsichtigen Mundvoll auf Mittsommer und auf seine sportliche Leistung trank. Er war schließlich nicht zum Saufen hergekommen.

Die Rekonstruktion von Suvis Fahrradtour war besser vorangekommen, als er zu hoffen gewagt hatte. Genau genommen musste er nur noch herausfinden, was auf den sieben Kilometern, die zwischen dem Haus von Witwe Teivainen und dem Nuotta-Teich lagen, passiert war. Etwas an den Worten der alten Frau ließ ihm keine Ruhe – es war nicht der blaue Kombi, nicht einmal Suvis mögliche Angst. Was aber dann?

Es war klar, dass die bösen Vorahnungen der Frau auf ihn übergegriffen hatten und er darum immer mal wieder an die traurigste aller Varianten dachte. Es war das Beste, sich davon zu lösen, und sei es mit einem zweiten Schluck Whisky, denn noch war nichts bewiesen.

»Weit gefahren?«

Der Mann hatte die gelbe Mütze einer Ersatzteilfirma auf dem Kopf. Die Tatsache, dass der Plastikschirm nach hinten gedreht war, sorgte für einen misslungenen Gesamteindruck, denn der Mann war nicht mehr im Hiphop-Alter, sondern ein ungepflegter, verfilzter Taugenichts von über vierzig. In seinen Augen, die tief in die Falten des Gesichts eingelassen waren, schimmerte das Öl des Argwohns. Freilich auch der Alkohol. Er war überraschend von hinten gekommen, vielleicht hatte er im Schutz der Büsche seine Blase geleert.

Kuhala sagte, er komme aus Jyväskylä. Der Mann grub mit der Schuhspitze im Sand und meinte mit Blick auf den See, man sei es hier gewohnt, Mittsommer unter sich zu feiern. Eine Klaue hob sich, um die Bartstoppeln zu kratzen. Die Geste und das Geräusch, das sie verursachte, waren durchaus maskulin, reichten aber bei Weitem nicht aus, um Kuhala zu verschrecken, der die Seitentasche seines Rucksacks fest verschloss.

»Wer wäre es nicht.«

»Was?«

»Gewohnt, unter sich zu feiern.«

»Das versteh ich jetzt nicht.«

»Da drüben werden keine Eintrittskarten verkauft. Es gibt nicht mal ein Tor oder irgendein Plakat. Ich dachte, es wäre doch schön, mal bei einem guten alten Mittsommerfest dabei zu sein, und da es hier sogar Tanz zu geben scheint, kann ich mich als alter Lumpen am Stecken einfach nicht beherrschen.«

»Großmaul, wie? Die Leute hier sind im Lauf der Jahre wie von selbst ausgesiebt worden. Und du passt nicht durch dieses Sieb. Wir Nuotta-Teichler sind eine große Familie. Ich geb dir eine Viertelstunde, deinen Kram zu packen und zu verschwinden.«

»Wir können uns auf Folgendes einigen: Wenn ich dich nicht ins Feuer schmeiße, darf ich bleiben. Ist das nicht fair?«

»Sakrament«, zischte der Mann und zog los, aber nicht ohne Kuhala zuvor eine Mittsommerüberraschung versprochen zu haben, an die er noch Jahre zurückdenken werde.

Zu vermuten war, dass bei dem Mützenträger der Mittsommergetränkenachschub ins Stocken geraten war und der absinkende Pegel der Spirituosen eine gewisse Aggression auslöste. Kuhala hatte er sich nur zufällig als Objekt ausgesucht, denn mittlerweile waren über hundert Leute vor Ort, die keineswegs alle Nuotta-Teichler sein konnten.

Ein mit roten Wildlederwesten, roten Hosen und attraktiven Hemden im Buddy-Holly-Stil ausstaffiertes Drei-Mann-Tanzorchester hatte seinem Roadie freigegeben und trug selbst die Ausrüstung in eine Ecke der Tanzfläche. Auf dem Anhänger des stilbewussten Chevrolet Impala stand »Jouko Makuri & Stormy«, die kurvenreichen Rickenbacker, die auf die Heckflossen gemalt waren, ließen die Vermutung zu, dass der Abend nicht allein unter dem Zeichen des Schiebers stehen würde.

Der Sänger hatte das Kaliber eines türkischen Ringers und gab mit jener Autorität Befehle, die er sich durch die Frontmannposition bei Stormy eben erworben hatte. Er trug die schweren Lasten bewusst und voller Stolz auf seine Sonderstellung, und wie ein Zeremonienmeister aus alten Zeiten hielt er seine Partner – zwei Lulatsche, die einen Kopf größer waren als er – auf Trab.

Die Befehlsempfänger waren dünne, zerbrechliche Schwarzschöpfe mit schlechter Haltung, deren lyrische Erscheinung trog – Kuhala war jedenfalls sicher, dass die beiden gegen Mitternacht einen Soundteppich aus ihren Gitarren und Trommeln klopfen würden, der die Fische verrückt machte.

Mit seinen verschorften Knien und seinen banalen Shorts verschmolz er leicht mit der Menschenmenge. Der Haddington House hatte die Zunge flink gemacht, es war gar nicht zu vermeiden, dass Heiterkeit Kuhalas ganze robuste Erscheinung erfasste. In den Blicken der Entgegenkommenden war zu lesen, dass man jetzt, da endlich einmal Licht, Freude und Feuerwasser zu haben waren, den ernsten Liegestütz des Lebens lockern durfte – ja nicht nur durfte, sondern sogar musste.

Kuhala geriet nicht einmal aus dem Konzept, als er Kriminalkommissarin Annukka Maaheimo mit ihren roten Haaren hereinkommen und auf die Tanzfläche zuspazieren sah. Sie hatte sich umgezogen und trug jetzt weiße Jeans und eine schwarzweiß gestreifte ärmellose Bluse. Die Aussicht, die sich darunter abzeichnete, ließ den Privatdetektiv für einen flüchtigen Augenblick ein Pochen à la Stendhal-Syndrom empfinden, wie es einen in den Kunstgalerien von Florenz überkam, aber da er ein kultivierter Mensch war, ließ er nicht zu, dass ihm die Kinnlade herunterfiel, sondern begab sich hinter die Dampfwolke aus dem Lachssuppentopf, um weitere Beobachtungen anzustellen.

Die Kommissarin hatte sich freigenommen, das war klar, und sie schien keinen Kavalier dabeizuhaben. Dieser Aspekt verursachte in Kuhalas Herz zwei zusätzliche Tuckerschläge. Das von der Rolle vorwärts zerkrumpelte Hemd und der Schorf an den Ellenbogen minderten seine Eleganz ein wenig, aber das musste nun reichen.

Er kaufte sich einen Teller Suppe und nagte an dem dazugereichten Roggenbrot, ohne Annukka Maaheimo aus den Augen zu lassen. Die Frau war eine Erscheinung, die Angehörige eines Fürstengeschlechts. Wo immer sie hinging, zog sie die Blicke auf sich.

Der Koch beschloss, eine Pause einzulegen, und kam auf dem Weg zur Flasche an Kuhala vorbei. Das Hantieren am Topf ließ seine Wangen glühen, womöglich intensivierten auch die eifrigen Besuche bei der Felsnische die Rötung. Der Mann war von Natur aus gutwillig, er gehörte zu den Leuten, die Blut spendeten, sich als Erste bei Kursen für Helfer von Schwächergestellten anmeldeten, und wenn sonst gerade nichts anlag, kochten sie eben ehrenamtlich Fischsuppe bei Mittsommerfesten. Er machte sich sogar wegen Kuhalas Knie Sorgen: »Ich dachte eigentlich, hier wird erst nach Mitternacht auf allen Vieren gekrochen.«

»Ich hab auf dem Weg hierher schon mal geübt. Die Suppe schmeckt übrigens. Du weißt nicht zufällig, wo das Ferienhäuschen der Familie Kangas steht?«

»Links von der Engstelle sind zwei Landspitzen. Falls wir von denselben Leuten reden, steht das Häuschen hinter der zweiten in einer Front mit zwei anderen.«

»Die Tochter der Leute heißt Pirita.«

»Dann müssten sie es sein. Von hier aus kommt man entweder über die Landstraße oder auf einem Waldweg hin.«

Der Koch schnitt sich eine Scheibe Tafelschnaps ab und schnalzte mit der Zunge. Er nickte ungefähr jedem Zweiten zu und spuckte dabei so flüssig Ermunterungen zum Kauf von Suppe und Mittsommerwünsche aus wie ein Marktschreier. Seine Mütze wackelte dazu, immer wieder streckte er den Arm aus, um Hände zu schütteln, die ihm aus der Menge entgegengereckt wurden wie einem Mann, den man kennt und über dessen Opferbereitschaft und Aufrichtigkeit Heldengeschichten kursieren.

Kuhala erzählte ihm, dass er nach Suvi Ojanen suchte. »Eine Freundin der Tochter von den Kangas. War auf dem Weg zum Ferienhäuschen, kam aber nie an. Hat auch was drüber in der Zeitung gestanden.«

»Ich meine, das hätte ich gelesen.«

»Sind welche von den Kangas hier? Oder Nachbarn?«

»Ist mir nicht aufgefallen. Ich hab ja Verständnis, wenn sich Eltern Sorgen machen, aber man weiß ja, was jungen Leuten in dem Alter so alles einfällt. Falls ich jemanden von den Kangas oder den Nachbarn sehe, sage ich dir Bescheid.«

Kuhala bedankte sich. Die Felsnische war knapp zehn Meter vom Topf entfernt, unter dessen Bauch das Holz glühte. Es schien, als könnte der Koch sein Versteck genau im Auge behalten, um für den späteren Abend die Erfrischung zu sichern. Er war wohl kaum so beliebt, dass sich niemand getraut hätte, ihm etwas zu stehlen.

Der Privatdetektiv aß die Suppe auf und ging dann am Ufer in die Hocke, um sich die Hände zu waschen. Außerdem erfrischte er sich das Gesicht und verpasste sich eine Wasserfrisur, während die ersten Takte eines Bossa nova die Wipfel der Birken schüttelten.

Was mochte Leena jetzt gerade tun? Ob sie ihn wenigstens ein bisschen vermisste? Das Handy war den ganzen Tag stumm geblieben, die SMS-Abteilung bot nichts als Leere. Kuhala begab sich zu seinem Fahrrad, um den Kloß im Hals mit Whisky herunterzuspülen. Dann spiegelte er sein sonnenverbranntes Gesicht im Silber des Flachmanns.

Falls sich jemand zu erwachsenen Männern hingezogen fühlen sollte – hier wäre einer.

Er pulte eine Gräte aus den Zähnen und machte sich auf den Weg dorthin, wo etwas los war.

Kriminalkommissarin Annukka Maaheimo stand mit abwesendem Blick am Eingang zum Bierzelt. Sie war nicht viel kleiner als Kuhala, der durch die Menge lavierte und dabei an einem stoßsicheren Anfangssatz strickte. Gleichzeitig betete er, es möge nicht plötzlich die Sommerflamme der Kommissarin im Zelt auftauchen.

Übers Wetter rede ich nicht, auch nicht über die letzte Begegnung. Wenn ich ihre hohe Stellung innerhalb der Polizeihierarchie zur Sprache bringe, wird sie wohl kaum so dumm sein, von der Schmeichelei begeistert zu sein, überlegte er.

Der breitschultrige Solist von Stormy schüttelte die Rumba-Rasseln und sang den Refrain in einer Sprache, von der man nicht wusste, ob es Spanisch, Englisch oder sonst etwas war. Der Mann war ein Jahrgangsrocker, schien aber auf seine Form zu achten. Er bewegte sich wie Little Richard in seinen besten Zeiten, die eineiigen Zwillinge hockten hinter ihm und sorgten mit gesenkten Köpfen für den Rhythmus.

»Darf ich bitten?«

Kuhala brachte das gleiche jungenhafte Lächeln ins Spiel, das er schon während des Verhörs probiert hatte. Er musste es allerdings zurückziehen, denn Annukka Maaheimo erkannte ihn eindeutig nicht auf Anhieb, und als sie ihn dann doch erkannte, bot sie ihrerseits ein Lächeln an, mit dem man die Erdbeerernte des ganzen Sommers hätte einfrieren können.

»Sie?«

»Ich habe dich schon von Weitem gesehen. Komischer Zufall«, sagte Kuhala, ohne sich um das Siezen der Frau zu kümmern. »Wenn das Tanzen keinen Spaß macht, darf ich dann zu einem Bier einladen?«

Annukka Maaheimo hatte seit dem letzten Mal das Parfum gewechselt. Kuhala sog den Duft ein, wobei er vergeblich versuchte, darauf zu kommen, welche Blume ihm gerade den Boden unter den Füßen wegzog. Das war die pure Verliebtheit, wenn nicht auf den ersten, dann wenigstens auf den zweiten Blick, und um das zu verbergen, schob sich der Privatdetektiv ins Zelt, bevor er die Antwort der Kommissarin hörte.

Er bestellte zwei Bier und befürchtete die ganze Zeit, die Frau stünde nicht mehr hinter ihm.

»Woher weißt du, dass ich nicht mit dem Auto hier bin?«

»Eins kann man schon trinken, außerdem habe ich gesehen, wie du vom Fahrrad gestiegen bist«, hauchte Kuhala und führte Annukka Maaheimo zu dem Tisch, der den Mittelpfahl des Zeltes umgab.

Sie setzten sich. Kuhala traute sich nicht anzustoßen. Er hob sein Glas so viel, dass man es gerade so merkte, und wünschte

»Schönen Mittsommer«, was jedoch in den Rufen der Betrunkenen unterging.

»Kennst du hier jemanden?«, fragte Kuhala, nachdem er kurz überlegt hatte, welche Frage am wenigsten idiotisch klänge, doch was ihm da herausgerutscht war, roch auch ein bisschen bescheuert.

»Nein.«

»Wenn man sich anguckt, was hier los ist, möchte man nicht glauben, dass Mittsommer eigentlich der Namenstag von Johannes dem Täufer ist und nicht nur in Finnland und Schweden, sondern auch in den katholischen Ländern gefeiert wird. Seit dem fünften Jahrhundert«, gab er wirr von sich, wobei er das Gefühl hatte, unter dem blaugrünen Blick der Kommissarin allmählich in Verzweiflung zu geraten.

Es war immerhin verdammt lang her, dass Kuhala zu flirten versucht hatte. Aber war es denn tatsächlich so lange her, dass er einen Lexikonartikel auf zwei Beinen mimen musste? Annukka Maaheimos Finger legte sich um die schwitzende Taille des Einwegbechers, Kuhala wischte sich kurz über die Lippen und hörte, wie der Sänger von Stormy anfing, etwas von Carl Perkins abzubrennen. Der Nagellack der Frau hatte dasselbe Rot wie die Heckflossen des Impala.

»Eigentlich bin ich halb beruflich hier«, sagte die Kommissarin.

Sie beugte sich einen Hauch näher zu Kuhala heran, der Jazzklang ihrer Stimme war derselbe wie beim letzten Mal. »Ich glaube zwar nicht, dass es dich stört, aber es hat mit dem Fall Bister zu tun.«

Kuhala nahm das Tackling eines Betrunkenen von hinten entgegen und nickte. Gleichzeitig fragte er sich, ob die Frau versuchte, ihm eine Art Falle zu stellen. Schließlich war er gerade erst in ebendieser Sache verhört worden.

»Für dich interessieren wir uns nicht mehr«, sagte sie, als

hätte sie seinen Verdacht erraten. »Bister hatte in der Gegend hier Bauprojekte laufen. Er plante eine Art Urlaubsparadies am See und war schon dabei, Geschäfte über große Grundstücksflächen am Nordufer abzuschließen. Die Konstellation ist aber die altbekannte. Auf einigen Grundstücken wohnen Leute, die sich nicht wegkaufen lassen. Und diese Grundstücke stören das Gesamtbild des Urlaubsgeländes.«

»Und die Leute hat man unter Druck gesetzt?«

»Etwas in der Richtung. Wenn jemand in der dritten Generation ein Sommerhaus an derselben Stelle hat, gibt er das nicht so leicht her. Für Geld bekommt man alles Mögliche, aber in diesem Fall muss es viel Geld sein.«

»Jetzt bist du hier, um dem gemeinen Volk abzulauschen, wie die Dinge stehen. Jetzt, wo sie gesprächig sind«, sagte Kuhala. »Auf Anhieb würde ich keinen von den Leuten hier als Messerstecher benennen.«

Die Frau lachte und schüttelte den Kopf, das Funkeln ihrer roten Haare hätte beinahe dafür gesorgt, dass Kuhala ein Schluck Bier in den falschen Hals geriet. Sein Leben lang hatte er eine Schwäche für Rothaarige gehabt, und als er einmal über den Grund nachgedacht hatte, war ihm als einzige Antwort die rothaarige Lehrerin aus seiner Grundschule in Havuvaara eingefallen, der seine Schönschrift und sein hellstimmiger Kirchenliedgesang so gut gefallen hatten.

Die Zeiten waren jedoch andere, und Annukka Maaheimo würde sich weder von dem einen noch von dem anderen austricksen lassen.

»Ich sehe mich nur ein bisschen um. Etwas bleibt immer hängen, und als ich von der Veranstaltung hier erfuhr, dachte ich, warum soll ich nicht mal vorbeischauen.«

»Einmal Polizei, immer Polizei.«

»Für dich trifft das ja wohl nicht zu. Warum hast du nach so vielen Dienstjahren eine solide Stelle verlassen?«

Kuhala konnte sich nicht erinnern, ihr etwas von seiner Vergangenheit verraten zu haben, jedenfalls nichts über die Dauer der verschiedenen Phasen. Er fühlte sich ein wenig geschmeichelt bei dem Gedanken, dass die Kommissarin sich dafür interessiert hatte. Aber was konnte das anderes sein als rein berufliches Interesse?

Er sagte, der Grund für sein Ausscheiden sei allgemeiner Natur gewesen und nichts Besonderes. »Man hat nur ein Leben, und das ist schnell gelebt. Ich dachte einfach, ich müsste wenigstens einmal ein Risiko eingehen, bevor ich endgültig abstumpfe. Du weißt ja, die Tage gehen dahin, und wenn man sie verloren hat, kapiert man plötzlich, hey, das war ja mein Leben.«

»Hat es sich gelohnt?«

»Selbstverständlich. Ich stürzte mich ins Abenteuer, wie man so schön sagt.«

»Das scheinst du heute auch getan zu haben«, sagte Annukka Maaheimo mit Blick auf Kuhalas Ellenbogen.

»Da sieht man, wie leidenschaftlich ich meinen Beruf ausübe. In einer Stadt von der Größe Jyväskyläs hat ein Privatdetektiv keine andere Chance, als auch mal auf die Fresse zu fliegen, wenn er sich weiterhin seine Brötchen verdienen will ... Aber wie wäre es, wenn wir uns auf die Tanzfläche stürzen, da höre ich nämlich gerade gute Musik.«

Er ließ der Kommissarin keine Zeit für eine ablehnende Antwort, sondern ergriff ihre Hand und führte sie aus dem Zelt. Die Fesseln der Steifheit lockerten sich, auch das hier war nichts anderes als so ein Risiko, mit dem er gerade angegeben hatte – es war jetzt schlicht und einfach keine Zeit, um sich wegen des schäbigen Charmes infolge der Radtour zu grämen.

Er brach durch die Menschenmenge, zog Annukka Maaheimo dabei hinter sich her und hätte sich eigentlich gewünscht, von ihr Handschellen angelegt zu bekommen.

# 12

Jouko Makuris Stormy hatte sich warm gespielt. Im Sommerabend flimmerte Erwartungshauch, von Ermutigungsschlucken stimuliert, legte Kuhala den Arm um Kriminalkommissarin Annukka Maaheimos Taille und bog die Frau in einen Tango, dessen Botschaft die altbekannte war: flammende Liebe und Mondlichtflaum, heißer Kuss unterm Birkenbaum.

Kuhala war ein Mann, der Kurse besucht hatte und wusste, wie man unter engen Verhältnissen tanzte. Er blies seiner Dame ein Insekt von der Stirn und hatte das Gefühl zu schweben. Das Band der Selbstkontrolle leierte immer mehr aus. Als äußerst ansehnliches Paar glitten sie am Orchester vorüber, die beneidenswerte Beinarbeit des Privatdetektivs brachte die Bohlen der Tanzfläche dazu, sich zu biegen, und die schüchternsten Paare zum Ausweichen. Er spürte, wie Annukka Maaheimo den anspruchsvollen Bewegungsbahnen seines Tangos folgte, und schätzte, dass sich die Kommissarin bei Minikreuzfahrtseminaren der Polizeiführung großer Beliebtheit erfreute. Der Flaum ihres Atems kitzelte seinen Hals.

Sie schauten sich in die Augen. Kuhala zauberte das jungenhafte Lächeln hervor, aber diesmal wie beiläufig und unüberlegt, sodass Annukka Maaheimo dazu verleitet wurde, es zu erwidern und sich an ihn zu drücken.

»Du tanzt nicht das erste Mal.«

»Gehört zu meinen Grundfertigkeiten.«

»Und was gehört sonst noch dazu?«

»Da fällt mir jetzt auf Anhieb nichts ein.«

»Hier herrscht gute Stimmung.«

»Stimmt. Oftmals ist das ja guter Gesellschaft zu verdanken.«

Kuhalas Rock-'n'-Roll-Fertigkeiten stammten nicht aus dem Tanzkurs, sie basierten eher auf gorillahafter Improvisation; sie brauchten Platz und hatten Tatu einst veranlasst, spöttische Rufe auszustoßen. Den Jungen hatte das Krampfadergeraspel am ehesten an das Aufwärmtraining einer Mumie erinnert.

Kuhala bog den Oberkörper zurück und quirlte mit den schorfigen Knien, die arhythmischen Armbewegungen waren tatsächlich dazu angetan, den Gedanken an Gorillas nahezulegen. Oder an Mumien. Kriminalkommissarin Maaheimo starrte Kuhala ungläubig an, konnte sich das Lachen aber nicht verkneifen.

Bis es Mitternacht schlug, war noch reichlich Zeit. Hinter dem Schilfgürtel zog eine Gruppe Jungen Hölzchen, wer den brennenden Pfeil in den Scheiterhaufen schießen durfte. Jemand tanzte mit der Jungbirke, die den Eingang zum Bierzelt geschmückt hatte, und das ganze Gelände brodelte vor Ferienhäuslern, die Flaschen leerten, um Mut zu schöpfen für ihren diffusen Wunsch, mit der Nachbarsfrau zu tanzen – derjenigen, deren Nacktschwimmen sie allmorgendlich von ihrer eigenen Parzelle aus mit vor Lust knirschenden Kinnladen beobachteten.

Kuhala eroberte immer mehr Tanzfläche und schlenkerte die Arme wie ein Schwachsinniger. Er hatte vergessen, warum er hier war, denn er gehörte zu den starken Jahrgängen, die sich noch von rhythmischer Musik mitreißen ließen. Die Füße trampelten, das Becken schwang, das Knarzen der eingerosteten Kugellager im Beckenbereich ging im Rocksound unter. Ein

Lächeln für die Kriminalkommissarin und eine schnelle Drehung.

Weil er auch groß war, sah er, wie sein Fahrrad entwendet wurde: Der gelb bemützte, streitsüchtige Trunkenbold schob es gerade in Richtung Waldrand.

Das Gepäck schwankte auf dem Gepäckträger, der schaukelnde Schritt des Kappenmanns wirkte entschlossen.

Für Kuhala war der Anblick unerträglich, denn das Fahrrad gehörte Tatu, und sein ideeller Wert übertraf den Gebrauchswert somit um ein Vielfaches. Kein gewöhnlicher Flegel durfte sich an dem Monark vergreifen.

Natürlich war es unvorsichtig, eine solche Menge Gepäck unbeaufsichtigt zu lassen, aber irgendwie hatte Kuhala auf den guten Willen der Menschen gebaut, vor allem weil sie ja unter sich waren. Und immerhin hatte er das Rad mit einem Stahlseil an einer jungen Fichte angeschlossen.

»Das gibt's doch nicht ... verdammte Scheiße ... Entschuldigung«, wetterte Kuhala und erklärte der Kommissarin, was da vor sich ging. »Hör zu! Bleib, wo du bist, ich lauf dem Kerl nach, der hat vorhin schon Streit gesucht. Es dauert nicht lange.«

Der Kappenkopf schwang sich in den Sattel. Kuhala bekam Probleme, denn die paar Schluck Whisky, die Fischsuppe und das Tanzen hatten ihn so weit erschlafft, dass er kaum zu einem Spurt fähig war. Der Abstand wuchs.

»Nimm mein Rad, es ist das blaue Peugeot am Tor«, rief Annukka Maaheimo und warf dem davonlaufenden Privatdetektiv den Schlüssel zu.

Kuhala fing ihn auf und rannte mit zusammengeschnürter Brust die hundert Meter zum Tor. Der weiche Sand und der leichte Anstieg gossen ihm Blei in die Waden.

Der Lump war wie vom Erdboden verschwunden. Einen Schatz wie die Kriminalkommissarin aus den Händen geben zu müssen empfand Kuhala als herben Rückschlag, gerade jetzt, da sie sich etwas besser kennengelernt hatten und er allmählich auf Widerhall stieß.

Immerhin beruhigte es ihn, dass ihm die Frau Amtshilfe in Form ihres Fahrrads gewährt hatte. Mit dem todesverachtenden Blick eines Kamikazepiloten bretterte Kuhala in die Menschenmenge hinein.

Er bekam Flüche ab und fluchte selbst, als ihm auf der von Wurzelstöcken und Steinen holprigen Anfangsetappe des Waldwegs der Sattel zwischen die Beine schlug.

Die gelbe Mütze war nirgendwo zu sehen, aber es gab keine andere Route. Das Trekkingrad der Kommissarin war robust gebaut und dabei leicht, Gänge gab es auch für anspruchsvolle Touren mehr als genug, und als Kuhala inmitten seiner schäumenden Wut einfiel, wessen Hinterteil zuletzt auf diesen Sattel gedrückt hatte, bekam er neuen Schwung.

Der Weg folgte der Uferlinie, hinter den Bäumen glitzerte das Wasser. Nach und nach entfernten sich die Töne der Kapelle, und der Privatdetektiv hörte nur noch seinen Atem und das Zwitschern des Geflügels. Mückenschwärme, die im Schatten des Geästs tanzten, flogen in den Mund, bisweilen schob sich der Weg durch so dichten Bewuchs, dass die Sicht fast völlig verloren ging und alles nur noch vom schieren Glück abhing.

Die Mütze hatte großen Vorsprung, aber Kuhala dachte nicht daran aufzugeben. Er duckte sich, wo ein Ast ihn aus dem Sattel zu schlagen drohte, und sobald der Weg ein wenig härter wurde, beschleunigte er den fahrbaren Untersatz aus dem Hause Peugeot zu voller Geschwindigkeit.

Auf der Höhe der Engstelle musste er entscheiden, ob er geradeaus weiterfahren oder in den abzweigenden Weg nach links abbiegen sollte, der an einer Wiese entlangzuführen schien. Kuhala keuchte und prustete. Dann wischte er sich mit dem Ärmel den Schweiß von der Stirn und roch dabei das geheimnisvolle Aroma des Kommissarinnenparfums.

Das verlieh ihm erneut zusätzliche Kraft, außerdem waren im Staub des Weges, der zur Wiese führte, Reifenspuren zu erkennen. Er passierte ein schwarz verbranntes einsames Haus, ackerte sich über eine durch die Hitze brottrockene Brachfläche, auf der die Grasbüschel schlaff herumlagen wie Skalps nach einem Indianerscharmützel, und sauste unter Aufbietung aller Kräfte auf die Stelle zu, wo der Weg endete.

Vor ihm schimmerte bereits ein von Trockenheitsrissen durchzogener, lehmiger Steilhang. Diese Strecke hatte die Mütze genommen, man sah die Stapfspuren im Lehm. Kuhala nahm das Fahrrad auf die Schulter und trabte den Hang hinauf. Sein Puls hämmerte in den Schläfen, das Blut rauschte nur so. Er war sicher, dass auch der Verfolgte die Anstrengungen der Fahrt in den Innereien spürte. Schließlich war der Mann ein übergewichtiger Ganztagssäufer und Kettenraucher, der sich außerhalb der Reichweite jedweder Gesundheitsaufklärung begeben und alles auf seinen fürstlichen Vorsprung gesetzt hatte, wahrscheinlich sogar in dem Glauben, dass Kuhala den Diebstahl noch gar nicht bemerkt hatte.

Der Abstand musste sich verringert haben, bald würde aus Nahkampfdistanz zu sehen sein, wer zu Fuß weitergehen musste und was die Gründe für die erbärmliche Tat gewesen waren.

Kuhala kämpfte sich in Schrittgeschwindigkeit den Hang hinauf und blickte zufällig in dem Moment nach oben, als an der Hangkante ein Holzbalken in Bewegung geriet und seinen schwer geprüften Beinen entgegensprang. Es war ein mindestens zwei Meter langes, massives Stück Bauholz und wurde unberechenbar hin und her geworfen, während die Abfahrtsgeschwindigkeit immer mehr zunahm. Am schlimmsten war, dass dem einen Holz ein halber Stapel weiterer folgte und alle zusammen dabei das tiefe Grollen eines Erdbebens verursachten.

Kuhala holte Atem und glaubte, sein letztes Stündlein habe geschlagen. Die Ungerechtigkeit des Mordversuchs ließ aber den Widerstand in ihm aufleben, und er wartete den Gnadenstoß des Bauholzhagels nicht ab, sondern warf das Fahrrad zur Seite und stürzte mit einem Tigersprung hinterher, der zwar nicht dem Auge schmeichelte und auch nicht die Geschmeidigkeit von Tatus Zaunüberquerung hatte, ihm aber trotzdem das Leben rettete.

Eines der Hölzer schrammte ihm über den Oberschenkel, ein zweiter teuflischer Kaventsmann schlug nur zehn Zentimeter von der Stirnplatte entfernt auf die Erde, bevor er unten, wo der Weg endete, auf dem Holzhaufen landete.

Kuhala sah oben die gelbe Mütze aufblitzen. Der kräftige Duft nach Harz und geschälten Baumstämmen erfüllte die Luft.

Er hatte die Grenze der Müdigkeit überschritten. Und er hatte keine Ahnung, wo er sich befand und wie lange er unterwegs gewesen war, aber er würde den Scheißkerl so lange verfolgen, bis das Gelb der Schirmmütze wie ein Leuchtturm in greifbarer Nähe vor ihm blinkte.

Kuhala rief dem Mann Haltebefehle hinterher. Auf den Häckseln und der Streu des Forstwegs fuhr es sich fix, ein Schwarzspecht, der gerade ratternd eine tote Kiefer bearbeitete, legte eine Pause ein, als die Männer vorbeistrampelten.

Der Abstand betrug nur noch zwanzig Meter. Mit krummem Rücken tobte der Kappenkopf vorwärts und spuckte seitlich teerige Klumpen wie Wasserbomben aus, das Reisegepäck des Privatdetektivs hing herab und raschelte in den Speichen des Hinterrads.

»Du wolltest mich umbringen, verdammt noch mal«, rief Kuhala.

»Leck mich.«

»Ich bring dich in den Knast.«

»Versuch's nur.«

»Bleib stehen!«

Der Kappenkopf drehte sein grinsendes Gesicht nach hinten und beschimpfte Kuhala als Mutterficker. Der Mann musste schwachsinnig sein, ein Sonderling, der, warum auch immer, ohne die primitivste Vorstellung davon geblieben war, dass in einer modernen Gesellschaft auch die Fähigkeit gefragt war, sich mit anderen Menschen zu arrangieren.

Er schien nicht einmal zu begreifen, dass er jeden Moment eingeholt wurde, sondern brachte seine flegelhafte Frontpartie so ruckartig in Vorlage, dass es schepperte. Kuhalas Rucksack fiel auf die Erde.

Der Kappenkopf nutzte die Gelegenheit und bog abrupt zu einem Hang ab, auf dem Preiselbeersträucher, Flechten und moosüberzogene Steine die Reifen schmirgelten.

Vereinzelte Wacholder zwangen beide Männer zu Ausweichbewegungen, einen Weg gab es nicht mehr, aber nach und nach kamen die Fahreigenschaften von Annukka Maaheimos Peugeot voll zum Tragen.

Der Mann mit der Mütze schien sich nicht viel aus seinem Leben zu machen und gab nach dem Scheitelpunkt des Hangs weiter Gas, wodurch auch die letzten Überbleibsel von Kuhalas Gepäck abgeschüttelt wurden. Der Ruck stauchte den Vorsprung ein wenig ein. Das Monark schepperte und klapperte, der Mann fuhr aus purer Tollkühnheit knapp zwischen zwei großen Steinen hindurch, prallte aber schließlich gegen einen Wacholder, worauf ihm die Schirmmütze vom Kopf flog und Tatus Fahrrad auf einen Findling geschleudert wurde, wo es übel ramponiert liegen blieb.

Das hypnotische Rotieren des Hinterrads wollte kein Ende nehmen.

Kuhala stieg ab und lehnte Annukka Maaheimos Fahrrad an den Felsen. Er glaubte seinen Augen nicht zu trauen, als er den

Randalierer aus dem Graben aufstehen und über den Fahrweg zum Kraterrand der angrenzenden Sandgrube humpeln sah wie ein verwundetes Tier. Sein Fluchen war unüberhörbar.

Kuhala hob die Hände, als der Mann sich am Rand der Trommelschlucht mit einem Satz auf den Hosenboden schwang und aus dem Blick verschwand.

»Verfluchter Mist.«

Kuhala passierte den Wacholder, an dessen Wipfel die gelbe Schirmmütze hing. Dann überquerte er den Fahrweg und spähte in die Fluchtrichtung des Fahrraddiebs. Der Mann lag reglos auf dem Dach eines fast völlig im Sand begrabenen blauen Autos und schien erst mal nicht daran zu denken, sein aufgedrehtes Strampeln fortzusetzen.

»He, das Spiel ist aus«, rief Kuhala. »Wenn du von jetzt an brav bist, bekommst du deine Kappe zurück. Ansonsten verfüttere ich sie den Hunden.«

Der Ruf lief die bröckelnden Ränder der Grube entlang und schuf eine gespensterhafte, dumpf widerhallende Geräuschkulisse. Unter dem inzwischen tiefer gewordenen Blau des Firmaments sah man, dass die Rückwand des Schuppens auf dem Grund der Grube einen gehörigen Teil von den abwärts gerutschten Sandwellen abbekommen hatten.

Kuhala spürte, wie der Schweiß auf seiner Haut trocknete, und sehnte sich nach seinem Flachmann. Er fragte sich, ob der Fahrraddieb sich verstellte, und forderte ihn noch einmal auf hochzukommen, aber da seine Rufe nicht wirkten, ging er hinter einem Sandwall in Deckung und wartete ab. Die Gegend schien unbewohnt zu sein, man fragte sich, wie lange auf dem Weg niemand mehr gefahren war.

Kuhala spähte erneut nach unten und spuckte den Staub aus seiner Kehle. Der Mann lag noch immer an derselben Stelle, eine Hand unter dem Oberschenkel, der Kopf hing schlaff zur Seite. Erst jetzt wurde dem Privatdetektiv bewusst, dass es sich bei dem Auto gar nicht um ein verlassenes Wrack handelte, sondern um ein neues, geländewagenartiges Modell, jedenfalls soweit man es aus den sichtbaren Teilen schließen konnte.

War der Wagen vom Weg abgekommen, oder war er unter eine Erdlawine geraten? Wie es schien, waren die Grubenränder so weit eingestürzt, dass kubikmeterweise Sand nach unten gerutscht war.

Er rief dem Mann noch einmal vergebens zu, dann holte er Annukka Maaheimos Rad und fuhr an die Stelle, wo der Weg wie auf einer Rampe nach unten in die Sandgrube führte.

»Jetzt steh endlich auf. Dir fehlt nichts.«

»Hmmm ...«

Kuhala ging von einer Ecke des Schuppens näher an das begrabene Auto heran. Der Fahrraddieb klagte, er habe sich die Hüfte gebrochen. Seine Großspurigkeit war dahin, er zuckte am Rande der Bewusstlosigkeit.

»Gib mir die Hand, dann gehen wir und klären die Angelegenheit. Mit Kleingeld kommst du mir nicht davon.«

»Nein, nicht ... es tut höllisch weh. Das muss geschient werden, es kann ein offener Bruch sein.«

»Geschieht dir recht.«

»Gnade ...«

Kuhala schnaubte und schlurfte näher heran, um den Mann herunterzubekommen und herauszufinden, warum das Auto dort stand.

Er blickte kurz auf die Erde vor seinen Füßen und konnte nur mit Mühe einen Schrei unterdrücken, denn aus dem Sand ragte eine Hand heraus. Er wich zurück und war nahe daran, zu Boden zu gehen. Schließlich riss er die Schuppentür auf, als wollte er in seiner Not dort nach Verbandszeug oder einer Erklärung für den unheimlichen Anblick suchen.

Im Schuppen war noch mehr im Angebot.

Als Erstes nahm er süßlichen Verwesungsgestank wahr,

dann erkannte er das Plastikbündel mit dem herausstechenden Fuß, an dem eine rote Riemchensandale hing.

Und dann den Fliegenschwarm.

Zur gleichen Zeit schoss weit weg, am Ufer des Nuotta-Teichs, ein brennender Pfeil zischend auf das aufgeschichtete Johannisfeuer zu.

# 2

# 13

Nach Auffassung des Analysten sollten die Kleinanleger nicht den Glauben an die gesunden Mechanismen des Volkskapitalismus verlieren. Die Krawatte des Mannes war etwa vom gleichen Grün wie die des amerikanischen Präsidenten, der als Nächstes den Bildschirm eroberte und sagte, der Normalbürger solle nicht den Glauben an die Mächte des Guten verlieren.

Das Meer unter dem F-18-Bomber schimmerte im gleichen Grün wie die Krawatten des Analysten und des Präsidenten.

Bevor jemand das Wort ergreifen konnte, um die Mächte des Guten zu definieren, stöhnte Kuhala und schaltete den Fernseher aus. Er fühlte sich geistig wie gehäckselt und konnte sich zu nichts Nennenswertem aufraffen. Jedes Mal, wenn eine Fliege durchs Fenster ins Büro flog, sträubten sich ihm die Nackenhaare.

Mit Spaziergängen und dem Kauen von Baldrian war diese Krankheit kaum zu kurieren.

Die Mächte des Bösen, die in der Sandgrube gewütet hatten, hielten die Polizei und die Medien seit drei Tagen auf Trab, man wusste wenig, weshalb die Sensationspresse sogar schwachsinnigen Schwätzern Platz einräumte, die behaupteten, in der Grube sei ein Ufo gelandet, und dessen Besatzung habe sich ans tödliche Werk gemacht. Die Luftströme des landenden Raumschiffs hätten den Sand einbrechen lassen, und die Nähe des Flughafens spreche ebenfalls dafür, denn das sei es doch, was die hinter den Planeten hervorgeschossene Equipage interessiere: die Flugtechnik von Erdgöttin Tellus.

Einen Hauch wahrscheinlicher war eine Interpretation, die schon mehrfach laut geworden war, nämlich dass ein gewisser Honkanen, Chef eines Ingenieurbüros mit dem Lebenswandel eines Junggesellen, Suvi Ojanen in seinen Wagen gelockt hatte, worauf die Ereignisse außer Kontrolle geraten waren.

So sehr, dass am Tatort sogar die Kulissen über dem Übeltäter zusammenbrachen, als er das Opfer gerade versteckt hatte und sich aus dem Staub machen wollte. Ein Stein, der mit den Sandmassen heruntergekommen war, hatte Ingenieur Honkanen – den alle als ehrlichen Mann, der keine Arbeit scheute, kannten, weshalb es schwer war, die zu Tat fassen – den Schädel gespalten.

Die Polizei schwieg unter Berufung auf ermittlungstechnische Gründe; auf den Plätzen und an den Straßenecken der Stadt wurde gemutmaßt, es gebe innerhalb der Polizei nicht genügend tüchtige Männer, die Sand schaufeln wollten, und außerdem erstickte die Urlaubszeit sowieso jede Unternehmungslust.

Der Verlust der Familie Ojanen wurde in der Presse bis aufs Letzte ausgequetscht. Neben Banalitäten, die in Form von Überschriften Platz einnahmen, wurden Fotos von Suvis Haus gezeigt, und es wurden Nachbarn interviewt, von denen Kuhala einige kannte. Sie blickten ernst in die Kamera, auch ein wenig verlegen. Marathonmann Närhi war mitten im Training ans Tor geholt worden, die Schweißflecken auf seinem Hemd weiteten sich und wuchsen aufeinander zu: Ein anständigeres Mädchen als Suvi habe er nicht gekannt.

Der alte Rautala und seine im Rollstuhl sitzende Frau beteuerten erschüttert, man könne sich keinen angenehmeren jungen Menschen als Nachbarn wünschen.

Die rührigsten Reporter eilten auch zu Honkanens Haus in Tikkakoski, um dort nach geeigneten Bildwinkeln zu suchen und die Nachbarn zu fragen, ob sie gewusst hatten, was für eine Schlange in ihrer Straße gewohnt hatte. Sie hatten es nicht gewusst; sie sahen aus wie Leute, die von TV-Wiederholungen und knatternden Rasenmähern weggerissen und in die Öffentlichkeit gezerrt worden waren, um zu sagen, das Schlimmste an dem Ganzen sei, dass der alltägliche Tageslablauf ins Stottern gerate.

Kuhala hatte die Ojanens angerufen und ihnen sein Beileid ausgesprochen. Er hatte seine Unterstützung zugesagt, ohne zu längeren Reden anzusetzen, denn für die war nicht die Zeit gewesen.

Auf dem Tisch lagen die Reste eines halb aufgegessenen Schnellgerichts, die Qualle des Bildschirmschoners trieb ebenso tatenlos umher wie die Gedanken im Schädel des Privatdetektivs.

Gerade als er seine Hand zum Telefon ausstreckte, klingelte es. Und gerade als er Annukka Maaheimo mit einem verlegenen »Hallo« angehaucht hatte – sie hatte nach den chaotischen Polizeimanövern der Mittsommernacht weder unter beruflichen noch unter privaten Vorzeichen etwas von sich hören lassen –, erschien Leena auf der Türschwelle.

»Hallo.«

Kuhala legte den Finger auf die Lippen, um seiner Frau zu signalisieren, dass er telefonierte. Er nahm die Füße vom Tisch, ohne zu wissen, wo er hinschauen oder wie er seine Stimme regulieren sollte, als die Kriminalkommissarin den Vorschlag machte, sich auf ein Glas zu treffen. Der Tangoschwung vom Nuotta-Teich wippte im Kopf noch immer nach. Die Blicke, die kurz vor Beginn der Verfolgungsjagd gewechselt worden waren, hatten Kuhala Trost gespendet, und er hatte davon geträumt, dessen Echtheit noch einmal testen zu dürfen.

Leena war urlaubsgemäß leicht bekleidet, mit unter den Knien aufgekrempelten weißen Jeans und einem engen, den Oberkörper gerade so bedeckenden Stoffstreifen, den sie im Nacken mit einer dünnen Schnur zusammengebunden hatte.

»Wo? ... In Ordnung ... um Punkt neun«, sagte Kuhala und legte auf.

Es war immerhin noch seine Ehefrau. Schön, gebräunt, irgendwie entspannt. Aber diese Ehefrau zu sehen sorgte für ein zwiespältiges Gefühl. »Setz dich. Du siehst gut aus.«

»Das kann man von dir nicht sagen. Ich habe in der Zeitung gelesen, dass du die Ermordeten gefunden hast.«

»Stimmt. War bei Weitem nicht so ein schöner Anblick«, sagte Kuhala.

Es fiel ihm schwer, einen ähnlich natürlichen Ton zu treffen wie gerade eben am Telefon. Die Junggesellenwelt der Detektei, die unaufgeräumten Tische und die achtlos drapierten Haufen diverser Sachen, all die Zeugnisse des provisorischen Wohnens waren ihm peinlich.

Leena hatte sich da zwar nicht einzumischen, aber bald würde sie es trotzdem tun, nichts war sicherer als das.

Kuhala rutschte nervös auf seinem Stuhl hin und her und hatte von seinen eigenen Gedanken, gegen die offenbar nicht viel zu machen war, den Kanal voll.

Er hatte eine Dreiviertelstunde Zeit, um sich zu waschen, zu rasieren, seine besten Klamotten anzuziehen und das Schuldgefühl aufzuweichen, das die bevorstehende Verabredung in ihm ausgelöst hatte, zu dem aber nicht der geringste Anlass bestand, denn die Ehefrau, die ihm gegenübersaß, hatte selbst vorgeschlagen, getrennt zu wohnen.

Handelte es sich überhaupt um eine Verabredung? Kriminalkommissarin Maaheimo ermittelte in zwei oder drei Mordfällen, da durfte sie keine Mittel und Wege scheuen.

»Schrecklich, dass so etwas passiert, und auch noch hier«, sagte Leena Kuhala.

»Was ... ja, ja.«

Leena setzte sich auf die andere Seite des Tisches. Kuhala ließ die Essensschale in den Mülleimer gleiten und dachte, dass er sich seine Frau nicht als Klientin vorstellen konnte, auch wenn sie sich fünfzehn Jahre lang nicht sehen würden. »Möchtest du was? Kaffee? Den gibt es allerdings nur schwarz.«

»Schon gut. Ich mache mir Sorgen um Tatu.«

»Er ist schon erwachsen.«

»Ich habe das Gefühl, dass er in Helsinki auf Abwege gerät.«

»Wieso auf Abwege?«

»Tatu kam am Mittsommerabend zu mir. Er sagte kein Wort und sah total grau aus. Fiel aufs Bett und schlief und redete auch am nächsten Morgen kein Wort, bis er in den Zug stieg. So ist er früher nicht gewesen.«

»Mittsommerkater und Jungmännermelancholie. Das ist alles«, meinte Kuhala und erinnerte sich, den Jungen gebeten zu haben, vor der Rückkehr nach Helsinki noch einmal vorbeizukommen. »Ich werde ihn in zwei Wochen besuchen. Falls du Drogen oder so etwas vermutest, täuschst du dich. Du hättest sehen sollen, wie er draußen im Hof über den Zaun gesetzt ist. Junkies sind muskulär nicht so gut in Form. Ein Sprung bloß, ein explosiver Sprung. Außerdem war es schön, als wir zusammensaßen und uns über Gott und die Welt unterhielten. Wenn es sonst schon keinen Grund gibt, vor Zufriedenheit zu platzen, dann immerhin wegen unseres Jungen.«

Etwas Dunkles, fast schon Bedrohliches trat in Leenas Augen, als sie sagte, man könne die Verfassung eines Menschen nicht einschätzen, indem man bloß auf die muskuläre Form stiere. »Du solltest das Ganze vielleicht ein bisschen ernster nehmen. Tatu ist sensibel, er reagiert auf Situationen, auf die ein anderer überhaupt nicht reagieren würde.«

»Ich habe nicht vergessen, dass er mein Sohn ist. Und mir braucht man nicht zu sagen, ich würde mich nicht für ihn interessieren. Vielleicht hat er ja sensibel auf die Tatsache reagiert, dass du mich vor die Tür gesetzt hast.«

»Schrei mich nicht an. Außerdem gehört das nicht hierher«, erwiderte Leena.

Kuhala hob die Hände zum Zeichen der Versöhnung, stand auf und trat ans offene Fenster; der hereinziehende Luftstrom war heiß und durch den Straßenstaub herb im Aroma. Dann drehte sich Kuhala wieder um. Seine Frau hatte eine Hand auf die Tischkante gelegt, als wollte sie aufbrechen, und für einen kurzen Moment dachte der Privatdetektiv, dass dieser wortlose, aber mit Bedeutung aufgeladene Moment über ihre gemeinsame Zukunft entscheiden würde. Über die Zukunft, die aufgehört hatte zu existieren.

»Du begreifst doch sicher, dass der Junge sein eigenes Leben lebt. Da mischt man sich nicht einfach so ein. Tatu weiß, dass er sich im Fall des Falles an dich wie an mich wenden kann.«

»Nichts hindert uns daran, die Initiative zu ergreifen. Tatu ist gerade erst von zu Hause ausgezogen.«

»Ja, ja.«

»Und das muss auch nicht gleich Einmischung sein«, meinte Leena.

»Alles klar. Ich werde ihn dann behutsam fragen, ob bei ihm alles in Ordnung ist.«

Kuhala wollte das Thema wechseln, und da ihm nichts anderes einfiel, sagte er, er wolle nach Prag fahren, sobald es seine Arbeit zulasse. »Die Reise ist schon gebucht. Muss bloß hier noch einiges in trockene Tücher bringen ... nein, ich meine nicht Tatu. Hast du Urlaub?«

»Ach ich; ich geh eben zu diversen finnischen Sommerveranstaltungen«, sagte Leena bissig und voller Kampfeswille.

Kuhala nickte. Bekümmerung schnürte ihm die Brust ein. In seinen Shorts und mit den Händen in den Hüften stand er da und wagte es nicht, die Beziehung zur Sprache zu bringen, weil er dachte, Leena hätte es sich sowieso nicht anders überlegt, und jeder Wortwechsel würde ja doch in Schreierei ausarten – was dabei an Feinheiten zur Sprache kommen würde, wussten sie beide zur Genüge.

Die endgültige Trennung bedurfte nur noch ein paar organisatorischer Maßnahmen technischer Art.

Diese Tatsache schien seine Frau aber nicht sonderlich zu belasten – sonst sähe sie ja wohl nicht so gebräunt und gut erholt aus.

Womöglich hatte sie schon einen Neuen im Auge, spekulierte Kuhala.

»Na, dann tschüs.«

»Schönen Urlaub. Wir telefonieren.«

Kaum war Leena durch die Tür, fluchte Kuhala und verpasste der Wand eine mit der Linken, dass die Knöchel knackten.

Eine halbe Stunde später stand er gestriegelt und im hellen Sommeranzug an der Ecke Kauppakatu und Kilpisenkatu, unweit des Hauses, indem sich die Stadtwohnung des verschiedenen Bister befand.

Die Begegnung mit Leena hatte Kraft gekostet. Als er beim letzten Schliff vor dem Toilettenspiegel versucht hatte, einen Hauch von Dunstschleier in die Augen zu legen, war nur ein Schatten herausgekommen.

Die Scheibe in der Eingangstür zur Bank war ein bisschen gnädiger, aber durfte sich ein erwachsener Mann davor mehr als einen flüchtigen Augenblick lang spreizen?

Kriminalkommissarin Maaheimo kam zu Fuß vom Kirchenpark her näher, wo gerade erst die fast hundert Jahre alten Linden gefällt und durch neue ersetzt worden waren. In diesem Moment hätte es Kuhala nicht übel genommen, wenn die Bäume allein um Annukka Maaheimos willen niedergemacht worden wären. Einer nach dem anderen, mit massiver Motorsäge, vor den Schritten dieser Frau, die nämlich zufällig die atemberaubendsten Schritte seit Langem waren. Es lag Zartheit und Kraft in ihnen und mehr Sex, als die Flure des Polizeipräsidiums verkrafteten. Der Stoff des knielangen, engen Rocks war Kuhala fremd, auch wusste er nicht genau, wie man die Farbe nannte, aber er schien gut zu absolut allem zu passen. Gegen die abendliche Kühle war die Kommissarin mit einer roten Jeansjacke gerüstet, die sie über der Schulter trug.

Kuhala befürchtete, auszusehen wie ein morscher Baum, und er ging über die Straße seiner Verabredung entgegen. Mit einem Satz wich er der vorderen Stoßstange eines Taxis aus, zusätzlich beflügelt vom wütenden Blick des Fahrers und dem Aufheulen der Mercedeskiste, das von einem Ende der Straße zum anderen hallte.

»Verdammt noch mal«, wetterte der Privatdetektiv und wäre als Nächstes fast mit zwei Fahrradfahrern zusammengeprallt.

Kuhala nahm einen Whisky, Maaheimo einen Gin Tonic. Man konnte dem Barkeeper die Qual, die seine Dienstleistungsmiene überzuckerte, durchaus verzeihen, denn bis zum Schichtende dauerte es noch, und alle hatten ihre Kraftreserven an Mittsommer aufgebraucht.

Kuhala und Maaheimo hatten sich förmlich die Hand gegeben, es hatte nur gefehlt, dass die Kommissarin sich mit Namen vorstellte. Dadurch hatte Kuhala alle Illusionen verloren, und als sie im Gänsemarsch von der Bar zu einem Ecktisch der abgezäunten Terrasse vor dem Restaurant Jyväshovi gingen, beschloss er, fürs Erste darauf zu verzichten, den Funken des Charmeurs in seinen Augen zu entfachen.

Annukka Maaheimo hängte ihre Jeansjacke über die Rückenlehne des Stuhls.

Sie stießen nicht an, ihr Lächeln war das gleiche, das sie dem Barkeeper bei der Bestellung gegönnt hatte. »Es gehört nicht zu meinen Gepflogenheiten, solche Sitzungen zu veranstalten, aber die vorliegenden Gewalttaten stellen sich in einem Maße kompliziert dar, dass wir jede Hilfe benötigen, und zwar zeitnah. Nicht zuletzt deine, zumal du fast immer, wenn etwas passiert, im Hintergrund herumfuhrwerkst. Ihr seid übrigens fast fünfzehn Kilometer geradelt, unglaubliche Leistung, unglaublicher Endspurt.«

»Was kann ich dafür, wenn einer das Fahrrad meines Sohns stiehlt? Und diesen Termin hätte man doch auch auf die Dienstzeiten legen können? Wer ist der Kerl mit der Mütze?«

»Eine Landplage aus der dortigen Gegend, Unto Patala. Wohnt bei seiner alten Mutter, trinkt und klappert jede Veranstaltung in der Region ab, um Streit zu suchen. Wie es aussieht, hat er dich rein zufällig in die Grube gelotst. Wir waren in Patalas Haus, haben aber nichts gefunden, was darauf hindeutet, dass er etwas von der Sandgrube wusste. Zwischen dem Sandeinbruch und eurem Anflug ist dort niemand gewesen.«

»Ist dieser Honkanen nicht ...«

»Nein.«

Das Brett eines Skaters, der am Zaun vorbeisauste, ratterte und dröhnte auf dem Zierpflaster wie eine Planierraupe und überlagte das Geigensolo des Straßenmusikanten. Unto Patala habe Probleme mit der geistigen Gesundheit, erklärte die Kommissarin, weshalb er einige Male für mehrere Monate in stationärer Behandlung gewesen sei, als es noch Pflegeplätze gab. Inzwischen stütze er sich auf Medikamente, aber als gewalttätig könne man ihn nicht einstufen.

»Ach nein? Er hat versucht, mich unter einer Ladung Holzbalken zu beerdigen.«

»Das war eine Zwangsreaktion aus Panik.«

»Und davor hat er mir Prügel angedroht. Ich könnte ihn anzeigen.«

»An Mittsommer liegen die Gefühle manchmal blank.«

Annukka Maaheimo legte die Hand auf Kuhalas Handrücken. Die Geste war ruhig und leidenschaftslos, vielleicht bestand ihr Sinn darin, den Privatdetektiv einfach auf seinem Stuhl zu halten. »Es gehört natürlich nicht zu meinen Gepflogenheiten, Einzelheiten aus anhängigen Ermittlungen preiszugeben, aber diese Fälle treten dermaßen schlimm auf der Stelle, dass die eine oder andere kleine Enthüllung nicht schaden kann. Und immerhin bist du ehemaliger Polizist.«

Die Hand löste sich, als Kuhala gerade anfing, Gefallen an ihrer Wärme zu finden.

Die Kommissarin richtete ihre flammenden Locken und sagte, der Ingenieur, den man am Grund der Grube aufgefunden hatte, sei, den vorläufigen Ermittlungen zufolge, durch fremde Hand ums Leben gekommen. »Es sind Spuren von Außenstehenden, ich möchte sagen: von Dritten gefunden worden. Der Besuch von dir und der Gelbkappe läuft da vollkommen separat. Der Einfallswinkel der Quetschung an Honkanens Kopf passt nicht zu springenden Steinen in einer Lawine. Außerdem kann ein Stein, der im Sand nach unten rutscht, nicht mit so starker Wucht aufprallen – außer Honkanen hätte den Kopfstoß mit aller Macht gesucht. Oder er hatte außergewöhnliches Pech, und der Stein ist von einem anderen Stein abgeprallt und hat dadurch Fahrt bekommen oder so ähnlich. Das können wir nicht nachweisen.«

»Und die DNA-Analyse?«, fragte Kuhala.

»Dauert noch. Suvi Ojanen ist durch eine Prellung am Kopf oder durch Ersticken ums Leben gekommen. Und wie es aussieht, hat man sie erst nach der Tat in den Schuppen gebracht.«

»Woraus lässt sich das schließen?«, wollte Kuhala wissen.

Annukka Maaheimo sagte, die Bodenproben, die man in dem Schuppen genommen habe, deuteten darauf hin, aber sie betonte, dass der abschließende Bericht der Spurensicherung noch ausstand. »Suvi fehlte ein Schuh. Eine rote Sandale. Wenn wir die fänden, könnte uns das weiterbringen. Ach ja, der Ingenieur hatte normalerweise immer einen Hund bei sich, wo immer er auch aufkreuzte. Der Hund heißt Jermu, und niemand weiß etwas über ihn. Das wäre ungefähr alles.«

Kuhala fragte, ob die Polizei wisse, wie der Hund aussah. Er hörte sich die Beschreibung an und wusste im selben Moment, unter welcher Adresse man sich am besten nach Jermu erkundigte. »Das ist der Hund, keine Frage. Aber woher hätte ich das wissen sollen? Er machte einen etwas scheuen Eindruck, vielleicht hat er den Tod seines Herrchens mit angesehen. Ich glaube nicht, dass ihr aus der Sandale noch viel herausholen könnt. Die hat er aber bei sich gehabt.«

Kuhala schilderte weitere Einzelheiten seiner Begegnung mit der verwitweten Frau Teivainen und berichtete von ihrer Bekanntschaft mit Suvi. Er war dabei nicht sonderlich zufrieden mit sich, denn er gab hier mir nichts, dir nichts sämtliche Informationen, die er sich buchstäblich mit aufgeschürften Knien erworben hatte, preis, als erzählte er von seinen Urlaubsplänen.

Das war nicht professionell, das war das Plaudertäscheln eines verliebten Mannes.

Maaheimo telefonierte mit ihren Kollegen und leitete eine Hundefahndung ein. Dann schob sie das Handy in die Brusttasche ihrer Jeansjacke und schaute Kuhala an. »Na also, das nenne ich fruchtbare Zusammenarbeit.«

»Und mein Anteil?«

»Wieso? Ich glaube, du weißt noch viel mehr über Suvis letzte Fahrradtour. Und da du zufällig auch noch Bister gefunden hast, frage ich mich, wie es mit einer weiteren Kooperation wäre, die beiden Seiten nutzt.«

»Zwar habe ich dir gerade meine Informationen aufgedrängt, aber ...«

Das Angebot schmeichelte Kuhala nicht. Die Glut des Sommerabends goss Blattgold auf die Kaufhausfassade, die warme Brise wehte Düfte herüber, vom Kebab-Kiosk, vom Bahnhof und schließlich von Annukka Maaheimos Haut, die sie mit einem Parfum namens »Versuchung« aus ihrer Kollektion besprüht hatte.

»Ich meine nur, was ich davon habe, wenn ich mich auf das Spiel einlasse.«

»Du bekommst Informationen von mir, wenn du sie brauchst.«

»Das wird beim Bäcker nicht als Zahlungsmittel akzeptiert. Und in eurem Haushalt gibt es bestimmt keinen Posten für auswärtige Berater.«

»Denk mal ein bisschen weiter.«

»Was hat es eigentlich mit dem Gerede über Bisters Urlaubsparadies am Nuotta-Teich auf sich?«

Die Kommissarin trank den Rest ihres Gin Tonic. In der Richtung seien die Ermittlungen nur zäh vorangekommen, aber wie es aussah, habe Bister unter einer Art Kaiserkrätze gelitten und ein größenwahnsinniges Projekt nach dem anderen produziert, sobald dem vorigen die Luft ausgegangen war.

»Alles ist angeleiert worden, man hat Geld verbrannt, aber die Planungen beschränken sich auf Bleistiftstriche auf einer Zigarettenschachtel, wenn du weißt, was ich meine. Ich glaube, das mit dem Nuotta-Teich ist typisch gewesen. Der Mann war in letzter Zeit nicht mehr sonderlich gut in Form.«

»Immerhin hat er seine Planungen so weit vorangetrieben, dass manch einer sauer geworden ist. Einer sogar ziemlich. Wenn ich zu deinem Vorschlag Ja sage, wer garantiert mir dann, dass Hauptmeister Antikainen mir keinen Torpedo ins Achterschiff feuert, sobald du nicht hinsiehst? Der Mann kann mich nicht leiden.«

Die Kommissarin fischte mit der Zungenspitze nach einem Eiswürfel und gab zu verstehen, dass Hauptmeister Antikainens Torpedo keinen Biss haben würde. »Ich werde schon dafür sorgen, dass er etwas Besseres zu tun hat. Also?«

»Was also?«

»Erzähl mir, was du noch weißt.«

Die Hand machte sich wieder auf den Weg zu Kuhalas Handrücken. Irgendwo in den hinteren Regionen seines Bewusstseins befürchtete er eine Intrige.

Das Lächeln, das sich in Annukka Maaheimos Mundwinkeln bildete, bestand aus mütterlichen wie verführerischen Elementen, und auch wenn sich Kuhala für eine Art Menschenkenner hielt, verwirrte ihn das, und er versuchte schließlich nur noch, sich an den letzten Überresten seiner Selbstsicherheit festzuhalten.

»Warte. Ich glaub, ich hol mir noch einen. Für dich auch?«

»Danke.«

Der Geiger hatte sich in die Nähe der Terrasse gestellt, dorthin, wo sie saßen, und lächelte im kontinentaleuropäischen Stil mit blitzenden Goldzähnen, bevor die ersten Takte der G-Dur-Romanze von Max Reger in den Sommerabend perlten. Kuhala stellte die Getränke auf den Tisch, aber der Weg zum Tresen und zurück war zu kurz gewesen, um währenddessen an der Taktik zu feilen. Er war sich nicht einmal sicher, wer hier wen nach seiner Pfeife tanzen ließ. Na klar war er kooperationsbereit, er hatte im Präsidium sogar seinen eigenen Vertrauensmann dafür, Kriminalhauptmeister Heikki Raatikainen, der allerdings in letzter Zeit an Herzproblemen litt und darum immer wieder krankgeschrieben war.

»Außer der Witwe weiß ich nichts. Name und Adresse hast

du bekommen. Über Bister gibt es keine Informationen ... das heißt, das geht mich ja auch gar nichts an ...«

»Aber du hast auch in die Richtung die Ohren aufgesperrt?«

»Nein.«

»Kannst du Suvis Route samt Uhrzeiten rekonstruieren?«

»Ich kann dir einen Bericht machen. An der Strecke steht ein kleiner Kiosk. Der Besitzer erinnert sich, das Mädchen am selben Tag gesehen zu haben. Redet mal mit ihm.«

»Wir haben ihn schon vernommen.«

»Der Mann ist nicht ... na ja, das wisst ihr sicher selbst. Ziemlich außergewöhnlicher Kerl, scheint im größeren Maßstab am Verschwinden von Leuten interessiert zu sein, aber Mysterien sind ja immer interessant.«

Es wurde ihnen etwas schwergemacht, die Gewalttaten weiter aufzuklären, denn der Geiger – so virtuos er sein mochte – schätzte ihre Bedürfnislage falsch ein und beugte sich so weit über die Terrassenbegrenzung, dass der gefühlvoll schwankende Oberkörper und die weit ausholenden Bewegungen der Arme die Getränke vom Tisch zu räumen drohten. Kuhala zog einen Fünf-Euro-Schein aus dem Portemonnaie.

Dann steckte er dem Primas das Geld in die Brusttasche und lächelte, richtete das Lächeln anschließend auf die Sternaugen von Annukka Maaheimo und prostete der ganzen Welt lächelnd zu, denn was sollte er in einem fort darüber lamentieren, seine besten Tage vergeudet zu haben, und von noch besseren Zeiten träumen, die sowieso nicht kommen würden?

»Ich will nicht aufdringlich sein, aber du hast schöne Augen.«

»Danke«, sagte Annukka Maaheimo.

»Bis jetzt hast du nicht viel von dir erzählt.«

»Ich bin nicht sicher, ob jetzt die passende Gelegenheit dazu ist.«

»Versuch es mal«, schlug Kuhala vor.

In ihm schnurrte es, wie es nur bei einem Mann möglich war, der zuletzt in der Zeit des Teenager-Herzflatterns in Liebesschauer geraten war. Er versenkte sich in die Erzählung der Kriminalkommissarin, hörte und verstand kein Wort, und als sich ihre Beine unter dem Tisch streiften, hatte er das Gefühl, einen Hochspannungsmast erklommen zu haben.

# 14

Viktor Bisters Exfrau Salla Kosonen lag im Garten ihrer Drei-Zimmer-Reihenhauswohnung in der Sepänkatu in einem Liegestuhl, der mit Polstern im Mohnblumendekor ausgestattet und stufenlos verstellbar war; er bot die Möglichkeit fernzusehen, sein ganzes Leben liegend zu verbringen oder zum Flug abzuheben. Kuhala unterdrückte die Versuchung, das Ungetüm preislich einzustufen, erinnerte sich aber, das gleiche Modell mitten in Bisters Rosengarten am See gesehen zu haben. Zwei Eichhörnchen turnten um einen Kiefernstamm herum, auf der Dachterrasse des gegenüberliegenden Hochhauses, das Alvar Aalto entworfen hatte, startete gerade ein Papierflieger. Kuhala verfolgte kurz die Flugbahn und fragte sich, ob auf den Flügeln wohl die Abschiedsbotschaft eines Selbstmörders zu lesen war. Es sprang allerdings niemand übers Geländer, jedenfalls nicht jetzt.

Salla Kosonen rauchte eine Leichtzigarette nach der anderen und sonnte sich. Sie schien die Vorfälle nicht schwerzunehmen. Sie hatte einen Bikini an, allerdings hing das Oberteil an der Türklinke, und wenn sie von sich das Bild eines Dummchens gab, dann das eines wohlhabenden. In einer Schale unter dem Liegestuhl schmolzen knisternd Eiswürfel vor sich hin, aber es war schwer zu sagen, wie viel Flüssigkeit die auf ihnen gebettete Champagnerflasche noch enthielt.

Kuhala stand auf der Schwelle zum Wohnzimmer wie ein

Dienstbote, in der Hand ein Glas Orangensaft, mit der elektrischen Presse herbeigezaubert. Es war für ihn bestimmt. Er lobte sich innerlich für seine Leistung, die Augen wenigstens kurz auf Salla Kosonens Sonnenbrille gerichtet zu halten und nicht auf die birnenförmigen Brüste etwas weiter unten, deren von Sommersprossen umgebene Brustwarzen ihm schon aufgefallen waren, als die Frau ihm die Tür geöffnet hatte.

Eine Art Dienstbote war Kuhala tatsächlich. Gerade eben hatte die Frau ihn engagiert, den Mörder ihres Exmannes dingfest zu machen.

»Die Polizei bringt nichts zustande.«

»Mangelnde Ressourcen.«

»Die haben den Ressourcenmangel im Kopf.«

»Der greift allerdings überall um sich.«

»Sie sind auch hier aufgekreuzt, aber so, als wollten sie bloß Guten Tag sagen. Sosehr ich den schmierigen Kerl auch verabscheut habe – abstechen hätte man ihn doch nicht dürfen.«

»Sie waren es aber nicht?«

Das Lachen ließ die Krähe, die auf dem Zaun entlangspazierte, erstarren. Der Spanner auf einem der Balkons des Hochhauses gegenüber stellte den Zoom seines Fernglases neu ein und schlug dabei mit dem Knie gegen das Blech.

»Nein, ich war es nicht. Sie kriegen jede Hilfe und jedes Honorar, das Sie verlangen. Und dazu nenne ich Ihnen den Täter, oder sagen wir besser, den Hauptkandidaten. Das Ganze muss dann nur noch bewiesen werden.«

Man hörte etwas, das nach einem unterdrückten Kichern klang, aber Kuhala war nicht sicher, ob es aus dem Mund der Frau oder der Champagnerflasche kam. Er horchte auf. Die Frau bewegte die lackierten Zehen und redete so leicht dahin, als verriete sie Kuhala ihr Lieblingsshampoo – die Beiläufigkeit war dermaßen gut gespielt, dass der Privatdetektiv sie ihr fast glaubte.

»Also wer?«

»Kommen Sie näher, dann flüstere ich Ihnen den Namen ins Ohr.«

Kuhala stellte das Glas ab und beugte sich nach vorn. Der Sonnenanbeterinnenschweiß zwischen Salla Kosonens Brüsten rann bis über den Bauch, teilte sich auf der Höhe des Nabels in zwei Rinnsale, die sich dann wieder vereinigten, und Kuhala war so unvorsichtig, sich hinreißen zu lassen. Es kam kein Name, stattdessen schlug die Frau ihre Zähne ins Ohrläppchen des Privatdetektivs.

»Aua!«

Wieder schepperte das Knie des Spanners gegen das Balkonblech, die Krähe flatterte davon. Salla Kosonens Kieferzange brachte Kuhalas ganze Ohrmuschel zum Knacken. Der Schmerz war so stromstoßartig, dass Kuhala auf alle Viere gehen und sich am Gestänge des Liegestuhls festhalten musste. Wurden die Menschen allmählich durch die ewige Sonne verrückt?

Der Privatdetektiv hatte das Gefühl, in eine Falle getappt zu sein, neben der manch prekärer Auftrag verblasste. Er konnte sich nämlich nicht mal mehr rühren, und als er verzweifelt mit der Hand nach etwas tastete, traf er zuerst die schweißklebrige Haut von Salla Kosonens Unterbauch und dann die Brüste.

»Lassen Sie mich los!«

Sie lockerte die Kiefer. Kuhala stöhnte auf. Die Frau packte ihn am Nacken und drückte seinen Kopf zwischen ihre Brüste. Und das bei einem erwachsenen Mann. Die Flasche verrutschte zwischen den Eiswürfeln, das Fernglas des Spanners schlug gegen das Balkongeländer.

»Entschuldigen Sie bitte. Ich konnte der Versuchung einfach nicht widerstehen. Nach Viktor ist es so schön, mal wieder einen richtigen Mann in der Nähe zu haben.«

»Ja, ja, schon gut«, meinte Kuhala und gab sich Mühe, seinen

Tonfall lässig zu stylen, was aber etwas gezwungen wirkte. »Ist schon in Ordnung, aber wie soll ich jemanden dingfest machen und vor allem: Wie soll mich jemand ernst nehmen, wenn mir das eine Ohr nur noch an einer einzigen Hautfaser herunterhängt?«

»Schrecklich. Lassen Sie uns nach drinnen gehen, dann pustet die Mami ein bisschen.«

»Vielleicht ist es besser, wenn Sie mir mit Ihrem Raubtiermund nicht zu nahe kommen.«

Kuhala stand auf und richtete mit schief gelegtem Kopf die Bügelfalten seiner Sommerhose. Die in gleichmäßigen Abständen herabfallenden Blutstropfen wurden von den Poren der Steinplatten auf der Stelle aufgesaugt. Er wusste nicht recht, was er von dem Vorfall halten sollte, der Schmerz beeinträchtigte die Analyse, aber wahrscheinlich war bei der Pflege der Kundenkontakte einfach eine gewisse Opferbereitschaft gefordert.

Die Frau nahm Kuhala an der Hand und führte ihn in die Kühle des Wohnzimmers, die Maske des afrikanischen Medizinmanns im obersten Fach des Bücherregals starrte gierig auf das blutende Ohr.

Der Haushalt war einer von denen, in denen der Fernseher immer lief, für alle Fälle. Kuhala sah gut, was gerade gezeigt wurde, denn er hielt den Kopf noch immer schief. Er sah auch das Schaukeln von Salla Kosonens Pobacken unter dem Bikini, registrierte die Spannkraft der Schenkel und nahm das Wippen der Brüste von der Seite wahr. Es ging vorbei am Besenschrank in der Küche, wo viele Familien ihr Verbandszeug aufbewahrten, und weiter in den Flur, wo Kuhala seine fast zwei Meter große Gestalt im Ganzkörperspiegel sehen konnte. Er war gedemütigt worden.

»Das setze ich auf die Rechnung, verdammt noch mal.«

»Okay.«

»Das haben Sie absichtlich gemacht.«

»Tatsächlich?«

»Sie wissen nichts über Viktor Bisters Mörder.«

»Ja, kann sein. Aber lassen Sie sich immer so überraschen? Das war ein Test, und ich bin ein bisschen enttäuscht.«

»Geht mir ähnlich.«

»Was für einen Detektivkurs haben Sie eigentlich absolviert?«

»Denjenigen, für den auf den Marshmallows-Tüten geworben wird.«

Kuhala machte keine Anstalten, seine Hand zu befreien, obwohl sie inzwischen schon die offene Toilette passiert hatten, vor dessen Spiegelschrank eigentlich die letzte Gelegenheit gewesen wäre, die Wunden zu flicken.

Blutstropfen markierten ihren Weg. An der Schnur des herabgelassenen Rollos im Schlafzimmer hing eine Puppe, auf der Kommode lag ein Bündel seidener Unterwäsche.

Salla Kosonen setzte den Privatdetektiv auf der Bettkante ab und gab ihm ein Handtuch aus dem Wäscheschrank. »Drücken Sie das drauf.«

Sie faltete das Handtuch und kam ganz dicht an Kuhala heran. »So. Bald blutet es nicht mehr. Soll ich Eis holen?«

»Hmpf«, nickte Kuhala.

»Kälte stillt die Blutung. Ich hole vielleicht wirklich Eis.«

Kuhala hatte Salla Kosonen zweimal getroffen und ein paarmal mit ihr telefoniert. Insgesamt hatten die Kontakte kaum mehr als eine Stunde in Anspruch genommen. Dennoch hatten sich die Dinge nun so entwickelt, dass er bei der Frau auf der Bettkante saß und das Gefühl hatte, auch Eis für in die Hose zu benötigen.

Er suchte eine bequemere Haltung und bemühte sich zu überlegen, ob er ein moralischer Mensch war. Aber was war schon Moral? Ad hoc formulierte er so spielend eine auf die aktuelle Situation zugeschnittene Version, an die er selbst nicht recht glaubte: Moral war nur ein Synonym für Scheinheiligkeit und etwas für Leute, die sich einbildeten, anständig zu sein. Wofür brauchte man die Moral, beziehungsweise wofür brauchte sie ein Mann wie er, der, solange er zurückdenken konnte, das trockene Brot des Verzichts geschmeckt hatte? Die Grenze zwischen Gut und Böse war fließend; sie war eine Frage der Definition, und bedauerlicherweise verfielen die Definierer in eine Philosophie à la Pu der Bär – mit Klientinnen vögeln konnte durchaus Spaß machen.

Wer zum Teufel hätte außerdem auf die Schnelle angerannt kommen können, um ihm die Moral zu definieren, und was war er Leena schon schuldig, geschweige denn seiner kindischen Verliebtheit in Kriminalkommissarin Annukka Maaheimo?

Ohr und Schwanz pulsierten parallel. Ich bin schon in heißeren Situationen gewesen, dachte Kuhala.

Salla Kosonen kam mit Champagner und Eiswürfeln zurück und blieb in der Tür stehen. »Sie sehen aus, als hätten Sie Ihr Land verkauft.«

»Das macht die Hitze.«

Sie kippte Eis in Kuhalas Faust. Etwas davon troff zwischen den Fingern hindurch auf die Tagesdecke und den Boden, durch das offene Schlafzimmerfenster hörte man die langsamen Herzschläge des Sommertages.

Kuhala wickelte das Eis im Handtuch ein und drückte es aufs Ohr.

Salla Kosonen war inzwischen vor ihm auf die Knie gegangen und öffnete den Reißverschluss seiner Hose.

Das Pulsieren beschleunigte sich.

Ein Eiskristall schwamm in Kuhalas Gehörgang hinein und ließ ihn zusammenzucken. Es war natürlich so, dass man, wenn man einmal mit einer Klientin gevögelt hatte, früher oder später darauf aus war, mit jeder zu vögeln, weil man anfängt, das für einen Bestandteil des Aufgabengebietes zu halten. Und dann dauerte es nicht lange, bis dem Vögeln alle Freude abhandenkam, all das, was es kostbar machte, und am Ende nur noch die Routine des Rammelns übrig blieb.

Kuhala schob Salla Kosonens Hand zur Seite und stand auf. Er sagte, er habe noch nie einen Auftrag auf diese Weise in Angriff genommen und werde es auch jetzt nicht tun, denn wahrscheinlich ginge das Überführen des Mörders mit geschlossenem Hosenlatz glaubwürdiger vonstatten.

Die Erklärung enthielt keinerlei Bestandteile einer Moral, bestenfalls etwas von der Anerkennung der Tatsachen, und sie kam wie verstohlen, aber sie brachte Salla Kosonen zum Lachen und Zurückweichen.

»Vielleicht ein andermal. Sie sind ein niedlicher Kerl.«

»Ich sage sofort Bescheid, wenn es neue Erkenntnisse gibt.«

»Verzeihen Sie mir das mit dem Ohr. Ich wollte nicht so fest zubeißen, aber wie soll man sich da zurückhalten. Übrigens, haben Sie etwas von den Sachen gehört, die mir gehören? Wo sind die eigentlich hingeraten? Sind sie bei der Polizei vergessen worden, oder liegen sie noch bei Viktor?«

Kuhala vermutete, sie befänden sich noch in der Obhut der Polizei. »Holen Sie sie dort ab. Sie sind mit Sicherheit schon durchgesehen worden.«

Er ging auf die Straße und bemerkte erst an der nächsten Ampel, dass er das Handtuch mitgenommen hatte. Der Blutfleck darin erinnerte an eine männliche Gestalt, der man den Kopf abgeschraubt hatte.

# 15

Das Haupttor zu Bisters Sommervilla ließ sich bequem überklettern. Kunstschmiedearbeiten und angeschweißte Schnörkel boten dem Fuß vielerlei Möglichkeiten. Kuhala sprang auf das Grundstück, auch wenn er davon ausging, dass Sensoren und Überwachungskameras so viel Beweismaterial sammelten, wie sie nur konnten. Andererseits: Wer sollte die Informationen jetzt noch auswerten, da der Hausherr tot und das Treiben der Polizei versiegt war?

Die Rosen schienen sich der Glut des Sommers und der Gier der Blattläuse ergeben zu haben, sie ließen die Köpfe hängen, ein Teil der Blütenblätter war herabgefallen. Über dem ganzen Gelände lag eine Melancholie, die weit entfernt war von den Epitheta, die Kuhala mit Bisters Person in Verbindung gebracht hatte.

An der Tür zum Turmzimmer war das Polizeisiegel zu erkennen, der Hausherrenwimpel hing schlaff an der Stange. Hier stand in der Tat ein tiefer Dornröschenschlaf bevor.

Kuhala hielt auf dem Sandweg inne und lauschte, eine Wolke glitt gemächlich über dem Päijänne-See davon.

Das helle Sakko aus Baumwollmischung ließ Kuhala über die Schulter hängen, während er potenziellen Persönlichkeiten, die sich sein Eindringen womöglich zu Herzen nahmen, noch einige Minuten Zeit gab, ihm zu befehlen, sich zum Teufel zu scheren.

Aber niemand kümmerte sich um ihn, keiner kam, um ihm etwas zu sagen.

Er ging hinter das Haus und öffnete mit dem Dietrich eine Tür, die in eine gut ausgestattete Küche führte. Laut Salla Kosonen waren Viktor Bisters Erben reichlich spät aufgewacht, entweder weil die Hitze ihre Habgier aufgeweicht hatte oder weil sie angesichts des Ausmaßes der Beute sich zuerst sorgfältig die Nägel feilen wollten.

Die Garde der fernen Verwandten würde sich zum ersten Mal seit Langem bei der Beerdigung begegnen, für die sich auch Kuhala interessierte.

Über dem Großküchenherd mit Keramikkochfeld blinkten blank polierte Töpfe aus Stahl und Kupfer, die Exotik der Gewürzkollektion füllte zwei anderthalb Meter lange Regalbretter von Rand zu Rand. Ein vielseitiges Messerset steckte lückenlos in seinem Block, und Kuhala hatte keine Lust zu überprüfen, ob sich darunter auch ein Modell der Art befand, mit dem der Hausherr abgestochen worden war. Schließlich sollte es die ja nur exklusiv im Laden von Tra Pen geben.

Er kam in einen kurzen Gang. An den Wänden hingen Gebrauchsgrafik für Jedermannshäuser und Fotos von Viktor Bister beim Händeschütteln und Anstoßen mit Berühmtheiten. Diese Aufschneiderei war so schamlos, dass sie schon wieder etwas Fröhliches an sich hatte. Einige der hohen Tiere kamen von so weit oben, dass Kuhala näher an die betreffenen Bilder heranging, um zu prüfen, ob es sich womöglich um Fälschungen handelte. Das hier war die Allee der Ehrentage, und entsprechend tief sank man im Flor des Teppichs ein. Kuhala öffnete die Tür am Ende des Ganges.

Das Wohnzimmer der Sommerresidenz war gut und gern so groß wie ein Tennisplatz.

In den offenen Kamin hätte ein Auto hineingepasst, der offene Rachen des an die Wand genagelten Tigerkopfs entsprach in seinen Ausmaßen der Schaufel eines Schaufelladers, und je länger Kuhala sich umsah, desto stärker wurde der Eindruck, dass das Ausmaß von Bisters schlechtem Geschmack einer Ursache entsprang, die man am ehesten in psychiatrischen Diagnose-Datenbanken finden würde.

Bekanntlich gab es ja guten schlechten Geschmack und schlechten schlechten Geschmack, wie auch gute Geschmacklosigkeit und schlechte Geschmacklosigkeit. Bisters Geschmack passte zu keiner der Definitionen, Bister war schlicht und einfach ein Dödel gewesen.

Was würde wohl den Mündern der Erben entweichen, wenn sie all das sahen?

Kuhala ging die vier Schlafzimmer im ersten Stock durch, ohne mehr zu finden als eine Menge weiterer Grafiken und Studien des Hausherrn. Vielleicht hatte die Polizei alles andere mitgenommen.

Er rieb sich die Handschuhe und ging die Wendeltreppe zum unterirdischen Sauna- und Fitnessbereich hinunter. Der ganze Mist war in den Felsen gesprengt worden – das allein musste ein Vermögen gekostet haben. Alles sah peinlich sauber und unberührt aus, sogar die Shampooflaschen standen in Reih und Glied, die Etiketten zur Front hin ausgerichtet.

Für einen Bruch in der Vollkommenheit sorgte allein ein Wasserhahn, der hin und wieder tropfte wie ein chinesisches Folterinstrument. Kuhala spürte den Drang, ihn zuzudrehen, aber dann richtete sich sein Blick auf eine vertäfelte Tür in der hinteren Wand des Fitnessraums.

Sie sah aus wie eine Tür aus Grimms Märchen, hinter der eine Hexe kleine Kinder zerstückelt und anschließend das Blut vom Bratrost spült.

In der Kindheit hatten Grimms Märchen zur Lieblingslektüre des Privatdetektivs gehört. Die Fäden der brüchig gewordenen Rückenbindung der alten Ausgabe hatten dem kleinen

Otto in der Nase gekitzelt, wenn er direkt zu der Stelle vorblätterte, wo die böse Stiefmutter gezwungen wurde, mit heißen Eisen an den Füßen zu tanzen. Schön war es auch, das Bild der buckligen Hexe zu betrachten, bevor das Licht gelöscht und das Abendgebet gesprochen wurde.

Dann verweilte die Hexe auf der Netzhaut und durfte als der liebe Gott herhalten.

Die Tür war abgeschlossen. Kuhala blickte hinter sich. Das Echo des tropfenden Wasserhahns gefiel ihm nicht, er wusste nicht, was er eigentlich suchte, und überhaupt kam ihm der gekachelte Raum allmählich wie eine Inquisitorenwerkstatt vor.

Schließlich ging die Tür mit demselben Dietrich auf wie das Schloss des Hintereingangs zur Küche. Der Raum dahinter war von maßvoller Größe, wenn man ihn mit den Räumlichkeiten in den oberen Etagen verglich. Er enthielt einen Schreibtisch, einen Stuhl und eine Leuchte. Und ein Bild von Viktor Bister. Die Zahl der Bilder des verstorbenen Magnaten musste allmählich mit nordkoreanischen Maßstäben gemessen werden – zumal bei der Fotografie im Kellerraum ganz offensichtlich versucht worden war, die Pose mit staatsmännischem Glanz aufzuladen. Das Resultat war freilich bloß lächerlich ausgefallen.

Das spezialverstärkte doppelte Oberlichtfenster war so groß wie das in Kuhalas Büro und reichte gerade so über den Erdboden. Der Blick ging zur Torseite der Villa. Kuhala sah in die Schreibtischschubladen.

Es war erstaunlich, dass in dem Raum keinerlei Spuren vom Besuch der Polizei zu erkennen waren. Die mussten doch jede Ecke durchsuchen, schließlich konnte man sich nicht immer auf mangelnde Ressourcen berufen. Unter einem Telefonbuch fand Kuhala einen schwarz eingebundenen Kalender und nahm ihn sogleich an sich, ohne beim ersten Durchblättern mehr als die Adressen von zwei Renovierungsfirmen zu finden.

Der Raum mochte einer von der Sorte sein, für den zwar ein

bestimmter Zweck vorgesehen war, dann aber doch keine Verwendung gefunden wurde. Vielleicht sollten hier ursprünglich die beim Gewichtestemmen und Saunieren stehen gebliebenen Herzen wiederbelebt werden, aber jetzt war es bloß ein überflüssiger Raum und das Zweitbüro der Sommerresidenz.

Das Plitschen des tropfenden Hahns drang in großen Intervallen bis hierher vor, es störte und war ein bisschen unangenehm. Kuhala bückte sich, um die unterste Schublade zu öffnen. Sie war abgeschlossen. Man hatte das Gefühl, als klatschte jedes Mal eine ganze Literportion aus dem Hahn, und es hörte sich an, als vervielfachte die akustische Gestaltung des Untergeschossinterieurs das Wassergeräusch zusätzlich. Auch wenn sich Kuhala nicht für sonderlich schreckhaft hielt, stand er doch schließlich auf, um den Hahn zuzudrehen.

Oben im Erdgeschoss schepperte etwas.

Kuhala blieb zwischen den eckigen Fitnessgerätekonstruktionen stehen und schaute in die Richtung, aus der er gekommen war, erschrocken vor dem kraushaarigen Foto Viktor Bisters, der ihn von der Wand hinter der Wendeltreppe aus wie lebendig anstarrte, als wollte er jeden Moment etwas Größenwahnsinniges von sich geben. Das siegessichere Lächeln verhöhnte Kuhala, der Schatten der Treppe verdeckte einen Teil des Gesichts und verlieh ihm dadurch eine geradezu teuflische Nuance.

Ein Haus von dieser Größe gab eben manchmal Töne von sich, ganz von allein, und falls es Bisters Seele war, die in der Küche gegen die Töpfe stieß, dann stieß sie immerhin gegen ihr Eigentum.

Kuhala drehte den Hahn fest zu, aber das half nicht, denn die Dichtung war beschädigt.

Er eilte zurück und riss die unterste Schreibtischschublade so heftig auf, dass es krachte. Sie enthielt weitere Bilder von Viktor Bister, was bei Kuhala leichte Enttäuschung auslöste, denn die Unersättlichkeit des reichen Mannes, wenn es darum ging, sich verewigen zu lassen, schien keine Grenzen gekannt zu haben.

Die Bezeichnung ›unersättlich‹ passte ohnehin zu den Fotos, weil Bister darauf nackt und überdies in voller Amüsierbereitschaft zu sehen war, mal mit einer, mal mit mehreren Partnerinnen.

Kein Wunder, dass die Bilder in der Schublade eingeschlossen waren. Klar war jetzt auch, dass die Polizei nicht dazu gekommen war, alles zu durchsuchen.

Bisters Ausschweifungen bewegten sich auf durchschnittlichem Pornoheftniveau, falls Bister davon überhaupt etwas verstanden hatte. Der ermordete Aktienhai und Immobilienschwindler stürzte sich im selben Stil ins Getümmel, mit dem er auch seine übrigen Angelegenheiten geregelt hatte. Er kannte auch keine Scheu vor der Kamera, im Gegensatz zu seinen Begleiterinnen, deren Gesichter man nicht sehen konnte. Es gab sogar ein Bild, auf dem Bister alleine auftrat und mit einem Maßband die Größe seiner Ausrüstung präsentierte. Kuhala konnte bei der Beleuchtung den Zentimeterwert nicht erkennen, gab sich allerdings auch keine sonderliche Mühe.

Die Fotos waren ziemlich sorglos versteckt worden, aber es stellte sich die Frage, ob es an ihnen überhaupt etwas zu verbergen gab. Sie waren vor dem Kamin, im Turmzimmer oder inmitten der Rosenbeete aufgenommen worden, einige akrobatische Schnappschüsse sogar in den sadomasochistischen Kulissen der Fitnessgeräte – Erlebnisse über Erlebnisse, bis nichts mehr genug ist.

Rammelei bei Blitzlicht war nicht kriminell, bei Oralsex zwischen Rosen bestand lediglich Dornengefahr.

Kuhala konfiszierte die Bilder und versuchte die ramponierte Schublade mit der Schuhspitze wieder hineinzuschieben.

Sein Tritt fiel jedoch so grob aus, dass die Lade nicht in die Rille lief. Er bückte sich, um sie richtig einzusetzen, und schob die Hand darunter. An der Unterseite war mit Klebeband ein schwarzes Schlüsseletui aus Leder befestigt, in das die goldenen Buchstaben »VB« eingraviert waren. Das Etui enthielt einen Profilschlüssel, der womöglich in alle Schlösser des Hauses passte. Der Privatdetektiv ließ den Fund in die Tasche gleiten.

Dann stand er auf. Er roch den Rauch im selben Moment, in dem das Heulen des Brandmelders losging. Der Moment war zu kurz, um alle Informationen zu verarbeiten, die durch Geräusche, Gerüche und Angst produziert wurden, auf einen Schlag trocknete Panik den Mund aus, die Hände hoben sich automatisch.

Er kam die Wendeltreppe nicht mehr hoch. Die Flammen schlugen ihm bereits entgegen und schmolzen den Kunststoffläufer von den Stufen, wodurch lebensgefährlicher synthetischer Qualm aufstieg und Bisters höhnisches Foto an der Wand einhüllte.

Dann verstummte der Brandmelder plötzlich, man hörte nur noch das Prasseln der Flammen. Brandmelder geben nicht so leicht auf, jemand musste ihn zum Schweigen gebracht haben. Kuhala stand unter der Treppe und schützte sein Gesicht, hinter dem Qualm brauste und krachte es im Feuer.

Aus jedem Hahn kam Wasser, und ein Eimer voll hätte das Voranschreiten des Feuers vielleicht gestoppt, aber Kuhala hatte genug über Brandgase gelesen, um nicht zweimal zu überlegen zu müssen. Er löste ein Zehn-Kilo-Scheibengewicht von einer Langhantel und schleuderte es mit beiden Händen in das Oberlichtfenster des Büroraums.

Der Wurf war genau und kräftig, aber das verstärkte Doppelfenster gab unter dem Eisen nur nach und ließ es abprallen, worauf es in Richtung von Kuhalas Brustkorb flog. Er wich aus und schlug mit dem Hinterkopf gegen den Türpfosten, worauf ihm sofort der Gedanke kam, dass er sich solche Zusammenstöße jetzt nicht leisten konnte. Sein gesamter Adrenalinvorrat wurde ausgeschüttet, sein Handlungsspielraum schrumpfte auf den gottverdammten Kampf ums Überleben zusammen.

Als Nächstes dachte er daran zu fluchen.

Im Erdgeschoss war etwas von der pompösen innenarchitektonischen Gesamtlösung in die Flammen gekracht.

Und irgendein Teufel hatte auf dem gesamten Fußboden Brennstoffkanister ausgeleert, während er, Kuhala, im Keller den Geheimpolizisten gespielt hatte.

Die Rauchbildung wurde immer stärker, je mehr Glas oben hörbar zerbarst. Gab da einer dem Feuer zusätzlich Zunder, indem er die Fenster zerschmetterte, oder zersprangen sie durch die Hitze? Kuhala fühlte seine Knie weich werden und blickte noch einmal zum Wendeltreppenhaus, wo ein Drache Feuer spie. Es stach in der Lunge, die Augen begannen zu tränen.

Bisters Foto fiel von der Wand, eine Vitrine zersplitterte klirrend.

Kuhala warf erneut das Scheibengewicht gegen das Fenster. Er zielte schlecht, das Eisen traf nur halb und sprengte ein Stück Putz von der Wand, bevor es hinter den Schreibtisch fiel. Kuhala zog das Sakko aus und kroch auf allen Vieren an der Wand entlang, um sich ein blau angemaltes Fünf-Kilo-Gymnastikgewicht zu holen, das er in klassischem Schwung gegen das angeschlagene Glas pfefferte, halb blind, mit vollem Einsatz – verdammt!

Die Hantel blieb in dem Loch stecken, das sie geschlagen hatte. Sicherheitsfenster mit Spezialverstärkung hatten ihre Vor- und Nachteile, aber diese Komplikation ging nun über die Grenzen des Erträglichen. Kuhala wusste, dass es nie half, sich aufzuregen, schon gar nicht in einer Situation wie jetzt, in der man womöglich innerhalb einer halben Minute das Bewusstsein verlieren würde – aber er konnte ums Verrecken die Vorstellung nicht ertragen, wie Kriminalhauptmeister Antikainen vor Genugtuung das Gesicht verzog, wenn er am Frühstückstisch die Seite mit den Todesanzeigen aufschlug: Nie weiß man, ob man noch viel Zeit hat oder wenig, plötzlich ist alles vorbei.

Kuhala machte die Bürotür hinter sich zu, zog das Sakko wieder an und stieg auf den Tisch. Durch die scharfkantigen Spalten, die das Fünf-Kilo-Gewicht ins Glas gebrochen hatte, sog er zwei Atemzüge frischer Sommerluft ein. Dann zog er die Hantel heraus und zerschlug mit zwei peitschenartigen Hieben das komplette Fenster.

Die Öffnung war eng, aber sie musste ausreichen.

Kurz packte ihn das Entsetzen, als er zappelnd mit der Taille im Fensterrahmen feststeckte, dann kam er auf die Idee, noch einmal den Rückwärtsgang einzulegen und zuerst die Jacke aus dem Fenster zu werfen.

Als er sich draußen auf der blanken Erde aufrappelte, war das wie eine Auferstehung: Kuhala kam in einem Rosenbeet, das aussah wie ein zugeschaufeltes Grab, auf die Beine und war vor Todesangst knallrot.

In der Ferne hörte man die Sirenen der ersten Einsatzfahrzeuge.

Mit der Jacke unterm Arm rannte er zum Ufer hinunter und watete im Wasser um die Fortsetzung des Zaunes herum zum Waldweg. Im Schutz eines Findlings blieb er stehen und verschnaufte.

Er hätte das metallische Scheppern ernst nehmen und nicht als Bisters Gespenst missdeuten sollen. Es gab keine verdammten Gespenster, nicht alles ließ sich mit blöden Witzen abtun, und Grimms Märchen repräsentierten auch nichts anderes als die kranke Phantasie der Deutschen.

Der Brandmörder war seinen Job mit professionellem Zugriff angegangen, und genau das war es, was Kuhala an seinem eigenen Vorgehen vermisste.

Er blickte in dem Moment auf, in dem er die Feuerwehrautos auf das Grundstück einbrechen hörte und die Flammen wie Zungen aus den Fenstern von Viktor Bisters Turmzimmer loderten.

Es war ein prächtiger Anblick. Das hungrige Feuer kletterte aufs Dach, schluckte es und verschlang mit einem Bissen den Hausherrenwimpel. Und abgesehen davon, dass es ein prächtiger Anblick war, würde es auch die Erben zwingen, sehr schnell die Strategie zu ändern.

Kuhala wischte sich über die Stirn. Auf Ohrenhöhe raschelte es im trockenen Moos. Auf einem Vorsprung des Findlings schaute eine Eidechse auf das lodernde Feuer. Der Schwanz der Kreatur zitterte und signalisierte Kuhala, dass er als Freund der Echsen identifiziert worden war und Inkeri und Hytönen Grüße bestellen sollte. Kuhala versprach es.

Dann prasselte es heftig, weil das Turmzimmer einstürzte.

Kuhala ging auf einem Umweg zu seinem Wagen, den er an der alten Milchabholstelle einen halben Kilometer vor Bisters Einfahrt abgestellt hatte. Sakko und Gesicht waren schmutzig, Salla Kosonen würde als Anlage zur Rechnung auch eine Reinigungsquittung erhalten.

# 16

Kriminalhauptmeister Heikki »Ratsku« Raatikainen saß mit einer Baskenmütze auf dem Kopf hinter einem in den 70er-Jahren gebauten Etagenhaus in Myllyjärvi und sonnte sich in einem Liegestuhl aus Markisenstoff. Sein nackter Oberkörper war infolge eines Explosionsunfalls schwer in Mitleidenschaft gezogen. Mittlerweile waren zusätzlich die Narben einer Bypassoperation zu erkennen. Im Mundwinkel brannte eine Zigarette, die geschlossenen Augen zitterten kein bisschen.

Kuhala räusperte sich und starrte sehnsüchtig auf die Bierbüchsen, die unter dem Liegestuhlstoff im Schatten lagen. Die beiden Männer waren alte Freunde und halfen sich gegenseitig bei beruflichen wie zivilen Problemen, auch wenn die Begegnungen aufgrund von Raatikainens Erkrankung seltener geworden waren und ihren Charakter insofern geändert hatten, als Kuhala zumeist anrief und tröstete.

Man tauschte die vom Gebot der Höflichkeit verlangten Sätze über das Wetter und stellte fest, dass die Schwimmsaison sich wahrscheinlich ähnlich in die Länge ziehen würde wie in den unvergesslichsten Sommern der Kindheit, als man mit einer Wäscheklammer auf der Nase nach Piratenschätzen getaucht war.

»Dein Gesicht und deine Jacke sind total versaut. Wo hast du dich denn rumgewälzt?«

»Wenn ich dir das sage, glaubst du es mir doch nicht.«

»Versuch's.«

»Wirf mir mal ein Bier rüber«, bat Kuhala.

Die Zigarette wanderte in den anderen Mundwinkel, Raatikainen schloss wieder die Augen. Er wollte einfach nicht in arbeitsfähigen Zustand kommen, die Pumpe arbeitete nur mit halber Kraft, da aber die Bumerangs der Frührentenanträge nur so in seinen Briefkasten hagelten, steckte er in einer perfekten Pattsituation.

Kuhala spülte den Schock des Brandes hinunter, indem er auf der Stelle eine Büchse leerte. Vom Sonnenplatz aus sah man den Siwa-Supermarkt, eine Telefonzelle, eine Gartenwicke und weiter unten auf dem unasphaltierten Weg eine Staubwolke, die der Siebeneinhalbtonner einer Umzugsfirma hinter sich herzog.

»Du hast den gleichen Sommeranzug wie Sibelius. Im Nationalmuseum ist eine Ausstellung mit Sachen von bedeutenden Persönlichkeiten. Da hängt genau so ein Anzug. Und das blutige Hemd von Eugen Schaumann. Der Nachttopf von Nikolaus II. steht auch dort.«

»Äh ...«

»Stell dir mal vor, was für ein Schock, wenn die Untertanen das Töpfchen des Zaren zu Gesicht bekommen hätten.«

»Der Anzug ist aus einem Leinen-Baumwoll-Gemisch. Reines Leinen knittert.«

»Und dein Anzug soll nicht verknittert sein? Er ist außerdem verrußt.«

»Ich bin nicht Sibelius. Und ich bin auch noch nicht dazu gekommen, ins Nationalmuseum zu gehen.«

Bei genauerer Betrachtung sah Ratsku gar nicht so abgewirtschaftet aus wie zuletzt – seine Haut war braun, und auf dem Gesicht kräuselte sich das lässige Lächeln eines Mannes mit Muße. Kuhala fragte, ob der Freund gerade das Heulen der Feuerwehrautos gehört habe. Raatikainen nickte und öffnete die Augen einen Spaltweit.

»Darf ich raten? Du kommst vom Brandort?«

Sie fuhren mit dem Lift in Raatikainens Zweizimmerwohnung, wo die Fülle der Sachen, die auf den Teppichen Wellenberge bildeten, und die übervolle Spüle zusätzlich von seiner Pattsituation kündeten. An einer Wirbelschraube der Balalaika, die an der Wand hing, baumelte eine Werktagsbaskenmütze – Ratsku hatte Dutzende solcher Mützen –, die Tablettenpackungspyramide auf dem Fernseher schwankte, als sich die Männer setzten.

»Die Fahrzeuge sind zum Sommerhaus des ermordeten Bister am Päijänne gefahren, aber ich habe das Feuer nicht gelegt, auch wenn ich selbst fast verbrannt wäre.«

»Du ermittelst in dem Fall?«

Kuhala nickte. »Jemand ist mir gefolgt oder zufällig mit seinem Benzin dort zur gleichen Zeit aufgetaucht. Allmählich ist der Teufel los. Zwei Kilo mehr auf der Hüfte, und ich wäre im Fensterrahmen stecken geblieben. Hattet ihr Viktor Bister nicht schon zu deiner Zeit im Auge ... ich meine, bevor du ausgestiegen bist, um Atem zu schöpfen?«

»Im Zusammenhang mit den Bauarbeiten in Muurame gab es erste Ermittlungen und dann Anzeigen von neidischen Menschen, an denen nichts dran war. Bisters Temperament hat Leidenschaften geweckt. Und sein Portemonnaie ebenfalls.«

»Du kannst dich nicht zufällig an Namen erinnern?«

»Warte mal. Geh dir inzwischen das Gesicht waschen, ich brauche Bedenkzeit.«

Kuhala stemmte sich von der Ledercouch hoch und stieg über einen Stapel Papier, dessen Bearbeitung offenbar mangels Energie abgebrochen worden war. Vielleicht waren es Dokumente aus dem Krieg gegen die Ärzte der Versicherung, aus dem schon manch einer sieglos heimgekehrt war, wie Kuhala wusste.

Das Bier war ihm in den Kopf gestiegen, der Zitteranfall drohte auf der Schwelle zur Toilette unkontrollierbar zu werden.

Kuhala torkelte weiter und suchte am Waschbecken Halt, das Eichhörnchen auf dem Zahnputzbecher hörte erst auf, als Doppelbild zu erscheinen, nachdem er den Kopf unter kaltes Wasser gehalten und sich die Bitterstoffe der Rauchgase mit Raatikainens Illodin-Mundwasser aus dem Rachen gegurgelt hatte.

Der Brandstifter musste um seine Anwesenheit gewusst haben, denn er hatte einen Teil des Kanisterinhalts direkt auf der Wendeltreppe verspritzt.

Außerdem musste der Täter eine Ahnung davon gehabt haben, dass es im Untergeschoss keinen Ausgang gab.

Kuhala trocknete sich das Gesicht ab. Raatikainen stand auf dem Balkon, der am Horizont zerstiebende Rauch stammte von Bisters Grundstück. »Das ist derselbe Rauch, nach dem du riechst.«

»Ist dir ein Name eingefallen?«

»Bister hatte ein paar Reihenhausprojekte laufen und machte sich die Taschen voll, wo er nur konnte, aber so geschickt, dass er nicht erwischt wurde. Auf die Art wird man reich. Fehler konnte man ihm keine nachweisen. Bei manchen diktierte hernach die Bank das ganze Leben, aber so eine grausame Rachespirale nach vielen Jahren kommt mir ein bisschen übertrieben vor. Ich kann mich nur an einen Namen erinnern, Savolainen oder so ähnlich. Das war, glaub ich, der Kerl, der als Frontmann der übers Ohr gehauenen Wohnungskäufer fungiert hatte.«

Kuhala zog den frivolen Fächer der Ausschweifungsfotos aus der Tasche und hätte fast eines davon übers Geländer segeln lassen. »Die habe ich vor den Klauen des Feuers gerettet.«

Raatikainen pfiff vielsagend, auf dem Nachbarbalkon zeichneten sich eine Nase und blaugrauer Qualm aus tiefen Zügen ab. Der Typ machte auf nachdenklich, hatte aber die Ohren aufs Äußerste gespitzt, wie ein Schelm, dessen Lebensinhalt sich in Ermangelung eines Besseren auf die Bespitzelung der Nachbarn reduzierte. Noch etwas mehr Vorlage, und der Mann wäre über die Reling gestürzt.

»Lass uns reingehen. Das ist heiße Ware.«

»Mach einen Kaffee. Und falls du ein Stück Brot hättest, würde ich es nehmen. Es geht mir immer noch nicht besonders«, meinte Kuhala.

Raatikainen ging mit den Fotos in die Küche und knetete das nach dem Unfall zum Ohr geformte Stück Haut, das an einer Seite des kahlen Schädels herabhing. »Meine Herrn, was für ein Gefräse!«

»Kein Käse, Brot reicht.«

»Bei dem, was Bister gemacht hat, war mehr als ein Gewinde falsch«, sagte Raatikainen, während er auf dem kleinen Küchentisch Platz für die Bilder machte. »Ich möchte wetten, dass es da noch mehr Grund für Kapitalverbrechen gibt als bei so einem Bauprojekt. Warum lässt der sich so fotografieren? Was für eine Abart von Narzissmus soll das denn sein? Die Bilder sind im Anschluss an landesweit bekannte Partys gemacht worden, und die ganze Bande ist vom Getränkeangebot derart durcheinander, dass die Selbstkritik so tief gesunken ist wie die Hosen. So ungefähr. Guck dir mal Bisters Gesicht an. Der glaubt, er kommt aus dem äußeren Weltraum.«

»Erpressung«, schlug Kuhala vor.

»Wen kann man da erpressen außer Bister? Jemand hat ihn erpresst.«

»Und er hat sich nicht darum geschert, sondern den Erpresser ausgelacht. Und hat dafür das Messer abgekriegt.«

»Die Gesichter der Partnerinnen sieht man nicht«, stellte Raatikainen fest.

»Die Negative sind irgendwo besser aufgehoben.«

»Kann natürlich auch ein neidischer Verwandter sein, der gehört hat, dass keine Erbschaft abfällt.«

»Wenn wir uns auf die Linie begeben, kann es auch ein zufälliger Passant gewesen sein, dem es plötzlich auf den Geist gegangen ist, dass sich jemand so eine tolle Sommerresidenz leisten kann. Na ja, jetzt ist es ja zum Glück eine Ruine. Gab es da eigentlich keine Sprinkleranlage?«

»Jedenfalls keine, die funktioniert hat.«

Kuhala reicherte seinen Kaffee mit drei Stücken Zucker an und strich Gesundheitsmargarine aufs Roggenbrot; Bisters Orgienserie sah durch und durch verrückt und abstoßend aus. Er drehte die Bilder mit der Unterseite nach oben; dann versuchten sich beide Männer an der Feinabstimmung einiger Variablen des Falls, kamen aber lediglich zu dem Schluss, dass der Ermordete schlicht und einfach zu viele Gegner hatte, deren Erfassung mehrere Wochen Arbeit in Anspruch nehmen würde.

Aus einer solchen Menge den Messerstecher herauszufiltern konnte am Ende ein reiner Glücksfall sein.

»Ist der Kaffee irgendwie ...«

»Der ist koffeinfrei. Haben mir die Ärzte empfohlen. Die haben mir so ziemlich alles empfohlen, bloß nicht die Rente. Allmählich hab ich aber das Gefühl, dass ich auch mit koffeinfreiem Kaffee und Leichtaufschnitt nicht mehr in Form komme. Und schon gar nicht mit der Tablettenkollektion. Wenn es eine Branche gibt, die sich noch auf primitivem Niveau bewegt, dann die Medizin.«

»Haben dir die Ärzte nicht immerhin das Leben gerettet?«

»Was heißt gerettet. Gerettet, um halb lebendig dahinzuvegetieren.«

Raatikainens Selbstironie, die eben noch seine Stimme weicher gemacht hatte, war dünner geworden – nicht mehr lange, und der Mann wäre bereit, sich mit den Radieschen zu unterhalten, aber Kuhala beschloss, den düsteren Gedanken für sich zu behalten. Was mochte wohl im Inneren des ehemaligen Kollegen vorgehen, wenn er im Garten mit der Baskenmütze über den Augen in einem Sonnenfleck saß und auf sein verstopftes Herz lauschte?

Raatikainen hatte die Polizeiarbeit gemocht – bis zu dem fürchterlichen Tag, an dem ein Tresoreinbrecher eine Ladung Dynamit hochgehen ließ, die ausgereicht hätte, um ein Hochhaus in seine Einzelteile zu zerlegen. Es war in Raatikainens Karriere steil bergauf gegangen, die Aufgaben höherer Gehaltsklassen warteten bereits hinter der nächsten Ecke, als es knallte.

Die Rezeptformulare, die mit Magneten an der Kühlschranktür befestigt waren, rangelten um Platz; ansonsten hätte ein Topfspüler in dieser Küche leicht für einen Monat einen Job gefunden.

»Eines fällt mir noch zu Bister ein. Falls die Mädchen auf den Fotos so jung sind, wie sie aussehen, könnte ein Vater oder eine Mutter etwas davon wissen. Oder ein Bräutigam, ein betrogener Freund. Messer werden auch aus geringeren Anlässen geschwungen; ein klassisches Motiv. Die Körper sind jedenfalls nicht wesentlich über zwanzig Jahre alt. Wenn abenteuerlustige Mädchen zur Party eines berühmten Mannes eingeladen und dann mit Alkohol und Pillen gefüttert werden, kann es kommen wie auf diesen Bildern.«

»Woher willst du etwas über das Alter der Frauen wissen? Guck dir nur mal die Hüfte hier an, die hängt«, brabbelte Kuhala noch unter den Nachwirkungen des Feuers. Er fragte sich selbst, was ihm da alles aus dem Mund kam.

Ratsku drehte sich eine Zigarette und brachte Kuhala mit einer Handbewegung zum Schweigen, noch bevor dieser den Mund aufmachen konnte. »Nein, die ist nicht nikotinfrei, sondern gefährdet die Gesundheit, aber meine Gesundheit ist schon gefährdet.«

»Was nicht tötet, härtet ab. Außer der Talkshow von Mirja Pyykkö.«

»Was hast du gegen die Frau? Wenn ich dir einen Rat geben darf, dann versuch mal rauszukriegen, wann die Fotos gemacht worden sind. Und dann suchst du dir eine, die bei den Gelagen mit dabei war.«

»Das würde keine zugeben.«

»Doch, wenn du clever bist.«

Die Türklingel unterbrach die Unterhaltung der beiden Männer. Ratsku aschte in eine leere Weißweinflasche und stand auf. »Denk nur mal daran, wie viele Frauen sich äußerst bereitwillig neben Bister für die Partyseiten der Boulevardblätter haben fotografieren lassen. Ich bin sicher, dass von denen mehr als eine bis zur Verlängerung geblieben ist. Mehr als eine Öffentlichkeitsgeile, die dir jetzt erzählen kann, was da so alles abgegangen ist. War nicht im Frühsommer Bildmaterial von einer Bister-Party in den Klatschspalten? Such dir die Zeitung und dann eine von denen, die sich aufs Bild gedrängt haben.«

»Solche Dränglerinnen wollen Geld sehen.«

»Du bist in der Gegend hier berühmter als die meisten von denen. Vergiss das nicht. Wer klingelt denn um diese Zeit ...«

Kuhala nahm sich noch von dem Koffeinfreien. Die Tür wurde geöffnet, man hörte lebhaftes Gerede in der Diele.

Die Schreckensmomente in dem gekachelten Fitnessraum würden in ein bis zwei Wochen in den Albträumen auftauchen, das Strampeln im Oberlichtfenster würde ihn ein-, zweimal aus dem Schlaf reißen. So war es jedes Mal, da konnte man nichts machen, die beschissenen Seiten des Berufs wurden nur mithilfe der Träume auf erträgliches Maß verdünnt. Er versuchte sich zu erinnern, ob ihm jemand gefolgt war oder ob er wenigstens das Gefühl gehabt hatte, jemand wäre auf Bisters Grundstück gewesen.

Raatikainen kam mit der Kippe im Mund zurück und ließ sie in einen vor sich hingammelnden Topf fallen. Es zischte. »'tschuldige. War die Krankengymnastin, die hätte ich fast vergessen. Ich bekomme Herzgymnastikübungen.«

»Was heißt war?«

»Hat gleich an der Tür gemosert und wollte nicht reinkommen, weil ich eine Zigarette zwischen den Zähnen hatte. Die sind heutzutage dermaßen empfindlich. Du kannst von Glück sagen, wenn sie dir die Kippe nicht aus dem Mund nehmen. Früher war es normal, dass man geraucht hat. Sogar die Frontsoldaten haben ihre Glimmstängelration gekriegt. Was würde man denen heute geben? Priem aus Weizenkleie? Und dann fällt eine Bombe und legt die halbe Welt in Schutt und Asche.«

Die Frau wartete unten. Sie war um die dreißig. Das gebräunte, entschlossene Gesicht wurde von blondem, kurz geschnittenem Haar umrahmt. Klar frustrierte es einen, wenn die Klienten nicht auf ihre Lebensgewohnheiten achteten – auch Kuhala war oft frustriert, allerdings nur von Klienten, die schlecht zahlten.

Er schob Bisters Fotos in die Innentasche seiner Jacke. Ratsku klatschte sich seine Sportbaskenmütze auf den Kopf und fing mit Hampelmännern an, die seine Rettungsringe zum Schwabbeln brachten. Die Schinderei wirkte viel zu brutal für einen Mann, der so aussah.

»... eins, zwei, eins, zwei ... immer schön mitmachen, der Herr.«

Kuhala deutete fragend auf seinen Nabel und schüttelte den Kopf. Seiner Meinung nach hätte man diese Gymnastik präziser Herzinfarktgymnastik nennen müssen, denn sogar der arme Raatikainen musste sofort ohne Aufwärmen und in der prallen Sonne loslegen.

Kuhala wünschte seinem Freund eine vergnügliche Turnstunde.

Unterwegs kamen ihm drei Feuerwehrautos mit brüllenden Sirenen entgegen. Unter den herrschenden Umständen konnte ein einziger Funke vom Brandort sämtliche Ufer des Päijänne in Flammen aufgehen lassen, unter den herrschenden Umständen gab es für den Bedarf an Einsatzwagen keine Grenzen.

Kuhala streckte den Kopf aus dem offenen Seitenfenster und kühlte sein Gesicht, dann legte er das Adressbuch und das Schlüsseletui mit den Initialen VB ins Handschuhfach. Jemand musste seine Ankunft bei der Villa mithilfe der Überwachungsanlagen bemerkt haben, und in Räumlichkeiten dieser Größe war es dann nicht schwer gewesen, sich zu verstecken. Da Kuhala nicht daran zu denken schien, rechtzeitig wieder zu gehen, hatte dieser Jemand dann die Geduld verloren und sich als Pyromane betätigt.

Was hätte man es an die große Glocke hängen sollen, wenn die Flammen mit einem Privatdetektiv, der seine Nase in alles hineinsteckte, kurzen Prozess gemacht hätten?

Unter den Lichtern der Voiomaankatu rieb er sich die Stirn und wäre um ein Haar mit dem Kopf gegen das Dach gestoßen, denn plötzlich fiel ihm ein, dass er vor dem Lebensmittelgeschäft in der Nähe der Villa einen blauen Kombi gesehen hatte. Aus den tiefen Schichten des Unterbewusstseins, wo alles gespeichert wird, stieg das Bild des Autos auf, aber da weder Fabrikat noch Modell im Angebot waren, verblasste das Bild ebenso schnell wie die Verheißung, die es mit sich gebracht hatte.

Jeder Fünfte fuhr so eine Kiste. Die Welt war voller blauer Kombis, am besten wäre es, die Rauchgase, die vom Unterbewusstsein aufgesaugt worden waren, mit Haddington zu zersetzen.

Die Geckos hockten schläfrig in der Streu, die Schwänze vis-à-vis, ohne aus ihrem Dösen aufzuschrecken, obwohl Kuhala ihnen die Grüße ihres Vetters vom Ufer des Päijänne ausrichtete. Er zog sich aus und dachte bereits sehnsüchtig an den Schluck Whisky, der ihm gleich wenigstens ein wenig Energie zurückgeben würde. Die Pragreise rückte näher, der Fall Bister steckte noch immer in den Anfängen.

Die Tür zur Büro-Schlafzimmer-Kombination stand einen Spaltbreit offen. Kuhala schlüpfte halb nackt hinein und knurrte mürrisch, denn die Art, in der Kriminalhauptmeister Antikainen auf seinem Stuhl fläzte, gefiel ihm überhaupt nicht. Die Füße lagen auf dem Tisch, und der Mund weitete sich zu einem Grinsen, das von einem Ohr zum anderen reichte und bei Kuhala wie ein Tritt in die Magengrube ankam. Hatte der Hauptmeister die Grüße vom Ufer des Päijänne gehört?

# 17

Kuhala wollte von Antikainen wissen, ob dieser keine Manieren habe, und fragte sich, ob die Dauerplage vom Polizeirevier es gewagt hatte, im Schreibtisch zu wühlen. Immerhin war der Computer nicht eingeschaltet, aber was bewies das schon. »Eigentlich weiß ich ja, dass du keine Manieren hast. Du hättest wenigstens im Vorzimmer warten können.«

»Die Echsen stinken.«

»Dann eben draußen. So kalt ist es nicht.«

»Du hättest mich von Weitem sehen und die Beine unter den Arm nehmen können.«

»Aus welchem Grund hätte ich die Beine unter den Arm nehmen sollen? Nimm du lieber die Füße von meinem Tisch.«

Antikainen reagierte nicht. Die Kritik ging zum einen Ohr hinein und zum anderen hinaus, der Spottkoeffizient seines Lächelns rollte bereits die Oberlippe von den Zähnen. Er hatte gar nicht die Absicht, die Füße vom Tisch zu nehmen, er liebte die Machtausübung und hatte eine Variante entwickelt, die zu seinem Charakter passte und von der gewöhnlichen Dienstunflätigkeit insofern abwich, als sie unverhohlen frech und in ethischer Hinsicht ungehobelt war. »Hör zu, Kuhala. Die Zeiten sind vorbei, in denen du es für einen Vorteil halten konntest, Kontakt zu jemandem wie mir zu haben.«

»Kontakte mit dir habe ich noch nie für einen Vorteil gehalten.«

»Ganz meinerseits. Die Sommerhütte von Viktor Bister ist vor ein paar Stunden komplett abgebrannt. Die Nachlöscharbeiten werden bis zum Morgen dauern, vom Millionenschloss bleibt nichts als ein Haufen Asche übrig. Augenzeugen haben gesehen, dass sich in der Nähe der eine oder andere herumgetrieben hat, und nach denen sucht die Polizei jetzt.«

»Hier?«

»Ich weiß, dass du im Mordfall Bister ermittelst.«

»Ermittelst du auch?«

Antikainen lachte schallend auf, wurde aber abrupt ernst und konzentrierte sich darauf, Kaugummi zu kauen und Stielaugen zu machen. »Annukka Maaheimo ist im Sommerurlaub. Die Kriminellen sind es nicht, und einer muss ja ranklotzen, damit das Sicherheitsgefühl der Bürger nicht leidet.«

Kuhala stopfte seinen Anzug in den Wäschekorb und warf die restlichen Sachen hinterher. Durch den Türspalt des Badezimmers rief er, er werde jetzt duschen und Antikainen solle sich weiterhin wie zu Hause fühlen. Genau genommen hätte er Antikainen am liebsten an den Füßen gepackt und nach draußen geschleift, aber darauf wartete der wahrscheinlich bloß. Die Mechanismen des langsamen Schmorens, deren sich der Kriminalhauptmeister bediente, waren nur zu bekannt, und Kuhala wollte unter keinen Umständen seine Konzession verlieren.

Er drehte den Hahn zuerst auf heiß und dann auf kalt und sah durch das Glas der Duschkabine, wie Antikainen zur Tür hereinschlich und im Wäschekorb stöberte. Natürlich hatte er den Rauch bemerkt und die Schlussfolgerung eines Bluthundes gezogen; dennoch wirkte das Wühlen in der schmutzigen Wäsche irgendwie ekelhaft. Kuhala riss die Kabinentür auf und sagte, während er sich die Leisten einseifte, er besitze ein halbes Dutzend benutzter Unterhosen, die er gerne herschenken könne. »Die liegen gewaschen im Schrank. Willst du, dass ich eine davon ...«

Der Hauptmeister hatte das Sakko herausgepflückt und hielt es skeptisch vor sich. Er rümpfte die Nase, die Nüstern zogen sich zusammen und weiteten sich wieder. »Riecht nach Rauch.«

Kuhala duschte sich eiskalt ab und verbarg seinen Ärger unter Pritscheln und Prusten. Er hatte Bisters fotografische Orgiendokumente in der Innentasche des Sakkos vergessen, und so eine linke Titte wie Antikainen ließ sich von keinerlei Schamhaftigkeit bremsen. Gleich würde eine neugierige Hand in die Sakkotasche tauchen.

Kuhala knallte die Dusche in die Halterung, trat so, wie er war, vor den Kriminalhauptmeister, der das Sakko befummelte, hin und sog seinen Brustkorb mit Luft voll. Es war ein breiter, behaarter Brustkorb, und die Ader, die über den Bizeps lief, war dick wie ein Kabel. »Du hast keinen Hausdurchsuchungsbefehl, der Wäschekorbdurchsuchungsbefehl ist noch nicht erfunden worden, und wenn ich mich recht erinnere, war die Tür zur Detektei abgeschlossen. Du bist hier eingebrochen, dafür kriegt man zwei Jahre.«

»Nee, du ... die war offen.«

»Du lügst.«

»Deine Jacke stinkt nach Rauch«, sagte Antikainen.

»Und du stinkst nach Alkohol. Und das als einer, der sich öffentlich mit Abstinenzgelöbnissen brüstet. Bist du in Ausübung deines Amtes hier?«

»Verflucht ... die Jacke kommt ins Labor.«

Kuhala schnappte sich das Sakko und sah, wie Antikainens Selbstsicherheit erste Sprünge bekam. Er nutzte den schwachen Moment des Hauptmeisters aus und schob ihn am Schlafittchen aus dem Bad.

Die Beule, die er sich in der Turmvilla am Türpfosten zugezogen hatte, spannte, das von Salla Kosonen angenagte Ohr brannte; auf nichts hätte Kuhala lieber verzichtet als auf diese zusätzliche Programmnummer, zumal es ins Sternbild dieses Tages eingeschrieben zu sein schien, dass er sie auf jeden Fall verbocken würde.

Einen Moment lang standen sie vor dem zusammengeklappten Feldbett in der Ecke des Büros und nahmen mit knirschenden Kiefern aneinander Maß, als warteten sie nur noch auf den Impuls, der es ihnen erlaubte, dem anderen an die Gurgel zu gehen. Kuhala war sicher, Antikainen bewusstlos schlagen zu können, ließ aber als Erster die Hand sinken und grinste. »So frisch geduscht habe ich keine Lust. Setz dich. Da auf den Klientenstuhl.«

Annukka Maaheimos Versprechungen, Antikainen in die Disziplin zu nehmen, schienen ins Leere gelaufen zu sein, und das ärgerte Kuhala. Er zog sich an, ohne dem Hauptmeister einen weiteren Alleingang zu gestatten.

Dieser saß leicht bucklig auf dem Stuhl, die Hände auf der Bauchwölbung gefaltet, und glotzte auf den Fußboden, als täte es ihm leid um seine Nervensägespäne, die dort hingefallen waren, sein erhöhter Puls spannte die Stirn, und in den Achselhöhlen perlte der Schweiß.

Antikainen scherte sich einen feuchten Kehricht um die taktvollen Tadel einer neu zugezogenen Kommissarin. Jyväskylä war sein Revier; er verachtete seine Vorgesetzte und außer ihr alle anderen auch, und zwar vermutlich deshalb, weil er tief in den Falten seiner Seele sich selbst am meisten verachtete. »In der Nähe des Brandortes ist ein rotes Auto gesehen worden.«

»Ein Feuerwehrauto?«

»Ein roter Japser. Du hast einen roten Japser und riechst nach Rauch.«

Kuhala hängte das Sakko über den Stuhl und zog die Fotos heraus. Er sah sie sich an, zeigte sie Antikainen aber nicht. Dann legte er sie zur Haddington-Flasche in die unterste Schreibtischschublade. »Der rote Japaner begrenzt die Zahl der Verdächtigen auf mehrere tausend minus eins, nämlich mein Auto. Viel Glück. Ich war bei Heikki Raatikainen zum Grillen. Ratsku hat den Grillanzünder ein bisschen unvorsichtig verspritzt, ich konnte gerade noch ausweichen. Daher der Rauchgeruch.«

»Hat er dich vollgespritzt?«

»Ha ha.«

»Das kannst du deiner Großmutter erzählen.«

»Ruf Heikki an.«

»Wir kriegen Faserproben vom Brandort und was weiß ich noch alles für Proben. Irgendeine verdammte Faser passt garantiert zu der Jacke da. Oder zur Hose. Nichts brennt so gründlich, dass die Spurensicherung nicht irgendwas findet. Außerdem möchte ich wetten, dass Raatikainen an nichts Brennendes mehr rangeht, nach dem, was ihm passiert ist.«

Antikainens Blick des ins Hintertreffen Geratenen hellte sich wieder auf, die Schatten schwanden von der Stirn. Er legte den Kopf schief und hob schon wieder zu einem Lächeln an.

»Weißt du, vor einer Stunde bin ich vom Brandort aus angerufen worden und hab neue Informationen erhalten. Ich glaube, ich war sogar schon auf dem Weg dorthin. Eine untersuchenswerte Probe ist bereits aufgegabelt worden. Eine Fleischprobe. Die Rauchtaucher haben sich durch irgendein Scheißfenster in den Saunabereich hineingewunden und da unten eine schlimm verbrannte Leiche entdeckt. Das Feuer hatte auf die oberen Stockwerken eingedämmt werden können, der Kerl ist wahrscheinlich die Treppe runtergekugelt oder so. Kann der Brandstifter sein, kann irgendjemand anders sein. Ich hab nicht richtig verstanden, ob man ihm den Kopf abgehackt hat oder was. Oder ob sein Kopf verbrannt, geschmolzen, verdampft ist ... wie man es halt nennt, wenn das menschliche Gewebe mit großer Hitze in Berührung kommt. Versengt?«

Kuhala streckte sich nach dem Handtuch an der Türklinke und versteckte sich in dessen Falten, als trocknete er sich die Haare, aber das konnte er nicht unendlich lange fortsetzen, denn so leicht ließ sich Antikainen nun auch wieder nicht hinters Licht führen.

»Sag das noch mal.«

»Sie haben eine Leiche gefunden.«

»Wer ist es?«

»Vielleicht weißt du es.«

»Komische Anspielung. Ich hab ein Alibi.«

Kuhala versuchte das Zittern seiner Stimme mit einem Husten zu tarnen, wusste aber, dass er damit in jedem Lügendetektor einen Kurzschluss verursacht hätte. Trotzdem machte er mit dem Unsinn weiter und holte die Whiskyflasche aus der Schublade, ohne zu merken, dass Bisters Erektionsmesslattenfoto am klebrigen Flaschenhals hängen geblieben war.

»Ich mache dir einen Vorschlag. Komm mit zum Identifizieren, wenn du sonst nichts vorhast. Du steckst in dem Fall mit drin, und wenn ein Mensch ohne Kopf identifiziert werden muss, kann man jede Hilfe brauchen. Ist die Flasche ein Geschenk von einem Kunden?«, ließ Antikainen überraschend sanftmütig verlauten.

Erst da fiel Kuhala das Foto auf. Bisters Erektion wies auf das Oberlichtfenster, und beide sahen das Foto leicht schief.

Schräg war auch das Motiv – auf einmal fiel Kuhala ein, was er gerade erst in der Sonntagsbeilage der Mittelfinnischen Nachrichten gelesen hatte: Die durchschnittliche Erektion eines Mannes betrug dreizehneinhalb Zentimeter. Wer wusste so etwas, und wie sammelte man die Daten? Und was zum Teufel fing ein Mann mit seinem Sonntag an, wenn er unter dreizehneinhalb lag?

Kuhala verstand nicht, weshalb Antikainen nicht auf das Foto reagierte. Vielleicht blendete das Licht aus dem Souterrainfenster so, dass der Kriminalhauptmeister das Motiv nicht erkennen konnte, vielleicht traute er auch nur seinen Augen nicht oder war nach dem vorangegangenen Zwist geistig noch nicht auf der Höhe, um zu einem vernünftigen Kommentar über einen Mann, der seine Rute misst, fähig zu sein.

Kuhala warf das Foto in die Schublade und trank aus der Flasche.

Mit Antikainens Dienstpassat fuhren sie zur Pathologie und dort mit dem Aufzug unter die Erde.

»Brauchst du was Linderndes für unter die Nase? Verbranntes Menschenfleisch stinkt ziemlich nach Arsch.«

»Ich hab schon was genommen.«

Antikainen drehte sich zum Spiegel und richtete seine Krawatte, auf der hundert kleine gelbe Pudel wie am Ende einer Rutschbahn auf dem Bauch landeten.

Der Aufzug surrte, der Kriminalhauptmeister war wieder zufrieden mit sich, und tatsächlich verbarg sich etwas Beneidenswertes in der stark gebauten Persönlichkeit. Wegen Trunkenheit am Steuer lagen Beförderungen für ihn bis zur Pension auf Eis, aber trotzdem stampfte er mit geschwellter Brust voran und schien fest zu glauben, dass ihm die Erdbeeren mit Milch noch Jahre lang nicht ausgehen würden.

Sie gingen wortlos den Gang entlang, aber richtig sprachlos wurde Kuhala erst, als sie zu der Leiche geführt wurden. Sie hatte einen Kopf, aber der war schlimm verbrannt. Der Geruch ließ Kuhala schlucken. Er erkannte die Leiche sofort, als der Pathologe den Oberarm und einen Hautstreifen der Brustmuskeln zeigte, die von der Hitze verschont geblieben waren.

»Das ist eine Tätowierung. Ich kann bloß nicht erkennen, was sie darstellt«, meinte der Pathologe.

Kuhala dachte daran, den Schwanz eines Drachens vorzuschlagen – aber nicht irgendeinen Schwanz, sondern den, der sich über den Brustkorb von Tra Hun geschlängelt hatte.

# 18

Für die Sonderberichterstattung vom Brandort hatte die führende Tageszeitung anderthalb Seiten investiert, auf dem vierspaltigen Foto von den Überresten des verkohlten Turmzimmers sorgte der im Hintergrund blühende Sommer für den Kontrast.

Noch an den beiden folgenden Tagen hielt man in der Redaktion den Fall für so interessant, dass sämtliche Anwohner aus der weiteren Umgebung der Villa in der Zeitung ihre Erschütterung loswerden durften.

Ein auf die sechzig zugehender gebürtiger Jyväskyläer und Sommerhausbesitzer kratzte sich auf einem Foto hinter den Ohren, seine Mütze saß gemütlich auf dem Hinterkopf, und unter dem Arm lugte ein Rechenstiel hervor. Seiner Ansicht nach gehörte Unsicherheit zum Leben, aber Mord und Brandstiftung waren ein bisschen zu viel für die Gestade des Päijänne. Er kannte Bister nicht persönlich, wusste aber, dass er clever war und etwas zustande gebracht hatte, und wenn von den Amüsements in der Turmvilla etwas nach außen drang, so gehörte das zum Sommer eben dazu. Im Winter ließ man es dafür ruhiger angehen.

Eine Frau, die vor dem Lebensmittelladen angetroffen worden war, sagte, sie sei oft vor Bisters stattlichem Anwesen gerudert und habe dessen charakteristische finnische Architektur bewundert. Der Jack Russel im Korb am Lenkstangengeweih ihres Fahrrads fletschte der Kamera die Zähne.

Kuhala interessierte sich jedoch am meisten für die wenigen Stellungnahmen, die Annukka Maaheimo abgegeben hatte. Laut der Kommissarin verbiss man sich mit allen zur Verfügung stehenden Ressourcen in die verschiedenen Ermittlungslinien, die denkbaren Möglichkeiten wurden eingegrenzt, und zur Lösung des Falles werde man wie üblich mit den sogenannten normalen Mitteln der Polizeiarbeit gelangen. Nichts deute auf eine Tat des internationalen organisierten Verbrechens hin, auch wenn entsprechende Gerüchte kursierten.

Die Identität des am Brandort gefundenen Toten konnte die Polizei aus ermittlungstechnischen Gründen nicht bekannt geben. Dank seiner markanten Persönlichkeit hatte Viktor Bister schon zeit seines Lebens viele Gerüchte provoziert, es war also kein Wunder, dass es auch jetzt eine Menge davon gab.

Nirgendwo wurde gesagt, Annukka Maaheimo habe ihren Urlaub unterbrechen müssen. Antikainen hatte also seine eigene Version formuliert.

Die roten Haare der Kommissarin sahen auf dem Zeitungsfoto so wunderbar aus, dass Kuhala ernsthaft daran dachte, das Bild auszuschneiden.

Der Julimorgen schien an diesem Dienstag einen Sommertag der Extraklasse zu verheißen. Über den Dächern des Viertels in der Vaasankatu tummelten sich die Schwalben, und die gut gefütterte Bauernkatze aus Eingang B saß mit zusammengekniffenen Augen auf dem Teppichklopfgestell. Kuhala hatte den Topf mit dem Haferbrei zum Ziehen auf den Herdrand gestellt und stolperte im Hof ein paar unkonzentrierte Gymnastikübungen herunter, die nichts von Raatikainens flinker Herzinfarktgymnastik an sich hatten.

Die Katze schlich auf leisen Pfoten unter den Wäscheleinen hindurch, um sich anzuschmiegen, aber Kuhala wusste genau, dass sie sich bestenfalls für Inkeri und Hytönen interessierte. Die Verlockung einer Geckomahlzeit veranlasste die Katze, unverwandt in Richtung Wartezimmer zu starren, wo, wie sie wusste, das Terrarium stand.

»Schleich dich«, sagte Kuhala zärtlich und legte zwanzig Liegestütze hin, dass die Schultergelenke krachten.

Die Katze nahm ihn nicht ernst, sondern kletterte ihm auf den Rücken.

Als er so neben der Betontreppe schnaufte, wurde Kuhala mit einem Mal klar, dass seine Niedergeschlagenheit wegen des getrennten Wohnens und der Beziehungswehen weniger und erträglich geworden war und dass man auch so leben konnte. Manchmal vergingen Stunden, ohne dass er einen einzigen Gedanken an seine Ehe verschwendete. Die Zeit, die einem gegeben war, wurde von Tag zu Tag weniger, und am leichtesten kam man zurecht, wenn man nicht zu viel erwartete.

Er setzte sich auf den Rasen und kaute in Gedanken versunken an einem Kleeblatt. Es war ein vierblättriges. Verflixt noch mal, wer auf seinem Lebensweg schon so weit gesegelt war, der konnte den Kurs nicht mehr ändern, denn der Zielhafen stand fest, aber was für eine Erleichterung schenkten einem doch die Stunden, in denen man vom Deckschrubben pausieren und den Blick ins Licht und in die leichte Brise halten konnte. Er ließ sich auf den Rücken fallen und brachte sich die Definition der Zeit in Erinnerung: in eine Richtung fließende Existenz, in der Veränderungen unwiderruflich waren. Ein schöner Satz, Trost spendend wie ein Gebet.

Die Katze nutzte die Gelegenheit und schlüpfte in die Detektei, wo sie dachte, dass sie sich selbst nie in ein Terrarium einladen würde, in dem zwei Geckos sich mit großen Augen anstarrten, als wären sie sie zum ersten Mal begegnet.

Nach dem Frühstück ging Kuhala unter die Dusche und zog sich Shorts und ein dunkelblaues Hemd mit kurzen Ärmeln an.

Er zahlte ein paar Rechnungen aus dem Stapel, dann fuhr er

über Vaajakoski und Kanavuori zur Fernstraße in Richtung Kuopio.

Es war neun Uhr, im Radio wurde Erwachsenenpop gespielt und dazwischen Unfug geflötet, bis der Nachrichtensprecher die Schleimerei ins Gleichgewicht rückte, indem er berichtete, was in der Welt geschah.

Der amerikanische Präsident schien die ganze Welt in seine Interessensphäre einzubeziehen. Jeder, der bei der Anzahl der Sterne auf dem Sternenbanner ins Stottern geriet, war ein Terrorist.

Kurz vor Hankasalmi bog Kuhala links ab. Der Straßenbelag war Jahrzehnte alt, die Füllungen der Schlaglöcher rochen nach einer billigen Variante, jegliche Verantwortung den Autofahrern zu übertragen, aber einer echten Feuertaufe wurden die Stoßdämpfer erst ausgesetzt, als Kuhala die Nebenstraße nahm, die er mit einem prüfenden Blick auf die Karte als die richtige erkannte.

Gut eine Stunde Fahrt aus der Stadt hinaus, und man war mitten im Unbekannten. Staub, Sonne, Bodenwelle, Bodenwelle, eine einsame Kiefer als Totem der Wildnis, als Denkmal für einen Kahlschlag. Bodenwelle.

Handy.

»Kuhala.«

»Annukka Maaheimo hier. Hallo.«

Kuhala war auf einen Schlag hellwach und reagierte eine Spur zu eifrig, eine Spur zu schnell. Das bereute er. Er sah kurz auf sein Gesicht im Spiegel und richtete ungewollt seinen Hemdkragen, als könnte ihn jemand sehen. Die folgenden Sekunden war er damit beschäftigt zu verhindern, dass der Wagen in den Wald geschleudert wurde. Die abgefahrenen Hinterreifen schlingerten von rechts nach links, Steine prasselten gegen das Blech.

»Bist du noch dran?«, fragte Maaheimo.

»Ja, ja. Hab nur schlechten Empfang.«

»Wir haben nach Mittsommer über eine Art Zusammenarbeit gesprochen, falls du dich erinnerst.«

»Oh ja.« Kuhala nickte und hoffte, Annukka Maaheimo werde vorschlagen, die Kooperation auf den außerberuflichen Bereich auszudehnen. »So was in der Art haben wir besprochen. Bei mir steckt die Arbeit bloß noch in den Anfängen. Es gibt nichts Besonderes zu erzählen, hättest du ...«, redete er weiter und bereute es wieder, denn er merkte, dass er viel zu laut sprach, wie der Akteur in einer Fernsehfarce mit vielen Folgen.

»Deswegen rufe ich nicht an. Ich dachte, ich informiere dich vorab darüber, dass wir im Fall Suvi Ojanen ein Stück vorangekommen sind. Du hast damals doch den Kioskbesitzer erwähnt, der an der Straße nach Vertaala seine Praxis hat.«

Kuhala erinnerte sich gut an den Pockennarbigen mit seinem Gekicher und seinem Interesse für den verschwundenen Opernsänger Kauppi.

Die Polizei hatte den Hintergrund des Mannes untersucht und dort zwei Fälle von Belästigung Minderjähriger gefunden. »Beide von Anfang der 80er-Jahre. In Lahti. Er wird jetzt verhört, und ich dachte, du könntest vielleicht mal vorbeikommen und genauer erzählen, was für einen Eindruck er auf dich gemacht hat. Und worüber ihr eigentlich geredet habt. Er selbst ist nicht bereit, uns mehr zu sagen als seinen Namen.«

»Wie lautet der?«

»Der Name? Norton Rapee.«

»Was?!«

»Du hast richtig gehört.«

»Mit dem Namen ist man aber gestraft. Und wenn er falsch ist?«

»Kommst du?«

»Ja, klar komme ich. Ein düsterer Kerl. Wo treffen wir uns?«, fragte Kuhala und suchte bereits in seinem Gedächtnis nach einem intimen Restaurant.

»Komm hier zu mir ins Präsidium«, antwortete Annukka Maaheimo.

»Du könntest auch in mein Büro kommen. Da kriegst du besseren Kaffee. Aus echten Bohnen. Nicht diese Automatenbrühe«, sagte Kuhala, hielt eine Anspielung auf Selbstgebackenes jedoch für zu gewagt.

Sie vereinbarten einen Termin am folgenden Tag.

Kuhala war anderthalb Kilometer an der letzten Kreuzung vorbeigefahren – und das, obwohl er sich eingebildet hatte, die herrlichen Tage des Verliebtseins längst in die Prähistorie seiner Teenagerjahre verbannt zu haben. Er bremste, wendete auf der schmalen Straße und fuhr in seiner eigenen Spur zurück, im Sinn nichts als die für die Zeitung fotografierten roten Haare der Kriminalkommissarin.

Das Haus repräsentierte das alte Volksschulmodell, vermutlich war es sogar tatsächlich mal ein Schulhaus gewesen, aber nunmehr wurde dieser Eindruck durch einen auf die Vorderwand gemalten Jim Morrison geschwächt, den Kuhala sogleich erkannte, obwohl er sich in seinen Jugendmusikjahren nicht viel aus den Doors gemacht hatte.

In seinem Heimatdorf Havuvaara hatte man eher zu Uriah Heep und Deep Purple geneigt; der schicksalsschwere Blick von Morrison hatte lediglich die beiden Hippiemädchen in der Schule angesprochen.

Als Wachhund fungierte ein Ziegenbock. Er kam ans Tor getrabt, stank, und in seinem Fell klebten undefinierbare Klümpchen. Sein Bart war ein Pinsel à la Ho Chi Minh. Er nahm keinen Anlauf, um Kuhala umzustoßen, sondern drängte mit purem Charme in die Nähe des Ankömmlings, und als ihm das gelungen war, platzierte er unvermutet die Hörner zwischen dessen Beinen.

Der Kopfstoß nach oben stoppte Kuhalas sanfte Handbewegung. Er stützte sich am Torpfosten ab und hielt den Atem an; der Schmerz strahlte bis in die Oberschenkel, den Unterbauch, die Pobacken aus. Ähnliches hatte er zuletzt in Havuvaara erlebt, als er beim Strampeln auf Vaters Fahrrad von den Pedalen gerutscht und auf die Stange geplumpst war. Der Bock machte ein paar Schritte zurück und starrte auf die wechselnden Farben in Kuhalas Gesicht, bis er genug davon hatte.

Nun kehrte er dem Privatdetektiv die verknödelte Gesäßwolle zu und begab sich zu dem Misthaufen neben dem Schuppen, wobei ihn eine Wolke von Mistfliegen umgab. Kuhalas Drohung, er werde Gulasch aus ihm machen, focht den Bock nicht an, er hatte für diesen Tag seine Aufmunterung bekommen, und nun wühlte er im Mist. Die Sonne loderte hoch am Himmel, nirgendwo gab es Schatten.

An dem Fenster, das Jim Morrison in die Stirn gesägt worden war, zappelte sich ein Schmetterling ab.

Der Schmerz ließ nach, bis es nur noch wehtat. Kuhala ging zum Haus und spähte durch den Haupteingang in einen Alkoven, wo Gummistiefel auf dem Fußboden herumlagen. An der Garderobe hingen Arbeitsklamotten und eine alte Gitarre.

Er rief ins Haus hinein, aber niemand reagierte. Der Stoß der Bockshörner in die Hoden hatte lebenslängliche Impotenz bei ihm verursacht, da war sich Kuhala sicher, und er wagte gar nicht erst, daran zu denken, wie es sein würde, pinkeln zu gehen.

Der Gitarrist und der Schlagzeuger von Jouko Makuris Tanzkapelle hockten Rücken an Rücken in einem Gewächshaus voller Cannabispflanzen. Sie saßen auf einem 50-Liter-Plastikbottich, aßen Wurstbrote und tranken Milch dazu. Ihre Kleidung bestand aus Badehosen und Strohhüten mit hutzeligen Krempen, wie sie von Jahrmarkthändlern für drei Euro verkauft wurden. Mit ihren Sheriffsternen und den Schweißfängern aus rotem Einfassband repräsentierten die Stetsons allerdings die etwas besseren Modelle. Kein Wort wurde gewechselt, ab und zu mischte sich das Brummen einer Wespe unter die Essgeräusche oder ein Knacken, das durch die Hitze in der Konstruktion des Gewächshauses verursacht wurde.

Die beiden Musiker waren gnadenlos dünn, die Knochen standen hervor, und die Haut erinnerte an Pergament, die tropische Luft beugte ihre Rücken, und es hatte den Anschein, als würden sie bei der geringsten Berührung zu Staub zerfallen.

Die Andacht ihrer Mahlzeit hatte fast schon etwas Religiöses, darum schwieg Kuhala und vergaß sogar kurz den Stoß der Bockshörner. Er verstand nichts vom Cannabisanbau, kannte gerade mal so eben das Produkt, aber hier wurde die Arbeit mit dem Gewächs professionell und mit Pietät angegangen. Die Sprösslinge, die sich in gleichmäßigen Abständen aus dem Nährboden schoben, verbreiteten einen angenehmen Duft, und ihr Grün erinnerte Kuhala an ferne Länder, an Arabien.

»Guten Tag.«

»Scheiße.«

Selten erhielt der Privatdetektiv auf seinen Gruß eine solche Antwort. Die Milchpackung kippte um, das Wurstbrotpaket geriet auf dem Bottichrand ins Taumeln und stürzte zu Boden. Beide Männer standen erschrocken auf. Sie schnappten sich Harken und fragten, was Kuhala wolle. »Der Laden hier ist nicht zu verkaufen, verschwinde!«

»Beruhigt euch, Jungs. Ich bin Privatdetektiv Otto Kuhala aus Jyväskylä, und es ist mir egal, was für eine Maissorte ihr in eurem Treibhaus anbaut, aber ich würde mich gern über ein anderes Thema mit euch unterhalten. Ihr habt beim Mittsommerfest am Nuotta-Teich gut gespielt, man hat gesehen, dass ihr mit dem Talent des Musikers gesegnet seid.«

Sie sagten, die Kapelle habe gerade Tourneepause. Umgeben von den Hanfpflanzen und mit Harken bewaffnet, erinnerten sie an ausgehungerte Dschungelsöhne. »Verzieh dich. Such dir anderswo ein Orchester.«

»Seid ihr Zwillinge?«

»Nein. Falls wir uns ähnlich sehen, sollte man daraus keine zu weit reichenden Schlussfolgerungen ziehen. Ist es das, worüber du mit uns reden wolltest?«

»Ihr habt auch bei Partys von Viktor Bister gespielt. Das ist der Mann, der vor einiger Zeit erstochen wurde und dessen Sommervilla später abgefackelt worden ist.«

»Haben wir nichts von gehört.«

»Von Bister?«

»Genau.«

»Na, dann helfe ich euch mal ein bisschen auf die Sprünge. Ich hab mir ein Fotoalbum angesehen, und darin sieht man euch, wie ihr es auf Bisters Bootssteg im Tanzflächenformat krachen lasst. Euch kann man nicht verwechseln. Es gibt ein halbes Dutzend Fotos davon, zum größten Teil aus der Nähe aufgenommen. Sie gehören Bisters Exfrau. Also, wie steht es damit?«

»Wir haben Gigs am laufenden Band, man kann sich nicht an alle erinnern.«

»Gehen so viele Gigs vom Band, dass die Zucht hier nur ein Hobby von euch ist?«

»Von Messerstechereien und Bränden wissen wir nichts.«

Die Musiker sahen sich unter ihren Hüten an und legten die Harken weg. Erst jetzt erkannte Kuhala erste Unterschiede an ihnen, aber es waren trotzdem nur Nuancen. Der eine hatte Bartstoppeln, der andere nicht. Der Stopplige sah – falls überhaupt möglich – dünner als der andere aus, vielleicht weil er ein paar Zentimeter größer war, und wo der eine versuchte, seine Worte mit einer Art Gettokonnotation zu würzen, verschärfte der andere seine Sätze mit ostfinnischem Dialekt.

Die zwei von Stormy traten als akustisches Duo unter dem

Namen »Country Demons« auf, wie Kuhala herausgefunden hatte. Wenn sie sich der Blueslaune überließen, änderten sie den Namen in »Barfly«, nach dem Roman von Bukowski.

Zu »Stormy« wurden sie mit Jouko Makuri, weshalb es so viele Formationen gab, dass es Kuhala verwirrt und erst auf den Gedanken gebracht hatte, dass er nicht einmal die richtigen Namen der beiden Kameraden kannte.

Sie mussten die Echtheit der Fotos anerkennen, aber sie begnügten sich mit schwer zu interpretierendem Gebrumm, als Kuhala fragte, wie gut sie Bister gekannt hatten.

Die Gigs bei der Turmvilla waren Routine gewesen. Zwar wurden sie gut bezahlt, aber dafür mussten sie »Songs vom Fließband« runterleiern, wie sie sich ausdrückten.

Der Schmerz zwischen den Beinen legte sich. Kuhala meinte, der Ort sei zum Plaudern vielleicht nicht der angenehmste, und schlug vor, unter eine Birke im Hof zu gehen oder in das alte Schulhaus, weil ihn das interessierte. »Ich bin in meinem Heimatdorf nämlich in so eine ähnliche Schule gegangen.«

Der Ziegenbock rieb seine Hörner an der Wand. Kuhala machte einen Bogen um das Vieh und merkte, dass er schweißnass war, obwohl er nur an der Tür des Treibhauses gestanden hatte.

»Wer von euch hat den Morrison gemalt?«

»Hente«, sagte der eine.

»Uupe hat die Leiter gehalten«, höhnte Hente.

Kuhala fragte sich, was für einen Stil die Strohhutbrüder vom Land wohl unter dem Namen »Hente & Uupe« spielten. Bluegrass?

Sie setzten sich im Schatten eines Baums auf Holzklötze. Hente nahm die Gitarre, die am Baumstamm lehnte, und fing an, mit seinen schlanken Fingern Baumwollpflückerakkorde zu klampfen. Der Ziegenbock erkannte sie aus der Ferne und beeilte sich, einen Platz im Publikum zu finden. An seinen Hörnern hingen Brennnesseln, Ranunkeln und eine Plastiktüte, und er warf Kuhala, der auf der Hut war, zufriedene Blicke zu, als wäre er stolz auf seine beiden künstlerisch begabten Herrchen.

Uupe klemmte eine Fünf-Liter-Konservendose, die einst Gewürzgurken enthalten hatte, zwischen die Oberschenkel und klopfte den Rhythmus, aber Kuhala griff nicht zu dem Waschbrett, das auf der Erde lag, sondern ärgerte sich ein bisschen, denn er interpretierte die Session als Gleichgültigkeit gegenüber seinem Anliegen, auch wenn er ungebeten aufgetaucht war. Er fragte die beiden, ob sie je bei den Verlängerungen von Bisters Partys dabei gewesen seien.

Hente antwortete singend. »Manchmal, *man*.«

»Wie war die Stimmung?«

Uupe: »Ganz schön wild und wüst.«

»Habt ihr mitgemacht oder nur gespielt?«

Hente: »Bist du da, um deinen Job zu machen, machst du deinen Job und feierst nicht, das sollte dir eigentlich klar sein, *man*.«

»Ihr scheint euch ja mit Genussmitteln auszukennen – haben die Leute auf den Partys auch noch was anderes als Alkohol zu sich genommen?«

Uupe: »Ich will so was gar nicht wissen, alle waren irgendwie breit ...«

Hente: »Und dich geht das sowieso einen Scheißdreck an, wir haben gespielt und nicht spioniert, *man*.«

Der Bock schaukelte mit dem Kopf, während Hente ein rutschiges Bluessolo spielte, das allerdings sofort abbrach, als Kuhala sich das Waschbrett schnappte und gegen die Birke schlug, dass es krachte.

»Wir reden hier über Gewaltverbrechen, Jungs, und kaspern nicht rum. Ich krieg auch zwei Akkorde aus der Gitarre raus und kenne ein paar Stücke von Lightnin' Hopkins, aber wenn ihr auch nur eine Sekunde auf dieser Schiene weitermacht, dann steht hier ruckzuck die Polizei und fährt in eurem Treibhaus die Ernte ein. Und jetzt will ich was über Bisters Feten hören. Ich hab da nämlich noch ein paar gewagtere Fotos in petto, und wenn ich mir eines davon mit der Lupe angucke, dann sehe ich im Hintergrund dich, Uupe, Grimassen schneiden. Oder vielleicht bist es auch du, Hente. Einer von euch beiden hat für Bister die Begleitmusik gespielt, als der ein minderjähriges Mädchen gefickt hat.«

Uupe starrte erschrocken auf die Konservendose und fragte, was Kuhala sich da einbilde. »Die waren nicht minderjährig. Und wir ham gespielt, weil wir angeheuert warn.«

»Das waren russische Nutten«, versuchte es Hente.

»Und die haben da für Unterhaltung gesorgt, weil sie angeheuert worden waren?«

»Genau. Denk ich mal.«

»Wann war das?«

»Anfang Juni. Zur Eröffnung der Weidesaison. Von der Party sind die Fotos, aber die hast du nicht aus dem Album von der Exfrau.«

»Hab ich auch nicht behauptet.«

Kuhala warf die Überreste des Waschbretts weg und sagte, er sei ehemaliger Polizist. Ausgezeichnete und umfassende Beziehungen zu den Behörden garantierten, dass er jederzeit schnell eine Streife bekommen könne. »Ich kann Polizisten hierherbestellen, die so unbequem sind, dass ich daneben wie ein Chorknabe aussehe. Dann wird euch nicht nur die Ernte konfisziert, sondern auch die Instrumentensammlung, das Haus wird wochenlang wegen der Suche nach Drogenverstecken versiegelt, und die Instrumente gehen an den Staat. Als Extra bekommt ihr dann im Garten noch eine Stunde Spezialbehandlung à la eins in die Fresse.«

Erst jetzt glaubte er unterscheiden zu können, wer Hente

und wer Uupe war. Er wollte wissen, ob sie Tra Hun gekannt hatten, Bisters vietnamesischen Angestellten, und was der noch gemacht hatte, außer den Türsteher mit Stoneface zu spielen.

»Er hat dafür gesorgt, dass die Gäste sicher im Taxi gelandet sind.«

»Und geguckt, dass die Bedienung lief. Ist ja auch selber Unternehmer in der Gastronomie gewesen, glaub ich. Die Vorstellung haben wir jedenfalls gekriegt. Irgendwie Pizzabäcker oder so.«

»Hat Tra auch dafür gesorgt, dass die Genussmittelversorgung lief?«

»Glaub schon. Wir ham gespielt. Da kriegt man einiges mit.«

»Hat er sich um die konkrete Seite eurer Bezahlung gekümmert?«

»Ja.«

»Das reicht mir nicht«, sagte Kuhala und nahm sein Handy aus der Tasche. »Ihr habt eine Minute Zeit, mir mindestens eine richtige Information zu geben, dann rufe ich euch einen Wagen. Eine richtig heiße Neuigkeit, wenn ich bitten darf. Ihr hattet die gesetzlich vorgeschriebene Pause, seid in die Küche gegangen und habt was Herzhaftes gegessen. Bis Mitternacht wart ihr relativ klar im Kopf und habt euch neugierig angeguckt, was da so abgeht, vielleicht sogar neidisch, weil das, was ihr geklimpert habt, doch bloß Hillbilly und letztlich doch eher schlecht bezahlt war. Haben irgendwelche Leute Streit gekriegt, hat Bister einen angeschissen? Er schien ja der geborene Anscheißer gewesen zu sein.«

Der Bock spießte eine Hälfte des Waschbretts mit seinen Hörnern auf und schien mit seiner Beute zufrieden zu sein, obwohl sie ihm das Sichtfeld verdeckte.

Hente und Uupe sahen einander ratlos an. Der eine verbarg das Gesicht unterm Strohstetson, der andere schob den Hut nach hinten. Kuhala konnte die Schläge ihrer hinterhältigen

Herzen hören, aber erst jetzt fielen ihm die goldenen Ringe auf, die bei beiden am Ringfinger glänzten.

Wo steckten die Bräute? In anständigen Berufen, damit die Jungs ihrer künstlerischen Berufung nachgehen konnten? Oder auf der Suche nach Absatzmärkten für das Cannabis? Das war eher unwahrscheinlich. Der Bock warf den Kopf zurück, dass die Waschbretthälfte gegen die Schädelknochen schepperte.

Auf dem ganzen Gelände war kein einziges Auto zu sehen, mit dem die dünnen Musiker sich mal hätten auslüften können. Vielleicht lebten sie in einer Art Ökohaushalt, oder die Speicher waren für Wochen gefüllt, jetzt, da es an der Auftrittsfront ruhiger geworden war. Der durchgedrehte Waschbretttanz des Ziegenbocks wollte kein Ende nehmen. Kuhala fing an, die Nummer der Polizei zu wählen.

»Tra Hun ist in der Villa verbrannt.«

»Nicht anrufen!«, sagte Uupe irgendwie eingeschnappt.

»Wir haben nichts Illegales gemacht. Das Marihuana ist für den Eigenbedarf«, redete Hente weiter.

»Wir haben vor einer Woche geheiratet. Das hier sind unsere Flitterwochen«, sagte Uupe und schaute seinen Auserwählten zärtlich an. »Wäre gemein, die zu unterbrechen. Wir haben's so gut hier. Wir komponieren zusammen neues Material für die Studiosession im Herbst. Der Vertrag mit der Plattenfirma ist unterschrieben, und das ist für unsereins nicht gerade was Alltägliches. Endlich mal scheint es gut zu laufen. Willst du unser Glück zu Schrott machen?«

Kuhala starrte die beiden mit offenem Mund an. Der gottverdammte Bock fiel mitsamt seinem Waschbrett in Trance.

Der herzzerbrechende Appell konnte nicht bloß eine Finte sein, wahrscheinlich ging die offizielle Registrierung einer gleichgeschlechtlichen Partnerschaft ebenso leicht über die Bühne wie das Ausfüllen eines Antrags auf einen neuen Pass.

»Herzlichen Glückwunsch ... äh. Ratet mal, ob ich das absichtlich tue. Versucht mir halt ein bisschen zu helfen, Jungs.«

»Was beim Bister abging, war genau das, was sich keiner vorstellen kann. Alle total zu, abartiges Benehmen, hysterische Anfälle. Und Sauereien. Deine Fotos zeigen bestimmt nicht mal die Hälfte von dem, was da getrieben wurde, wenn nur noch der engere Kreis versammelt war«, schüttete Uupe sein Herz aus. »Und weil wir dafür bezahlt waren, bis zum nächsten Morgen zu spielen, haben wir die Schweinereien zwangsläufig mitgekriegt.«

»Genau die Version habe ich gerade vorgeschlagen«, sagte Kuhala.

Hente und Uupe nickten.

Der Bock tobte mitten im Hof herum und stellte sich auf die Hinterhufe. Dann schleuderte er das Waschbrett aufs Dach der ehemaligen Schule. Die Aktion hatte dem Biest den Saft ausgepresst, es schien sich zu beruhigen und verharrte mit nach innen gerichtetem Blick auf der Stelle. Es sah wie weggetreten aus.

Hente betonte, sie hätten trotzdem nie etwas besonders Auffälliges bemerkt, weil die Suhlerei immer nach demselben Schema ablief. »Wir sind drei- oder viermal da aufgetreten.«

»Viermal.«

»Die Nutten sind mit einem Kleinbus gebracht worden, aber du brauchst nicht zu denken, dass bewaffnete Gorillas von der russischen Mafia dabei gewesen wären. Solche, bei denen das Kokain aus den Taschen staubt.«

»Oder Pistolen. Das war ein normales Taxi von hier.«

»Da bleibt mir wohl nichts anderes übrig, als euch zu glauben«, gab Kuhala klein bei, ohne seine Enttäuschung verbergen zu können.

Nun konnte er nicht mehr zur harten Linie zurückkehren, weil die zarten Bande zwischen den beiden Jungs so verletzlich wirkten und weil sie mit ihren Anorektikerkörpern ohnehin so zerbrechlich aussahen. »Falls euch noch etwas einfällt, hier ist meine Karte. Schönen Sommer noch.«

»Das Einzige, was mir noch einfällt, ist am Morgen nach der Weidensaisonfete passiert. Hente und ich waren gerade dabei, unser Equipment ins Auto zu laden«, sagte Uupe und nahm Kuhalas Visitenkarte an sich. »Bister kam vom Morgenschwimmen, voller Enthusiasmus für neue Abenteuer, dabei hatte er höchstens zwei Stunden geschlafen. Er hat dann aber anscheinend doch langsam gemacht, obwohl er in der Abteilung Hobeln und Nageln furchtbar war. Er wollte uns noch was extra in bar geben, zusätzlich zu dem, was er uns schon aufs Konto überwiesen hatte.«

»Und gerade als er Tra befohlen hatte, das Geld zu holen, fuhr ein Auto vor. Ein Typ steckte den Kopf aus dem Fenster und rief Bister zu, jetzt hätte er seine letzte Nummer geschoben. Keine Ahnung, was für eine Nummer, das ging uns auch nichts an, aber der Typ steigerte sich richtig in die Wut rein und ist erst wieder weggefahrn, als Tra zu Hilfe kam.«

»Ist richtig gekämpft worden?«

»Nein. Tra verscheuchte ihn mit einem Blick. Und Bister stand einfach daneben, mit nassen Haaren und einem Handtuch um die Hüften.«

»Die werden doch den Grund für ihren Streit wenigstens mal kurz gestreift haben?«

Das junge Paar wechselte einen Blick. Sie vermuteten, der Zank hätte irgendwie mit Bisters Plänen zu tun gehabt, ein Feriendorf bei Tikkakoski zu bauen. »Wahrscheinlich an dem Nuotta-Teich, wo wir an Mittsommer gespielt haben.«

Kuhala bat sie, den Mann oder das Auto zu beschreiben. Der Mann sei rot gewesen und das Auto blau. Möglicherweise auch umgekehrt. Die Marke wussten sie nicht, aber Hente erinnerte sich an die Kühlerverzierung. Er zeichnete sie in den Sand.

»Was ist das jetzt, Toyota? Von Bister hab ich den Eindruck gekriegt, dass er einer war, der voll Stoff gelebt hat, und wenn man so lebt, gibt es irgendwann Zoff. Ich meine bloß, dieser Zwischenfall war für ihn bestimmt gar nichts.«

Auch Uupe beugte sich nach vorn, um die Zeichnung seines Auserwählten unter die Lupe zu nehmen, verlor dabei aber so weit die Aufmerksamkeit, dass er den Ziegenbock nicht bemerkte, der verstohlen näher herangekommen war und Kuhalas Visitenkarte fraß, die Uupe in den Bund seiner Badehose gesteckt hatte. »Das mein ich auch. Er war ja auch so verdammt reich, da wird man halt gehasst.«

Und wie zur Gewähr des zuvor Gesagten erinnerte sich Hente an einen weiteren Zwischenfall, bei dem der Lieferant des Bewässerungssystems im Rosengarten gekommen war, um ausstehende Raten einzutreiben. »Da gab's bestimmt auch keinen Grund, mit dem Messer zuzustechen. Bister ließ es einfach dermaßen tierisch brummen, dass er nicht immer dazu kam, seine Rechnungen aufzumachen. Spielmarken hatte er ja genug.«

Der Ziegenbock verwischte die Kühlerdekoration mit seinen Hufen und spuckte die Visitenkartenfetzen aus, die ihm prompt im Bart hängen blieben.

# 19

Kuhala verbrachte den Abend in der alten Volksschule, weil Hente und Uupe ihn darum baten. Das Blau des Himmels wurde tiefer, das Moor hinter dem Grundstück duftete nach Sumpfporst.

Hente Riekko stammte aus Ranua, wo seine extrem frommen Laestadianer-Eltern eine Tankstelle betrieben. Das Leben in Ranua war diszipliniert gewesen, ein Tag glich dem anderen und fühlte sich an wie schon einmal gelebt; den einzigen Spaß brachte es, nach der Schule hinter der Esso-Tankstelle das Moped zu frisieren. Hentes Mutter gebar zweiundzwanzig Kinder, bevor sie starb. »Ich hab ihr dermaßen nachgetrauert, dass ich an ihrem Todestag mit dem Moped ins Schaufenster der Apotheke gefahrn bin. Dann ist mein Vater gestorben, und nachdem sich herumsprochen hatte, dass ich schwul bin, hat keines meiner Geschwister mehr Kontakt zu mir gehalten.«

Uupe Haapanen war der Sohn eines Postkartenunternehmers und Freidenkers aus Tammisaari und einer Richterin, und sein Leben war wunderbar gewesen. »Im Nachhinein kommt es mir vor, als wäre es nichts als Sonnenschein gewesen, bis sie erfuhren, was mit mir los war. Freidenker sind nicht liberal. Bei meinem Vater verlief die Grenze bei meinem Sexualverhalten. Er wies mir die Tür.«

Kuhala erzählte ebenfalls von seiner Kindheit und färbte die

Zeit in Havuvaara dabei so schön, wie er es nur wagte. Sein Vater, der sein Leben lang als Fahrer bei der Tief- und Wasserbauverwaltung beschäftigt gewesen war, hatte freilich nicht zu den Gesprächigsten gehört. »Zwei Wörter am Tag war für ihn Standard. Alles, was darüber ging, wurde als Geschwätzigkeit verbucht.«

Er war viele Jahre älter als Hente und Uupe, störte sich aber nicht daran, sondern ließ sich gehen und plauderte gemütlich am gemauerten Grill neben der alten Volksschule.

Das junge Paar servierte Salzkartoffeln und mit Rhabarbermarmelade abgeschmeckten Karpfen, den sie in einem Fischteich am Rand des Moors geangelt hatten. Damit es besser rutschte, gab es dazu selbst gebrautes Bier. Das stieg nicht zu sehr und nicht zu wenig in den Kopf und schmeckte süß.

Kuhala konnte gar nicht übersehen, dass die Gastgeber ihre eigenen Getränke mit Marihuanaschrot würzten, und je später der Abend wurde, umso mehr gerieten sie neben die Kappe. Mächtig verliebt wirkten sie ebenfalls.

»Darf ich aus purer Neugier mal fragen, was an dem Erzeugnis in eurem Treibhaus eigentlich so gut ist? Ist das auf die Dauer nicht schädlich? Kriegt man nicht zumindest Lust auf was Stärkeres?«

»Die Vorteile sind schon im Namen enthalten. Cannabis sativa heißt ›nützlicher Hanf‹. Daraus kann man zum Beispiel starken Stoff machen. In Holland nennt man den Stoff Canvass, und früher war das ein beliebter Segelstoff«, lehrte Uupe, während er an einer Karpfengräte lutschte.

»Ihr wollt doch bestimmte keine Segel nähen.«

»Cannabis liefert auch Zellulose, Samen und Arznei. Das Öl aus den Samen kann man für Farbe und Firnis verwenden. Und die Zellulose, na, das wirst du ja wohl wissen ... Das Harz aus den Blüten und Blättern ist für medizinische Zwecke geeignet«, klärte Hente den Privatdetektiv auf.

»Genau, in Amerika wurde es noch bis 1937 ganz legal als Nerven stärkendes Medikament benutzt.«

»Für mich sehen die meisten Kiffer ganz und gar nicht wie Leute mit starken Nerven aus«, meinte Kuhala skeptisch.

»Gut, aber Cannabis wird heute auch eingesetzt, um die Übelkeit nach einer Chemotherapie zu lindern«, sagte Uupe.

»Wenn das Zeug so großartig ist, warum ist es dann verboten?«

Die frisch Verheirateten reichten Kuhala die Rhabarbermarmelade und versicherten ihm, es handle sich dabei um eine Intrige US-amerikanischer Industriegiganten. Sie senkten die Stimmen und erzählten Kuhala von einer Erfindung, die vor dem Zweiten Weltkrieg gemacht worden sei, dem Hanfmähdrescher, der die Hanfzellulose von der Bastfaser trennte. Diese Maschine hätte den Markt von Papier aus Holz bedroht, das gesamte riesige Dupont-Hearst-Imperium. Deswegen sei damals ein weltweiter Feldzug gegen das Hanf gestartet worden.

»Das Wort Marihuana kommt aus Mexiko. In der Hetzkampagne wurde prompt auf Verbrechen angespielt und Rassismus untergemischt. Eine einzige, furchtbare Verschwörung und hinter allem das brutale Business.«

»Habt ihr vor, das in eurem Plädoyer zu sagen, wenn ihr erwischt werdet?«

»Wir werden nicht erwischt. Wir nehmen es nur für den Eigenbedarf, und wer kommt schon hierher?«

»Ich bin ja auch gekommen.«

Vor dem Schlafengehen stellten Hente und Uupe im leeren Klassenzimmer der Volksschule unplugged das Programm ihrer künftigen Platte vor und verleiteten Kuhala dazu, die Rhythmusbegleitung zu verstärken, obwohl er seine musikalischen Künste für bescheiden hielt. Die Lieder erzählten vom Alltag, es wurde darin mit dem Bus von der Arbeit nach Hause gefahren oder durch herbstliche Straßen gegangen. Der Dampf aus Schnellimbissen brachte Wärme ins Leben, und die Sterne funkelten in etwas unbeholfenen Refrains unerreichbar fern wie die Umarmung des Liebsten. »Vermisst du mich nicht, spürst du keine Sehnsucht? Mir tut dein Kuss noch weh, wenn ich mit den Händen in den Taschen zum Arbeitsamt geh.«

Kuhala schlief in einer Ecke des Klassenzimmers. Er träumte von Leena, konnte sich am nächsten Morgen aber nicht erinnern, ob der Traum beklemmend gewesen war oder nicht. Er wusste nicht einmal genau, wo er war, und musste eine ganze Weile den Kopf schütteln, bevor es ihm dämmerte.

An der Stelle, wo die Tafel von der Wand gerissen worden war, hing ein Schaubild der Volksbildung von einem Negerdorf, der von einem Zeigestock durchbohrte mumifizierte Schwamm erinnerte an die Leber eines Alkoholikers. Der Nachgeschmack des selbst gebrauten Bieres sorgte für Brechreiz, als Kuhala über den Hof ging und ins Gras pinkelte, wobei er sein vom Ziegenbock ramponiertes Geschlecht so vorsichtig hielt, als hätte es sich über Nacht gehäutet.

Romuald – der Bock war nach dem ehemaligen russischen Meisterhammerwerfer Romuald Klim benannt worden – beobachtete die Verrichtung gleichgültig neben dem Grill, wo er die Reste des Karpfens geknuspert und den Bodensatz des Bierbottichs ausgeschleckt hatte mit seinem gierigen Maul ...

Vom Moor her hörte man den Pfiff eines Großen Brachvogels, die Sonne schien hell. Der nicht vorausgeplante Abend war ohne Druck verlaufen, wie in solchen Fällen üblich. Kuhala hatte Hente und Uupe anfangs für wirklichkeitsflüchtige Traumtänzer gehalten, bei denen man die Taktik des schieren Angsteinjagens anwenden musste, aber nun hatte er allen Grund, seine Meinung zu korrigieren.

Die Kerle glaubten an ihre Sache, was immer sie auch sein mochte, und der natürliche Klang ihres Gesangs ging den Zuhörern unter die Haut.

Er brachte es nicht übers Herz, die frisch Getrauten zu wecken, sondern hinterließ nur eine Nachricht, in der er sich für die Einladung bedankte. Anschließend fuhr er zum Frühstücken an die nächste Tankstelle. In der Zeitung wurde kurz erwähnt, dass die Polizei im Mordfall Suvi Ojanen vorangekommen sei, aber über den Kioskbesitzer fiel kein Wort. Auf derselben Seite stand zwischen Unterwäschereklame und einem Schaschlikrezept der K-Einzelhandelskette eine knappe Meldung über die vorläufig noch nicht identifizierte Leiche eines Mannes, die auf einem Parkplatz in Laajavuori gefunden worden war.

In Jyväskylä und Umgebung wurde mittlerweile eine Leiche pro Tag entdeckt, und es war eher eine Neuigkeit, wenn mal keine gefunden wurde. Als Privatdetektiv gehörte Kuhala nicht zu denen, die als Erster darüber lamentierten, in was für schrecklichen Zeiten wir leben, aber irgendwie hatte er das Gefühl, als wäre der Wert eines Menschenlebens beträchtlich abgesackt.

Er trank seinen Orangensaft und dachte amüsiert an die Hausmacherrefrains von Hente und Uupe zurück.

Annukka Maaheimo war auf die Minute pünktlich, ließ Kuhala, der sich mit einer Männerserie aufpoliert hatte, aber nicht bei Kaffee und Gebäck sitzen, sondern nahm ihn an Bord und lavierte den Dienstwagen durch den Harakiriverkehr zum Polizeipräsidium. Unterwegs wurden nicht viele Worte gewechselt. Immerhin fand Kuhala heraus, dass er nicht verhaftet war und dass man es durch irgendein Mittel geschafft hatte, Norton Rapees Redeverschluss zu öffnen.

»Einigen wir uns darauf, dass du den Status eines Zeugen hast, auch wenn es das nicht ganz trifft. Antikainen ist derzeit nicht im Dienst«, sagte die Kommissarin.

»Er hat mir zu verstehen gegeben, dass du in Urlaub bist.«

»Was? Sakari ist für den Rest der Woche krankgeschrieben, mehr weiß ich nicht. Du warst doch nicht in Bisters Villa, als es brannte?«

»Nein. Wer behauptet denn so was?«

Sie eilten zum Aufzug und dann über den frisch gebohnerten Gang ins Büro der Kommissarin. »Du kannst so vorgehen, wie du willst, aber sobald dir danach sein sollte, die Initiative zu ergreifen, zögere nicht«, sagte sie und wies auf einen Stuhl.

Kuhala war nicht sicher, ob sie ihre Worte bewusst gewählt hatte – natürlich wäre das exakt der richtige Moment gewesen, die Initiative zu ergreifen, um den Schreibtisch herumzugehen und die Frau zu küssen. Ein Kuss von drei Minuten, nicht mehr und nicht weniger. Sie die ersten zwanzig Sekunden fest an sich drücken, unter Einsatz des gesamten Valentino-Arsenals, und dann, in dem Maße, in dem Annukka schmölze und den Kuss erwiderte, ein wenig den Griff lockern, bis es wie von selbst weiterging, als Umarmung zweier Menschen, die sich gefunden hatten. Die Initiative ergreifen.

Kuhala leckte sich die Lippen, rührte sich aber nicht. Er wusste nicht, welchen Ruf er seinerzeit als Küsser gehabt hatte, aber insofern es mit allgemeinen Charmeureigenschaften zu tun hatte, wohl kaum einen bedeutenden. Alle Hoffnung musste darauf gesetzt werden, dass die Frauen ihr Augenmerk auf eine Eigenschaft von ihm richteten, von der er selbst nichts wusste.

Von Leena war kein Lob zu haben gewesen, nicht einmal als sie verliebt waren.

Er fragte sich, ob er anfing, verrückt zu werden oder ob das Musikerpärchen auch sein Bier gewürzt hatte. Annukka Maaheimo schaute ihn an. Ihr Gesichtsausdruck war auf die Arbeit fokussiert, es lagen keine erkennbaren Elemente einer Zungenkussphantasie darin.

»Na?«

»Was na?«, stammelte Kuhala und wurde rot.

»Erzähl mir von deiner Begegnung mit Rapee am Kiosk. Der Kerl wird bald zur Vernehmung vorgeführt.«

»Am stärksten ist mir die Lage des Kiosks in Erinnerung geblieben. Ein von der Natur geformtes grünes Laubgewölbe, wie man es selten findet«, fing Kuhala an, als hätte er eine Prise Hobbyliterateninfektion in der Volkshochschule aufgeschnappt, kam aber schnell wieder zur Sache, als er sah, wie sich Maaheimos Stirn runzelte.

Kioskbetreiber Norton Rapee wurde aus der Schließfachabteilung im Keller nach oben gebracht. Er roch ein wenig muffig, nachdem er die Nacht auf Gefängnisstroh verbracht hatte, und er sah düster aus, mit seinem pockennarbigen Gesicht erinnerte er an ein Geschöpf von Dostojewski.

Er hatte ein gelbes Hemd und graue Hosen an und gab mit keiner Miene zu erkennen, dass er Kuhala schon einmal begegnet war. In seinem Gesicht zuckte ein Nerv, die großen Hände suchten abwechselnd nach einem Platz im Schoß und an den Seiten, bis sie sich schließlich auf den Oberschenkeln niederließen.

Auf den Guten Morgen von Annukka Maaheimo antwortete Rapee nicht. Sein Blick wählte einen Fixpunkt zwischen Fenster und Archivschrank, der Mund war fest zusammengepresst.

»Ich möchte lieber nicht noch einmal aufzählen, was gestern war, weil Sie sich auch so daran erinnern. Jetzt sind Sie dran, vielleicht hat die Nacht Sie auf andere Gedanken gebracht. Eines will ich aber trotzdem sagen. Auch wenn Sie das Vergehen von Lahti abgebüßt haben, kommt dem Ganzen jetzt vollkommen neues Gewicht zu. Glauben Sie bloß nicht, wir würden als Erste wegen Ihres Schweigens müde. Außerdem haben Sie ja auch schon mit diesem Herrn hier gesprochen«, sagte die Kommissarin metallisch und deutete auf Kuhala.

Sie stand auf und stellte sich ans offene Fenster. Von der Baustelle unten drangen Gehämmer und das Grollen von Maschinen herauf. Kuhala saß in der Ecke und hielt die Augen tapfer von den Beinen der Kommissarin fern. Rapee anzuschauen war auch nicht leicht, dessen Augen brannten wie wahnsinnig oder auch nur angefressen, weil er sein Gewerbe nicht ausüben durfte und das Vorratslager seiner Holzhütte Langfingern ausgesetzt war.

Kuhala wurde müde. Er sank auf seinem Stuhl zusammen und holte sich die ansteckenden Melodien des Vorabends ins Gedächtnis.

Maaheimo drehte sich wieder um: Es war eine taktvoll ausgeführte Bewegung, deren Tempobezeichnung sich aber bald ändern würde. Sie tat so, als achtete sie nicht auf Rapee, sondern ging zum Tisch und stützte beide Hände auf die Platte. Man konnte ihr in den Ausschnitt sehen, und Kuhala streckte den Rücken gerade, bemühte sich aber gleichzeitig um einen wichtigen Gesichtsausdruck, denn er war nicht sicher, ob auch diese Geste, mit der die Kriminalkommissarin ihre Reize enthüllte, zum Instrumentarium der taktvoll ausgeführten Bewegungen gehörte.

»Ein bisschen ungeduldig sind wir allerdings schon, und wenn du nicht bald anfängst zu reden, zerstören wir dein Leben. Dann ist der Kiosk weg, dann ist dein Verdienst weg, und den Zeitungen verraten wir etwas über Lahti. Vielleicht wissen sie ohnehin schon etwas darüber. Und das alles macht uns gar nichts aus. Also? Suvi Ojanen kam am Tag ihres Verschwindens als Kundin zu dir. Das hast du Kuhala erzählt. Was noch?«

»Hackt ihr nur auf mir rum«, stieß Rapee hervor.

Die Katakombenheiserkeit seiner Stimme triefte vor Verzweiflung, am Hals traten die Sehnen an die Oberfläche. Annukka Maaheimo lächelte und setzte sich. Rapees rasender Hass drohte außer Kontrolle zu geraten, mit seinem Zähneknirschen und Schnauben unterschied er sich nicht wesentlich von einem übertreibenden Stummfilmdarsteller. Er war furchterregend und bedauernswert zugleich und klammerte sich mit beiden Händen an die Armlehnen des Stuhls, als würde dort gleich elektrischer Strom angeschlossen. Schaum trat ihm in die Mundwinkel.

»Zieh hier keine Show ab. Du bist einfach schwer hinter Frischfleisch her und kannst dich nicht im Zaum halten. Stimmt's?«

Kuhala war sicher, dass Rapee gleich aufspringen und Annukka Maaheimo erwürgen würde.

»Ihr nehmt einem Menschen das Recht, seinen Beruf auszuüben, ihr Verbrecher!«

»Du darfst in deinen Kiosk zurück, sobald du zur Sache kommst und erzählst, was an dem besagten Tag passiert ist. Am Montag, dem 16. Juni.«

»Das ist doch kein Rechtsstaat mehr. Mit Absicht wird einem das normale Leben schwergemacht.«

»Herrgott noch mal. Was ist an dir denn normal?«

»Ich hab dem Privatschnüffler doch schon erzählt, dass die kleine Ojanen an dem Montag so um die Mittagszeit ein Eis bei mir gegessen und mit ihrem Handy telefoniert hat. Ich weiß nicht, mit wem, und das einzige Verbrechen, das ich begangen habe, war, dass ich sie um ihre Jugend beneidete. Beneidete oder bewunderte.«

»Versuch dich an die genaue Uhrzeit zu erinnern.«

»Zwischen zwölf und halb eins.«

»Hat sie mehr gesagt, als was sie kaufen wollte?«

»Nein. In dem Alter leben sie in ihrer eigenen Welt.«

»Mir haben Sie noch ein bisschen mehr erzählt«, sagte Kuhala.

»Was soll der Scheiß ...«

»In Gegenwart von Frauen nimmt man solche Wörter nicht in den Mund. Sie haben gesagt, irgendwo spielt der Wind mit dem Gerippe eines verschwundenen Opernsängers. Sie fühlen sich auf ziemlich schräge Weise zu verschwundenen Menschen hingezogen. Es ist nicht zufällig so gewesen, dass Ihr Neid übergeschwappt ist? So wie in Lahti. Und jetzt gibt es einen verschwundenen Menschen mehr, über den Sie sich innerlich die Hände reiben.«

»Ist das Mädchen nicht gefunden worden? Und falls sie verschwunden ist, dann habe ich damit nichts zu tun. Und ich reibe mir überhaupt nicht innerlich die Hände, weil ich hier eingebuchtet bin. Ist was verkehrt daran, wenn man sich für mysteriöse Fälle interessiert? Ihr interessiert euch ja auch dafür. Für alle, für das ganze Pack da draußen.«

Rapee schien die Hemmungen zu verlieren. Seine Stimme war noch rau, öffnete sich aber. »Ich bin unschuldig. Wer ersetzt mir die Kioskware, die jetzt verdirbt? Mit welchem Formular beantragt man Entschädigung? Scheiße.«

Er hörte auf, sich zu verkrampfen, und streckte die Beine aus; was möglicherweise als Lächeln beabsichtigt war, verdorrte rechtzeitig zur Schmollgrimasse.

»Deine Ware wird so schnell nicht schlecht. Und wenn doch, dann entsprechen die Kühlanlagen nicht den Kioskvorschriften«, sagte Annukka Maaheimo. »Bei den Verhören in Lahti hast du auch deine Schuld geleugnet. Du hast sogar noch versucht, das Ganze auf eine falsche Spur zu lenken, hast allen möglichen Blödsinn erzählt, bis die technische Untersuchung, die Zeugenaussagen und der ganze Eimer voller Dreck dir das Gesicht nass gemacht haben. Du kennst die Gegend, in der Suvi gefunden worden ist. Du kennst die Sandgrube, und du bist skrupellos; es hätte dir keine Schwierigkeiten bereitet, Honkanen zu erschlagen.«

Rapee lachte, ohne dem Lachen so recht einen glaubwürdigen Anstrich geben zu können. »Außer dass sich Menschen für Mysterien interessieren, sind sie auch daran interessiert, ihren

Arsch zu retten. Eine natürliche Reaktion. Damals ist es mir nicht gelungen, jetzt gelingt es mir, weil ich unschuldig bin. Außerdem hab ich nicht mal den Führerschein, verflucht. Und kein Auto. Wie hätte ich das Mädchen also zu der Grube transportieren sollen?«

»Bei jeder Verkehrskontrolle werden Leute ohne Führerschein erwischt. Und Autos gibt es in Finnland drei Millionen. Apropos Autos: Fuhr eigentlich jemand am Kiosk vorbei, als Suvi dasaß und ihr Eis aß?«

»Wie soll ich mich an so was erinnern können?«

»Ich dachte, du bist daran interessiert, deinen Arsch zu retten.«

»Da fuhr nix als die Kleine mit ihrem Rad. Mit Sicherheit.«

»Denk nach.«

Rapee schüttelte den Kopf und klappte den Mund zu, als hätte er sich die Stimmbänder verstaucht. Er schien über seine eigene Gesprächigkeit erschrocken zu sein und wuchtete den Blick erneut in Richtung Fixpunkt an der Wand, als sehnte er sich danach, wieder in seinen Autismus abzudriften.

Maaheimo ließ ihn wegbringen und seufzte. »Immerhin haben wir ihn zum Sprechen gebracht. Wir müssen ihn laufen lassen, weil ich, offen gestanden, nicht glaube, dass Grund für eine Verhaftung besteht. Auf der Zufahrt zur Sandgrube ist ein Ölfass gefunden worden, an dem blaue Farbe haftet. Nicht dieselbe wie bei Honkanens Geländewagen. Wir haben sämtliche Autovermietungen in der Umgebung abgeklappert, aber niemand hat an den fraglichen Tagen einen blauen Wagen mit Kratzspuren zurückgegeben.«

»Soll ich dir den Nacken massieren?«, fragte Kuhala wie nebenbei.

Er konnte die Antwort nicht mehr hören, denn das Telefon unterbrach seinen Barmherzigkeitsbeweis.

Die Kommissarin nannte ihren Namen, und Kuhala bewunderte heimlich den Flor über dem Bogen ihrer Oberlippe. Dann sagte Annukka Maaheimo »Scheiße« und legte den Hörer auf. »Auf einem Parkplatz in Laajavuori wurde eine unbekannte männliche Leiche gefunden. Es stand in der Zeitung. Jetzt ist sie nicht mehr unbekannt. Es ist Unto Patala. Du hast dir mit ihm ein Radrennen geliefert, das du bestimmt noch nicht vergessen hast. Der Mann hatte fast drei Promille im Blut, und den Spuren nach hat ihn jemand vorwärts und rückwärts überfahren. Was machen wir jetzt?«

»Darf ich dir den Nacken massieren?«, schlug Kuhala noch einmal vor.

# 20

Der Didgeridoospieler mit den Rastalocken und den altmodischen Hippieklamotten saß auf dem Pflaster und blies in sein Instrument. Man hörte nichts. Er wiegte sich in Zeitlupe von rechts nach links, als ziehe er eine Levitation in Betracht. Die Erosion der Jahre hatte sein Gesicht angegriffen, und die in alle Richtungen irrenden Augen wiesen die Krebsfleischrötung des Kiffers auf. Ein Wunder, wenn der Typ nicht zu Hentes und Uupes Stammkundschaft gehört, dachte Kuhala boshaft. Neben der Schlange vor einem Geldautomaten wurde für Notleidende gesammelt, und nur wenige Schritte weiter verkaufte jemand südamerikanischen Ohrschmuck, bis ein Klarinettist, der aussah, als hätte er in der Regel das Mundstück einer Schnapsflasche an den Lippen, an die Reihe kam, um falsch ein Volkslied in die von Sonnencreme, Duftstoffen und Schweiß durchwehte Sommerluft zu dudeln.

Alle fühlten sich wohl in der Fußgängerzone, es wimmelte vor Leben, aus den Kleidergeschäften, die auf Räumungs-, Sommerschluss- und Schockniedrigpreisverkäufe setzten, strömten die Leute und warfen sehnsuchtsvolle Blicke auf die Bierhähne der Terrassen, aber es gab keine freien Plätze.

Kuhala erschrak, als er inmitten all dieses Lichts und Ferienlebens das aschgraue Gesicht von Kati Ojanen erblickte.

Die Tränke, an der sie sich niedergelassen hatte, war mit

einem Plastikzäunchen abgetrennt, die Sonnenschirme zierte die Reklame eines Wodkaherstellers.

Ein dicker Mann hatte sein Hemd ausgezogen und rieb sich mit einem Eiswürfel den verbrannten Nacken, wobei er Streit mit seinen Tischnachbarn suchte. Als ihm das nicht gelang, ging er dazu über, mit seinen Errungenschaften zu prahlen. Kuhala bestellte ein Mineralwasser und wünschte sich, die Hitze möge nachlassen, denn sie machte ihn ungeduldig, und außerdem war es ihre Schuld, dass bei gewissen Leuten die ansonsten mit Ach und Krach im Zaum gehaltene Selbstgefälligkeit aus dem Ruder lief und in unkontrollierten Radau ausartete. Eine gute alte Regenwoche, wie man sie aus den Sommern der Kindheit kannte, hätte dafür gesorgt, dass der fette Angeber sein Hemd wieder angezogen und das Maul gehalten hätte. Kuhala war gezwungen, am Tisch des Mannes vorbeizugehen: Er besaß einen Drei-Liter-Mercedes, einen Millionentraber und ein Wasserflugzeug.

Kati Ojanen schien außer ihrer Trauer gar nichts mehr zu haben.

Ihr Händedruck war nur noch eine flüchtige Berührung, und es hatte den Anschein, als hätte es sie die letzten Kräfte gekostet, sich für die Stadt zurechtzumachen. Kuhala wusste nicht, was er sagen sollte, dennoch sprach er der Frau noch einmal sein Beileid aus und erkundigte sich, wie sie und ihr Mann es bislang verkraftet hätten.

»Suvi hatte ihr Leben noch vor sich. Ich schlafe nicht mehr. Ich versinke höchstens für eine Stunde oder zwei in leichten Halbschlaf. All die Jahre und Erinnerungen ... kann man darüber je hinwegkommen?«

Kuhala legte seine Hand auf die Hand der Frau und sagte, eine so kurze Zeit könne den Schmerz sicherlich nicht lindern, aber irgendwie müsse man versuchen weiterzuleben. Er fragte sich, was ihn dazu brachte, ausgerechnet einen Satz aus der billigsten Abteilung seines Banalitätenvorrats zu wählen, verzieh sich aber, konnten es die Pfarrer denn besser?

Die Frau zog ihre Hand weg und schob das Weißweinglas an den Tischrand. Sie schien sich nicht sonderlich darum zu scheren, ertappt zu werden, sondern steigerte ihre Dosis sogar noch mit dem Flachmann aus ihrer Handtasche.

Ein langsamer Zug leerte das Glas, die Lippen spannten sich. »Ich habe dieses Treffen vorgeschlagen, weil Sie mir damals, als wir uns das letzte Mal sahen, versprachen, mir zu helfen.«

»Was soll ich für Sie tun?«, fragte Kuhala, das Schlimmste ahnend.

»Ich will, dass Sie Suvis Mörders schnappen.«

Kuhala sah der Frau in die Augen, die nicht nur vor Trauer schwer waren, sondern auch durch die vertrackte Chemie von Beruhigungsmitteln, Schlaftabletten und Alkohol. Wie winzig kamen Kuhala daneben seine Scheidungsprobleme vor, wie weit weg wirkte der Sommerurlaub mitsamt der Reise nach Prag, die er wahrscheinlich abblasen musste.

Er nahm den Auftrag jedoch nicht sofort an; die richtigen Worte dabei zu finden fiel ihm ebenso schwer wie kurz zuvor. »Das kann dauern, und ich ...«

»Nicht die Polizei hat Suvi gefunden, sondern Sie haben das geschafft. Die Polizei wird auch ihren Mörder nicht finden. Aber Sie werden es schaffen.«

»Entschuldigen Sie, aber das halte ich für eine etwas zu gewagte Logik. Soweit ich weiß, stehen der Polizei bei den Ermittlungen die besten Kräfte zur Verfügung. Und es war schon die Summe ziemlich vieler Zufälle, die dazu geführt hat, dass ich Ihre Tochter gefunden habe. Damit will ich nicht sagen, dass ich nicht mein Bestes versuchen würde.«

»Ich verlasse mich auf Sie. Was haben Risto, Ville und ich sonst noch? Außerdem sind mir alle möglichen schmutzigen Gerüchte zu Ohren gekommen.«

»Welche Gerüchte?«

»Dass wir ... Risto und ich ... etwas zu verheimlichen hätten.«

»Wer setzt denn so etwas in Umlauf?«, fragte Kuhala, obwohl er wusste, dass alle möglichen Müllhaldenversionen automatisch Schwung bekamen, wenn sich die Lösung eines solchen Falles in die Länge zog.

Wer sie in die Welt gesetzt hat, ist ebenso schwer zu ermitteln wie der Mörder, zumal die Gerüchte in den Mündern der Leute zur Schwadronade aufquollen, sich selbst nährten und dann von Viertel zu Viertel weiter ausbreiteten wie urbane Legenden – bis schließlich die Sensationsblätter nach dem Köder schnappten und die Menschen weiter in ihrem Glauben stärkten: Was hab ich gesagt?!

»Ich würde Ihnen einen Rat geben: Wenn es sich lohnt, etwas zu vergessen, dann die Gerüchteküche.«

»Das stimmt wohl. Allmählich lese ich in den Gesichtern der Leute alles Mögliche. In den Gesichtern fremder Leute, die mit Sicherheit nicht einmal wissen, wer ich überhaupt bin.«

Plötzlich begriff Kuhala, dass Kati Ojanen angefangen hatte zu stammeln und womöglich auf der Stelle zusammenbrechen würde, falls sie noch einen Schluck zu sich nahm. »Geht es Ihnen schlecht?«

»Na, gut jedenfalls nicht«, sagte sie mit dünner Stimme und lächelte Kuhala an, als wäre sie kurz davor, die Kontrolle über ihre Gesichtsmuskeln zu verlieren. Sie verzogen sich und zitterten, das Weinen presste die Schultern zusammen.

Der Lautsprecher vom Nebentisch dachte daran zurück, an einem Abend, an dem er sich ein bisschen amüsieren wollte, so viel Geld aus dem Fenster geschmissen zu haben, wie ein Normalbürger im Monat verdiene. Seine Großtuerei war so unglaublich, dass Antikainens Selbstlob dagegen wirkte wie gesundes Selbstvertrauen.

»Ich versuche mich zu erinnern, was an dem Morgen meine

letzten Worte an Suvi gewesen waren, aber es fällt mir nicht ein. Ich weiß auch nicht mehr, was Suvi gesagt hat. Wird dieser Tag einfach so in Vergessenheit geraten? Und danach alle anderen Tage auch? Warum bestraft man uns mit dem Geschenk des Lebens, wenn wir es doch zurückgeben müssen? Alles ist Betrug«, gab sie undeutlich von sich und versuchte, ihren lallenden Monolog aufrechtzuerhalten, indem sie erneut den Flachmann zum Vorschein brachte.

Kuhala griff ein. »Ich kann Sie nach Haus fahren. Ich glaube, es ist am besten, wenn Sie sich ein bisschen ausruhen.«

Er half ihr auf die Beine und führte sie aus der Plastikeinfriedung hinaus, im Ohr die Lautsprecherdurchsage des Angebers zum Thema Geldanlagen, die es ihm ermöglichten, seine Angelegenheiten bei Hummer und Champagner zu regeln. Wahrscheinlich war der Mann im nüchternen Zustand einer von denen, die sich mit gebrummten Zwei-Wort-Sätzen begnügten und durch nichts auf der Welt dazu bewegt werden konnten, vor dem Ende ihres Urlaubs auf die Bremse zu treten, sondern sich die Feineinstellung für die Tugenden des anständigen Lebens erst über den Umweg einer Entziehungskur holen mussten.

Einen Moment lang stand Kuhala wieder dicht vor einem Abstinenzgelöbnis, vergaß es aber, noch bevor er sein Auto erreicht hatte.

Kati Ojanen öffnete das Fenster einen Spaltbreit und wandte sich mit starrem Blick Kuhala zu, als dieser an der Kreuzung von Kilpisenkatu und Yliopistonkatu anhalten musste. Jogger trabten über die Laufstrecke am Stadtberg, auf den Grünflächen lagen Sonnenanbeter. Ein Frevler hatte im Springbrunnen an der Nero-Treppe eine Flasche Spülmittel ausgeleert, das jetzt eine gewaltige Schaumwolke bildete. Die Zuckerwatte, die sich davon löste, stieg in höhere Sphären auf und schwebte davon, um die ohnehin schon von Abgasen schwer geprüften Blüten am Ende der Fredrikinkatu zu verbrennen.

»Entschuldigung. Ich falle Ihnen nur zur Last«, stammelte Kati Ojanen.

»Nein, überhaupt nicht. Schon gut.«

»Ich hätte nicht in die Stadt fahren sollen. Ich bin krankgeschrieben, Risto und Ville sind zum Sommerhaus meines Schwiegervaters gefahren. Wir sind nicht fähig, gemeinsam zu trauern, und was habe ich Ville schon zu sagen, wenn er mich fragt, wie es ist, wenn man stirbt, und warum Suvi keine SMS aus dem Himmel schickt, wo es da oben doch die Satelliten gibt, mit denen die ganzen Nachrichten versendet werden?«

Auf dem leeren Grundstück in der Pyssymiehenkatu schienen die Herkulesstauden seit dem letzten Mal noch mehr Fläche erobert zu haben, und im Gegensatz zur übrigen Vegetation schienen sie die Hitze nicht übel zu nehmen, sondern reckten ihre Stängel munter in die Höhe. Über den Dächern flimmerten Fata Morganas, der Rasen im Garten der Ojanens war gelb verbrannt.

Kati Ojanen stieg aus und bat Kuhala, mit hineinzukommen. »Sie können sich noch einmal in Suvis Zimmer umsehen, vielleicht nützt es etwas. Wir haben nichts angerührt.«

Als Kuhala vor dem Haus wendete, wusste er nicht einmal, ob er versprochen hatte, sich um den Fall zu kümmern oder nicht. Morde waren nicht sein Gebiet, aber jetzt schienen sie sich von allen Seiten aufzudrängen.

Die Frau nutzte die Gelegenheit und suchte nach dem Flachmann. Ihre dünne Gestalt zeichnete sich zitternd vor der Garage ab.

Im Haus war es still. Beileidsblumen ließen in den Vasen die Köpfe hängen, und der ungeordnete Stoß von Trauerkarten auf dem Küchentisch zwang Kuhala zum Schlucken. Die Kerzen rechts und links neben dem schwarz gerahmten Bild von Suvi waren zu Stearinklumpen abgebrannt, in der Ginflasche auf der Spüle war noch ein Viertel übrig, und als Kuhala sich erinnerte, beim letzten Besuch dort Likör gesehen zu haben, war ihm endgültig klar, wie Kati Ojanen mit dem Kummer umging.

Vielleicht hatte ihr Mann die Sauferei nicht mehr mitansehen können und darum beschlossen, mit dem Jungen wegzufahren.

Der überzuckerte Artikel über die veredelnde Wirkung der Trauer, den Kuhala einmal im Friseurstuhl gelesen hatte, erwies sich nun als genauso verdächtig, wie er es damals schon empfunden hatte – warum schrieb niemand über die mit Gin veredelte Trauer?

Kati Ojanen knallte den Flachmann auf die Spüle in Erwartung einer Auffüllung, dann drehte sie sich mit hilflos ausgebreiteten Armen zu Kuhala um. »Das wird nicht im Handumdrehen leichter. Egal, wo ich hingucke, sehe ich Suvi. Und die ganze Zeit habe ich das Gefühl, dass sie einkaufen gegangen oder mit Ville draußen ist und jeden Moment dort durch die Tür hereinkommt. Und dann löst sich meine Trauer auf wie ein Traum. Und alles ist wieder wie zuvor. Wir sitzen am Küchentisch und reden über die normalsten Dinge der Welt ... und lachen.«

Ein Schluchzen entfuhr ihr. Sie hatte auf dem Weg in die Küche ihre Schuhe fallen lassen, sie lagen staubig auf der Schwelle, als wären sie dort vor Zeiten vergessen worden.

Kuhala konnte Kati Ojanen gerade noch auffangen, bevor sie zusammenbrach. »Ich helfe Ihnen auf die Couch.«

»Aus diesem Traum kann man nicht erwachen.«

Die Frau wog so gut wie nichts. Kuhala legte eine Decke über ihre Beine und schob ihr ein Kissen unter. Auf dem Glastisch im Wohnzimmer waren weitere Fotos der verstorbenen Tochter aufgestellt, vom Strampelhosenalter bis in die letzten Jahre.

Der Inhalt eines umgekippten Glases hatte einige Fotos verklebt, die Flasche Moltebeerenlikör neben einem Tischbein war zur Hälfte ausgetrunken. Der Troubadour auf dem Etikett zupfte mit schiefer Mütze an seiner Laute, seine Koketterie passte schlecht zur Atmosphäre.

Die Frau drehte sich auf die Seite, und die Decke fiel zu Boden. Aus ihrem Mund drang leises Schnarchen.

Kuhala richtete sich auf und dachte, dass er Kati Ojanen nicht alleine lassen konnte, dass sie professionelle Hilfe brauchte. Wenn es so weiterging, konnte sich ihr Mann auf eine zweite Trauerfeier in diesem Sommer gefasst machen.

Im Bücherregal standen ein altes Lexikon, Reisesouvenirkitsch und zwei Werke eines kürzlich in Mode gewesenen Lebenshilfejongleurs, die lehrten, dass jeder Mensch mit seinen Gaben auskomme, wenn er sich nur an sie erinnerte. Schon am Morgen konnte man inneres Heldentum in sich finden, man musste nur daran denken, es zwischen Rasur und Kaffeekochen hervorzuzaubern.

Kuhala erinnerte sich an den Scherz vom inneren Antiheldentum, den Tatu in dem Zusammenhang lanciert hatte, und musste schmunzeln. Dann drehte er sich um. Der Vorhang an der Terrassentür bewegte sich kaum merklich, und erst jetzt fiel Kuhala auf, dass die Tür offen stand.

Falls man in dieser Gegend keine Angst vor Unbekannten haben musste, war es die letzte Heimstätte des Friedens in Jyväskylä.

Kati Ojanen schluchzte und jammerte im Schlaf. Eine Träne rollte ihr über die Wange und fiel auf das Ohr des Teddys, der am Rand der Couch lag. Kuhala erinnerte sich, den einäugigen Teddy bei seinem letzten Besuch auf einem Bord neben der Treppe gesehen zu haben, wo er bekümmert und mit aufgerissenen Nähten gehockt hatte, als wüsste er schon, dass Suvi nie mehr wiederkehren würde. Die Vorstellung von der benommenen Frau, die das Lieblingsstofftier ihrer Tochter im Arm hielt und ihm in dem leeren Haus wirres Zeug ins Ohr flüsterte, war für Kuhala fast zu viel. Er trocknete der Frau die Tränen und setzte den Bär so hin, dass er nicht auf den Boden fallen konnte.

Dann schloss er die Terrassentür und ging die Treppe in den ersten Stock hinauf.

Kati Ojanens Behauptung, dass niemand in Suvis Zimmer etwas angerührt habe, schien auch wirres Zeug gewesen zu sein.

Jemand hatte hier etwas mit beiden Händen angerührt, und zwar ohne Scheu und im Akkord. Jemand hatte etwas gesucht, aber das konnte nicht die Polizei gewesen sein, denn Kuhala war ehemaliger Polizist und wusste, dass selbst die Stierschädel der Zunft ein Trauerhaus respektierten und über Grundkenntnisse der Hausdurchsuchung verfügten.

Es war auch schwer zu glauben, dass die Frau, die an ihrer Trauer fast erstickte, so weit gekommen war, ihr Schicksal auf diese Art zu verfluchen. Sie hätte schlicht und einfach nicht die Kraft gehabt, alles derart durch die Gegend zu schmeißen. Kuhala war sich nicht einmal sicher, ob Kati Ojanen es noch schaffen würde, Treppen zu steigen.

Alle Bücher waren auf den Boden geworfen worden, die Kleider aus den Schränken bildeten in den Ecken Haufen, wo ihnen CDs, Make-up-Döschen und sonstiger Kleinkram, wie ihn junge Frauen besitzen, Gesellschaft leisteten.

Laptop, 21-Zoll-Fernseher und Stereoanlage waren so brüsk zwischen die anderen Sachen gestoßen worden, dass es wie das Werk eines Frustrierten wirkte, der nicht findet, was er sucht. Die vom Bett gerissene Matratze und das übrige Bettzeug waren immerhin von dem Aufschlitzen verschont geblieben.

Außer Frustration war bei dem Wüten auch reichlich Hast im Spiel gewesen. Kuhala stieg über Haufen von Sachen hinweg, um näher ans Fenster zu gehen. Er roch etwas, das er nicht näher bestimmen konnte, das aber nicht zu den Gerüchen des Hauses gehörte.

Er überlegte, ob es sich um Rasierwasser, ein Deodorant, Testosteron oder eine Mischung aus allen dreien handelte, aber er kam nicht darauf, ebenso wenig konnte er sagen, ob er den Geruch schon einmal irgendwo in der Nase gehabt hatte. Er war irgendwie männlich.

Vielleicht war es der ungewaschene Geruch der Angst.

Oder der Geruch der Panik, wenn der Stress überhandnimmt.

Kuhala zog den Vorhang zur Seite und lugte durch das offene Fenster auf die Feuerleiter, über die der Eindringling entkommen war. Das musste nicht unbedingt länger als einige Minuten her sein, und der Fluchtweg war die Notvariante, denn ursprünglich war offenbar die Terrassentür als Ausweg vorgesehen gewesen.

Auf dem ausgelaugten Rasen sah man eine Gartenmöbelgarnitur aus Rattan, eine Wäschespinne und Ville Ojanens großen Plastiklaster mit gelber Kippe, der leicht ramponiert aussah, als hätte sein Fahrer mal zu sehr aufs Gaspedal getreten oder als wäre ihm einer reingefahren. Bei dem Spielhäuschen aus Kunststoff hatten sich die Heringe gelöst, es war umgekippt, und auf dem Rasen sah man die Eindrücke.

Eine deutlichere Turnschuhspur konnte man lange suchen. Die Spitze wies nach vorne, weg vom Haus. Es war der Abdruck eines trainierten Mannes.

Hinter Ungarischem Flieder, Ebereschen und zwei Rhododendronbüschen schimmerte ein Streifen des Nachbarzauns hervor. Dahinter wohnte der Nachbar, der in seiner Freizeit Marathon lief. Pentti Närhi. Kuhala blickte in die Richtung und dachte an seinen Besuch bei dem Mann zurück.

Kati Ojanen saß auf dem Fußboden und wiegte den Teddybär, in ihren Augen lag die Glasur des totalen Unverständnisses, die Wolldecke, die ihr über Kopf und Schulter gerutscht war, ließ sie wie eine Bettlerin erscheinen.

»Kurz bevor die Tränen kommen, gib mir nur ein Zeichen ohne Worte«, sang sie und drückte den Teddy an die Wange.

# 21

Pentti Närhi machte an einem selbst gebastelten Reck unter einer Linde Klimmzüge in flotten Serien zu fünf Stück. Sein Fitnessprogramm wirkte gnadenlos, denn das Quecksilber musste sich sogar im Schatten den dreißig Grad nähern. Die virtuelle Wirklichkeit der Laufbandgarage war geschlossen, für das Spitzenresultat, das auf der Wurfscheibe am Garagentor erzielt worden war, hätte man bei jedem beliebigen Kneipenturnier einen Pokal abgeräumt, aber Närhi war ein Mann, der sich in Kneipen nicht wohlfühlte, weil er sich die Unsterblichkeit zum Ziel gesetzt hatte.

Dafür brauchte man Muskeln, dafür brauchte man Flechsen und eine Serie Kraftübungen nach der anderen. Dafür musste man unendlich viele Kilometer an Landstraßen entlanglaufen, und Kuhala mochte gar nicht daran denken, wen Närhi sich als geistiges Vorbild gewählt hatte.

Er war sich nämlich sicher, dass die Filmkollektion in der Garage auch die eine oder andere Spule von Leni Riefenstahl enthielt.

Kuhala musste wieder eine Trainingseinheit des Mannes unterbrechen, allerdings würde das jedem passieren, der zu einer beliebigen Tageszeit dort eindrang.

Die grüngelben Laufschuhe lagen am Fuß der Linde, auf dem Hemd, das an einem unteren Ast hing, stand der Name einer Universität jenseits des großen Teichs. Verdammte Hacke, der

Mann war eine Maschine! Seine Rückenmuskeln zeichneten sich unter der gebräunten Haut ab wie auf den anatomischen Bildern der Volksaufklärung, in denen Kuhala bei Hente und Uupe geblättert hatte. Über den inzwischen kahl geschorenen Schädel liefen Adern, die von der Anstrengung an die Oberfläche gebracht wurden.

Kuhala räusperte sich.

»... zwei, drei, vier, fünf ...«

Von seiner Stelle aus konnte er das offene Fenster von Suvi Ojanens Zimmer erkennen.

Kuhala räusperte sich noch einmal, vermutete aber, dass der Mann erst aufgeben würde, wenn er einen Wurfpfeil in den Rücken bekäme. Schließlich ließ Närhi aber doch los und landete auf der Erde wie eine Wildkatze, worauf er Kuhala einen unerforschlichen Blick zuwarf.

»Sie schon wieder.«

»Entschuldigung. Ich will nicht lange stören.«

Der Mann lockerte die Arme und zog seine Hose aus, ohne dem Anliegen des Besuchers Beachtung zu schenken. Er wirkte konzentriert und in sich gekehrt, als lausche er unentwegt seinem Organismus, für den Fall, dass etwas nicht stimmte und er aus seiner Sammlung von Übungen eine besonders raffinierte auswählen musste, mit der sich der Fehler beheben ließe.

»Hier ist nicht gerade zufällig jemand durchgegangen?«

»Hier? Wie hier? Durch meinen Garten?«

»Genau.«

»Hier geht niemand einfach so durch.«

»Bestimmt nicht. Aber bei den Ojanens, hat sich jemand unerlaubterweise aufgehalten, und ich dachte, vielleicht wissen die Nachbarn etwas.«

»Ich weiß nichts. Sonst noch was?«

Närhi schien den Reigen des sozialen Lebens vor so langer Zeit hinter sich gelassen zu haben, dass die Begegnung mit Kuhala über seine Kräfte ging. Splitternackt, mit Kugelkopf und strammen Muskeln, erinnerte er an den Angehörigen eines wilden Stammes, der gern mit sich alleine ist, Selbstgespräche führt und sich schließlich an eine Askese gewöhnt, der die Süßspeisenabteilungen der Kochsendungen als Inbegriff der endgültigen Vernichtung galten.

Kuhala wurde langsam sauer. Er konnte den Mann eigentlich nicht ertragen, und die Hitze reduzierte seine Belastungsfähigkeit. Er holte sich Närhis Laufschuhe, während dieser den Gartenschlauch am Sockel des Hauses an den Hahn schraubte und sich abspritzte.

»Ich bin gerade durch den Garten der Ojanens gegangen und habe ein bisschen nach Spuren geschnüffelt. Gehört zu meinem Job. Da ist jemand über Ihren Zaun aufs Grundstück gelangt, ohne Zweifel. Und da ich nicht annehme, dass jemand über Ihr Grundstück geht, ohne dass Sie es bemerken, bleibt nur eine Möglichkeit.«

Närhi begoss seinen in die Jahre gekommenen hellenischen Körper und spuckte Wasser, doch Kuhala erkannte trotzdem die Zornesfalten, die sich in die Stirn gruben. Es waren zwei, in den Augen darunter glomm die Wut, die sich aber schnell in fahle Unfreundlichkeit verwandelte.

»Stellen Sie die Schuhe hin. Sie haben keine polizeilichen Befugnisse, Sie haben keinerlei staatliche Befugnis, auf mein Grundstück zu kommen.«

Kuhala drehte die Adidas-Schuhe um und zeigte die Sohlen. »Sie hatten es anscheinend eilig, auf die eigene Seite zu kommen. An dem einen Schuh hängen noch Reste vom Suhlen in Ojanens Garten. Einen hastigen Streifen vom selben Mulch sieht man auch auf Ojanens Seite vom Zaun. So gelenkig, wie Sie sich einbilden, sind Sie nicht mehr. Wie heißt noch mal der Film, in dem Burt Lancaster sich noch mit fünfzig einbildet, ein junger Kerl zu sein, und eines Tages bloß in Badehosen durch sonnenbeschienene kalifornische Gärten tigert? Na ja, der Name spielt auch keine Rolle, aber der Film ist ziemlich tragisch. Es dauert nicht lange, bis der gute Burt sich eine Oberschenkelzerrung zuzieht, obwohl er so unschlagbar aussieht.«

»Verziehen Sie sich, und veranstalten Sie Ihr Quiz woanders. Ich kenne mich mit Filmen nicht aus, aber ich hole mir keine Zerrung.«

Närhi fuhr die Gliedmaßen aus und schnappte sich die Schuhe. Dabei rutschte ihm der Schlauch aus der Hand und spuckte wie eine Schlange Wasser auf Kuhalas Fußgelenke. Der Detektiv erachtete es nicht der Mühe wert zu fliehen, denn es erfrischte, so wie Närhis Anblick erfrischte. Die athletische Allmacht des Mannes begann schon bei Kleinigkeiten zu bröckeln, jetzt, da der Minutenfahrplan seines Trainingsprogramms wegen eines unnützen Wortwechsels über den Haufen geworfen wurde.

Unter der braunen, durchscheinenden Kopfhaut prallten die Gedanken gegeneinander, und die Summe schlechter Alternativen drohte jede Erklärung zu blockieren.

Er zog seinen Sportdress über und schlüpfte in die Schuhe. »Ich muss Ihnen gar nichts erklären. Verziehen Sie sich, bevor ich ...«

»Bevor was? Übrigens, als ich eben aus der Nähe zugeschaut habe, wie Sie sich abrackern, war mir, als hätte ich genauso eine Wolke geschnuppert wie in Suvis Zimmer. Gewürzt mit dem Versagen des Deos und vielleicht auch etwas anderem. Der Cocktail ist so stark, der geht einfach nicht weg, schon gar nicht bei der Hitze.«

»Scheißdreck.«

»Ich habe eine kleine Bodenprobe genommen, die kann ich der Polizei rüberschieben. Ich hab da Beziehungen, und das Profil der Schuhe hier kann man leicht mit dem Abdruck im

Nachbargarten vergleichen. Was haben Sie in Suvis Zimmer gemacht? Das Mädchen ist ermordet worden. Sie haben beim letzten Mal doch gesagt, am wenigsten auf der Welt interessierten Sie sich für das, was Ihre Nachbarn tun. Und jetzt sind Sie dabei erwischt worden, wie Sie in Suvis Zimmer alles durcheinandergeworfen und im Garten den Laster ihres kleinen Bruders umgetreten haben.«

»Verdammter Scheißdreck!« Närhi ließ seine maskulinen Zauberformeln erklingen und machte ein paar Dehnübungen, die aber zu hastig ausfielen.

Seine geistige Brustwehr schien Kuhalas Stochern nicht standzuhalten.

Und plötzlich flüchtete, er ohne ein Wort zu sagen, vom Grundstück.

Kuhala zog sein Hemd aus und benetzte seinen Oberkörper mit dem Schlauch. Seine Bauchmuskeln waren unter Lebensstandarddünen vergraben, und er war fest davon überzeugt, dass schon ein einziger Klimmzug bei dieser Wetterlage schicksalhaft enden würde.

Kurz vor der Trabrennbahn holte er Närhi ein und kurbelte das Seitenfenster seines Corolla herunter. »Wir waren noch nicht fertig. Sie sind mittendrin einfach weggerannt, und wenn ich mich nicht irre, haben Sie sogar die Tür offen gelassen, obwohl in der Gegend alle möglichen Typen herumschleichen.«

»Sie können gar nichts beweisen. Aussage gegen Aussage. Sie verlieren.«

»Suvi wird doch nicht morgens in so spärlicher Bekleidung das Zimmer ihres Fensters geöffnet haben, dass sich der Charakter Ihres Marathontraums geändert hat?«

»Scheißdreck, totaler Scheißdreck, ich hab ein reines Gewissen«, leierte Närhi herunter.

»Ein bisschen scheint es sich aber doch geregt zu haben, das

Gewissen, sonst hätten Sie nicht die Gürteltasche mit der Trinkflasche neben der Schubkarre im Garten liegen lassen. Ein alter Hase wie Sie sollte eigentlich wissen, was man bei so einem Wetter zum Joggen mitnehmen muss«, stichelte Kuhala und hielt dem Läufer das vergessene Zubehör hin.

Närhi spuckte aus und nahm, was ihm gehörte. Der Motor des Corolla mochte es nicht, so untertourig vor sich her zu grummeln, prompt fing der Zeiger der Temperaturanzeige an zu klettern. Kuhala merkte, dass Närhi kein bisschen außer Puste war, aber das wäre in diesem Stadium auch unpassend gewesen, denn der Mann wollte mit Sicherheit bis nach Petäjävesi und wieder zurück rennen.

Aus den Gärten der Eigenheime glotzte man dem seltsamen Gespann hinterher, die motorisierten Rasenmäherdivisionen brüllten dazu. Es sah aus wie ein intensiver Kontakt zwischen Trainer und Sportler, aber bei dem Wortwechsel wurde weder auf den Steigwinkel des Schritts eingegangen noch darauf, welche Tinktur am Abend in die Adern gedrückt werden sollte. Kuhala meinte, Wortkargheit sei jetzt die schlechtestmögliche Wahl. Im Gegenteil, es würde sich lohnen, das Reden zu üben, für die Verhöre auf dem Polizeipräsidium.

»Und das Joggen da ist auch schlecht gewählt. Glauben Sie, Sie können so entkommen?«

Pentti Närhi bildete sich tatsächlich ein, er könne entkommen, denn er war in die Welt geworfen worden, um zu laufen. Er trabte Hunderte Kilometer, nein, Tausende. Mit ökonomischem Schritt hoppelte er bei zwanzig Grad minus und bei dreißig Grad Hitze seines Weges – bei Regen, bei Wind und Wetter hämmerten seine betonharten Fußsohlen auf den Randstreifen der Straße, und selbst wenn Hagelkörner in der Größe von Bügeleisen vom Himmel fielen, hörte er nicht auf zu laufen. Mütze ins Gesicht gezogen, das Stirnband straff, die Jacke um die Hüfte gewickelt, das Hemd nass und im Ohr das

Schwappgeräusch aus der Trinkflasche. Und das Zischen, wenn die Autos im Vorbeirauschen mit Matsch werfen.

Bildete sich Kuhala ein, leicht mit einem Mann fertig zu werden, der seine mit Prokuristenhandschrift kalligrafierten Trainingstagebücher seit den 60er-Jahren in Sämischledereinbänden archivierte? Bildete sich Kuhala ein, leichtes Spiel mit einem zu haben, der wusste, dass er schon mehr als zweimal um den Globus herumgelaufen war?

»Einigen wir uns darauf, dass Sie mir den Grund Ihres Besuchs in Suvis Zimmer nennen. Lassen wir die Polizei außen vor. Vorerst zumindest.«

Kuhala machte sich wegen des Zustandes von Kati Ojanen Sorgen und dachte schon daran aufzugeben, weil der Mann, der neben ihm hertrabte, allmählich in die Katatonie des Marathonläufers absank. Das war nicht der beste Zustand, um Dinge zu klären, er beschleunigte den Stoffwechsel und verriegelte die Zunge erst recht. Es würde auch später noch Zeit dafür sein, und eigentlich hatte Kuhala auch gar keine Lust zu drängeln.

Plötzlich machte der Corolla einen Ruck und blieb stehen. Närhi kam zu sich und sprang mit einem Satz über die Motorhaube. Er rannte schräg über die Straße auf den leeren Parkplatz der Trabrennbahn zu.

Kuhala fluchte und drehte am Zündschlüssel. Man hörte ein Zischen, und gleich darauf stieg unter der Motorhaube Dampf auf wie aus dem Fischsuppenkessel beim Mittsommerfest am Nuotta-Teich.

Der Privatdetektiv stieg aus und band sich das Hemd um die Hüften, worauf er in die Provinzvariante einer Katatonie verfiel, aufgrund des Umstandes, dass Pentti Närhis dreister Satz eine Delle Größe 43 mitten auf der dampfenden Motorhaube hinterlassen hatte.

Wo er hintrat, ruinierte der Mann das Eigentum anderer Leute und bildete sich dann ein, sich laufend aus der Verantwortung stehlen zu können. Das war zu kindisch, das hatte eine Lektion verdient.

Kuhala rannte hinterher. Er trug Shorts und enge Sandalen, die sich seit den Sommern der 90er-Jahre den Füßen ihres Besitzers angepasst hatten wie angegossen. Kühn rechnete er sich aus, dass Närhi zwar eine Maschine war, aber doch eine schon recht bejahrte und all zu empfindlich eingestellte, um die Störung von eben zu vertragen. Nicht mal ein Verrückter brach direkt nach den Klimmzügen zum Joggen auf, mitten in der Krafttrainingsphase.

Andererseits: Welcher Verrückte rennt nach jahrelanger Pause und mit sattem Übergewicht und auch noch bei dieser Hitze einfach los? Kein anderer als Otto Kuhala. Er war wütend, und das beflügelte seinen Schritt zumindest bis zum Rand des Parkplatzes, der ungefähr so groß war wie das Kalahari-Becken. Nach knapp zweihundert Metern stach es in der Brust, und der Klumpen, der sich in der Kehle festgesetzt hatte, verkomplizierte das Atmen.

Zornig dampfte der Corolla am Straßenrand, der streikende Motor pfiff aus dem letzten Loch, wie sein Besitzer.

Von links, von der Rennbahn her, näherte sich ein Pferd mit Sulky und zog eine dichte Staubwolke hinter sich her. Kuhala hob den Daumen. Soweit er von diesen Dingen etwas verstand, handelte es sich bei dem Pferd um eine Stute. Sie hatte eine weiße Mähne, gestriegeltes Fell, eine breite Stirnblesse und von den Jahren auf der Rennbahn strapazierte Knubbelknie. In den feuchten Pferdeaugen schimmerte ein trauriger Blick, als ginge es bereits in Richtung Wurstfabrik.

Auf dem altmodischen Sulky mit Gummirädern saß eine kräftig gebaute Frau mit Helm. Wegen des Staubs und der Sonne war ihr Alter schwer zu schätzen.

Humor hatte sie aber, denn sie hielt das Pferd an. »Probleme?«

»Ich bin Gefängniswärter und habe einen Häftling zur Beerdigung eines Verwandten begleitet. Aber er ist mir entwischt, als das Auto kaputt ging. In die Richtung dort. Würden Sie mir Amtshilfe leisten? Der Mann ist gut im Rennen, ich aber nicht. Wie ist es mit dem Pferd?«

Die Frau deutete auf den Platz neben sich. Man konnte da nicht richtig sitzen, wenn man nicht mutig die Beine über den Rand hängen ließ. Das Pferd gehorchte der Lenkerin in einer Weise, die auf jahrelange Zusammenarbeit schließen ließ, und beschleunigte mit wehender Mähne in einen so schnellen Trab, dass der Parkplatz im Nu überquert war. Kuhala hielt sich am Rahmen des Sulkys fest, kein Wort wurde gewechselt.

Die Hinweisschilder auf die Sechs- und Zehnkilometerstrecke wiesen in dieselbe Richtung, der Weg war breit und führte auf eine Anhöhe hinauf. In der anschließenden Senke unten war Närhis Langläuferrücken zu erkennen.

Kuhala deutete auf den Mann, die Frau nickte und sah Kuhala an, als wunderte sie sich ein wenig über die Erklärung mit der Beerdigung.

Die Krähen krächzten, ein einsamer Nordic Walker wurde in Staub gehüllt. Kuhala erwog einen Sprung aus voller Fahrt in den Nacken des Verfolgten, begriff aber im letzten Moment, wie tollkühn das wäre. Der Rausch der Geschwindigkeit hatte kurzzeitig James-Bond-Phantasien in ihm ausgelöst, ein Sprung vom Sulky hätte eine Lähmung der unteren Extremitäten zur Folge gehabt.

»Machen Sie langsamer. Könnten Sie warten, für den Fall, ich dass ich zusätzliche Hilfe brauche?«, rief Kuhala und sprang ab.

Pentti Närhi schien die Situation nicht auf Anhieb zu erfassen. Er versuchte noch einen Sprung über den Graben in den Wald, als er Kuhalas Hand auf der Schulter spürte, sank aber plötzlich kraftlos in sich zusammen und setzte sich neben einem Ameisennest auf einen Baumstumpf. Das Pferd schnaubte und scharrte mit den Hufen in der Erde, die Frau beruhigte es.

»Ich glaube, es ist an der Zeit, zur Abwechslung die Wahrheit zu sagen«, meinte Kuhala. Närhi ließ den Kopf hängen und spuckte zwischen seine Füße. Wenige Schritte hinter ihnen waren die Steine einer Feuerstelle und die Schreckensreste einer Bierfete zu erkennen, Glassplitter inklusive.

»Also?«

»Ich hab das Mädchen nicht angerührt.«

»Aber dafür haben Sie sich in seinem Zimmer rumgetrieben.«

Nähri nahm einen Schluck aus seiner Sportflasche. Er war blass geworden, die Hand zitterte, von dem Konditionswunder war nur noch die grelle Farbe der Laufschuhe übrig. »Das Mädchen hat gesehen, wie ich einmal Wäsche von ihr genommen habe. Mitten in der Nacht.«

»Wäsche? Wann?«

»Anfang des Sommers.«

»Und das ist alles? Haben Sie jetzt nach weiteren Textilien für Ihre kleinen Bedürfnisse gesucht?«

»Nein, ich dachte, sie hätte was darüber in ihr Tagebuch geschrieben, weil sie in dem Alter doch alle Tagebuch führen.«

»Wenn Leute in Ihrem Alter ein Trainingstagebuch führen, sagt das noch nichts über die Tagebücher anderer Leute. Raten Sie mal, ob ich Ihnen auch nur ein Wort glaube. Könnte es nicht sein, dass Sie Suvi ums Leben gebracht haben, weil Sie Angst hatten, die Schande käme ans Tageslicht, und jetzt befürchten Sie, man könnte im Haus etwas gegen Sie finden? Sie hätten eigentlich kapieren müssen, dass es im Zimmer des Mädchens kein Tagebuchversteck gibt, das die Polizei nicht längst entdeckt hätte. Und das arme Mädchen hat doch bestimmt einer Freundin von Ihrem widerlichen Besuch erzählt. Wollen Sie ihren gesamten Freundeskreis abschlachten?«

»Ich bin kein Mörder«, brüllte Närhi.

Die pfeilspitzenförmige Scherbe, die in die Rinde geschlagen worden war, sah gefährlich aus. Wie war es der feiernden Bande nur gelungen, das Buschfeuer, das die nähere Umgebung der Feuerstelle geschwärzt hatte, in Schach zu halten? Durch Pinkeln?

Kuhala zog sein Hemd an und stellte sich vor, wie Närhi in der Unterwäsche des ermordeten Mädchens wühlte. Das war keine besonders reizvolle Vorstellung. »War der Wäscheraub Anfang des Sommers Ihr erster?«

»Ja.«

»Das glaube ich nicht.«

»Also gut, der zweite ... oder der dritte, aber im April habe ich nichts er...«

»...beutet. Leck mich doch. Das wievielte Mal war es?«

»Ein paarmal hab ich's halt gemacht, weil mich so was eben anzieht. Dagegen kann man nichts tun. Suvi war wunderbar.«

»Und nicht einmal mit Ihrem geisteskranken Fitnessprogramm konnten Sie Ihre kleine Perversion in den Griff bekommen. Ich habe auch vorher schon hier und da gehört, wie wunderbar Suvi gewesen ist, und warum sollen junge Frauen es auch nicht sein, aber einer wie Sie sollte doch zumindest so viel Selbstdisziplin aufbringen, dass er die Wäsche in Ruhe lässt. Hätten Sie sich halt Unterhosen per Post bestellt. So mache ich es auch, das Gefühl ist fast echt.«

»Das ist nicht dasselbe.«

»Und ungewaschene Schlüpfer aus dem Internet?«

»Was?«

»Die kriegt man mit Sekreten. Einfach mal ausprobieren.«

Närhi starrte Kuhala ungläubig an und war nahe daran, in Tränen auszubrechen.

»Wo sind Suvis Kleidungsstücke?«

»Die hab ich verbrannt. Ich werde so was nie mehr tun.«

»Gerade haben Sie noch gesagt, man könne nichts dagegen tun.«

Das Pferd wieherte und warf den Kopf nach oben, der Nordic Walker erreichte die Stelle und mochte seinen Weg nicht gleich fortsetzen. Er schien ein Gespräch mit der Frau anzufangen. Eine Motorsäge schrillte im Wald los und erschreckte Pentti Närhi auf seinem Baumstumpf, doch ihm war bereits so viel Kraft aus den Muskeln gesickert, dass er nicht aufstehen konnte, sondern nur schlotterte, als hätte ihn die Malaria gepackt.

»Ich hätte mich nie an so einem wunderbaren Mädchen vergriffen.«

Kuhala führte den Marathonläufer über den Graben zum Pferd und sagte, die nächste Etappe sei das Polizeipräsidium in der Urhonkatu, mit welchen Mitteln er auch immer dorthin gelange.

Die Frau nahm ihren Helm ab und versprach zu helfen, obwohl sie Kuhala inzwischen als Privatdetektiv aus Jyväskylä identifiziert habe. »Über Sie war ein Artikel mit Bild in der Zeitung, im Zusammenhang mit der Schießerei am Tuomio-See.«

»Ich wollte nicht lügen, aber ich dachte, anders geht es nicht.«

Närhi musste auf den Sulky gehoben werden, Kuhala ging nebenher. Das Pferd hieß Karoliina und wurde wegen seines Sonderauftrags so munter, dass es sich nur widerwillig damit begnügte, im Schritt zu gehen. Die heißen afrikanischen Windböen erfrischten den merkwürdigen Konvoi kein bisschen, der bald an Kuhalas zischelndem Corolla vorbeizockelte, anderthalb Kilometer geradeaus weiterzog und nach einem Anstieg den Vorort Savela erreichte, wo die Digitalanzeige am Kraftwerk anzeigte, dass die Temperatur auf sechsunddreißig Grad gestiegen war.

An der Tankstelle bekam Karoliina etwas zu trinken. Die

Frau flocht ihr einen Kranz aus Gänseblümchen von der Böschung. Fitnesssportler Närhi wurde eine Schokoladenwaffel gekauft, die dazu beitrug, dass er aufhörte zu zittern und sich damit begnügte, nur auf dem Karriol zu hängen und sich über sein zurückliegendes Leben zu grämen wie ein Eidbrüchiger, der zur Guillotine verurteilt worden ist.

Sie hätten auch ein Taxi bestellen können, aber irgendwie mochte Kuhala solche Lösungen, dank seines Geltungsbedürfnisses, das er an sich kannte und das bisweilen nun mal das Haupt erhob.

Auch die Frau schien nichts dagegen zu haben, Karoliina in eine neue Umgebung zu führen.

Vielleicht würde sogar ein Pressefotograf auftauchen, und das würde wieder neue Kunden für die Detektei bedeuten.

Das Pferd hatte in seinen rüstigen Jahren stattliche Summen gewonnen und durfte, der Frau zufolge, so lange leben, wie die Kräfte reichten. »Schauen Sie nur, wie sie es genießt, wenn die Leute sie anstarren. Dann erinnert sie sich natürlich an ihre Siege. Tolle Schlussspurts, Applaus von der Haupttribüne. Karoliina!«

Es ertönte ein Wiehern. Nach dem Feuerwehrhügel, zwischen dem Restaurant Mörssäri und der nächsten Ampel, ließ das Pferd ein paar Äpfel fallen, die als süßlich duftende Landmarken auf der Strecke zurückblieben.

Eine wachsende Anzahl urlaubender Städter rief ihnen aus Popel-Opeln wohlmeinende Schelte hinterher oder schleppte Karotten zum Fressen an.

Der eine oder andere erkannte Kuhala, bald kam auch der Name des Pferdes heraus, und schon an der nächsten Kreuzung erschallten Karoliina-Rufe. Auf Terrassen und Balkonen wurde Hurra geschrien, auch wenn niemand wusste, warum eigentlich, und als sie schließlich den Kirchenpark erreichten, schlossen sich der Didgeridoospieler und eine Gruppe weiterer Straßenmusiker an, die Hits von The Mamas and the Papas sangen und mit Tambourinen klimperten.

Die Menge der Kinder, Säufer, Trödler, Musikanten und anderer Müßiggänger war auf fast hundert Personen angewachsen, als sie in die Urhonkatu kamen. Karoliina schüttelte den Kopf und schritt aus wie das Ehrenross bei einer Siegesparade.

Kuhala und die Frau teilten sich den Strafzettel wegen Verkehrsgefährdung und kamen nur durch ein Wunder um eine Anzeige wegen Aufrufs zu einer unangemeldeten Demonstration herum. Pentti Närhi wurde in eine Zelle gesteckt. Er wirkte nicht recht lebensfähig und stritt alles ab. Zum Abschied warf er dem Privatdetektiv einen Blick zu, in den sich der Leidensweg aller auf dem Laufband in der Garage getrabten Kilometer hineingefressen hatte.

Kuhala glaubte nicht, dass sich der Mann des Mordes an Suvi Ojanen schuldig gemacht hatte.

# 22

Tatsächlich stand über die Pferdeprozession am nächsten Morgen eine Meldung von wenigen Zeilen im Lokalteil. Kuhala entdeckte sie, als er im Hof saß und mit dem Löffel die Marmelade über seiner Portion Haferbrei verstrich. Insgeheim war er ein wenig enttäuscht, dass nur Karoliina mit Namen genannt wurde und kein Foto dabei war.

An der Wäscheleine hingen die Unaussprechlichen der lustigen Witwe, was die Gedanken schnell wieder auf Pentti Närhis schmutzige Hobbys brachte. Und plötzlich fiel Kuhala auch sein Corolla wieder ein, der am Straßenrand zurückgeblieben war, und er musste an die Mühe denken, die ihm bevorstand, denn mit Abschleppen war es nicht getan. Es lohnte sich nicht, den Wagen zu reparieren, aber wenn man ihn verkaufte, bekam man bestenfalls tausend Euro dafür. Außerdem musste auf der Stelle ein Nachfolger her, denn die Zeit der Pferdewagen war vorbei.

Die Sonne hatte das Blechdach erklommen und strahlte gnadenlos, in der Zeitung hieß es, das Hochdruckgebiet über Skandinavien sei noch über Wochen hin wie festgenagelt. Die Trockenheit machte allem zu schaffen, was wuchs, außer Hentes und Uupes Cannabiskultur. Kuhala schlug die Seite mit den Leitartikeln auf und führte den Löffel zum Mund.

»Verfluchter Provinzkomödiant!«

Das war kein freundlicher Guten-Morgen-Gruß. Ein Schatten fiel auf den Privatdetektiv, der auf dem Rasen saß und noch so verschlafen war, dass er nicht einmal erschrak, sondern einen zweiten Löffel voll Brei in den Mund schob.

»Pentti Närhi ist durchgedreht und musste in die Klinik gefahren werden.«

Kuhala ließ den Löffel los und drehte sich um. Es war Kriminalkommissarin Annukka Maaheimo. Die Sonne, die hinter ihr loderte, brachte ihre roten Haare zum Brennen.

»Soweit ich mich erinnere, haben wir eine Art Zusammenarbeit vereinbart, und jetzt veranstaltest du Karnevalsumzüge durch die Stadt, um für deine Clownsfirma Reklame zu machen.«

»Durchgedreht?«

»Du hast richtig gehört.«

»Er hat doch bloß über zu wenig Blutzucker geklagt, und das haben wir an der Tankstelle korrigiert.«

»Jetzt dürfte die Diagnose ein bisschen mehr ergeben. Heute Morgen war absolut kein Kontakt zu ihm zu bekommen. Er sabberte.«

Kuhala schüttelte den Kopf und stand auf. Jetzt würde er Maaheimo all das erzählen dürfen, was er am Tag zuvor dem Diensthabenden im Präsidium schon gesagt hatte. Seine gute Laune war dahin, denn für seinen Geschmack hatten sich schon genug Leute verabschiedet.

»Du hast ihn nicht mehr gesehen?«

»Nein. Ich bin mit der Frühmaschine aus Helsinki gekommen. Ich habe allerdings gehört, dass die Kollegen nahe daran waren, die Bereitschaftspolizei zu alarmieren.«

»Wegen des Pferdes?«

»Sie dachten, du hättest vor, die Staatsanwaltschaft zu besetzen.«

»Weshalb, zum Teufel, dreht so ein entschlossener Mensch durch? Doch nicht deswegen, weil er so einer ist?«

»Das ist zweitrangig, aber in dem Moment, als er dir sein Abenteuer am Wäscheständer der Ojanens gestand, hättest du das Spiel abpfeifen und dich mit mir in Verbindung setzen müssen.«

»Du warst in Helsinki.«

»Sei nicht spitzfindig. Du hast wohl geglaubt, du bist besonders raffiniert mit deinem Karnevalsumzug? Herrgott noch mal.«

Annukka Maaheimo stemmte die Hände in die Hüften und versuchte Kuhala mit ihrem stechenden Blick zu piercen, aber Kuhala reagierte nicht. »Weißt du was, ich brauche tatsächlich Resultate, um meine Clownsfirma hier am Leben zu halten. Kati Ojanen hat mich beauftragt, Suvis Mörder zu finden, ich bin dicht dran gekommen, was hast du mir da zu sagen?«

»Sie liegt auf der Intensivstation am Tropf. Bauchspeicheldrüsenentzündung.«

»Wer?«

»Kati Ojanen. Sie wurde zu Hause aufgefunden, neben einem Teddybär, fast an ihrem eigenen Erbrochenen erstickt.«

Kuhala wandte sich ab, ging die Treppe zu seinem Büro hinunter und goss sich Kaffee ein, wobei er kurz mit dem Gedanken spielte, einen Schuss Haddington House dazuzugeben. Er musste jetzt, da sein Auto den Geist aufgegeben hatte, ja nicht befürchten, mit zu viel Promille am Steuer erwischt zu werden, aber wenn der Tag ohnehin schon übel anfing, war der Versuch sinnlos, ihn künstlich mit einem Schuss aufzuhellen.

Am Vorabend hatte er bei Ojanens angerufen, ohne Erfolg. Er hatte sich gesagt, die Frau werde die Nacht schon irgendwie überstehen.

Hatte sie ja auch.

Die Kommissarin setzte sich auf den Klientenstuhl und lehnte den Kaffee ab. »Wir mussten schon Norton Rapee wieder zu seinem Kioskbusiness lassen, und jetzt ist auch Pentti Närhi unerreichbar. Es können Wochen vergehen, bevor der Mann wieder etwas Brauchbares von sich gibt. Hättest du ihn uns etwas früher übergeben, hätten wir vielleicht etwas aus ihm herausgekriegt. Und wenn ...«

»Aber das bringt euch doch weiter. Solltest du eigentlich wissen. Der Mann hat das Mädchen nicht umgebracht, sondern bloß die Schande nicht ausgehalten. Das ist alles.«

»Und wir sind wieder auf dem Startfeld.«

»Die einen ja, die anderen nicht. Ich habe nichts Illegales getan, und weil unsere sogenannte Zusammenarbeit so inoffiziell ist, wie es inoffizieller nicht geht, können wir sie von mir aus auch beenden. Bisters Exfrau und Suvis Mutter haben mich engagiert, weil die Polizei ihrer Meinung nach nichts zustande bringt. Ich kommentiere das nicht, ich mache nur meine Arbeit«, sagte Kuhala.

»Jesus, was für eine Scheinheiligkeit! Willst du die nächste Wahl zum beliebtesten Bürger von Jyväskylä gewinnen?«

»Wer veranstaltet die? Und was kann ich dazu, dass die Lächelkampagne der Polizei Gegenwind gekriegt hat«, belferte Kuhala.

»Wovon redest du? Mich interessiert nicht, was du für einen Umsatz machst, ich will die Kerle dingfest machen, die hinter diesen Morden stecken. Zwischen deinem und meinem Berufsethos scheint eine größere Kluft zu liegen, als ich bislang gedacht habe.«

Kuhala schnaubte und zählte innerlich die Zahl der Toten auf. Beinahe hätte er Tra Hun vergessen. Nichts schien zusammenzupassen, die assoziierten Opfer beider Mordtaten und alle, die sonst noch in Nebenrollen mitmischten, agierten auf eigene Rechnung, und was dabei herauskam, war so fürchterlich, dass einem schwindlig wurde. Die Hitze zehrte am Urteilsvermögen, außerdem konnte Kuhala sich durchaus vorstellen, was der Grund für Maaheimos Reise nach Helsinki gewesen war.

Man sah, dass die Kommissarin unter Druck stand, man ahnte, dass man höheren Orts nicht gerade begeistert war über die erfolglosen Ermittlungen in Jyväskylä. Bald würde sich auch Maaheimo auf Antikainens Küchenreibenmethode stützen.

Kuhala versuchte sie zu besänftigen und sagte, er habe Närhi mehr in die Enge getrieben, als angemessen gewesen wäre, mehr als er es bei seinem Honorar gemusst hätte. »Er machte sich über mich lustig und drohte mir, leugnete alles und saß am Ende auf einem Baumstumpf, als hätte er seine Seele an den Teufel verkauft. Das Konditionswunder aus der Pyssymiehenkatu, Friede seiner Seele. Hat er versucht, sich mit Suvi Ojanens BH aufzuhängen?«

»Immerhin hat er noch nicht das Zeitliche gesegnet. Ist noch Kaffee da?«, fragte Annukka Maaheimo.

Kuhala reichte ihr über den Tisch hinweg eine Tasse, da packte die Kommissarin ihn am Handgelenk. Der Kaffee schwappte über, draußen weinte ein Kind.

Der Griff war fest, aber Kuhala vermutete keine Falle, geschweige denn, dass er versucht hätte, sich loszureißen. Es schwappte noch mehr Kaffee über, als er über den Tisch kletterte und Annukka Maaheimo genau so einen Drei-Minuten-Kuss aufdrückte, wie er ihn sich kurz vor der Vernehmung Norton Rapees in ihrem Büro erträumt hatte.

Die Kriminalkommissarin schmeckte nach Honig, duftete nach Maiglöckchen und erwiderte den Kuss exakt so, wie Kuhala es sich ausgemalt hatte.

Sie rissen sich die Sommerkleider vom Leib und warfen sie an die Bürowände. Kuhala befreite sich von seiner Unterhose und schleuderte sie in den Breitopf. Seine Erektion war keine halbe Mittvierzigerversteifung, sondern ein Stadionturm der Liebe, und als er sich im Schein des Bildschirmschoners an Annukka Maaheimos Körper drückte, während der Bodensatz aus der umgekippten Kaffeetasse aufs Ahornparkett tropfte, war das Leben mehr als nur das Hinnehmen der Tatsache, dass man schon im Spätzug saß.

»Nicht aufs Bett. Das bricht zusammen.«

»Es war nicht meine Absicht, dir den Morgen zu verderben«, sagte Maaheimo.

»Ich entschuldige mich ebenfalls, aber mein Morgen ist nicht verdorben«, gab Kuhala heiser zurück, während er die Matratze auf den Boden legte.

Eine Dreiviertelstunde später wusch Kuhala seine mit Brei verschmierte Unterhose im Waschbecken aus. Die Kommissarin stand unter der Dusche, zwischen ihren Brüsten lief eine Schaumspur nach unten und versickerte im Dunkel der roten Schambehaarung.

»Ihr habt im Präsidium nicht zufällig günstige Zivilautos zu verkaufen?«, fragte Kuhala so matt, dass es unter dem Rauschen des Wassers absolut nicht zu hören war.

Er warf einen Blick auf sein Gesicht im Spiegel. Das Rot des Getummels auf den Wangen erinnerte an Äpfel. Natürlich konnte es sein, dass es mit den beruflichen Dingen jetzt noch komplizierter wurde und der Liebesrausch bis Mittag verflogen war, aber was hatte er denn anderes gewollt als in die herrlichen Arme dieser Frau, die sich unter der Dusche räkelte? Seit er an Mittsommer auf dem Parkett am Nuotta-Teich sein Bestes gegeben hatte, hatte er nichts anderes im Sinn gehabt.

Kuhala wrang seine Unterhose aus. Annukka Maaheimo trat von hinten an ihn heran und schob die Hand auf sein Glied. Es erwachte.

»Ich will dich vernaschen.«

Eine halbe Stunde später küssten sie sich an der Bürotür und trennten sich. Sie hatten keine Vereinbarung getroffen, nicht über ein nächstes Treffen, nicht über die berufliche Zusammenarbeit. Kuhala wandte sich dem Geckoterrarium zu, aber vor Augen hatte er noch immer die Formen von Annukka Maaheimos Hintern unter dem kurzen Rock.

Er teilte seinen Haustieren mit, er werde ihnen für den Abend einen Satz zarter Heuschrecken besorgen, denn er glaube, seinem Leben eine neue Richtung gegeben zu haben, von der er nicht gleich wieder abkommen wolle. Inkeri und Hytönen sprangen ein Stück näher heran und nickten billigend, wenn auch nicht zum Thema »neue Lebensrichtung«, sondern zu der Aussicht auf ein Heuschreckenmenü.

Dann machte sich Kuhala ans Aufräumen. Er sang vor sich hin, Anssi Kela und Kaseva und die Beatles, und gab der lustigen Witwe zum Dank einen Kuss, als sie ihm die Zeitung brachte, die er im Hof vergessen hatte.

»Unser Herr Detektiv macht heute so einen vitalen Eindruck!«

»Wer wird bei so einem Schöpferwetter schon das Gesicht verziehen ...«

»Was würdest du als dein persönliches Motto wählen – dass alles nur besser werden kann oder dass es anderen noch schlechter geht?«

»Wieso?«

»Weil das für mich eine entscheidende Frage ist.«

»Darauf fällt die Antwort immer ein bisschen stimmungsmäßig aus.«

Der Tarif des Abschleppdienstes straffte über die Hälfte der Glücksfalten im Gesicht des Privatdetektivs, und beinahe der ganze Rest verschwand, als er mit Tatus schwer geprüftem Monark die Gebrauchtwagenhändler in den Randbereichen von Jyväskylä abklapperte. Die Typen in den schlecht klimatisierten Hallen nahmen Kuhalas klappernden Untersatz zur Kenntnis und verzichteten spätestens darauf, die Krawatte zu richten, wenn sich die lange Gestalt von Privatdetektiv in die Ecke trollte, wo die billigsten Autos standen. Mancherorts kam überhaupt kein Verkäufer zu ihm, anderswo wurde pro forma etwas gebrummt, und einer, der schon die Tage bis zu seinem Urlaub zählte, wagte sogar laut zu lachen, als Kuhala fragte, was man für einen Corolla bekomme, der 250 000 auf dem Tacho habe und bei dem der Motor »nicht ganz rund« laufe.

»Zweieinhalb Jahre ohne Bewährung.«

Er kaufte einen japanischen Wagen aus den 80er-Jahren, nachdem er mit einem schnauzbärtigen Sakkoträger um den Preis gefeilscht hatte. Der Mann hatte während des Geschäftsabschlusses ein Mikrowellengericht verzehrt und es auf der Motorhaube abgestellt, um zwischendurch einen anderen Kunden zu bedienen. Außerdem hatte er Humor. Er versprach eine Garantie, die in dem Moment ablief, in dem das Auto vom Hof rollte.

Kuhala band das Fahrrad auf dem Dachgepäckträger fest und fuhr nachdenklich in das Viertel hinter dem Zentralkrankenhaus, in eine Straße namens Valorinne, lauschte während der Fahrt aber ständig auf die Motorgeräusche. Sie klangen vage, eine Spur verstopft, beim Anfahren klingelte es. Er begriff, dass er ein typisches Sommerauto gekauft hatte. Eigentlich hatte er etwas gesucht, mit dem er auch über den Winter kam, doch nun hatte er eine Schrottkiste wie jede andere auch. Am besten man regte sich gar nicht erst darüber auf, denn das machte alles nur noch schlimmer; und die Unglücklichsten waren sowieso diejenigen, die ihre Autos mystifizierten.

Das Gebäude, das er angesteuert hatte, war geschlossen, die Formsprache des Baus erinnerte an Volkshochschularchitektur in der Provinz. Aus dem Metzelmaul des Rottweilers, dessen Bild an den Torpfosten genagelt war, stieg eine Sprechblase auf: »Rette meinen Tag – versuche hier einzudringen!«

Kuhala nahm Bisters Kalender und Schlüsseletui aus der Tasche, wog sie eine Weile in der Hand und stieg aus dem Wagen. Er überprüfte die Adresse und sah sich um. Es war niemand zu sehen.

Auf dem Grundstück wucherten von der Sonne geschwächte Gartenwicken und Schafgarben. Aus der Bodenvegetation ragten Blechstücke heraus, die der letzte Herbststurm vom Dach gerissen hatte. Es war auf dem Gelände auch gesoffen worden – mehrere Abschäumer schienen einmal das Areal durchquert und für Zerstörung gesorgt zu haben. Da sich der Rottweiler nicht blicken ließ, war das Tier mit der Horde weitergezogen, vermutete Kuhala.

Er brach ein und beleuchtete mit seiner Taschenlampe ein Ganzkörperplakat von Cassius Clay. Die legendäre linke Gerade war schon auf dem Weg ins Ziel. Die Seile des Boxrings hatten längst ihre Straffheit eingebüßt, es lag Staub darauf, und das auf den Bodenbelag geworfene Handtuch und der Boxhandschuh in einer Ringecke, aus dem die Füllung herausquoll, passten gut zur Gesamtkulisse des Areals, wo längst alles hingeschmissen worden war.

Für einen Moment dachte Kuhala schon daran aufzugeben. Die Codes und der Eintrag in dem Adressbuch, das er vor dem Feuer gerettet hatte, waren veraltet, der Saal war seinem Schicksal überlassen worden, was sollte hier schon sein? Ein heller Lichtstreifen fiel durch den Vorhangspalt und traf wie eine Pfeilspitze die Tür der Umkleidekabine. Kuhala hielt die Luft an und war sicher, gleich eine Linke gegen einen Sandsack prallen zu hören oder das Geräusch einer Boxbirne, die mit Fäusten traktiert wird, aber nichts dergleichen geschah. Niemand lauerte ihm mit einer Keule hinter der Ecke auf, und in Wahrheit verstand er sich selbst nicht: Warum versuchte er, sich mit Gewalt in dieselbe Horrorstimmung zu bringen, die er schon in Bisters Keller erlebt hatte? Die Türen der Blechspinde standen sperrangelweit offen. An einem Lampenkabel hing ein Zahnschutz und sorgte wenigstens für ein bisschen Schrecken, war dabei aber auch nur in dem berühmten Sparringspartnergrinsen erstarrt, das sich eine halbe Sekunde vor dem eintreffenden Schlag breitmacht.

Erst der letzte Spind belohnte Kuhala. Er war massiv und abgeschlossen. Mit dem Profilschlüssel ging er auf. In der Sporttasche, die darin lag, schienen so viel Cannabis und andere Produkte der Branche gestapelt zu sein, dass es sich prächtig in den landesweiten Hauptnachrichten gemacht hätte oder zumindest in den mittelfinnischen Lokalmeldungen. Kuhala stieß einen Pfiff aus, dann einen zweiten. Unter den Hartfaserboden der Tasche war Bargeld im Umfang von gut und gern zwei Jahresgehältern eines Privatdetektivs gestopft worden.

Knapp eine halbe Stunde später fuhr er zurück und überlegte, wie viele Einzelportionen die Tasche enthalten hatte. In den besten Jahren gingen dem Zoll und der Polizei in Finnland zweieinhalb Millionen Einzeldosen ins Netz, ungefähr ein Zehntel der im Umlauf befindlichen Menge. Die Produkte in der Tasche waren folglich eine Laus im Kraut, aber eine, um die es sich zu kämpfen lohnte.

Der Hausverwalter stand in Sommerhemd und Bügelfaltenhosen im Schutz des wilden Weins auf der Treppe, und zwar so, dass Kuhala ihn um ein Haar umgerannt hätte. Die Sporttasche hatte Kuhala im Kofferraum gelassen, für den Fall, dass Antikainen wieder in der Nähe war.

Er gab dem Verwalter die Hand. Dieser erinnerte irgendwie an die Gebrauchtwagenhändler, auch wenn Kuhala seine Assoziation nicht näher definieren konnte. Vielleicht verbarg sich hinter seiner Erscheinung die gleiche listige Fadenscheinigkeit wie bei den Verkäufern, vielleicht konnte er keinen Hehl daraus machen, dass er auf alles, was ihm ins Blickfeld geriet, sofort ein Preisschild klebte.

Unterschied der Mann sich also wesentlich von allen anderen Menschen?

Drinnen roch es noch nach Annukka Maaheimos Parfum. Kuhala atmete tief ein und legte die Wagenpapiere aus der Hand. Der Besuch in der Halle beschäftigte ihn so sehr, dass er den aktuellen Termin gern auf ein andermal verschoben hätte, aber dem Verwalter kam gar nicht erst in den Sinn zu fragen, ob er willkommen sei oder nicht.

Er entließ seinen Aktenkoffer aus der Umklammerung und fuhr sich über die Rockabillykoteletten. »Mir sind Beschwerden gekommen, dass Sie noch immer Ihr Büro als Wohnung benutzen.«

Ein Bein legte sich über das andere. Am Absatz der Wildledersandale hingen Überreste eines Volltreffers auf dem Minenfeld des Rasens, und der Verwalter hatte es sich nun offenbar zur Aufgabe gemacht, diese Überreste aufs Ahornparkett zu tragen. Kuhala starrte auf den Klumpen und nahm all seine Kräfte zusammen.

»Nur vorübergehend. Das war ja ausgemacht, und ich suche auch eine Wohnung, aber vorläufig sieht es noch schlecht aus.«

»Vorübergehend heißt nicht monatelang.«

Das war unfreundlich formuliert, vor allem weil die Worte von einem selbstgefälligen Grinsen eskortiert wurden. Der Mann war fünfzehn Jahre jünger als Kuhala und unerfahren, hielt es aber nicht der Mühe wert, seinem Kunden auch nur einen Funken Respekt entgegenzubringen. Er gab die einleitenden Worte seiner Kündigungsroutine von sich, als wäre es nichts.

Er machte schon den Mund auf, um Kuhala eine Gnadenfrist einzuräumen, aber er war zu spät dran.

»Richte den Beschwerdeführern aus, sie sollen bei dieser Hitze jeden Flüssigkeitsverlust vermeiden, denn der verursacht Halluzinationen.«

»Das sind keine ...«

»Ich wohne nicht hier. Das hier ist mein Stützpunkt, von

dem aus ich in die böse Welt hinausziehe, und falls ich mal zwei Nächte hintereinander hier gepennt haben sollte, dann nur damit ich flugs auf Achse bin, wenn Klienten mich alarmieren.«

»Aber ist ...«

»Bis Ende des Sommers haben Sie meine neue Adresse. Ach ja, ich müsste bald wieder los. Danke für Ihre Mühe«, sagte Kuhala und streckte die Hand aus.

Der Verwalter wurde rot und dann blass. Die Geckos verfolgten vom Terrarium aus mordlüstern seinen eckigen Vorbeimarsch zur Tür und richteten den Blick dann auf Kuhala, von dessen versprochenem Heuschreckenmenü noch immer weit und breit nichts zu sehen und zu hören war.

»Kommt schon, kommt schon.«

# 23

Kuhala fütterte die Geckos und zog einen dunklen Anzug an. Die Kommissarin ging ihm einfach nicht aus dem Sinn, auch wenn das neue Auto auf dem Weg zum alten Friedhof zweimal ausging und obwohl er erst nach langer Suche einen Parkplatz in der Venykekuja fand.

Schwer war es auch, den Besuch in der Boxhalle aus dem Kopf zu bekommen, Alis verblasste Gestalt und den Handschuh in der Ringecke, den eine Ratte angefressen hatte. Geschweige denn den Fund im Spind. Er staffierte sich mit seiner Sonnenbrille aus und überquerte die Puistokatu genau in dem Moment, in dem die Glocken anfingen zu läuten.

»Der bestgestylte Detektiv Finnlands beim Mittagsspaziergang – und auch noch mit einer Sonnenbrille für zwei Euro.«

»Ist deine Brille vom Ein-Euro-Ständer?«, gab Kuhala zurück.

Kriminalhauptmeister Sakari Antikainen saß am Steuer eines Zivilgolfs der Polizei, der Rauchfaden aus seiner Zigarette ringelte sich geheimnisvoll um die Funkantenne. »Doch noch keine Lust auf Ferien?«

»Ich dachte, du bist im Urlaub.«

»Wer sagt denn so was? Doch nicht diese ... wie heißt sie schnell, nun sag schon, diese Frau da, mit der du gesehen worden bist.« Antikainen tat so, als denke er nach, dann schnippte er plötzlich mit den Fingern. »Maaheimo, Annukka Maaheimo. Dieselbe Frau, deren Befehlsempfänger ich bin.«

Er schob den Kopf weiter aus dem Fenster heraus und schaute Kuhala an, ohne diesen aber zur Weißglut treiben zu können. Antikainen war gekommen, um die Trauergemeinde der aufsehenerregenden Beerdigung zu beobachten, in der Hoffnung auf Beute, aber seine Erwartungen lagen offenbar nicht sonderlich hoch, sonst würde er seine Energievorräte, an denen ohnehin schon die Hitze zehrte, nicht in den Spaß des Maulaufreißens investieren. »Gehörst du zu den geladenen Gästen?«

»Wieso? Rate mal«, sagte Kuhala.

»Schwer zu sagen. Blumen hast du keine dabei. Andererseits kann man bei dem Profit deiner Firma auch keine Blumen kaufen, aber bei deiner Moral pflückt man die einfach von anderen Gräbern, wie es gerade kommt. Was soll man da raten.«

»So long.«

»Eines Tages krieg ich dich dran, Kuhala.«

Es waren Hunderte Menschen da, der größte Teil aus purer Neugier, denn Viktor Bister war eine nationale Berühmtheit gewesen und hatte außerdem ein Messer in den Rücken bekommen, was wieder einmal bewies, dass Geld allein nicht glücklich machte.

Wegen der Menschenmenge wählte Kuhala eine Nebenroute über den Bereich mit den alten Gräbern. Unten in der Schlucht floss trübe der Tourujoki. Der weniger als einen Kilometer lange Naturpfad, der dem Flussufer folgte, war mitsamt seiner Bohlenkonstruktion unter dem Laubwerk verborgen.

Der Duft seltener Baumarten und die Hitze von über dreißig Grad sorgten auf dem Friedhof für eine Atmosphäre wie im Zypressengürtel. Das Läuten der Glocken ließ die Luft erzittern, aus dem Flusstal wurde hin und wieder das Grölen von Saufbrüdern heraufgetragen, wie als Erinnerung an die Seelenlosigkeit der irdischen Freuden. Obwohl der Wortwechsel mit dem Kriminalhauptmeister in den üblichen Bahnen verlaufen war, wirkte er sich auf die Laune aus. Irgendwo tief im Unterbewusstsein ahnte Kuhala, dass der Tag der Abrechnung mit Antikainen noch kommen würde.

Er blieb stehen und schob die Sonnenbrille auf die Stirn, um besser sehen zu können. Die Hanffabrikanten Hente und Uupe standen mit dem Vokalisten Jouko Makuri in ihren besten Anzügen am Rand der Schlucht und nahmen einen Beerdigungstrunk zu sich. Kuhala hatte viel an das junge Paar denken müssen und gehofft, die beiden wiederzusehen – und jetzt standen sie leibhaftig vor ihm.

In den schwarzen Kostümen sah das Trio wie ein Satz Geheimdienstagenten aus, aber als Kuhala näher trat, wurde dieser Eindruck durch den süßlichen Duft erschüttert, der vermutlich von der ersten Verkostung der neuen Ernte im Cannabistreibhaus stammte. Die nach Jahren gemeinsamen Musizierens gefestigte Freundschaft der Männer war von Weitem zu erkennen; ein Insiderwitz brachte die drei dermaßen zum Lachen, dass Uupe fast in die Schlucht getaumelt wäre. Er zog die Suche nach dem Gleichgewicht bis zur Clownerie hinaus, was dann wieder neues Gelächter auslöste.

»Stormy mal wieder in voller Stärke versammelt. Tag auch.«

Das Lachen brach ab, nur das eherne Schlagen der Friedhofsglocken war noch zu hören.

»Kuhala«, sagten Hente und Uupe gleichzeitig.

Sie verbargen ihre King-Size-Rouladen in den hohlen Händen und wirkten noch immer gut gelaunt.

Kuhala grüßte Makuri mit einer Handbewegung. Dieser schob die Flasche in die Innentasche seiner Jacke und grüßte zurück. Er sah älter aus als auf der Bühne, aber dennoch robust und ganz und gar nicht wie einer, der sich Marihuana reinzog. Ungeachtet des schwarzen Anzugs war klar, dass sich sein Image aus ewiger Jugend, Rhythmusmusik und »satanischem Drive« zusammensetzte. Das verrieten die Boots, die Gürtelschnalle mit Elvis-Motiv und die Carl-Perkins-Haare.

Die Jugend war das beliebteste Alter – auch Unterwäschefetischist Närhi zielte mit seinem Training auf nichts anders ab –, und es ließ sich zig Jahre lang auswalzen, wenn man nur den Glauben daran nicht verlor, und danach konnte man sich vom Messer des plastischen Chirurgen nachhelfen lassen, sofern der Konstostand stimmte.

Auch wenn Makuri kein landesweit bekannter Star war, ahnte Kuhala, dass es dem Mann im Blut lag, sich durchzusetzen. Er wusste wahrscheinlich nicht einmal, was nachgeben bedeutete, aber weil seine Polterjahre doch schon eine Weile zurücklagen, war alles professionell ausgefeilt. Genau genommen war Jouko Makuri näher an der sechzig als an der fünfzig.

»Danke noch mal für das Mittsommer-Set. Schade, dass ich mittendrin wegmusste«, sagte Kuhala, nachdem er seine Hand aus dem eisenharten Druck von Makuri befreit hatte. »Begleitet ihr Bister auf seinem letzten Gang in voller Besetzung?«

»Wir sollen am Grab und nachher bei der Gedenkfeier spielen.«

»Und das Programm steht schon fest?«

»Bister hat seine Beerdigung im Voraus geplant. Bis in die Einzelheiten ist alles aufgeschrieben, und die Jungs und ich, wir werden nachher spielen, was er sich gewünscht hat.«

»Genau. Wir erfüllen unseren Part«, sagten Hente und Uupe mit Kindergottesdienstbetonung, leicht benebelt.

Sie waren breit und kicherten, als hätten sie sich einen Satz aus Bisters Todesanzeige zu pedantisch als Leitfaden angeeignet: »Weint nicht darüber, dass ich gestorben bin, sondern freut euch darüber, dass ich gelebt habe.«

»Wollt ihr mir nicht wenigstens ein einziges Stück verraten?«, lachte Kuhala mit.

»Nein. Sie müssen schon zuhören kommen. Viktor wollte uns dabeihaben, wenn sein Sarg in die Erde sinkt. Und er wollte von uns ein akustisches Set«, erklärte Makuri.

Hentes und Uupes Gitarrenkästen lehnten wie Särge am Grabstein eines entschlafenen Holzkommissionärs, geziert von Aufklebern mit Jimi-Hendrix- und Bob-Marley-Motiven und der romantischen Patina zahlreicher Gigs.

Kuhala lächelte dem jungen Paar zu und fragte, ob er später kurz mit ihnen reden könne, wenn der schlimmste Stress vorbei war. »Es geht um eine Kleinigkeit, für die ich gern eine Erklärung hätte. Ihr könnt mir dabei vielleicht helfen. Wie steht's?«

Ihre Anzüge saßen schlecht, und sie schwiegen. Jouko Makuri fingerte an seiner Gürtelschnalle, in dem miserablen Versuch zu verheimlichen, dass ihn das Thema auch interessierte. Es war die schlecht verhüllte Solidarität des Freundes und Unterstützers; so fest war Stormy zusammengeschweißt.

Kuhala erhielt keine klare Antwort. Sein Einschreiten hatte die Stimmung verdorben. Er nickte und ging weiter, dabei versuchte er sich zu erinnern, ob bei seinem Besuch in Hentes und Uupes altem Schulhaus in Hankasalmi schon die Rede von der Beerdigung gewesen war und davon, wie gut Jouko Makuri den verstorbenen Bister gekannt hatte.

Und was für eine Sorte von Narzissmus war das eigentlich, wenn man das Programm für seine eigene Beerdigung selbst erstellte? Reichte es nicht, wenn man mit seinem Testament für Ärger sorgte?

Wenn der Mensch durch Zufall ins Universum geraten und dort alleine war, hatte es keinen Sinn, die eigene Beerdigung zu organisieren, weil man sie ja nie selbst zu Gesicht bekam. Nichts Göttliches, kein Glaube – die Wissenschaft hatte das Universum durchwühlt und sich über seine Entstehung immerhin so viel Klarheit verschafft, dass sogar Kuhala es in seinen kühnsten Momenten wagte, die Existenz der Vorsehung in Zweifel zu ziehen. Der Mensch stolperte einfach so durch seine wenigen Jahre – Kuhala hielt sein eigenes Leben da für ein gutes Beispiel –, und wenn es sich lohnte, ein Ziel anzustreben, dann konnte das nur darin bestehen, dass man jeden einzelnen Tag einigermaßen anständig über die Bühne brachte.

Wenige Augenblicke später stand der Privatdetektiv an der Kreuzung zweier Friedhofswege in der Nähe eines Brunnens aus Schiefer. Ein großer Teil der Neugierigen drängte sich an dem Zaun beim Parkplatz zusammen, wo man den Trauerzug sehen und den einen oder anderen Promi ausmachen konnte. Auf der Puistokatu kroch der Verkehr den Berg hinauf zur Ampel oder hinunter zur Innenstadt; die Geruchsfahne der Abgase signalisierte, dass das Leben weiterging, und in den klimatisierten Pkws schien es tatsächlich ganz gut weiterzugehen.

Der Pfarrer war pfaffenhaft, nachdenklich. Kuhala erkannte Salla Kosonen und einen Haufen anderer Bürger Jyväskyläs, die am Ende des Trauerzugs gingen und Gesichter machten, wie sie eben zwischen dem Sinnieren über die letzten Dinge und der Erwartung des Leichenschmauses entstehen.

Der Wagen hielt vor dem offenen Grab an, Stormy trat wie verstohlen mit umgehängten Gitarren hinter den Bäumen hervor und bezog auf dem Sandhaufen Stellung.

Die ächzenden Träger am Kopfende des Sargs erinnerten mit ihren übergewichtigen Körpern an Bister und mochten durchaus dessen Brüder aus Riihimäki, aus den Lehrjahren des Lebens sein.

Einer von ihnen hatte die gleiche Bolton-Frisur wie der Verstorbene, und in den hastigen Bewegungen beider lag etwas von Viktors Ungeduld, und zwar in einem Maße, dass sie die Tragegurte eine Spur zu flott lockerten.

Der Sarg drohte zu bocken, der Pfarrer musste helfend eingreifen. Im selben Moment schnippte Jouko Makuri den Takt und nahm die breitbeinige Haltung des Bühnenkünstlers ein. Die Gitarren erklangen, und auch wenn »Paint it Black« von den Rolling Stones ein Wunsch des Verstorbenen war, so hatte man offenbar vergessen, dies dem Pfarrer mitzuteilen, denn der erstarrte in seinem Bemühen, den Sargträgern an der Grube Ratschläge zu erteilen.

Er konnte nichts mehr machen, sondern wich düster zurück. Der Sarg plumpste so schwungvoll ins Grab, wie Viktor Bister gelebt hatte. Jouko Makuris raue Stimme trug gut, aber aufgrund des Charakters der Veranstaltung strich er aus seinen Gesten all das Großspurige, das auf der Tanzfläche beflügelnde Wirkung hatte. Er sah überzeugend aus, das Ehepaar, das hinter ihm bis zu den Knöcheln im Sand stand, wirkte noch überzeugender.

So unterernährt, vom Hanfkonsum sensibilisiert und in ihren schwarzen Anzügen erinnerten Hente und Uupe an Garderobiere der Hölle. Das passte, denn zur Hölle würde Bister zweifelsfrei fahren – jedenfalls war das aus der Miene des Pfarrers zu schließen, wie Kuhala bemerkte.

Dann spürte er eine Berührung zwischen den Beinen und war nahe daran, ins Straucheln zu geraten.

»Herzlich willkommen nachher zur Gedenkfeier. Gibt's hier Mörder?«

»Weiß ich nicht, aber wenn du nicht gleich anderswo Halt suchst, werde ich einer.«

Es war Salla Kosonen. Erst jetzt nahm sie ihre Hand weg. Sie stand ganz dicht bei Kuhala, und falls sie trauerte, verbarg sie es gekonnt.

Kuhala richtete den Blick aufs Grab, wo Jouko Makuri die letzte Strophe sang. Dabei schlug ihm eine Basssaite auf die Backe, die an Uupes Ibanez gerissen war.

# 24

Nach den Reden bei der Gedenkfeier zu schließen, war mit Bister ein Angehöriger der Menschheitselite zu Grabe getragen worden.

Nicht alle Fotos von Viktor Bister waren in der Villa verbrannt, eines davon stand zwischen zwei Kerzen auf einem Podest. An der Wand dahinter hingen die aus gelben und roten Rosen gewundenen Initialen »VB«. Angesichts der bombastischen Kombination bekam Kuhala beinahe den Kaffee in den falschen Hals.

Mit der Zeit erschien ihm die Komposition aber zusehends vernünftiger, denn sie war sicherlich ein Wunsch des Verstorbenen gewesen und erinnerte mit ihrer speziellen Art, übers Ziel hinauszuschießen, an genau das Leben, das er hinter sich gelassen hatte.

Kuhala saß ganz hinten im Saal und fischte mit dem Löffel nach einer in der Sahne begrabenen Kirsche. Stormy saß am anderen Ende desselben Tisches, alles in allem waren zweihundert Gedenkende anwesend, weshalb sich der Privatdetektiv gar nicht so überzählig vorkam, wie er gedacht hatte. Immerhin versuchte er ja auch Bisters Mörder zu finden.

Salla Kosonens dezente Einladung konnte nicht ungenutzt bleiben, zumal sie auch anwesend war, obwohl sich ihr Verhältnis zum Toten bis zum Zerwürfnis abgekühlt hatte. Ob sie wohl im Testament erwähnt wurde?

Der Pfarrer nahm die Gleichrangigkeit aller Menschen vor dem Angesicht Gottes zum Ausgangspunkt seiner Rede und brachte Bisters Nährboden in Riihimäki in Erinnerung. »Was wir an Nutzen aus dem Ertrag des Nährbodens unseres Elternhauses ziehen, bestimmt unseren Platz im Leben, so wie es unseren Platz in der Ewigkeit bestimmt, welchen Nutzen wir aus den Gaben von Gottes Wort ziehen.«

Kuhala wusste nicht, ob der Inhalt der Rede sich an Bisters Wünschen orientierte. Gerüchten zufolge hätten die Gaben des Elternhauses in Riihimäki nämlich durchaus besser sein können. Vielleicht revanchierte sich der Pfarrer auch nur für das »Paint it Black« am Grab, vielleicht schritt die Veranstaltung in zwei miteinander konkurrierenden Linien voran, denn nach einem Lied aus dem Gesangbuch und zwei mit der Gnade der Auferstehung befrachteten Reden trug Stormy ein Potpourri aus lyrischen Rockballaden vor, an deren Glut man freilich auch einiges zu ertragen hatte.

Als Hente und Uupe auf eine Marihuanazigarette im Hinterhof des Restaurants verschwanden, folgte Kuhala ihnen.

Der frisch gewachste Tournee-Impala glänzte, auf der Rückbank lagen ein Banjo, CDs und eine Tube Haarfett. Von der Farbe her hätte das Auto eher zu einer Hochzeit gepasst, aber Makuri hatte das Problem gelöst, indem er einen schwarzen Trauerflor über die inselgroße Motorhaube gezogen und statt leerer Konservendosen einen Satz Lilliputplastikskelette an die hintere Stoßstange gebunden hatte, von denen einige beim Fahren ziemlich ramponiert worden waren.

»Grüß euch. Gut, dass wir uns mal unterhalten können. Eigentlich hatte ich sogar schon über einen Besuch bei euch in Hankasalmi nachgedacht, aber so klappt das ja jetzt auch hervorragend. Wenn ihr mich fragt, raucht ihr das Zeug ein bisschen zu offen, Jungs. Es könnten Polizisten hier sein oder einfach nur gesetzestreue Bürger, die euch anzeigen.«

Hente und Uupe blickten auf ihre Selbstgedrehten, aber Kuhala brachte sie zum Schweigen, noch bevor sie wieder zu einem Vortrag über den Nutzen von Cannabis ansetzen konnten. Ihre Ringe funkelten, und in ihren rubinrot unterlaufenen Augen loderte die Liebe.

Kuhala nahm den schwarz eingebundenen Kalender und das Schlüsseletui mit Bisters Initialen aus der Innentasche seines Sakkos. »Das hier habe ich nach einigen Schwierigkeiten in meinen Besitz bekommen. Was sagt ihr, kommt euch das bekannt vor?«

Mittlerweile strömten noch mehr Leute zur Zigarettenpause in den Hof, das Entlüftungsgitter der Küche stieß Dampf aus. Hente und Uupe starrten auf Bisters Hinterlassenschaft und lösten das Rätsel der beiden Buchstaben, beteuerten aber, nicht mehr zu wissen.

»Für mich ist das ermittlungstechnisch relevantes Material. Auch der Kalender hat Bister gehört, es stehen einige Adressen von Renovierungs- und Gartenbetrieben darin. Ganz unschuldig. Wer bräuchte nicht die Hilfe von Fachleuten, um seine Villa in Schuss zu halten. Es finden sich darin aber auch die Telefonnummern von Fachleuten etwas anderer Art, nämlich von Nachmittagskaffeeserviererinnen, und auch die braucht man natürlich. Probehalber habe ich einige davon angerufen, und es hat sich angehört, als hätten alle einen russischen Akzent.«

Das junge Paar nickte. Uupe behielt das Hasch lange in der Lunge und befreite es dann durch die Nasenlöcher, sodass der Kopf vom Rauch verschleiert wurde. »Wir wissen da nichts.«

»Genau. Ihr macht ja auch nur euren Job.«

Der Pfarrer schien ebenfalls eine Pause zu brauchen und erschien an der Tür, die von der Küche in den Hof führte. Aus dem Augenwinkel heraus bemerkte Kuhala auch Jouko Makuri, der von der Straße her den Gang, der zum Hof führte, betrat. Hente und Uupe machten ein paar halb achtlose Schritte zurück, ihre dünnen Körper spiegelten sich verzerrt im Blech des Impala, aber sie kamen nirgendwohin, weil der amerikanische Straßenkreuzer Platz für zweieinhalb Autos wegnahm und sie vor der Hauswand einkesselte.

Sie löschten die Joints mit den Fingern und hoben die Reste in den Silberetuis auf, die sie als Hochzeitsgeschenk bekommen hatten. Bei beiden fingen die Beine kaum merklich an zu zittern. Weil sie so sensibel waren?

Kuhala stand zwischen den Plastikskeletten; Jouko Makuri kam heraus und blieb mitten im Hof stehen, um die Lage einzuschätzen. Er zündete sich eine Zigarette an und strotzte vor nur mit Mühe zurückgehaltener Energie. Der rote Striemen von der Gitarrensaite, die ihm vorhin eine Ohrfeige verpasst hatte, erstreckte sich in einem Bogen vom Auge bis zum Mundwinkel und steigerte seine über die Jahre aufgeraute *street credibility*.

Kuhala spürte die Anspannung, die in der Luft lag, amüsierte sich aber ein wenig über den Qualm, der sich zugleich über den Köpfen zu einer Wolke auftürmte, als handelte es sich um den Geist des Verstorbenen.

»Ihr habt mir zu verstehen gegeben, Jungs, dass ihr mit Bister nur berufsmäßig zu tun gehabt habt. Nur wenn ihr mal bei einer Party in der Villa spielen solltet.«

»Stimmt«, meinte Hente.

»Wieso?«, fragte Uupe.

»In dem Kalender hier steht die Adresse von eurem Versteck in Hankasalmi, samt genauer Wegbeschreibung.«

»Du lügst.«

Unter das Scheppern der Töpfe mischte sich fernes Kirchenliedgesumme, der Pfarrer stand hinter Jouko Makuri mit ein paar Männern zusammen und rauchte Pfeife. Kuhala wollte nicht laut werden, darum trat er näher an Hente und Uupe heran.

»Dann gibt es da noch eine Seite, auf der eure Namen stehen

und in Spalten mehrere Summen, von denen ein Teil durchgestrichen ist, ein Teil nicht.«

»Zeig her.«

Kuhala schlug den Kalender auf, gab ihn aber keinem von beiden, denn in der Umklammerung von Wand und Impala-Schnauze sahen sie so in die Enge getrieben und ausgehungert aus, dass man besser auf der Hut war.

»Das hast du selbst da reingekritzelt.«

»Und warum sollte ich das getan haben?«

»Du hasst uns. Du willst nicht, dass wir Erfolg haben.«

»Mein Gott! Ich hasse euch nicht.«

»Das sind alles Auftrittshonorare.«

Kuhala lachte und fragte, ob sie denn so oft in der Villa gespielt hätten. »Und wenn das Euro sind, kassiert ihr so viel wie Kari Tapio.«

Kuhala grub den Schlüssel aus dem Etui. Er hing wie Schmuck an einem Kettchen, Hente und Uupe wechselten unsichere Blicke und sahen nicht mehr annähernd so verliebt aus wie gerade eben noch.

»Was für ein Zauber soll 'n das jetzt sein?«

»Nichts Besonderes. Auf dem inneren Rand des Etuis steht eine Ziffernfolge. Dieselbe, die im Kalender auf der Seite steht, die euch gewidmet ist.«

»Scheiß Lügerei.«

Kuhala legte den Kalender auf die Motorhaube des Impala, damit die Jungs ihn sehen konnten. »Da steht sie und dahinter die Adresse.«

Gebannt starrten die frisch Vermählten auf Kuhalas belehrenden Finger, der auf beiden Ziffernfolgen kurz verweilte und schließlich auf der Adresse innehielt.

»Ich habe keine Ahnung, was der Unterweltcode hier bedeutet, aber die Adresse ist glasklares Finnisch. Und bevor ihr geht, möchte ich euch noch sagen, dass ich die Adresse aufgesucht habe. Ein Wunder, dass ich es überhaupt geschafft habe, bei dem ganzen Stress und wo einem die Hitze so zu schaffen macht. Es ist die alte Trainingshalle eines Boxvereins, hinter dem Zentralkrankenhaus. Draußen hängt ein Schild, drinnen hängen zerfetzte Bilder von Meistern an den Wänden. In den Ecken riecht es noch nach Schweiß und ernst gemeintem Kampf. Und in einer Ecke steht ein Spind, in den dieser Schlüssel passt.«

Makuri war inzwischen wieder im Saal verschwunden.

»Kannste mal zur Sache kommen?«

»Werden hier Rauschmittel konsumiert?«

Das war der Pfarrer. Er hatte Kuhala von hinten überrascht. Sein Blick schweifte von den Plastikskeletten auf der Erde zum Trauerflor über der Motorhaube und schließlich zu Hente und Uupe. Die Nase schnupperte. »Hier ist Hasch geraucht worden, um Himmels willen. Ich rufe die Polizei.«

»Das steht nicht auf Viktor Bisters Programmzettel. Der Geruch kommt von da drüben«, sagte Kuhala und deutete auf das Abluftgitter der Küche. »Wissen Sie nicht, wie Muskat riecht?«

»Das ist auch eine Droge. Habe ich neulich erst gelesen. Wenn man es raucht ...«

»Dann gehen Sie in die Küche und drohen dort mit der Polizei.«

Allmählich wurde es eng zwischen Auto und Wand. Der Pfarrer hatte die Nase von der Rhythmusmusik voll, er war ein Gegner der Gesangbucherneuerung und ein Mann der alten Schule, er hätte nicht aufgeben mögen, sah sich aber gezwungen, vor Kuhalas stechendem Blick zurückzuweichen.

Er machte auf dem Absatz kehrt und klopfte seine Pfeife am Abflussrohr der Regenrinne aus.

»Wo war ich stehen geblieben ... In dem Spind lag eine Sporttasche voller Cannabistafeln, in Plastik eingewickelt, dazu ein bisschen stärkerer Stoff und ein Haufen Bares. Zweiundsechzigtausend Euro, eine schöne Reserve für schlechte Tage, aber ein verdammt seltsamer Aufbewahrungsort, wenn auch aus Metall und an der Wand festgeschraubt. Das Gebäude ist in einem Zustand, dass jeden Tag der Baggerfahrer mit der Abrissbirne kommen kann.«

Die Silberetuis blinkten auf, gleich darauf brannten die Marihuanazigaretten wieder. Das Ritual war jedoch zu kurz, als dass Hente und Uupe sich eine glaubwürdige Erklärung hätten ausdenken können, und da Kuhala nun Zeit hatte, sie in Ruhe zu betrachten, kam er auf den Gedanken, dass er den Abend in der ländlichen Umgebung darauf verschwendet hatte, sich Lügen anzuhören.

Nur der Karpfen hatte gut geschmeckt.

»Wo ist die Tasche?«, fragten sie.

»In sicherer Verwahrung.«

»Du kreuzt in zu gefährlichen Gewässern. Diese Dinge gehen dich nichts an. Überhaupt nichts.«

»Tun sie auch nicht. Die gehen die Polizei was an.«

Kuhala lächelte. Hente und Uupe rauchten zu Ende und stießen zwischen den Zügen kraftlose Drohungen aus, deren Verzweiflung sich gut zum aktuellen Standort der beiden fügte. Es gab keinen Ausweg für sie, demnächst würde man für Romuald Klim neue Erziehungsberechtigte suchen müssen.

# 25

Sex im engen WC eines zu Beginn des 20. Jahrhunderts gebauten Binnenschiffes verlangte zwei groß gewachsenen Menschen wie Kuhala und Kommissarin Annukka Maaheimo viel Vorsicht ab, aber da ihre Liebe mit der Sonne um die Wette glühte, machten sie sich nicht viel daraus.

Im Moment der Erleichterung stieß Kuhala mit dem Kopf an die Decke und erschrak über sein Gesicht im beschlagenen Spiegel, das vor Leidenschaft verzerrt war. Maaheimos Füße stützten sich an den edelholzgetäfelten Wänden ab.

Es war die Damentoilette. Die Pfeife des Dampfschiffs »Suomi« ertönte, auf dem Achterdeck spielte ein Akkordeon.

»Geh jetzt, Schatz. Pass auf, dass dich keiner sieht«, sagte die Kommissarin, während sie die Innenseite ihrer Schenkel mit feuchtem Toilettenpapier abwischte. »Warte noch. Sag mir, dass du in der Turmvilla warst, als es brannte. Das würde vieles erklären.«

»Zum Beispiel?«

»Den Fund der Drogentasche. Irgendwie musst du die Adresse der Tasche dort in die Hände bekommen haben.«

»Ja. So war es. Hattet ihr die Kammer hinter dem Fitnessraum nicht durchsucht?«

»Wir haben nicht genug Leute für alles. Hast du jemanden gesehen, als ...«

»Niemanden. Ich schwöre es. Und ich habe das Haus nicht angesteckt, da lag einer auf der Lauer.«

Ein Wunder, dass das Waschbecken gehalten hatte, ein Wunder, dass sie in den kleinen Raum hineingepasst hatten, aber als Kuhala die Tür einen Spaltbreit öffnete, dachte er, dass die Liebe schon heftigere Wunder hervorgebracht hatte.

Bevor sie sich aufs Klo verzogen, hatten sie im Hafencafé insgesamt vier Bier getrunken und mit ein paar Cola-Rum weitergemacht. Sie hatten Händchen gehalten, und Kuhala hatte in den Augen der Frau einen neuen Morgen erblickt.

War das Liebe? Kuhala wusste es nicht und wollte es auch nicht wissen, aber es war ihr gemeinsames Ding. Er machte die Tür hinter sich zu und sagte zu der ersten Frau in der Schlange, sie habe sich in der Tür geirrt.

Das Schiff passierte Kinkomaa, am Bug schäumte das Wasser. Auf den Gesichtern der Wochenendurlauber, die sich auf die Reling stützten, schimmerten das Sommerlächeln und die Widerspiegelung des Wassers, von den vorbeifahrenden Schiffen aus wurde gewinkt. Der Akkordeonspieler zauberte aus seinem Instrument Melodien hervor, die immer bekannter klangen und seit tausend Jahren in den Charts des finnischen Sommers standen.

Hente Riekko und Uupe Haapanen waren in Verhören von sechsunddreißig Stunden so weit gebracht worden, alles zu gestehen, außer dem Mord an Bister. Die Aussagen, die sie in wirrem, entzugsähnlichem Zustand gemacht hatten, deuteten auf einen klassischen Businessplan hin, dessen Absicht darin bestand, nicht nur die finanzielle Lage aller Beteiligten zu verbessern, sondern auch ein stabiles, auf strengen Hierarchien fußendes und wettbewerbsfähiges Verteilungssystem für einen Wachstumsmarkt wie Jyväskylä zu schaffen.

Cannabis – die Spezialität des Ehepaares –, Amphetamin, Kokain, Ecstasy, über Mund, Ader, Nase oder Darm, egal, Hauptsache, jeder geneigte Interessent wusste, was für ihn das Beste war, Hauptsache, man konnte jeden in die Watte des Wohlgefühls packen und ihm für diese Watte den marktüblichen Preis abknöpfen.

Das Grundkapital stammte von Bister, dessen ohnehin schon die Grenzen des Legalen streifende Geschäfte immer weniger abwarfen. Was aber hätte das Amateurhafte des Projekts besser illustriert als die Tatsache, dass Hente Riekko und Uupe Haapanen selbst Drogen nahmen?

Die Musiker zogen den Kleinhändler Tra Pen aus der Puistonkatu in die Sache mit hinein, und der Mann wurde mitten am Tag ins Präsidium verfrachtet. Seine Erklärungen über den Messerdiebstahl wurden nicht mehr ernst genommen, auch wenn er noch so oft fragte, was es für einen Sinn gehabt haben sollte, Bister mit einem Modell abzustechen, dass man nur in seinem, Tra Pens, Laden kaufen konnte.

Der Vietnamese leugnete den Mord, gab aber zu, von Bister ein Angebot erhalten zu haben, das mit Drogen zu tun hatte. Die Partygäste am Ufer des Päijänne hatte er durch seinen verstorbenen Bruder kennengelernt. Das war alles. Aber er wusste nicht, und es war auch nicht sein Fehler, dass die Kriminellen ihm ein Angebot zur Mitarbeit machen würden. Ob die Polizei denn gar nicht daran interessiert sei, den Mörder seines Bruders zu schnappen.

Die Männer kamen ins Polizeigefängnis, wo sie über glaubhafte Erklärungen nachdenken konnten, die sommermatte Maschinerie der Staatsanwaltschaft lebte zur Einsatzbereitschaft auf.

Kuhala musste Kriminalkommissarin Maaheimo detailliert begründen, warum er die Existenz von Kalender und Schlüsseletui verheimlicht und den Fund in der Boxhalle so lange für sich behalten hatte.

Der Grund bestand darin, dass man niemandem ein unfertiges Konstrukt anbieten konnte; das war auch eine Frage der Berufsehre. Am Anfang behauptete er, er hätte den Kalender und das Schlüssetui als Ergebnis harter Arbeit in die Hände bekommen, und all das erzählte er ganz privat, während er mit allen Sinnen die Düfte seiner Angebeteten, die Weichheit ihrer Haut verschlang.

Und so kauften sie sich Karten für eine Schiffstour auf dem See.

»Ach, Annukka, so wunderbar und ganz ohne Wonderbra«, flötete Kuhala und drückte die Lippen auf den Handrücken der Kommissarin.

»Hör auf zu schmeicheln, Ottelchen, du Trottelchen.«

»Was ist? Was ist auf einmal los?«

»Kollege Antikainen, ungefähr zehn Personen weiter in Richtung Bug, in der Nähe des Akkordeos. Mit einem Glas in der Hand.«

»Wollte er nicht abstinent werden? Er ist mir im Hafen gar nicht aufgefallen.«

Kuhala starrte zu lange auf Kriminalhauptmeister Antikainen, der prompt sein Glas zum Gruß hob und sich auch schon einen Weg durch die Menschenmenge bahnte, auf dem Gesicht sein berühmtes Meisterlächeln, etwas aufgeweicht durch einen kleinen Schwips.

Der Kriminalhauptmeister trug einen cremefarbenen Sommeranzug, im Schwanz der Seejungfrau auf seiner Krawattennadel war eine kleine Perle eingelassen. »'n Abend. Die besten Kräfte der Stadt auf ein und demselben Kahn.«

Antikainen roch nach Männerparfum. Er hob sein Glas erneut und kam so nahe heran, dass man auch den Alkohol riechen konnte. Hinter dem lässigen Vorhang seines Blickes flackerte Neugier, seine Worte spickte er wie gewohnt mit Sticheleien.

Es schien ihn überhaupt nicht zu interessieren, ob seine Gesellschaft erwünscht war. »Großartig, dieser finnische Sommer. Und die Erinnerungen an die erste Liebe. Ich war damals, in dem Sommer, in dem wir geheiratet haben, mit meiner Alten per Schiff auf dem Näsijärvi. Billige Fahrkarten, mehr konnten wir uns nicht leisten. Das war so eine versiffte Nussschale, mit Sperrholz geflickt, und der Käpt'n so blau, dass er beim Anlegen den Steg zu Schrott gefahren hat. Gut, dass wir nicht noch untergegangen sind. Später ist das Schiff dann tatsächlich gesunken, im Herbst desselben Jahres. Hab ich in der Zeitung gelesen, aber ohne Eira was zu sagen, weil sie so abergläubisch ist und dann gedacht hätte, so kann es dem Schiff unserer Ehe auch passieren. Mit Frauen muss man taktieren können, die sind halt manchmal ein bisschen komisch.«

Antikainen lachte und nahm einen Schluck. Ein Eiswürfel knirschte zwischen seinen Zähnen, eine Hand legte sich auf die Reling, und die Adern, die sich über die braune Haut schlängelten, sahen aus wie knotige Wurzeln. Der Fahrtwind wischte ihm den Scheitel in die Augen. Zu dieser Kreuzfahrt hatte Antikainen seine Frau nicht mehr mitgenommen, denn im Lauf der Jahre hatte sich die Liebe zum gemeinsamen Picheln neben dem Gartengrill abgeschliffen.

Auf dem engen Raum des Schiffes war der Kriminalhauptmeister nicht so leicht abzuschütteln, dachte Kuhala missmutig.

Der Kerl hatte sich zwischen ihn und Annukka Maaheimo gekeilt. Mit seinen gepolsterten Schultern und seiner Bauchkugel war er ohnehin nur mühsam aus dem Weg zu räumen, aber am schlimmsten war seine vom Whisky geölte Anhänglichkeit. Sie passierten ein Toppzeichen, von dessen Spitze aus eine Möwe in den See kackte und dabei herüberglotzte.

»Ihr trinkt also schon mal richtig schön zu zweit auf den Sieg, wie?«

»Was meinst du damit? Auf welchen Sieg? Wir bewundern eher die sommerliche Landschaft«, sagte Annukka Maaheimo.

»Ich will ja nicht mit beruflichen Angelegenheiten stören, aber ich wäre vorsichtig damit, den Vietnamesen in die Sache reinzuziehen. Rassismusvorwürfe fliegen einem schon bei Kleinigkeiten um die Ohren; manch ein Polizist ist deswegen in eine gewisse Substanz geraten.«

»Danke für den Hinweis. Jetzt störst du allerdings doch mit beruflichen Angelegenheiten«, sagte Maaheimo und richtete den Blick auf den See.

Antikainen nutzte die Situation und zwinkerte Kuhala zu. Das Eis in seinem Glas klirrte. »Ich hab heute Morgen die letzten DNA-Registerauszüge gecheckt. Die stützen nicht das Bild, an dem wir basteln, um die Jungs dranzukriegen. Die Vergleiche bringen keine Übereinstimmungen mit nichts, was wir aus dem Turmzimmer rausgeholt haben, bevor das Scheißding abgebrannt ist. Hast du schon Zeit gehabt, dir die Sachen anzugucken, Annukka?«

»Alles ist in Ordnung. Und jetzt keine beruflichen Dinge mehr«, sagte Maaheimo mit verschärftem Tonfall.

»Und wie wär's stattdessen mit einem Tänzchen? Das kannst du nicht ablehnen«, redete Antikainen hartnäckig weiter und kippte die restlichen Eiswürfel aus seinem Glas über die Reling. »Ich bin ein alter Walzerspezialist.«

Er packte Annukka Maaheimo am Arm, als existierte Kuhala überhaupt nicht, und bahnte sich mit der Entschlossenheit seiner Amtsjahre einen Weg zu der Stelle, wo einige Paare aneinandergelehnt hin und her torkelten. Antikainens unerschütterlicher Optimismus erstaunte immer wieder, vor allem weil er selbst wusste, dass für ihn alle Beförderungswege nach oben dicht waren.

Mit scharfen Ellbogenchecks hackte er sich Platz für seine Walzerschritte frei, etwa so, als ginge er gegen Ausschreitungen auf der Straße vor, dann zauberte er ein Kavalierslächeln auf sein Futterrübengesicht, das weithin leuchtete. Das Schiff tutete und fuhr wieder auf den Seeabschnitt vor Jyväskylä ein, auf der Wasseroberfläche funkelte die Sonne.

Ein Wasserskiläufer überholte das Schiff und klatschte mitten im Gruß ins Wasser, im Süden zeichnete sich ein Sägeblatt aus Fichtenwipfeln vor dem Himmel ab.

Nach zwei Torkelrunden bekam Kuhala seine Annukka zurück und drückte sie im Gedränge des Parketts fest an sich. Der Musiker spielte die Ballade vom Saimaa und hatte dabei den schwermütigen Blick eines echten Künstlers im Gesicht.

»Du bist die wunderbarste Frau, die ich kenne«, flüsterte Kuhala in Maaheimos Ohr.

»Jetzt übertreib mal nicht«, sagte sie und schnappte nach demselben Ohr, das Salla Kosonen ramponiert hatte. »Weißt du, dass bald auch die Kollegen wissen, dass du keine tollere Frau kennst als mich? Und zwar werden sie es am Montag wissen.«

Warum bissen Frauen immer in dasselbe Ohr? Kuhala drückte das Gesicht in Annukkas Haare und atmete tief durch. Der Schmerz fühlte sich herrlich an, und wenn es ein Zeichen gab, dass er verliebt war, dann war es das. »Kommst du heute Nacht zu mir?«

»Warten wir mal ab, ob du dich auch bis zum Schluss benehmen kannst.«

Der Atem der Kommissarin fühlte sich heiß und erregt an, ihre Hand wanderte unter Kuhalas Gürtellinie. »Einen besonders sittsamen Eindruck machst du nicht gerade.«

»Fährst du mit mir nach Prag?«

»Na, na, eins nach dem anderen.«

»Stimmt auch wieder«, gab Kuhala zu.

»Habe ich dir eine Wunde ins Ohr gebissen?«

»Das macht nichts.«

Annukka Maaheimo gab Kuhala ein Papiertaschentuch und riet ihm, das Ohr abzuwaschen, denn sie befanden sich im Sommerloch, und bei Bissen von Polizisten konnte man nie wissen.

Das Schiff dampfte an der Insel Lehtisaari vorbei. Auf dem Steg stand ein Mann, der gerade aus der Sauna kam. Er winkte, und dabei rutschte ihm das Handtuch von den Hüften. Sogleich sprang er ins Wasser, tauchte unter und kam nicht mehr an die Oberfläche, einige fragten sich schon laut, ob er je wieder auftauchen würde.

Das Herren-WC war ebenso klein wie das für Damen. An die Pissrinne passten zwei Personen, und als Kuhala seine Wunde abgewaschen und zum Wasserlassen getreten war, stellte er fest, dass die andere Person an der Rinne Antikainen war. Mittlerweile schwer betrunken.

»Scheiße, bin ich besoffen«, sagte er und strullte aufs Blech.

Seine Stirn lehnte an der Wand, der Kopf drehte sich in Richtung Nebenmann. Prompt blitzte in den Augen ein Zeichen des Erkennens auf, und die Pupillen schlugen einen Funken, den Kuhala falsch interpretierte.

»Der Schnüffler aus der Vaasankatu«, sagte Antikainen.

»Hallo noch mal. Geht's dir gut?«

»Verarsch mich nicht.«

»Wieso? Beruhig dich«, sagte Kuhala.

Dann ging alles so schnell, dass Kuhala einfach nicht mitkam. Antikainen schnaubte und schob sich hinter ihn ans Waschbecken, tat so, als prüfe er sein Zahnfleisch, zog aber plötzlich die Pistole und drückte Kuhala den Lauf gegen die Wange. Mit Müh und Not gelang es dem Privatdetektiv, den Reißverschluss hochzuziehen. »Was soll der Scheiß ...«

»Du hast also beschlossen, dich in die engeren Kreise reinzubumsen, weil du es mit ehrlicher Arbeit nicht schaffst.«

»Steck die Waffe weg.«

»Die hab ich immer bei mir. Für mich ist das Recht, eine Waffe zu tragen, das wichtigste Recht des freien Mannes. Aber zur Sache. Jetzt bist du dran, Arschloch. Eine Bewegung, und du hast ein Loch mehr im Kopf. Das letzte.«

Antikainen keuchte Kuhala mit grauem Gesicht ins Ohr, der Schweiß, der ihm auf die Stirn trat, rann zu den Augenbrauen hinab.

In der Ferne hörte man das Akkordeon, der Lauf der 7-Millimeter-Tokarew bohrte sich in die Wange. Kuhalas Hüfte wurde gegen den harten Rand des Waschbeckens gedrückt, und er war sicher, dass das nächste Tuten des Schiffs Antikainen dazu bringen würde abzudrücken.

»Du Scheißkerl warst am Brandort, aber mich verarschst du nicht. Du hast Bisters Palast angesteckt, weil du bei ihm die Pfoten so tief in der Scheiße stecken hattest, dass sonst nichts mehr geholfen hat. Und jetzt bahnst du dir mit deinem Schwanz den Weg in bessere Gefilde. Oder bildest es dir ein.«

»Du bist verrückt.«

»Verrückt und betrunken. Weißt du was, Kuhala. Unsere Feindschaft dauert mir schon viel zu lange. Mein Maß ist voll. Irgendwann ist es einfach voll. Du hast eine Minute Zeit, bedingungslos zu kapitulieren. Das heißt, dass du dich aus sämtlichen sogenannten Ermittlungen im Fall Bister und im Fall Suvi Ojanen zurückziehst. Und unter dem Nuttenrock der Maaheimo kommst du auch herausgekrochen und gehst stattdessen wieder deiner Alten an die Muschi. Wenn du deine Strafe wegen Brandstiftung abgesessen hast, kannst du dich wieder um Ladendiebstähle und Seitensprünge kümmern. Das heißt, da werden sie dir natürlich auch die Konzession entziehen. Wie sieht's aus? Eine halbe Minute ist schon um.«

»Du traust dich nicht abzudrücken.«

»Du hast das Spiel verloren. Das zwischen dir und mir. Acht zu null.«

Kuhala hatte Angst. Antikainens Atem roch nach Kalmus, seine Zungenspitze schnappte immer wieder nach dem Schaum in den Mundwinkeln.

»Ich kann dir in den Kopf oder in die Eier ballern. Dann sag ich, du wärst auf mich losgegangen. Einem Polizisten glaubt man, ich war schon in der Zeitung, ich hab was zu sagen. Fünfzehn Sekunden. Die ist entsichert, und dir glaubt keiner, vor allem weil die Glaubwürdigkeit von Toten scheißegal ist.«

Kuhala zog den Kopf nach hinten, dabei stieß er gegen den Spiegel. Dann sah er, wie sich Antikainens Finger krümmte, und als Nächstes hämmerte einer mit Gewalt gegen die WC-Tür. »Ist da jemand?!«

Kuhala trat dem Kriminalhauptmeister mit dem Knie zwischen die Beine und schlug die Hand mit der Waffe gegen das Sailor-Bild über der Tür. Das Glas klirrte, der Käpt'n aus Plastik segelte in die Pissrinne. Kuhala nietete Antikainens Handgelenk noch einmal so kräftig an die Wand, dass es krachte, und rammte dem Hauptmeister zusätzlich den Ellbogen auf die Nase. Ein Heulen ertönte, die Tokarew polterte ebenfalls in den Alutrog.

»Aufmachen!«

Antikainen sank vor der Kloschüssel auf die Knie. Kuhala drückte ihm den Kopf nach unten und spülte, alles war eng und chaotisch. Später würde sich der Kriminalhauptmeister an nichts mehr erinnern können, aber es gab auch nicht viel, was der Erinnerung wert gewesen wäre.

»Acht zu eins«, flüsterte Kuhala seinem über der Kloschüssel hängenden Feind ins Ohr und betätigte noch einmal die Spülung, bevor er die Waffe unter dem Wasserhahn abwusch, in die Tasche steckte und danach an die frische Luft trat.

Der Drängler, der draußen wartete, bis er an die Reihe kam, machte den Mund auf, um Kuhala zu verwünschen, ließ es aber bleiben, als er dessen Gesichtsausdruck sah.

»Jetzt kann man rein. Dem Kerl da drin ging es nicht so gut, ich hab ihm ein bisschen geholfen. Manche werden unheimlich leicht seekrank.«

Er warf die Tokarew mit Schwung über die Reling und legte die Wange auf Annukka Maaheimos Schulter. Sie fuhren bereits unter der Brücke durch, von der Kuhala eines Herbstes gesprungen war.

»Würdest du mir glauben, wenn ich sage, ich bin da mal runtergesprungen?«

»Du fühlst dich erhitzt an.«

»Rate mal, warum!«

Er küsste die Kommissarin auf den Hals und spürte, wie sein Herz vor Angst pulsierte.

# 26

Antikainen forschte am nächsten Morgen seiner Pistole nicht hinterher. Kuhala hatte ihn am Abend als einer der Ersten vom Schiff gehen sehen, er hatte sich die Nase gehalten, und in seinem Schritt hatte die Antriebslosigkeit eines Mannes gelegen, der was auf die Flügel bekommen hatte. Vor dem Hafenkiosk war Antikainen in ein Taxi gestiegen.

Die Waffe war privat gewesen, wahrscheinlich hatte er noch mehr davon im Schrank, aber mit Sicherheit würde der Kriminalhauptmeister erst einmal eine Weile darüber nachdenken, was er getan hatte, bevor er einen neuen Angriff startete. Er musste einfach begreifen, dass er die Grenze der Angemessenheit bei Weitem überschritten hatte.

Kuhala sagte Annukka, er sei zufällig neben Antikainen ans Urinal geraten, worauf sich ein harmloser Streit ergeben habe, eine kleine Rauferei wie unter Welpen.

Die Wahrheit zu umgehen erschien ihm eigentlich unnötig, aber er vermied es trotzdem lieber, das Thema aufzublasen, denn die Folgen hätten sich auf zu viele Ebenen erstreckt, und zu viele Leute hätten daraufhin Rohstoff für ihre Gerüchteküche bekommen. Antikainens Art, Dampf abzulassen, deutete außer auf Alkohol auch auf Tabletten hin. Umso lächerlicher wirkte das Abstinenzgefasel in der Gratiszeitung vom Frühsommer.

Als die Kommissarin nach einem langen Kuss zum Präsidium aufbrach, räumte Kuhala in seiner Detektei auf und beugte sich übers Terrarium, um den Geckos zu versichern, er werde ihre Bedürfnisse stets berücksichtigen, ganz gleich, wie sich seine zwischenmenschlichen Beziehungen entwickelten.

»Gestern war ich allerdings nahe daran, eine Kugel in den Kopf zu kriegen, und im Falle eines plötzlichen Ablebens habe ich keinen Plan parat, was dann mit euch geschieht. Müsste ich wahrscheinlich mal machen. Sorry, aber Echsen sind nicht in allen Kreisen gefragt.«

Hytönen und Inkeri standen mitten im Terrarium wie bei der Befehlsausgabe und wiegten die Köpfe. Kuhala war sich noch immer nicht ganz sicher, wer wer war, aber was die Ausstattung mit Intelligenz betraf, sah es ganz so aus, als befänden sich die beiden Tierchen auf einem Niveau.

Er warf die leere Kondompackung in den Müll und spürte den Nachgeschmack von Annukkas Kuss auf der Zunge.

In der Zeitung wurde über Regenfälle berichtet, die Mitteleuropa geißelten und dort die Flüsse ansteigen ließen. Außerdem gab es jeden Morgen genug über Jyväskyläs größte Verbrechenswelle aller Zeiten zu erzählen – wenn nicht unter den Neuigkeiten, dann zumindest in den Leserbriefspalten, wo die Leute ihrer Sorge über die Sicherheit freien Lauf ließen und mehr Polizei forderten oder diese der Unfähigkeit ziehen.

Kuhala blätterte um und trank einen Schluck Kaffee. Da stand plötzlich Leena in der Tür, ihr Blick fiel auf die Kondomverpackung im Papierkorb und dann auf Kuhala. »Darf ich kurz reinkommen?«

»Grüß dich. Na klar.«

Schnelle Worte, zu schnell, und mit dieser Frau habe ich zig Jahre lang das Bett geteilt, dachte Kuhala. Die Süße von Annukkas Kuss verflog im Nu, stattdessen stieg die Säure der Getränke, die er auf dem Schiff zu sich genommen hatte, bis zum Gaumen auf. Kuhala faltete die Zeitung zusammen und hatte keine Lust, seine Frau zu fragen, ob sie einen Kaffee wolle.

Im Fernsehen war ein Offizier aus dem Generalstab als Experte im Studio und erinnerte sich daran, wie mühsam die Jagd nach Terroristen war. Nicht einmal durch einen Druck der Fernbedienung wollte er sich zum Schweigen bringen lassen, denn die Batterie war leer. Kuhala drückte den Knopf am Apparat.

»Wie geht es dir?«

Leena zuckte ihre sonnengebräunten Schultern und öffnete ihre Handtasche, die sie einem großen Einkaufsnetz entnommen hatte. Durchs Geflecht konnte man einen Bund Radieschen und Karotten erkennen.

Die Ehefrau wirkte fremd und schön.

»Erstens mal ...«

»Was heißt hier erstens mal ...«

»Will ich, dass du herausfindest, was mit Tatu los ist. Er geht nicht ans Telefon, und ich habe gesehen, in welchem Zustand er an Mittsommer von hier weggefahren ist. Bei Tatu ist nicht alles im Lot. Er ist dein Sohn. Ich würde auch zu ihm fahren, aber ich kann jetzt nicht.«

»Ist Tatu verschwunden?«

»Nein, ich weiß nicht ...«

»Aber er wohnt in Helsinki und ist erwachsen. Wie soll ich da ...«

»Ich bin seine Mutter, und meine Intuition sagt mir, dass nicht alles so ist, wie es sein soll. Vielleicht nimmt er Drogen, vielleicht hat er sich so verheddert, dass er nicht einmal mehr seine Telefonrechnung bezahlen kann. Das erste Jahr fort von zu Hause. Ich habe Angst.«

»Immerhin hat er gedient.«

Leena schluchzte. Kuhala fühlte sich elend, er trat zu Leena und legte ihr die Hand auf die Schulter. »Nicht doch, er wird schon klarkommen. Aber ich fahre hin und sehe nach. Vorher muss ich bloß noch ein paar Sachen organisieren.«

Kuhala spürte innerlich ein laues Aufleben von Gefühl, seine Frau zuckte und wischte seine Hand von der Schulter.

»Ich will nicht, dass du mich anfasst.«

»Ja, nein. 'tschuldige. Was war das Zweite?«

Leena gab Kuhala eine Versicherungsrechnung sowie die Rechnung der Hauseigentümergemeinschaft für die Wasserleitungsreparatur – um die Gesamtsumme zu begleichen, wäre das Bare aus der Drogentasche durchaus nützlich gewesen. Die Zahlungsfrist lief in zwei Tagen ab, und auf dem Konto hatte Kuhala kaum das Geld für eine von beiden, er tat so, als sähe er sich die Unterlagen an, und spürte die Versuchung, sie zu zerreißen und Streu für die Echsen daraus zu machen.

»Ich wohne nicht mehr unter dieser Adresse.«

»Aber auf den Rechnungen steht dein Name, und du hast versprochen, das zu übernehmen.«

»Hier sind auch deine Versicherungen mit drauf.«

»Na und?«

»Überleg doch mal. Zuerst setzt du mich vor die Tür, weil es angeblich sinnlos ist, der Form halber in derselben Bettwäsche zu schlafen, und dann kommst du mit denen hier an. Ich habe nicht einmal genug Geld dafür. Ich zahle die Versicherungen, die Eigentümergemeinschaft soll sich ihren Teil von mir aus aus dem A...«

»Hättest du damals auch nur einen Funken Realitätssinn gehabt, wärst du bei der Polizei geblieben und hättest die paar schlechten Tage, die es immer mal gibt, ausgehalten. Andere müssen auch leiden ...«

»... aber am Ende werden sie belohnt, stimmt's? Du hast selbst gesagt, am Ende steht nur das Vergessen.«

»Das bezog sich auf unsere Ehe, nicht auf die Arbeit.«

»Vielen Dank für die Sommergrüße. Bring mir nur mehr davon, alles, was der Briefschlitz ausspuckt, fünf Minuten bloß, und das ist das Resultat.«

Leena Kuhala schnappte sich die Rechnungen und stand auf. »Ich zahle das. Verdammt noch mal. Aber um Tatu kümmerst du dich, und zwar heute noch. Du müsstest eigentlich von Berufs wegen die Kompetenz haben, Vermisste zu suchen.«

Als sich ihre Schritte entfernten, stand Kuhala noch lange vor seinem Schreibtisch und starrte auf die Radieschen, die auf den Boden gefallen waren. Es könnte auch schlechter gehen, es gäbe auch die Chance zum Besseren – oder wie war das?

Kurz darauf blickte er auf den Haddington House, der in der untersten Schreibtischschublade lag. Die dunkel goldene Flüssigkeit sah verlockender aus, als sie schmeckte. Saufen war eine allgemein anerkannte Lösung in kritischen Lebenssituationen, aber sich mitten an einem schönen Tag im halbdunklen Büro alleine die Kanne zu geben roch doch ziemlich nach Selbstzerstörung.

Er schloss die Schublade, ohne dass seine Lust geweckt wurde, die darin versteckten Schwanzschwingerstudien von Bister noch einmal durchzublättern. Die Fotos schienen am Ende doch nicht mehr zu beweisen als den Narzissmus des Dahingeschiedenen.

In Bisters wie in Suvi Ojanens Fall gab es zu viele Seitenwege, die anfangs vielversprechend ausgesehen hatten, aber schnell zu schmalen Pfaden geworden und schließlich im Unkraut von Missverständnissen und Wunschdenken untergegangen waren. Dennoch spürte Kuhala, dass die Lösung nur wenige Erkenntnisse weit entfernt lauerte, er musste sie nur hervorlocken.

Zuerst wird Bister tot aufgefunden, zwei Tage später findet man Suvi und den Ingenieur. Dann ist Tra Hun an der Reihe, und später gibt Patala den Löffel ab – ein seltsam schnelles Tempo, eine fürchterliche Menge Leichen mitten im Sommer. Hente und Uupe geben die Combo zu einem Danse macabre an Mittsommer, und Norton Rapee verkauft Erfrischungen. Kuhala war ganz und gar nicht zufrieden mit seinem Resümee, die Chance auf Erkenntnisse verflüchtigte sich wieder. Er konnte kaum noch zählen, wie viele Verbrechen aufgeklärt werden mussten.

Das Turteln mit der neuen Freundin, aber auch Leena mit ihren Rechnungen und erst recht Antikainen trübten das Blickfeld zusätzlich, aber so war es schon immer gewesen, seit er seinen ersten Fall gelöst hatte.

Er schickte Tatu eine SMS und eine E-Mail: Hallo, mein Lieber! Lass mal was von dir hören. Mit sehnsüchtigen Grüßen, dein Vater, der Antiheld!

Die Einfachheit der modernen Kontaktaufnahmemittel hatte ihre billige Seiten, aber auf die Schnelle fiel Kuhala nichts Besseres ein. Wahrscheinlich hatte es Leena längst auf beiden Wegen versucht.

Nachdem er noch einen letzten Blick auf die Whiskyflasche geworfen hatte, besann er sich und kramte seine Turnschuhe hervor. In der Eile seines Auszugs hatte er sie feucht in eine Plastiktüte gesteckt, jetzt spross am Abdruck des großen Zehs der Schimmel. Die Laufschuhe hatten nicht die Klasse der Schuhe des ausgetickten Pentti Närhi, aber mangels Alternative mussten sie es tun.

Der Mensch sondert am Tag einen Liter Flüssigkeit ab, winters wie sommers, in Form von Schweiß – Kuhala quatschten auf der Laufstrecke am Stadtberg drei Liter aus den Poren, aber er gab nicht auf. Noch wenige Schritte, und das Endorphin würde wirken, noch der eine Anstieg, und der Atem würde seinen Rhythmus finden.

Noch eine Runde, und der Atem würde komplett aussetzen.

Er steppte einen Anstieg hinauf, hinter dem Schweißfilm, der in den Augen brannte, baute sich das Gymnasium als Doppelbild auf, das aber durch kräftiges Kopfschütteln verschwand. Einen Moment später prallte er gegen einen Kasten, der an einem kurzen Pfosten festgeschraubt war. Dort konnte man schwarze Plastiktüten für das Einsammeln der Hinterlassenschaften seines Hundes bekommen. Auch Wladimir Kuts war es seinerzeit schnell angegangen, was am Ende reiche Früchte getragen hatte, aber war Kuts zu Beginn seiner Karriere auch gegen einen Kackbeutelkasten gelaufen?

Kuhala stand vor dem Kasten und erwog eine Beschwerde bei den Stadtwerken, denn als beginnender Fitnesssportler brauchte er Platz zum Laufen.

Die sinnlose Serie seiner Flüche verebbte allmählich, die Luftabwehrkanone im Schatten des Wasserturms richtete zwischen Kiefernzweigen ihr Rohr zum Himmel.

Kuhala saß mit Seitenstechen auf dem Rasen und spuckte aus. Dann blickte er zur Seite und erkannte Antikainen, der mit krummen Schritten angedampft kam. Die engen Shorts, das Netzhemd, das er sich um den Hals gewickelt hatte, und das Frotteestirnband mit der Aufschrift »Gartencenter Turenki«, alles Joggingklamotten, die sich überlebt hatten, aber man sah, dass der Kriminalhauptmeister hier nicht seine erste Runde lief.

»Ist das dein Reuelauf?«, sagte Kuhala, noch bevor Antikainen ihn bemerkt zu haben schien.

Der Kriminalhauptmeister schaute verdutzt in die Richtung, aus der die Stimme gekommen war, und wich nur knapp dem Kasten aus, gegen den Kuhala geprallt war.

»Du.«

Antikainen keuchte und stützte sich an einem Baum ab. Sie schauten sich an. Der Polizist trug einen Verband um das Handgelenk, das ihm Kuhala zerschmettert hatte, an seiner Nasenwurzel blühte ein Veilchen. Er setzte sich mit einigem Abstand hin und wartete, bis sich sein Atem beruhigt hatte.

»Auch wenn man nicht mehr ungeschehen machen kann, was man getan hat, und auch wenn du mein Rumgezappel im Amt, so geringfügig es auch ist, mit einem Schlag beenden könntest, bitte ich um Entschuldigung. Ich kann mein Verhalten nicht erklären. Es würde auch nichts helfen. Vielleicht bin ich einfach bloß schwach.«

»Das ist der Stress. Vergessen wir das Ganze«, sagte Kuhala und erinnerte sich an das harte Metall des Pistolenlaufs an seiner Backe.

»Bei mir ist es in letzter Zeit ein bisschen miserabel gelaufen«, wand sich Antikainen.

»Das geht jedem mal so.«

»Spannungen mit meiner Frau, die Maaheimo kann mich nicht leiden, und die Gier nach Alkohol nimmt zwischen den Ohren mehr Platz in Anspruch, als der Arzt verschreibt. Und dann versuch mal ... nein, ich kann mich nicht rechtfertigen, aber irgendwie bin ich ausgerastet, als ich dich und die Kommissarin so glücklich auf dem Schiff gesehen hab. Manchmal fragt man sich schon, wie das so kommt; wir werden unschuldig geboren, und dann ein Ausrutscher, und alles steht auf dem Kopf. Und dann stirbt man.«

»An so was denke ich auch manchmal«, sagte Kuhala.

»Ich mein nur, dass es die einfachen Sachen sind, die einem Frieden geben. Guck dir bloß mal das Eichhörnchen da drüben an, fast möchte ich mit ihm tauschen. Von Ast zu Ast hüpfen und ab und zu an einem Zapfen nagen, damit man bei Kräften bleibt. Stell dir mal vor, wie das von schräg dort oben aussieht, wenn du hier mit schwabbelnden Titten vorbeijoggst. Und im Winter schlummerst du im Nest wie in dem Gedicht von Aleksis Kivi.«

»Ich wusste gar nicht, dass du Lyrik liest.«

»Tu ich auch nicht, aber in der Schule haben sie uns das Scheißgedicht dermaßen eingebleut, dass ich immer noch jede Zeile auswendig kann. Soll ich ...«

»Nein danke, schon gut.«

Glühend rot und noch immer vom Rennen schnaufend, starrten sie das Eichhörnchen an. Das Eichhörnchen starrte zurück und schnalzte. Kuhala verkniff sich zu sagen, dass die Tierchen mit dem buschigen Schwanz in weiten Kreisen vor allem als Nesträuber bekannt waren.

Antikainen richtete den Blick auf Kuhala, der allmählich wieder zu Kräften kam und auf einmal von einem großen Zugehörigkeitsgefühl ergriffen war, nicht nur gegenüber dem Kriminalhauptmeister, sondern allen gegenüber, die sich ihre Schwäche eingestanden – gegenüber der ganzen Menschheit.

Er reichte Antikainen die Hand, bevor das Gefühl verebbte.

»Hast du die Knarre noch?«, fragte der Polizist.

»Ich hab sie in den See geworfen. Keine Beweise.«

»An welcher Stelle? Du erinnerst dich nicht zufällig?«

»An der tiefsten Stelle des ganzen Päijänne.«

Antikainen nickte und grinste, aber kleinlaut. Dann setzte er seinen Weg fort, die Steigung zum Gymnasium hinauf. Sein behaarter Rücken glänzte feucht, und Kuhala war froh, nicht mit ihm losgelaufen zu sein.

Mit dem Erwärmen von solchen Beziehungen musste man vorsichtig sein, vor allem wenn es um einen Schuft ging, der zum Schiffsausflug an einem Sommerabend seine Pistole mitgenommen hatte.

# 27

Norton Rapee saß vor seinem laubumrahmten Kiosk in der Sonne und hob Karten von einem Stapel ab, als würde er die Zukunft weissagen. Andere Leute waren nicht anwesend, also sagte Norton sich selber weis. Seine über den Tisch gebeugte tuberkulöse Gestalt und die langsamen Bewegungen deuteten an, dass die Aussage des Blattes zu wünschen übrig ließ.

Über Kuhala erschrak er nicht. Der Pikbube, der zwischen seinen Fingern hing, schien ein Loch in die Brust bekommen zu haben.

»Sie schon wieder. Diesmal mit dem Auto.«

»Tag. Ziemlich grob gezinkte Karten.«

»Das stammt von der Luftdruckpistole. Ich schieße von der Luke aus auf die Drosseln, weil die mir zu frech werden. Einmal hat sich eine neben die Karten gesetzt und sich den Pikbuben gepickt. Dann war ich dran mit Ziehen.«

»Aber wenn Kundschaft da ist, schießen Sie nicht?«

Rapee ließ die Karten in die Schürzentasche fallen und zündete sich eine Zigarette an. Durch den Rauch hindurch musterte er Kuhala und wirkte dabei weder glücklich über seine Freilassung noch zerknirscht, weil er schweißtreibende Verhöre durchgemacht hatte. Das Leben war in seine Bahn zurückgekehrt, der Pflanzenbestand, der den Kiosk beschattete, raschelte vor Trockenheit.

»Ich hätte gern ein Alkoholarmes, einen Kaffee und ein Wiener Kaffeestückchen.«

»Die Wiener sind aus der Tiefkühltruhe und auch sonst von gestern.«

»Macht nichts. In meinem Alter ist man an Dinge von gestern gewöhnt.«

Kuhala ging zum Schalter, Rapee polterte hintenherum in den Kiosk, um die Bestellung auszuführen. Im Schatten einer schwitzenden Kuchenhaube unter dem Postkartengestell schimmerte tatsächlich eine massive Luftdruckpistole. Das entsprach vermutlich nicht ganz den Kioskverordnungen, aber Kuhala wollte mit dem Thema keinen Ärger vom Zaun brechen. Die Wumme war allerdings von einer Kategorie, dass ein Treffer auch einen Menschen gejuckt hätte. Man hörte ein hohes Zischen, dann klingelte die Kasse.

»Ich dachte, ich fahr zum Nuotta-Teich und frage dort noch einmal alle Leute, die Suvi gekannt haben, nach dem Montag, der ihr letzter bleiben sollte.«

»Ich hab sie nicht gekannt. Fünf Euro.«

»Ich dachte, der Wiener ist von gestern«, sagte Kuhala und zahlte mit einem Schein. »Schauen Sie mal, ich habe hier minutengenau den Ablauf von Suvis letzten Stunden vor ihrem Verschwinden zusammengestellt. Ich hätte gern, dass Sie den Teil, der Sie betrifft, überprüfen. Wenn ich einen Fehler gemacht habe und Sie sich besser erinnern als zuletzt, dann korrigieren Sie es einfach.«

Rapee tat wie ihm befohlen und setzte sich Kuhala gegenüber an einen Tisch. Der Privatdetektiv schlug die Zähne in den mit Schokolade gestreiften Wiener, dabei staubte Puderzucker auf. Das entsprach der Produktinformation durch den Wirt: Das Kaffeestückchen hatte sich in Gips verwandelt.

»Wenn das mein Teil sein soll, dann ist es ungefähr so gewesen. Ich kann meine Version allerdings auswendig, und raten

Sie mal, ob ich weiß, was es für einen Eindruck macht, wenn ich plötzlich Änderungen an meiner Geschichte anbringe? Das Mädchen hat an dem Mittag hier gesessen und ist dann weiter. Das ist alles.«

»Gut. Ich glaube Ihnen, dass Sie Ihre Version können, Sie haben sie bloß noch nicht erzählt.«

»Was?«

»Die gesamte Version.«

Die Hand mit dem Minutenplan hörte auf, sich zu bewegen, die Furchen rechts und links des Mundes wurden so tief wie zuletzt in Maaheimos Büro. »Die Polizei hat mich laufen lassen. Ich glaube, das heißt, dass sie mich nicht für den Übeltäter halten. Ihre Pfuscherei hier ist ja stümperhaft.«

Er stieß den Zettel von sich, als würde er Flecktyphus verbreiten.

Kuhala fütterte eine Schar von zehn angeflatterten Drosseln mit Wienerkrümeln. Er sagte, er bewerte viele Dinge, die er getan habe, ebenfalls als reine Pfuscherei, fügte aber hinzu, er sei vom Typ her einfach hartnäckig. »In meinem Job als Privatdetektiv ist Sturheit eine Tugend. Ich habe mit meiner Tour heute in der Pyssymiehenkatu angefangen, denn dort ist auch Suvi aufgebrochen. Ich mache mir eine Menge Arbeit, weil ich das Gefühl habe, dass die Dinge sich nicht so bewegen, wie es sein sollte.«

Rapee war inzwischen aufgestanden und hatte ein paar Schritte gemacht, blieb aber gleich wieder stehen und drehte sich um. Sein Gesichtsausdruck war der eines erschöpften, gequälten Menschen. Die Drosseln ließen sich auf den Stühlen und dem Tisch nieder, bald waren es zwanzig, und das Laubwerk spuckte ständig mehr aus, sodass der alte Wiener im Nu zu verschwinden drohte.

»Ich habe an der Tür der Ojanens geklingelt, aber die Frau ist noch immer im Krankenhaus. Sie hat Probleme mit der Bauchspeicheldrüse. Ihr Mann Risto und ihr Sohn Ville verbringen den Sommer wer weiß wo. Dann bin ich rüber zum Nachbarn marschiert.«

Rapee fixierte die Wacholderdrosseln, die Umrisse des Kartenspiels waren in der Tasche seiner Schürze zu erkennen. Er schob seine Hände in den Schutz des Stoffes. »Zum Nachbarn? Sie sind ja ein Genie.«

Die dreisteste Drossel war groß und schnell. Sie schnappte sich den letzten Krümel aus dem Flug und tschackerte Rapee übelnehmerisch an, als kündigte sie ihm an, der Tag der Rache werde noch kommen. Sie überquerte den Scheitel des Kioskbetreibers mit einer Handbreit Abstand und verschwand im Gebüsch. Kuhala sagte, der Nachbar heiße Närhi.

»Haben Sie den Namen schon mal gehört?«

»Ich? Wieso hätte ich?«

»Pentti Närhi. Ein Einsiedler wie Sie, jetzt in der geschlossenen Abteilung, weil durchgedreht. Hat angeblich Kontakt zu einem Kometen aufgenommen, der sich auf Kollisionskurs mit der Erde befindet. Hat übrigens Sport getrieben wie ein Verrückter.«

Das Rot, das in Rapees Pockennarben aufglühte, verhieß nichts Gutes, aber galt das in diesen Zeiten nicht für alles?

Kuhala trank seinen Kaffee und kippte einen langen Schluck Alkoholarmes hinterher. Es war kalt, hatte die richtige Menge Kohlensäure und einen vollen Geschmack. Die Drosseln dachten gar nicht daran wegzufliegen, obwohl der Wiener verzehrt war. Vielleicht meinten sie, in Kuhala einen Verbündeten gefunden zu haben, und garantiert ergötzten sie sich daran, ihren Henker jetzt zappeln zu sehen. Wie die Geschworenen von der Straße nach Vertaala saßen die Vögel nebeneinander, ließen ab und zu etwas fallen oder machten zänkische Zwischenrufe.

»Närhis Haus steht leer, aber ich habe mir erlaubt, in seine Garage zu gehen. Dort lagern kistenweise Trainingstagebücher.

Außerdem gibt es dort haufenweise Filmrollen und Kassetten von Marathonstrecken und gewöhnlichen Trainingsstrecken, auch aus der Umgebung von Jyväskylä. Eigentlich liegen sie nicht in Haufen herum. Alles ist fein säuberlich sortiert. Auf den Kassetten stehen die Namen der Strecken. Was hab ich da geschwitzt, mein lieber Mann!«

»Was soll das denn jetzt?«

»Ich krieg einen trockenen Mund. Könnte ich noch ein Alkoholarmes haben?«

Rapee holte es, Kuhala ging inzwischen zu seinem Wagen und kehrte wieder zurück. Die Drosseln rangelten zum Zeitvertreib ein bisschen untereinander, brachten aber die Geduld auf zu warten.

»Diese Kassette habe ich gefunden. Sie ist mit einer Route beschriftet. Können Sie es lesen?«

»Jyväskylä – Vertaala – Nuotta-Teich – Tikkakoski – Jyväskylä«, buchstabierte Rapee.

»Richtig. Ich hab mir die Kassette angeschaut. Gespult und geschaut. Der Film wurde letzten Sommer gedreht. Närhi ist die Strecke mit dem Fahrrad abgefahren, die Kamera hatte er mit einem selbst gebastelten Stativ an der Lenkstange befestigt. Ziemlich erfinderisch, auch wenn das Bild ein bisschen wackelt. Was ich bloß sagen will, ist, dass er vor über einem Jahr, am siebenundzwanzigsten Juni, hier an Ihrem Kiosk angehalten zu haben scheint. Die Kamera am Fahrradgeweih zeigt kurz Ihre Terrasse und einen Tisch, an dem Sie sitzen und sich mit Suvi Ojanen unterhalten. Sie scheinen sich wohlzufühlen, Suvi lacht. Dann richten Sie den Blick auf Närhi und Närhis Kamera, die dann wenig später ausgeht und erst wieder aufwacht, als die Fahrt fortgesetzt wird.«

»Lüge.«

»Nein. Wir können uns das zusammen auf dem Präsidium ansehen. Oder bei mir.«

Ein Auto näherte sich und beschleunigte auf der Höhe des Kiosks im Stile einer großen Rallye. Die Staubwolke trübte das Tageslicht unter dem Laubdach so sehr, als wäre das Weltende angebrochen. Einige besonders waghalsige Drosseln nutzten die Situation aus und flogen zur Kioskluke hinein. Nach dem Fallout zahlte Kuhala sein zweites Alkoholarmes und befeuchtete sich den Mund. Norton Rapee knallte das Wechselgeld auf den Tisch.

»Das mit dem Film ist totaler Quatsch. Was soll das beweisen?«

»Dass bei den Versionen, die Sie serviert haben, der tückische Teer der Lüge aus den Nähten quillt. Sie haben behauptet, Suvi diesen Sommer zum ersten Mal gesehen zu haben, aber auf dem Film vom letzten Sommer zerreißt Ihnen das Lächeln fast den Mund. Suvi trinkt gelbe Limo, Sie trinken Kaffee. Eine Drossel hockt auf der Lehne dieses Stuhls da. Sie sind ein hinterhältiger Kerl, Rapee.«

Die Wacholderdrosseln öffneten die Schnäbel und stimmten tschackernd zu. Das war für den Kioskbesitzer zu viel. Er zog die Luftdruckpistole deutscher Produktion unter der Schürze hervor und stützte sich an der Tischkante auf.

»Diese verfluchten Schreihälse!«

Kuhala hatte in den Tagen zuvor so viel Erfahrung mit dem Entwaffnen gesammelt, dass er nicht einmal erschrak, sondern genau in dem Moment gegen die Schusshand stieß, als das Projektil losging. Es dünnte die makabre Geschworenenjury nicht aus, sondern schlug im Kühlergrill von Kuhalas Mazda ein. Rapee wollte zuschlagen, brach die Bewegung aber auf halbem Weg ab und begnügte sich mit einer Grimasse, als der Privatdetektiv die Pistole konfiszierte.

»Sie werden nicht einen einzigen Vogel erschießen. Nichts ärgert mich so wie das Abschlachten von unschuldigen Kreaturen.«

»Verschwinden Sie! Was Sie machen, ist Geschäftsschädigung. Die Kassette ist wertlos. Sagen Sie mir doch mal, warum ich überhaupt hätte zugeben sollen, Suvi gesehen zu haben, wenn ich ihr was Böses getan hätte?«

»Vielleicht war Suvi eine Ihrer Stammkundinnen, und Sie dachten, irgendwann wird sich doch jemand daran erinnern, sie hier gesehen zu haben. Das alles ist sehr interessant.«

»Fahrn Sie zur Hölle.«

»Kennen Sie Pentti Närhi?«

Rapee wedelte mit der Hand und fing an, die Drosseln zu verscheuchen, indem er mit seiner schmutzigen Schürze die Luft peitschte. Eine Art Vogelscheuche war der Mann auch zweifellos, wie er mit einer Zigarette zwischen den Zähnen seine knochigen Arme schwenkte. Die unsychronisierte Koordination der Bewegungen verstärkte den Eindruck, den Kuhala gewonnen hatte. Er machte einen weiten Bogen um den Kioskbesitzer herum und merkte, wie die Terroristendrosseln von ihrem Raubzug aus der Kioskluke zurückkehrten. Die eine hatte Rapees Armbanduhr als Mitbringsel dabei, die andere eine Lakritzpfeife.

# 28

Kuhala mutmaßte, dass die Kugel an der vorderen Stoßstange abgeprallt war, auch wenn im Chrom kein Einschlag zu erkennen war. Er legte die Luftdruckpistole und die Kassette ins Handschuhfach. Der Kioskbesitzer hatte recht, wenn er sagte, dass es kein Vergehen war, mit einem ermordeten Mädchen im selben Film aufzutreten, aber nachdem Kuhala vom Parkplatz unter dem Laubdach losgefahren war, zerbrach er sich auf der gesamten restlichen Strecke bis zum Nuotta-Teich den Kopf über das Rätsel namens Rapee. Der Mann war der Horror und brütete in seinem Kopf genauso unvergleichliche Halluzinationen aus wie viele andere einsame Männer. Eines Tages würden die Drosseln ihn totpicken. Gab es an der Landstraße überhaupt ein Hinweisschild auf den Kiosk? In das Gebüsch verirrte man sich nur, wenn man sich auskannte.

Überall am Ufer des Nuotta-Teichs waren das Bierzelt und der Tanzboden inzwischen abgebaut. Über das unbewegliche Wasser wurden die ewigen Begeisterungsschreie plantschender Kinder herübergetragen. An die Umkleidekabine war ein Werbeplakat für Stormy genagelt worden. Darauf schwenkte Jouko Makuri mit Haartolle die Hüften. Das Ehepaar, das nun hinter Gittern saß, war nur andeutungsweise im Hintergrund zu erkennen, wenngleich identifizierbar aufgrund ihrer dünnen Silhouetten.

Kuhala wusch sich das Gesicht mit Seewasser und betrat denselben Weg, den er schon einmal mit Annukka Maaheimos Fahrrad gefahren war, und zwar was das Zeug gehalten hatte. Fast wäre er auf einen faustgroßen Frosch getreten, der in Gedanken versunken breit dahockte und alt und weise aussah. An seinem Rückenschleim war ein kleiner Zweig mit unreifen Blaubeeren hängen geblieben. Kuhala lobte die Tarnung, nahm sie aber weg. Der Frosch blies die Backen auf wie Dizzy Gillespie, das folgende waldige Riff war echter Jazz und erstreckte sich außerdem bis in die graue Vorzeit hinein.

Kuhala beugte sich über das kleine Monstrum und richtete ihm Grüße von Inkeri und Hytönen aus. »Ist es von hier aus noch weit bis zum Sommerhaus der Familie Kangas? Und zu dem von Herrn Rapee?«

Der Frosch quakte heiter.

Vom Ufer aus führte der Weg tiefer in den Wald hinein, bald waren die Kinderstimmen nicht mehr zu hören.

Mit seinen niedlichen, rot gestrichenen Fensterrahmen und seinem Rauchfang repräsentierte das Sommerhaus der Familie Kangas das klassische Modell der Hüttenschnitzkunst, und Kuhala konnte sich unschwer vorstellen, warum so etwas landläufig als Zufluchtsort vor dem grauen Alltag bezeichnet wurde.

Pirita, die Tochter des Hauses, wiederum stand mit ihren niedlichen Rattenschwänzchen und dem rot bemalten Mund für die klassische finnische Frauenblüte, und Kuhala konnte sich unschwer vorstellen, dass man vor dem grauen Alltag gerade bei solch strahlender Schönheit Zuflucht suchte.

Kurz überlegte er, ob er mit dem Vergleich von Sommerhaus und Frau Letztere unzulässig vergegenständlichte, verzieh sich aber, man musste schließlich nicht jeden Gedanken laut ausposaunen. Außerdem hatte Leena ihn ja auch mit einem von Termiten zerfressenen Totem und einem verlassenen Ameisenhaufen verglichen – und zwar mehr als einmal.

»Ich bin Kuhala. Privatdetektiv Kuhala, du erinnerst dich bestimmt. Wir sind uns schon einmal begegnet, hallo. Ich bin am Ufer entlanggegangen, weil auf der Karte kein genauer Weg zu den Sommerhäusern eingezeichnet ist. Hoffentlich störe ich nicht, ich wollte ein paar Fragen über Suvi stellen. Wenn es dir recht ist.«

Es war ein blödes Gefühl, den Grund des Besuchs aus zig Meter Entfernung in die Landschaft zu rufen, besonders weil man es mit Sicherheit bis ans andere Ufer hörte.

»Hallo, ja, ich erinnere mich«, sagte das Mädchen und zog das Oberteil ihres Bikinis an.

Kuhala ging weiter bis zu den Steinplatten, die zum Steg führten, und meinte, dass man einen gemütlicheren Platz zum Lesen lange suchen müsse.

»Das hat mit gemütlich überhaupt nichts zu tun«, erwiderte das Mädchen gut gelaunt und hielt das Buch hoch, dessen Umschlag eine stilisierte mathematische Gleichung in roter Schrift zierte. »Gut, dass du kommst, da habe ich einen Grund aufzuhören.«

»Bist du alleine?«

»Ja. Mama und Papa kommen in ein oder zwei Stunden. Ich habe versprochen, für die alten Leute die Sauna zu heizen, aber ich bleibe nicht mit ihnen hier. Wir wechseln immer schichtweise zwischen Stadtwohnung und Sommerhaus«, lachte sie und schaute dann kurz in einen kleinen Spiegel, selbstsicher und sich ihrer Position bewusst.

Die Geste hatte nichts Angeberisches, es lag eher etwas von Lebensfreude darin, und genau das war es, was Rapee auch an Suvi Ojanen gefallen hatte. Rasante Sommertage, Partys und ein bisschen Lernen für die Prüfungen, Sonne und Eiswürfel, die im Ciderglas schmelzen. Kuhala fragte vorsichtig, ob Pirita schon Abstand zu Suvis Tod gefunden habe, ob der Schock nachlasse. Sie wurde ernst und blinzelte ins Licht.

»Man muss ja weiterleben. Wird jemand von euch den Täter schnappen? Jemals?«

»Ja.«

»Du?«

»Wenn nicht ich, dann jemand anders. Die Polizei ist in ihren Ermittlungen vorangekommen.«

»Du auch?«

Ein Schwarm kleiner Fische erschrak im flachen Wasser vor Kuhalas Schatten, das Blatt des Steuerpaddels im Ruderboot hatte einen Sprung. Kuhala setzte sich auf den Steg und sagte, er suche derzeit hauptamtlich nach Suvis Mörder, sei aber nicht in der Lage, seinen Fortschritt zu definieren, weil ständig neue Wendungen eintraten, die mindestens ebenso kompliziert waren wie die Gleichung auf dem Buchumschlag.

»Die ist nicht schwer.«

»Für mich schon«, behauptete Kuhala.

»Dann musst du dich eben reinknien. Studieren. Aber das weißt du bestimmt selbst.«

»Ja, sicher«, sagte Kuhala lachend.

Er fragte Pirita, ob sie Norton Rapee kenne. Sie reflektierte das Licht mit dem Spiegel aufs Wasser und ließ es über das Boot auf Kuhalas Stirn sausen. »Wen? Komischer Name. Müsste ich den kennen?«

»Der Mann hat hier irgendwo ein Sommerhaus und betreibt einen Kiosk an der Straße nach Vertaala. An der höchsten Stelle, dort, wo es am Feld entlang nach unten geht. Ungefähr zwölf Kilometer von hier.«

»Ist das dieser komische Wurzel? Düster und groß und schlechte Haut, ziemlich dünn?«

Kuhala nickte und bat Pirita, den Spiegel wegzunehmen, denn die Strahlen bohrten sich in seinen Schädel und brachten das Gehirn zum Kochen. Sie gehorchte, legte den Spiegel aus der Hand und stützte das Kinn auf die Knie. Im Gras lag ein blaues Eimerchen aus Kindertagen.

»Ich kenne Suvi, seit wir acht waren. So mit dreizehn war sie wahrscheinlich das erste Mal hier und durfte über Nacht bleiben. Wir sind lange aufgeblieben und haben uns Gespenstergeschichten erzählt und über Jungs geredet und darüber, was wir mal werden wollen. Ich wollte Stewardess werden, Suvi Astronautin, und das erklärt eigentlich schon, wie unterschiedlich wir waren. Sie wollte dreißigtausend Kilometer höher hinaus als ich. Aber was spielt das jetzt noch für eine Rolle.«

»Wo hast du diesen Rapee gesehen?«

»Letzten Sommer kam er mir mal auf dem Weg entgegen und sagte mit so einem unheimlichen Grinsen, ›endlich zu zweit‹. Das war in der Nähe von dem verlassenen Bauernhaus, fast hätte ich laut geschrien, aber ich tat es dann doch nicht. Er ließ mich vorbei und lachte bloß. Nachdem ich ein Stück gegangen war, musste ich rennen, weil ich das Gefühl hatte, er verfolgt mich.«

»Und, hat er dich verfolgt?«

»Nein.«

»Weißt du, wo Rapee sein Sommerhaus hat?«

»Ungefähr. Aber das ist nicht sein Sommerhaus, sondern er wohnt dort das ganze Jahr. Das ist so eine Art Baracke, und daneben steht ein alter Wohnwagen ohne Räder und alles. Den Rapee nennen alle Nortti. Ist er der Mörder? Ich finde, er sieht viel zu sehr nach einem Mörder aus. Und sein Haus viel zu sehr wie das eines Mörders.«

Kuhala meinte, äußerliche Aspekte wögen in so einem Fall nicht viel, und zum Glück lägen die Zeiten weit zurück, in denen Schädelmessungen vorgenommen wurden, um die Menschen nach richtigen und falschen Rassen zu klassifizieren. »Warst du mal in Rapees Haus?«

»Nein. Ich hätte auch keine große Lust dazu, aber ich hab es von außen gesehen.«

Sie stand auf und sprang in den See, ein etwas weiter weg dahingleitender Haubentaucher erwog den Abflug. Kuhala blätterte in dem Buch, dessen Formeln so einfach zu deuten waren wie sumerische Keilschrift.

»Komm ins Wasser!«

»Nee, ich glaub nicht.«

»Komm schon. Im Ernst.«

Außer für die Sumerer. Kuhala konnte sich auch noch einigermaßen an Nabokows Lolita erinnern. Er hatte es vor Jahren gelesen, noch bevor er wusste, dass er Polizist und gar Privatdetektiv werden wollte, aber das war nur ein Buch, die Sommer hingegen waren kurz und schöne Sommer geradezu eine Rarität.

Pirita Kangas schwamm im Schmetterlingsstil auf den See hinaus und tauchte schließlich. Kuhala machte sich frei bis auf die Unterhose und zog den Bauch ein. Es funktionierte nicht recht. Dann stieg er die Leiter ins Wasser hinab und kraulte am Ufer entlang, bis er sich im Rhythmus verhedderte und Wasser in die Röhren bekam. Er musste auf Brust umstellen.

Möge Nabokow sich im Grabe herumdrehen.

Das Mädchen tauchte vor Kuhalas Nase auf und spauzte ihm Wasser ins Gesicht. »Du bist ein alter Sack.«

Kuhala hustete, räumte ein, mittleren Alters zu sein, aber nicht alt.

»Ich sag dir, wo Nortti wohnt, wenn ich von deinen Schultern ins Wasser springen darf.«

»Warum nicht. Kletterst du alleine hoch, oder soll ich mit den Händen nachhelfen?«

Kuhala war nahe daran zu ertrinken, Pirita jaulte vor Vergnügen. Es gab ein lautes Platschen, und der Privatdetektiv nutzte die Gelegenheit, sich ans Ufer zu flüchten.

»Hättest du nicht Lust, die Sauna anzumachen? Ich bin so faul. Unter der Bank im Umkleideraum liegt Holz, und im Korb in der Ecke sind Zeitungen und Rinde. Die Streichhölzer findest du oben auf dem Türrahmen.«

Jede Frau verfügt über die Gabe, Männer an die Leine zu nehmen und ihr aus der Hand fressen zu lassen, aber die wenigsten haben die Gabe, Männer dazu zu bringen, ihrem eigenen Schweif nachzujagen. Pirita Kangas gehörte zu diesen wenigen. Sie wusste das und hatte beschlossen, ihr Talent in aller Ruhe zu veredeln, denn die besten Jahre lagen noch vor ihr. Insgeheim taten Kuhala all die Adonisse leid, die sich vor Pirita noch weiß Gott was einbilden würden. Wie tröstlich war es da letztlich, ein alter Sack zu sein.

Er warf einen kurzen Blick auf seine Bauchwölbung, hatte keine Lust mehr, sie einzuziehen, und ging so, wie er war, in den Umkleideraum der Sauna. Am Kleiderhaken hing ein frisches Birkenbüschel und sonderte einen feinen Duft ab, auf den Wänden spielte das hereinströmende Licht. Kuhala spähte in die Sauna, dann bückte er sich und suchte Holzscheite aus.

Der Stapel Zeitungen im Korb schien vom Frühjahr zu stammen, die Meldungen waren längst vergessen. Er nahm die oberste Ausgabe zum Anfachen heraus, da fiel sein Blick kurz auf die zweite Zeitung. Es war eine Mittelfinnische von Anfang Mai, und dort leuchtete auf der Impuls-Seite flüchtig etwas auf, das Kuhala kannte, aber bevor er damit weiterkam, polterte es an der Tür.

»Wer zum Teufel sind Sie?«

Der Mann auf der Schwelle trug ein weißes Hemd mit kurzen Ärmeln, Krawatte und graue Hosen. Er war groß und furchtlos, sein Bass hatte Führungsebenencharakter und war beinahe in der Lage, die Blätter vom Birkenbüschel fallen zu lassen.

Kuhala schätzte den Gegner ebenbürtig ein, wollte aber trotzdem verhandeln, denn das Gerangel mit Antikainen war ihm noch frisch in Erinnerung. »Ich bin Privatdetektiv Otto Kuhala.«

Er sah dem Mann in die Augen und raschelte mit der runzligen Rinde, als würde sie das eben Gesagte bestätigen können. Unterhosen schienen die Eigenschaft zu besitzen, im nassen Zustand durchsichtig zu werden. Dem Mann auf der Schwelle war das auch aufgefallen, sein eckiger Kopf mit den kräftigen Schädelknochen entwickelte einen Druck, der jeden Moment zur größten Explosion aller Zeiten an diesen Ufern führen würde.

»Verstehen Sie das nicht falsch. Ich ermittle im Fall Suvi Ojanen ...«

»Hier in der Sauna? Mit blankem Schwanz? Hatten Sie die Absicht, mit meiner Tochter in die Sauna zu gehen?«

»Nein. Und außerdem habe ich eine Hose an.«

Pirita war weit und breit nicht zu sehen, und ihr Vater, der Sommerhausbesitzer Kangas, holte alles aus der Situation heraus, weil sein Arbeitstag schweißtreibend und voller Rückschläge gewesen war. Vielleicht hatte er auch den Sommerurlaub schon hinter sich. Die Gründe zuzuschlagen stapelten sich geradezu.

Dennoch deprimierte Kuhala die festgefahrene Situation zusehends. Er hatte nicht die geringste Lust, sich weiter zu rechtfertigen, darum beschloss er, die Taktik zu ändern, und nahm die Streichhölzer vom Türrahmen, wobei er um ein Haar die Glatze des Mannes gestreift hätte.

»Glauben Sie, was Sie wollen, aber ich habe keine bösen Absichten. Ich gehe, sobald die Sauna brennt.«

Kuhala hatte mit der Faust gerechnet und konnte sie daher im Flug abfangen. »Na, so was. Sie sollten sich auch abkühlen gehen.«

Er drehte am Handgelenk, der Mann keuchte.

»Papa.«

Pirita stand hinter ihnen und leckte sich die Wassertropfen von der Oberlippe. Sie begriff den Ernst der Lage auf Anhieb, entspannte sie aber nicht so schnell, wie Kuhala es sich gewünscht hätte, sondern schien Gefallen an der Erkenntnis zu finden, dass sie den Verlauf der Ereignisse beeinflussen konnte. Das war die Erkenntnis der Macht; wie es schien, war das Verhältnis zu ihren Eltern nicht das beste.

Kuhala gab Kangas' Faust frei und lächelte seinen Kontrahenten an. Dann machte er Feuer im Saunaofen, ohne der Verlockung zu erliegen, der Auseinandersetzung zwischen Vater und Tochter beizuwohnen, zumal das Ergebnis ohnehin feststand. Pirita würde gewinnen, und der Vater würde sich auf der Pritsche bei hundertzwanzig Grad fragen, warum die Mittel von früher nicht mehr griffen, warum er nicht mehr zur Führerschaft in der Familie fähig war, obwohl es ihm in der Firma doch so gut gelang.

Aus dem Umkleideraum hörte man die Salven aus dem Mund des Mädchens, dem zwischendurch aufklingenden Bass des Vaters fehlte bereits jede Durchschlagskraft. Kuhala knöpfte sich das Hemd zu und kämmte sich die Haare mit den Fingern, er hatte keine Lust mehr, noch jemandem den Tag zu verderben.

Frau Kangas trug Tüten vom Volvo ins Haus, die Weißweinflasche, die auf dem Verandageländer thronte, war entkorkt. Die Frau ließ sich von Kuhala nicht erschrecken, auch wenn sie keinen besonders begeisterten Eindruck machte. Das Lächeln, das sich auf ihrem Gesicht aufbaute, war phlegmatisch und stumpf, als wüsste sie bereits jetzt bis in die kleinste Facette hinein, was der bevorstehende Sommerabend bringen würde; aber das war nun mal der Preis, den man für eine lange Ehe zahlen musste.

Kuhala hatte mit so etwas Erfahrung.

Die Frau streckte die Hand aus und griff mit der anderen zur Flasche. In ihrem Blick lag die Enttäuschung, die sich einstellt, wenn man begreift, dass die Kluft zwischen Wahrheit und Vorstellung sich unwiderruflich und zu weit gedehnt hat, aber Kuhala wollte nicht sein Beileid aussprechen, denn er hatte selbst genug um die Ohren. Er erläuterte seinen Besuch in zwei Sätzen und fragte nach dem Weg zu Kioskbesitzer Rapees Hütte, weil von Pirita die entsprechende Information nicht zu bekommen gewesen war.

Frau Kangas wies den Weg höchst ungefähr, indem sie die Weinflasche über die Schulter in Richtung Fichtenwald richtete, mit der Folge, dass ihr ein halber Deziliter über die Schenkel schwappte.

»Verdammt noch mal. Das darf Reino nachher ablecken ... Die arme Suvi. Wir haben mit Pirita über den Fall geredet, aber so richtig trösten konnten wir sie nicht. Unter uns gesagt, lässt uns das Mädchen nach seiner Pfeife tanzen, wie es ihm passt, und zapft uns ständig Geld ab. Die Jahre gehen dahin, und das hat man dann davon.«

Kuhala mochte nicht fragen, was man hatte und wovon. Am meisten wurde wohl Reino Kangas zum Tanzen gebracht, der gleich angedampft kommen würde, bereit, jederzeit schlecht getimte Schwinger auszuteilen.

»Ein Uneingeweihter würde glauben, Mordermittlungen wären etwas ganz anderes, als durch den Wald zu rennen«, sagte die Frau.

»Feldforschung ist das einzig Wahre.«

»Vielleicht sollte ich Sie dabei begleiten.«

Kuhala lachte, die Frau kicherte. Der Kasten Bier, der im Volvo wartete, die darauﬂiegende Flasche Schnaps und die zwei Flaschen Weißwein würden die Tristesse des Abends effektiv abfedern, aber hatte das Ehepaar tatsächlich vor, sich die ganze Ladung hinter die Binde zu gießen, obwohl der nächste Tag ein normaler Werktag war?

Kuhala hob die Hand zum Abschied, Frau Kangas wischte sich den Oberschenkel mit dem Finger ab und führte ihn zum Mund.

# 29

Nach einer halben Stunde schwärmerischem Spazieren kam Kuhala an eine Kreuzung von drei Wegen und kratzte sich im Nacken. Ein paarmal hatte er sich umgeblickt, für den Fall, dass Reino Kangas ihm hinterhergaloppierte.

Es roch nach Harz und dem Rauch aus den Saunas, die am Ufer geheizt wurden. Wieder kamen Kuhala Grimms Märchen aus der Kindheit in den Sinn, weil es sich eindeutig um eine Pfefferkuchenhausgegend handelte, es fehlte nicht viel, und der Privatdetektiv hätte die Beine unter den Arm genommen, als er unvermutet auf einem der Waldwege ein altes Mütterchen mit Spazierstock und allem Drum und Dran angetrippelt kommen sah. Ihr Kleid war schwarz, ihr Schritt wegen der Hitze kurz. Zum Glück handelte es sich bei dem Stock um ein Krankenkassenmodell und nicht um den Knotenstock einer Hexe.

Die Frau hatte ihr faltenreiches Gesicht geschminkt. Sie nahm die Perücke vom Kopf und schüttelte sie aus, um sich bei den Temperaturen etwas Erleichterung zu verschaffen.

»Tag. Mein Name ist Otto Kuhala, und ich suche den Weg zum Haus von Norton Rapee.«

»Nortti und Uti waren Freunde.«

»Uti?«

Die Frau setzte sich auf einen Stein und legte den Stock zwischen ihren Beinen ab. Die Perücke hängte sie an den Griff, was sie wie ein Skalp aussehen ließ. »Ich bin die Mutter von Unto Patala, der umgebracht worden ist. Ich habe ihn Uti genannt. Uti meinte es immer nur gut. Nie böse. Ehrlich gesagt, kann ich nicht mehr. In der Zeitung hat viel über Uti gestanden.«

»Mein Beileid. Brauchen Sie Hilfe?«

Unto Patala hatte es alles andere als gut gemeint, soweit sich Kuhala erinnerte. Immerhin hatte ihm der Mann Prügel angedroht und auch noch Tatus Monark gestohlen, um damit geradewegs zu Suvi und dem Ingenieur zu fahren. Der verstorbene Kappenkopf hatte Probleme mit der geistigen Gesundheit gehabt und war unter den Leuten in der Gegend absolute Spitze gewesen, wenn es darum gegangen war, um Schwierigkeiten zu betteln.

Frau Patala seufzte, die verschwitzten kurzen Haare standen in spärlichen Büscheln ab wie bei einem frisch geschlüpften Küken. Dann drehte sie sich eine Zigarette und erklärte, sie sei für Hilfe nicht erreichbar, da sie so alleine sei.

»Uti ist unter der Erde. Was hab ich jetzt noch, was? Jetzt geh ich auch wieder zur Kaisa, um Sumo auf Eurosport zu gucken und einen zu heben, bloß damit ich vergessen kann.«

Das waren frappierende Worte, aber Kuhala wollte nicht auf Einzelheiten eingehen, denn die Märchenstimmung verdichtete sich ohnehin schon mehr als genug, die Selbstgedrehte verflog als kräftiger Qualm zwischen dem Laub. Vermutlich hatte die Alte ihr ganzes Leben in den hiesigen Gefilden verbracht, aber das Viehhüten aus Kindertagen hatte inzwischen dem Sumo der Satellitenprogramme weichen müssen und der Hirtenstab dem Stock.

Kuhala sagte, er untersuche von Berufs wegen die Morde in der Sandgrube, und fragte die Frau, ob sie sich wohl daran erinnere.

»Sicher erinnere ich mich, weil Uti was davon gewusst hat.«

»Wie bitte?«

»Nichts ist so bitter, wie sein eigenes Kind zu überleben. Schnaps hat er getrunken, aber er war nie böse gegen seine Mutter. In der Kommode liegt das Abschlusszeugnis von der Berufsschule, Abteilung Automechaniker, alle Noten sehr gut. Und die Bilder aus der Schulzeit, Wasserfarben und Wachsmalkreide. Was war das bloß, dass mein Uti nie richtig auf die Flügel gekommen ist? Zu sensibel, sag ich. Diese Welt war für meinen Uti nicht geschaffen.«

Die Spirituosenauswahl dieser Welt ebenfalls nicht, dachte Kuhala bei sich, dankbar, der Frau auf dem Waldweg begegnet zu sein und nicht in ihren vier Wänden, wo sie mit Sicherheit die Aquarelle und Zeichnungen des sensiblen Uti herumgereicht hätte.

Die alte Frau Patala wagte es nicht, Tränen zu vergießen, entweder weil sie ihr Augen-Make-up nicht verschmieren wollte oder aber weil sie sich längst trockengeweint hatte. Sie ließ die Zigarettenkippe ins Gras fallen und setzte ihr Gedenken an den verschiedenen Sohn fort. Kuhala trat auf die Kippe und besiegelte die Löscharbeit zusätzlich mit einer Handvoll Sand vom Wegrand. »Sie haben gesagt, Uti hätte etwas von den Morden in der Sandgrube gewusst.«

»Er hat so was geredet in seinem betrunkenen Kopf, lange bevor die Toten gefunden wurden. Hat er nicht auch die Polizei zur Grube geführt?«

»So kann man es nennen. Was hat er denn genau erzählt?«

»Dass in der Grube Tote rumliegen und dass er weiß, wer sie umgebracht hat.«

»Haben Sie ihm geglaubt?«

»Mein Uti hätte seine Mutter nie angelogen. Hat er auch nicht. Es waren zwei und beide tot.«

»Sind Sie nicht auf den Gedanken gekommen, die Polizei anzurufen?«

»Uti hat's verboten.«

Sie sagte, Uti habe sein Geheimnis mit ins Grab genommen, und es wäre sowieso schwer gewesen, die Polizei anzurufen, weil es mit der Telefonrechnung eng gewesen sei, nachdem der Sohn sich ein Handy angeschafft hatte.

Die Sätze bleichten zum Ende hin so weit aus, dass es schwer war, die letzten Silben zu verstehen, aber wenn in dem Ganzen auch nur ein Hauch Wahrheit steckte, schien es seltsam, dass die Frau ihr Wissen bis jetzt für sich behalten hatte. Sie musste doch wenigstens ihrer Nachbarin Kaisa gegenüber Andeutungen gemacht haben oder gegenüber irgendjemand anderem, der dann eigentlich die Polizei hätte verständigen müssen.

Andererseits hatten die gutgläubige Alte und ihr Sohn unter Umständen zum Zeitvertreib auch mal zu zweit gepichelt. Im Rausch wurde viel geredet und so viel nervöses Zeug, dass aus dem Kuddelmuddel keiner schlau wurde.

»Ich will ja nicht aufdringlich sein, aber glauben Sie, Ihr Sohn wurde ermordet, weil er zu viel wusste?«

»Am letzten Abend hat ihn jemand angerufen. Er ist nüchtern von zu Hause fort, und man hat mir gesagt, am nächsten Morgen sei er auf dem Parkplatz voll gewesen. Voll und tot. Furchtbare Promillewerte im Blut.«

»Wie gute Freunde waren Rapee und Ihr Sohn?«

»Na ja, die besten. Nortti hat als Erster einen Beileidsstrauß gebracht. Das ist ein Mann mit gutem Herz. So wie Uti.«

Damit war zum ersten Mal ein gutes Zeugnis über den Kioskbetreiber ausgestellt worden. Kuhala wollte der Frau nicht das schöne Bild verderben, indem er ihr von Rapees Taten seinerzeit in Lahti erzählte; es hieß ja, dass sich auch im Schlimmsten noch etwas Gutes verbarg, man musste es nur zum Vorschein bringen. Dennoch kam Kuhala nicht gegen seinen Ekel an, wenn er an die dunkle Vergangenheit des Kioskbetreibers dachte.

»Ist die Polizei bei Ihnen gewesen?«

»Ja. Und wie oft. Weil Uti sich manchmal gerauft hat. Er wurde geärgert. Sie haben aber nicht auf mich gehört.«

»Wieso?«

»Weil sie nur an Uti interessiert waren. Als der Junge dann gestorben ist, hab ich was gegen die Trauer getrunken. Ich glaub, ich war tagelang nicht zu einem vernünftigen Wort fähig.«

»Hatte Ihr Sohn einen Führerschein oder ein Auto?«

»Nein.«

»Und Rapee?«

»Erledigt der nicht immer alles mit dem Fahrrad?«

Die Frau setzte die Perücke wieder auf und erhob sich mit schwankenden Beinen. Der Stock fiel in den Sand, ihr erster Schritt wäre um ein Haar der letzte gewesen. »Ich muss weiter. Habe ich Ihren Namen schon mal irgendwo gehört?«

»Wohl kaum. Soll ich Sie begleiten?«

»Es ist nicht weit. Und zu Norttis Quartier kommen Sie auf diesem Weg da. Am Ende gehen Sie durch das Dickicht auf den See zu, dann erreichen Sie das Grundstück. Man kann es gar nicht verfehlen.«

Kuhala blickte Unto Patalas humpelnder Mutter nach, bis sie in ihrem schwarzen Kleid hinter der Wegbiegung verschwand. Zwischen zwei Fichten waren massive Hölzer aufgeschichtet; von der Größenordnung her handelte es sich um die gleiche Sorte wie die, mit denen der sensible kleine Uti versucht hatte, Kuhala die Knochen zu brechen.

Rapees häuslicher Rahmen im Bohemestil war leicht zu finden, aber Kuhala machte sich nicht die Mühe einzubrechen, denn die Menge an Gerümpel, die auf dem Grundstück zusammengerafft worden war, lähmte seinen Eifer. Am untersten Ast der Kiefer, die den Hofplatz beschattete, hing ein Emiliano-Zapata-Sonnenhut, das Schild mit der Aufschrift »Privatgelände« war aus Pappe gefertigt.

Eine zweite Kopfbedeckung fand sich am Rand des Misthaufens oder besser der Müllhalde. Es war eine Mütze, gelb und mit gebrochenem Schild. Die trockenen Flecken auf dem Stoff mochten durchaus Blutflecken sein. Jemand hatte die Kopfbedeckung zwischen den übrigen Müll gesteckt. Kuhala richtete seine Aufmerksamkeit nur deshalb darauf, weil er so eine Mütze zuletzt auf dem Kopf von Unto Patala gesehen hatte.

Er wollte noch nicht gleich zum Wagen zurückkehren, sondern schlug den Weg zum Haus von Mutter und Sohn Patala ein, nachdem er eine Weile die Karte studiert hatte. Es waren keine zwei Kilometer bis dahin, und auf dem ganzen Weg versuchte Kuhala, seine verschiedenen Theorien in einen Zusammenhang zu bringen.

Aus der Kameradschaft von Persönlichkeiten wie Uti und Nortti konnte alles Mögliche hervorgehen, sogar Gewaltverbrechen mit den dazugehörigen armseligen Vertuschungsversuchen. Der eine der beiden Männer war abstoßend und furchterregend, der andere ein ewiger Junggeselle, der seiner Mutter am Rockschoß hing; auch ihn konnte man nicht gerade anziehend nennen.

Vielleicht hatten die beiden einfach ein wunderbares Mädchen aus Jyväskylä für ihre schmutzigen Spielchen gekidnappt und es umgebracht, als sie genug von ihm hatten? Rapee war der geistige Anführer des Duos und hatte etwas Ähnliches früher schon getrieben, aber gegen diesen gedanklichen Zusammenhang sprach, dass an Suvi keine sexuelle Gewalt verübt worden war. Musste man am Ende gar alles mit dem Frauenhass der zwei Junggesellen vom Nuotta-Teich erklären?

Das Denken und das Wandern brachten Kuhala zum Schwitzen. Die Augenzeugen wussten von einem blauen Kombi zu berichten, aber die beiden Männer hatten weder Auto noch Führerschein. Die Autovermietungen im weiten Umkreis waren ohne Resultat abgeklappert worden.

Es sah schlicht und einfach so aus, dass Kuhala Aufträge angenommen hatte, die seine Ressourcen überstiegen, und deshalb stapfte er jetzt durch gottverlassenes Gestrüpp und redete sich alles Mögliche ein. Die Ermittlungen unter Annukkas Ägide spielten ebenso Blindekuh, obwohl die Polizei über ganz andere Reserven verfügte als die Privatdetektei in der Vaasankatu.

Kuhala versuchte die gelbe Schirmmütze nicht weiter zu verschmutzen und dachte daran aufzugeben, falls es ihm nicht gelingen sollte, vor der Reise nach Prag etwas zustande zu bringen.

Auch Salla Kosonen hatte er keine Wunder mitzuteilen, jedenfalls nicht solche, für die man eine Rechnung schreiben konnte. Die Polizei kochte Hente, Uupe und Tra Pen ab. Bald würde die Revolverpresse die Namen der drei enthüllen und den Schwulen- und Ausländerhassern einen Grund liefern, die Reihen der Lynchjustiz zu schließen.

Das Wirrwarr wurde noch durch die Tatsache bereichert, dass einer, der offenbar durch die Sommerhitze verrückt geworden war, erzählt hatte, er habe in der Nähe der Turmvilla am Päijänne einen blauen Kombi gesehen, nicht lange vor dem Brand. Annukka zufolge waren zu beiden Fällen fünfhundert Hinweise eingetrudelt; das war die Standardmenge, aber die Chance auf eine Perle darunter war so gering wie die auf ein Lächeln beim Pförtner des Finanzamts.

Auf dem Grundstück der Patalas herrschte die gleiche Atmosphäre gelebten Lebens wie bei Närhi in der Pyssymiehenkatu oder bei Rapee. Die Schrotthaufen und Bastelarbeiten des verstorbenen Uti brüteten in der Hitze vor sich hin, die alte Dame hatte nicht die Kraft gehabt, die Unterwäsche ihres Sohnes von der Wäscheleine zu nehmen. Gab es einen trübseligeren Anblick als ein verschossenes Paar Strümpfe, dessen Benutzer seine Zehen schon in die Sandalen der himmlischen Gefilde geschoben hatte?

Kuhala sah sich um und ging nur deshalb ins Haus hinein, weil Frau Patala die Tür offen gelassen hatte. Eine Trauerabwehrbatterie von Hausweinflaschen umringte den Spülbottich und erinnerte Kuhala an Kati Ojanen, eine Spinne, die gerade eine Haferkekspackung erklomm, erstarrte.

Auf dem Kühlschrank war Platz für Utis Bild freigeräumt worden, von den Gedenkkerzen auf den Weinflaschen waren nur noch Stumpen übrig. Patala schaute Kuhala an, als ahnte er sein Ende voraus, sein Gesicht war vom Suff aufgedunsen und seit drei Tagen nicht rasiert, auf dem Kopf saß die gelbe Mütze, die Pupillen überzog das Matt eines Staatsbürgers der B-Klasse.

In der Junggesellenkammer posierte über dem Bett ein Pin-up-Girl, am Fußende war mit Klebestreifen ein Plakat von Stormy befestigt.

# 30

Die Kommissarin drückte an der Stelle auf den Verzögerer, an der Rapee und Suvi Ojanen sich lachend anschauen, bis sie die Köpfe drehen und in Närhis Kamera blicken. »Sieht es für dich so aus, als würde Rapee gerade seine Hand von Suvis Hand nehmen? Oder schiebt er sie langsam auf ihre Hand zu? Ziemlich vertraulich, guck jetzt.«

»Vielleicht zieht er seine Finger vom Aschenbecherrand weg. Vielleicht irrt die Hand nur auf dem Tisch herum und erinnert sich an die erregenden Momente in Lahti vor vielen Jahren. Eventuell war das Mädchen in Gefahr, und Närhis Auftauchen verhinderte, dass sich die Situation weiterentwickelte. Ich kann einfach nicht glauben, dass sich ein Mädchen wie Suvi zu einem wie Rapee hingezogen fühlt. Allein der Altersunterschied beträgt mehr als zwanzig Jahre, und außerdem ist der Mann dermaßen aus der Abteilung Horror, wie man es sich nur vorstellen kann. Aber wie er selbst schon gesagt hat, solche Filmchen haben keinen Beweiswert.«

Annukka Maaheimo stimmte ihm zu. Sie saßen in ihrem Büro, Unto Patalas fleckige Mütze steckte in einem Plastikbeutel und erinnerte Kuhala an die Geschichte von dem blutigen Hemd Eugen Schaumanns, die ihm Raatikainen erzählt hatte. Allerdings würde die gelbe Mütze kaum in eine Vitrine des Nationalmuseums gelangen – sie war auf dem Weg zur genaueren

Untersuchung, denn noch war nicht bewiesen, dass sie überhaupt Patala gehört hatte.

Bald zeigte die Kamera wieder die Straße nach Vertaala; die Landschaft hätte fast überall in Finnland sein können und die Zeit die 50er-Jahre. Kuhala konnte sich kaum noch an den vergangenen Sommer erinnern, denn die jüngere Geschichte verdichtete sich zu einem Kontinuum von Wochen und Monaten, in denen nur wenig Herausragendes zu erkennen war. Und wann würde der Tag kommen, an dem einen ein fremdes Gesicht aus dem Spiegel heraus anschaute?

Er legte die Hand in Annukka Maaheimos Nacken und beugte sich nach vorne, um sie auf die Wange zu küssen. »Mach dem Rapee ordentlich die Hölle heiß. Hol ihn noch mal her. Mit dem Film und der Mütze ist er zu knacken, auch wenn sie bei der genaueren Examinierung durchfallen sollten. Der Kerl hat vielleicht schon kapiert, dass die Erde brennt, und weil er sich so für das Verschwinden von Menschen interessiert, verschwindet er vielleicht auch selbst. Denk doch mal an die Verbindung von Patala und Rapee, sieht es nicht so aus, als wäre das Puzzle bald komplett?«

»Rapee ist keiner von denen, die du knackst, indem du ihnen mit einem zusammengerollten Woody-Woodpecker-Heft auf den Schädel klopfst. Das haben wir ja gesehen. Aber wenn du meinst, wir sollten ihn noch einmal holen, können wir es ja versuchen.«

Die Kommissarin nahm die streichelnde Hand aus dem Nacken, stand auf und trat ans Fenster. Kuhala verschlang den Anblick des Körpers seiner Geliebten und stieß aus Versehen die Fernbedienung zu Boden.

Das Bild lief im Schnellspulverfahren weiter, und er konnte es erst wieder in der Senke beruhigen, in der er sich mit dem Fahrrad überschlagen hatte. Pentti Närhi schien aus anderem Holz geschnitzt zu sein, er hielt das Gleichgewicht und strampelte anschließend mühelos den Anstieg hinauf, vorbei am Haus der Witwe Teivainen, zu der sich Kuhala geschleppt hatte, um sich flicken zu lassen.

Annukka Maaheimo drehte sich um. »Ich ziehe weg aus Jyväskylä.«

Kuhala schaltete den Videorecorder aus. »Nein ... warum?«

»Es hat nichts mit dir zu tun.«

»Ach nein. Wohin willst du ...«

Annukka Maaheimo sagte, ihr sei eine anspruchsvolle Stelle in Vantaa angeboten worden, eine echte Herausforderung, und sie habe sich selbst eine Art freiwilliger Probezeit in Jyväskylä verordnet. Die lief jetzt ab. Ihre Erwartungen hatten sich einfach nicht erfüllt.

Das klang nach einer öffentlichen Verlautbarung; es war die kurze Zusammenfassung eines Karrieremenschen über unvermeidbare Fehlkalkulationen, die jedoch korrigiert werden konnten. Kuhala nahm das Kommuniqué als persönliche Niederlage und konnte erst mal nichts weiter tun, als zu schlucken und auf die Fernbedienung zu starren, als wollte er die Szene mit einem anderen Programm überspielen.

»Ich habe also deine Erwartungen nicht erfüllt? Und in Vantaa wartet eine Herausforderung auf dich ... Vom Zug aus gesehen, sieht Vantaa verdammt noch mal trister aus als das Trabant-Werk in der DDR!«

Er blickte auf.

Annukka Maaheimos rote Haare blendeten ihn, sie wurden vom Licht vergoldet. »Ich mag dich ...«

»Ach, du magst mich. Vielen Dank! Zufällig liebe ich dich.«

»Dieses Wort sollte man nur nach genauer Überlegung benutzen.«

»Im Gegenteil. Total unüberlegt!«

Kuhala stand auf und wischte als Nächstes den Plastikbeutel mit der Mütze vom Tisch. Er ging zur Kommissarin und fasste sie am Arm. »Deshalb bist du in Helsinki gewesen. Haben sie sich schon für dich entschieden?«

Sie nickte und sagte, sie fange in der letzten Augustwoche an. »Lächerlich zu glauben, das hätte etwas mit dir zu tun. Wenn du wüsstest, was in diesem Haus hier für eine Stimmung herrscht! Für manche Kollegen bin ich die Pest, und jetzt, wo sie über dich und mich Bescheid wissen, bleibt es nicht beim gemeinen Schielen, sondern die Gerüchte werden immer beschissener.«

»Du widersprichst dir selbst. Gerade hast du noch gesagt, es hätte nichts mit mir zu tun.«

Annukka Maaheimo sagte, Vantaa möge vielleicht an das Trabant-Werk erinnern, aber es sei nicht so weit weg von Jyväskylä. »Du kommst mich eben besuchen.«

Sie küsste Kuhala, berührte dann mit ihren Lippen seinen Hals und packte auf einmal fester zu. Kuhala musste einen Rückzieher machen und den nächsten Satz schlucken, in dem er sich über die Preise der Zugfahrkarten auslassen wollte. Die Hüfte, die bei der Auseinandersetzung auf der Toilette des Binnenschiffs wund geworden war, wurde gegen die Tischkante gedrückt, aber der Schmerz geriet schnell in Vergessenheit.

Die Kommissarin drückte das Türsignal auf Rot.

Sie liebten sich, und noch bevor er kam, hatte Kuhala eine Filiale in Vantaa gegründet, und kurz danach flüsterte er Annukka ins Ohr, er werde seine Detektei komplett nach Vantaa verlegen.

»Quatsch.«

»Das könnte eine Herausforderung sein.«

»Ach Ottelchen, mein Trottelchen. Und ob ich dich liebe.«

»Was passiert, wenn die Tür da plötzlich aufgeht, wenn jemand in deinem Büro Mikrofone versteckt hat oder uns auf einem Monitor beobachtet?«

»Verschwörungstheorien sind nicht deine Stärke«, erwiderte sie.

»Ich bewerbe mich in Vantaa bei der Polizei. Gemeinsam werden wir zur Legende in Ganovenkreisen. Eine gefürchtete Legende.«

»In deiner Hose steckt eine Legende.«

»Das ist natürlich auch wieder wahr.«

»Beruhige dich, denk vernünftig nach. Es wird sich alles finden.«

Kuhala sagte, er werde in Vantaa seinetwegen als Türsteher im Fundbüro anfangen, wenn er nur nahe bei seiner Kommissarin sein dürfe.

Sie fuhren mit Kuhalas Wagen zum Kiosk an der Straße nach Vertaala. Der Privatdetektiv hielt mit der einen Hand das Lenkrad und legte die andere auf Annukka Maaheimos Oberschenkel, ohne sich um ihre Warnung zu kümmern, denn ein Handsfree-System der Liebe war schon als Gedanke unmöglich.

Und während der ganzen Fahrt sprudelten aus Kuhalas Mund von Sex und Hitze weich gekochte Brains-free-Pläne der Liebe über die gemeinsame Zukunft.

Rapee hatte ein Gitter mit Stahlverstärkung heruntergelassen und durch die Ösen ein Kettenschloss gezogen. Auf einem Plastikschild neben dem Gestell mit den Lottoscheinen stand: »Bin gleich zurück«.

Sie setzten sich an einen Tisch und warteten.

Unter das Zirpen der Grillen mischte sich das Rascheln aus dem Gebüsch, es klang in Kuhalas Ohren wie süßeste Musik, die Nachmittagshitze flimmerte über der Landschaft im Einklang mit seiner Liebe. Er drückte den Mund auf den sonnengebräunten Arm der Kommissarin.

»Vor ein paar Stunden waren hier noch zig Wacholderdrosseln, aber jetzt stören sie nicht. Sie wissen, dass du da bist.«

»Die Drosseln halten Drosselsiesta. Wie kommt Rapee eigentlich hierher, wenn er kein Auto und keinen Führerschein hat?«

»Hinter dem Kiosk steht ein Fahrrad.«

»Und die Ware wird von Lieferanten gebracht?«

»Nehm ich mal an«, meinte Kuhala.

»Hast du vor, mich aufzuessen?«

»Mmmmmh ...«

Kuhala küsste ihren Arm vom Handgelenk bis zur Schulter und wieder zurück. Er sagte, er sei der glücklichste Mann dieses Sommers und pfeife auf sein früheres Leben, das sich unmerklich so straff gezogen hatte, dass sich darin ein Mechanismus der Selbstzerstörung herausgebildet habe. Annukka sei erschienen, um ihn im letzten Moment zu retten.

»Wo hat sich was herausgebildet? Was willst du mir da erzählen?«

»Ich will dich davon überzeugen, dass wir füreinander geschaffen sind.«

»Soweit ich mich erinnere, bist du noch verheiratet.«

»Das ist vorbei.«

»Ich frage mich, wie ich dich davon überzeugen kann, dass wir einen potenziellen Mörder festnehmen wollen. Einen Doppelmörder, nein, verdammt, einen Tripelmörder. Bevor du anfängst, mir von deiner Liebe zu singen, was ich nicht aushalten würde, sollten wir vielleicht noch mal die Fakten durchgehen, die wir in diesem Fall haben.«

Und das taten sie, Punkt für Punkt, aber auch wenn Kuhala es noch so sehr versuchte, es gelang ihm nicht, das Liebesrauschen, das seine Gedanken störte, aus dem Kopf zu vertreiben.

»Eine Sache noch. Ist schon davon die Rede gewesen, dass Närhi, bevor er durchdrehte, seinen Nachbarn Rautala in die Pfanne haute? Der wohnt den Ojanens gegenüber, und seine Frau sitzt im Rollstuhl. Närhi hat behauptet, Rautala habe Selbstmord versucht, indem er am helllichten Tag gegen einen

Felsen gefahren sei. Dabei wurde seine Frau gelähmt. Hätten wir da was Zwielichtiges, hinter das wir uns mal klemmen müssten?«

Maaheimo sagte, sie wisse davon. Man sei der Sache auch nachgegangen, aber der Unfall sei durch blendendes Sonnenlicht verursacht worden, es hätte keine Selbstmordabsicht dahintergesteckt, geschweige denn, dass er irgendwie mit Suvis Tod zu tun habe.

»Wie es aussieht, widmet Rautala sein Leben der Pflege seiner Frau. Die Pyssymiehenkatu ist von vorne bis hinten durchgeputzt worden, alle, die mal in Suvi verknallt waren oder sie in der Kneipe kennengelernt haben, sind hart rangenommen worden. Aber es ist nichts dabei herausgekommen.«

»Und was ist mit dem blauen Kombi, den Frau Teivainen an dem Tag von Suvis Verschwinden gesehen hat? Der fuhr Suvi hinterher, als sie das Grundstück der Teivainens verließ. Sind nicht auch in der Sandgrube Spuren von blauem Autolack gefunden worden?«

»Die Leute haben im Zusammenhang mit diesem Fall außer blauen auch rote und cremegelbe Autos gesehen, wahrscheinlich auch ein grünes und ein schwarzes. Sie sehen immer was. Wenn du wüsstest, was für Marken! Auch im Zusammenhang mit Bister ist die Rede von einem blauen Auto gewesen. Sogar von derselben Marke wie in Suvis Fall, aber die Autos sehen sich heutzutage so ähnlich, dass mich das kein bisschen wundert.«

»Habt ihr Hente, Uupe und den Vietnamesen schon so weit?«

»Für die Anklageschrift kommt jeden Tag mehr Material zusammen, mit jedem Bericht von der Spurensicherung oder von anderer Seite. Ich bin sicher, dass einer der drei Bister umgebracht hat.«

»Was für Material habt ihr denn da zusammen?«

»Noch nichts Komplettes. Mehr kann ich nicht sagen.«

Die Kommissarin stand auf und fragte sich, was der Kioskbetreiber unter »gleich« verstand. Sie warteten schon fast eine halbe Stunde, es ging auf sechs Uhr zu. Sogar ein Kundschaftskandidat war inzwischen aufgetaucht und hatte schulterzuckend kehrtmachen müssen. Die Schatten wurden länger. Falls Rapee wie die Drosseln Siesta machte, war das eine Siesta, die sich nicht um den Umsatz scherte.

Das Fahrrad des Mannes lehnte an der Hinterwand des Kiosks, die Tür war abgeschlossen.

»Wie wär's, wenn ich bei dem Haus am Feld mal frage, und du siehst dich da drüben ein bisschen um«, schlug die Kommissarin vor und deutete auf das Erlenwäldchen, dessen Finsternis ein Mann, der zum Einsiedlertum neigte, durchaus aufgesucht haben konnte, um düstere Gedanken auszubrüten.

»Denk daran, dass ich es nicht ertrage, lange von dir getrennt zu sein.«

»Geh mir aus den Augen, Kuhala.«

»Wir sehen uns in einer halben Stunde.«

»Verschwinde.«

»Wenn ich mich verirre ...«

Der Privatdetektiv bahnte sich einen Weg durch die ineinander verschlungenen Äste, wobei ihm trockenes Laub in den Nacken rieselte.

Er hatte versucht, sein Liebesbekenntnis in Formulierungen, die über das Ziel hinausschossen, und in leichte Sprüche sowie in alles, was dazwischenlag, zu hüllen, was seiner angeborenen Schüchternheit zu verdanken war, aber auch der Tatsache, dass er sich nicht erinnern konnte, je ähnliche Gefühle gehabt zu haben. Wenn man das die wilden Fünfziger nannte, klang das absolut zu billig, außerdem kam es dann deutlich zu früh, und bei einer Bezeichnung wie Liebestaumel musste er irgendwie bloß an den Schwachsinn von Jukebox-Schlagern denken.

Annukkas Umzugsnachricht hatte Kuhalas Herz zum Aufschreien gebracht, und da er den Umgang mit Sonetten nicht gewohnt war, leierte er eben die grobe, finnisch-unbeholfene Skala seines Ausdrucksregisters herunter.

Mit dem Hausen im Büro musste Schluss sein, das hatte ja auch der Hausverwalter schon zu sagen versucht. Das hier war die Umbruchzeit des Lebens, ein Wendepunkt – die Chancen, die sich dabei boten, mussten ergriffen werden, denn die Tage vergingen schnell.

Rapee hatte hinter dem Gestrüpp, das den Kiosk beschattete, eine Müllhalde angelegt, damit schien er Erfahrung zu haben. Vielleicht sparte er dadurch große Summen bei den Müllentsorgungskosten ein. Die Grube war bereits bis oben hin voll, ein Teil des Abfalls schien sogar schon auf den Hang gerollt zu sein, der von Moos, Reisern und vermoderten Blättern überzogen war.

Weiter unten verlief ein romantischer Fahrdamm. Kuhala überquerte den Graben und hörte dünn das Geräusch fließenden Wassers, im Sand waren Fußspuren zu sehen, die nach links führten und zwanzig Meter weiter bei einer Birke, die sich über den Weg hinweg streckte, ihren Ausgangspunkt hatten, als hätte sich Rapee dort auf die Erde hinabgelassen.

Rechts unten floss Wasser in einem lehmigen Flussbett, und wie es aussah, konnte es bei Regen oder im Frühjahr ziemlich hoch ansteigen. Jetzt wurde das Feuchtgebiet von der Trockenheit auf die Probe gestellt. Es roch modrig und süß.

Kuhala folgte den Spuren, die von der Größe her zu dem Kioskbetreiber gehören konnten. Falls dem so war, hatte sich der Mann so weit von seiner Wirkungsstätte abgeseilt, dass es schon nach Flucht roch. Er hatte geahnt, dass er in eine Sackgasse geraten war, und wollte nicht mehr ins Präsidium, aber wo glaubte er über den Dammweg hinzukommen?

Auf der Flussböschung stand ein Gebäude aus rotem Backstein, bei dem die Fensterscheiben eingeworfen waren. Ein totes, aus den Angeln gestemmtes Gleis führte durch das große Tor. Neben den üblichen zeitgenössischen Graffitis und den Unterleib betreffenden Wünschen erkannte Kuhala auch einige ältere Werke, die auf den Freundschaftspakt mit den Sowjets schissen und behaupteten, der ehemalige Ministerpräsident Johannes Virolainen sei ein Wichser gewesen. Das war erschreckend. Die Vandalen wer weiß welcher Generation hatten es der Mühe wert gefunden, ein Stück Schiene in den Fluss zu wälzen, wo es jetzt, bei Niedrigwasser, als traurige Erinnerung an die Bestrebungen der Vergangenheit, die Kuhala nur erahnen konnte, hervorragte.

Er steckte den Kopf durchs Tor. In der Wand gegenüber war ebenfalls eines, das tote Gleis schien einst über den Fluss geführt zu haben. Kioskbetreiber Norton Rapee hatte sich an einem Strick aufgehängt, dessen Ende er lassomäßig an einen Haken über dem Tor geworfen hatte. Ursprünglich war der Haken nicht zum Aufhängen gedacht gewesen, aber er eignete sich gut dafür. Wie sorgfältig Rapee die Stelle doch gewählt hatte.

Sein regloser Flickenpuppenleib war gegen das Licht nur als Schattenriss zu erkennen. Kuhala erschrak bei dem Anblick so sehr, dass er aus Versehen gegen ein Stück Schiene trat. Es klang metallisch, und sofort flatterten Hunderte von der Totenwache aufgeschreckte Drosseln tschackernd durchs Tor, nicht ohne dabei den Kioskbesitzer mit ihren Flügeln zu streifen.

# 31

Raatikainen hatte das Zweipersonenvehikel Plantschmobil getauft und zu dem neben ihm strampelnden Kuhala gesagt, für das Ding seien sicherlich nur ein bisschen Erfindergeist und das Rauschen einer Schweißflamme nötig gewesen. Genauer gesagt, war das Plantschmobil ein aus Holz, Styroporplatten, Fahrradteilen und Plastik zusammengeschustertes Wasserfahrzeug im Geiste von Tom Sawyer, mit dem sie versuchten, die Insel zu umrunden, die Raatikainen für zwei Wochen gemietet hatte.

Die Insel war ein Urlaubsort der Polizei Jyväskylä und lag in Keitele, nahe dem Kirchdorf Konnevesi. Es sah aus wie ein Paradies, aber als Kuhala mit Raatikainen die offenbar eine Tonne schwere Erfindung zum Stapellauf ans Ufer gezerrt hatte, war er nicht sicher gewesen, was er davon halten sollte.

Wegen des schwächlichen Antriebs, weil die Teile nicht zusammenpassten oder auch nur wegen des überhasteten technischen Endspurts trat der Apparat schäumend auf der Stelle, obwohl sie mit tauben Oberschenkeln die Kurbel drehten. Ein Wunder, dass sich das Ding über Wasser hielt.

»Erfindergeist und Schweißflamme? Das Ding bewegt sich doch überhaupt nicht.«

»Ich hab das nicht gemacht. Es war schon hier. Bei jeder physischen Leistung muss es einen Widerstand geben. Mein Herzmuskel braucht solche Anstrengungen.«

»Meiner nicht. Wir werden es nicht zurückschaffen, bevor der See zufriert. Ich bin mal in Las Palmas mit einem Tretboot gefahren, aber das war aus Glasfaser und leicht. Und die Anstrengung wurde belohnt. Dagegen ist das hier der Moskwitsch der Wasserfahrräder.«

»Die Moskowitschs waren haltbar.«

»Wartburg.«

»Die waren sparsam.«

»Was ich die ganze Zeit eigentlich sagen will, ist, dass dies hier der Cadillac unter den Tretbooten ist.«

Raatikainens Bräune war seit der letzten Begegnung tiefer und bronzefarben geworden, die Dekorbarsche auf seiner Sommerbaskenmütze ließen grüne Blasen aus ihren Kiemen blubbern.

Schließlich erreichten sie das Ufer, das zur großen Seefläche hin lag, ein einsamer Windsurfer winkte ihnen zu und wartete vergebens auf stärker werdenden Wind. Raatikainen hatte vor dem Dorfladen gehört, wie ein alter Mann mit ernstem Gesicht erzählt hatte, die Sonne habe ihr erstes Kind geboren und zum Üben an den finnischen Himmel geschickt. Dieses Phänomen erkläre die seit Wochen anhaltende Hitze, und es sei sehr wahrscheinlich, dass das neue Sonnenkind auch im Winter nicht weichen, sondern scheinen würde, was das Zeug hielt, und dadurch die Heizkosten der Bürger derart senken würde, dass Finnland durch die somit freigesetzten Mittel an die statistische Spitze der reichsten Länder katapultiert wurde.

Kuhala streckte sich nach einer Flasche Bier und fragte, ob der betreffende Alte von der neuen Sonne eventuell einen Stich abbekommen habe. Das Fischtransportgestell des Plantschmobils war perfekt gelungen. Es nahm einen ganzen Kasten Bier auf, die sauberen Schweißnähte schmeichelten dem Auge.

»Ich weiß nicht. Er ist einer der letzten Dorftrottel, er hat zu allem eine Meinung und behält sie nicht für sich. Er gab auch zu verstehen, dass die Polizei in den Mordfällen Bister und Suvi Ojanen den Zaun an der niedrigsten Stelle überquert hätte.«

»Nee. Hat er sich da auch eingemischt?«

»Die Polizei habe einen Weg genommen, an dem es gar keinen Zaun gebe. An der Geschichte mit der Sandgrube seien Ufos schuld.«

»Davon habe ich auch schon gehört. Der Kerl greift bloß alte Nachrichten auf.«

»Und Viktor Bister habe man einen Killer auf den Hals gehetzt, den Arbeitslose und sozial Schwache mit dem Ertrag einer Kollekte bezahlt hätten. Die Armen seien mit ihrer Geduld nämlich am Ende, und jetzt würden die Reihen der widerlichsten Protze durchforstet.«

»Da könnte was dran sein. Ich hatte schon immer was für Verschwörungstheorien übrig.«

Der Apparat knirschte und geriet ins Schwanken, sobald einer der beiden Männer sich auf seinem Sitz regte. In der halben Ketchupplastikflasche, die mit einer Wäscheklammer an der Lenkstange befestigt war, steckten Seerosen zum Zeichen dafür, dass man sich auf einem Sommerausflug befand. Kuhala warf aus dem Augenwinkel heraus einen Blick auf seinen ehemaligen Kollegen, der ihn eingeladen hatte, ihm auf der Insel ein bisschen Gesellschaft zu leisten. Raatikainen sah so gut aus wie schon lange nicht mehr, und das war nicht unbedingt das Verdienst der langen, hellen Tage; sein Körper, beschädigt von dem Sprengstoffunfall und den Herzproblemen, war nun straffer geworden, und der Bizeps schwoll jedes Mal an, wenn er ein Bier aufmachte.

Kuhala konnte es sich nicht verkneifen, das Aufleben seines Freundes zu loben. »Die Gymnastiklehrerin scheint doch am richtigen Schnürchen zu ziehen. Bald bist du so gut drauf wie ein Mann in den besten Jahren.«

»Danke. Bis dahin ist es noch ein langer Weg. Aber weil du

schon davon sprichst: Stimmt, ich hab mich ausruhen dürfen, und wenn du es nicht überall rumerzählst ... wie soll ich das jetzt sagen ... also die Gymnastiklehrerin gibt mir neuerdings auch außerhalb der Dienstzeiten Ratschläge.«

Kuhala versetzte Ratsku einen Schlag auf den Rücken und verlangte, mit ihm anstoßen zu dürfen.

Nach einer Dreiviertelstunde bogen sie in die Zielkurve ein, die Sonne brannte im Nacken.

Auf einer anderen Insel, die nur einige Ruderzüge entfernt lag, sonnte sich eine nackte Frau, aber als die beiden Männer das merkten, fingen sie dank ihrer Züchtigkeit nicht an zu geifern, sondern wandten den Blick von den Kurven der Frau zu den Kurven der Insel und zwinkerten sich zu. Das Plantschmobil flutschte, die Umdrehungen nahmen zu.

»Ich muss gestehen, dass bei mir auch eine neue Beziehung im Gange ist«, sagte Kuhala.

»Und das mit Leena ist zu Ende? Wer ist die Neue?«

»Diese Maaheimo, die Kriminalkommissarin ...«

»Du lügst, verdammt noch mal! Diejenige, die die Fälle gelöst hat?«

»Genau die. Ich hab ihr dabei geholfen.«

»Das glaub ich. In der Zeitung sieht sie aus wie eine Königin aus der Zeit der Märchen. Hättest du sie halt mitgebracht.«

»Annukka zieht nach Vantaa und hat jetzt so viel zu tun, dass sie ständig am Rennen ist. Aber ich sehe auch deine Gymnastiklehrerin nicht.«

»Maija kommt am Donnerstag. Sie ist bei ihrer kranken Mutter in Viinijärvi.«

»Annukka ist ein ehrgeiziger Mensch, ich hingegen nicht, wie du vielleicht weißt. Aber rate mal, ob ich sie hergeben werde«, grinste Kuhala, bereute jedoch sogleich ein wenig sein Gequassle, denn noch hatte er seinen eigenen Status nicht definiert.

Er war nicht einmal sicher, ob er in Jyväskylä weitermachen sollte; die Pragreise, die in wenigen Tagen anstand, beunruhigte ihn, denn er fuhr alleine, und die Niederschläge in Mitteleuropa schienen immer nur stärker zu werden.

»Schürzenjäger«, spottete Ratsku.

»Das musst du gerade gesagen.«

Raatikainen warf Kuhala einen mehrdeutigen Blick zu, der Ohrstummel glühte, trotz der Baskenmütze hatte er zu viel Sonne abbekommen. Plötzlich lachte Ratsku laut schallend, und sie stießen wieder an.

Sie aßen den Hecht, den Raatikainen gebraten hatte, mit Kartoffeln, Tomaten und Roggenbrot aus Konnevesi. Zum Nachtisch kochte Raatikainen Kaffee, zu dem er eine halbe Flasche ausgezeichneten Cognac hervorzauberte.

Dieser löste, zusammen mit den bereits genossenen Bieren und dem Weißwein, die Zungen für einen tiefsinnigen Wortwechsel über den Sinn des Lebens, die Kürze des Lebens, die Frauen, das Fernsehprogramm, Literatur und Kunst, und an allem fanden sie gute und schlechte Seiten, aber um Mitternacht, als es schon anfing, dämmrig zu werden, saßen sie in der Sauna, und es fielen ihnen keine schlechten Seiten mehr ein.

Kuhala wachte in den frühen Morgenstunden aus einem Albtraum aus, in dem Norton Rapee den Drosseln Zirkuskunststücke beibrachte. Die Vögel flogen in verschieden großen Formationen durch die Henkerschlinge in dem Backsteingebäude und machten einen Höllenlärm, der Kioskbetreiber gab ihnen vom toten Gleis aus Zeichen.

Von Osten her fiel der Schein des Sonnenaufgangs durch die Äste und schuf leuchtend zitternde Muster auf der Kaminwand. Durchs Fenster hörte man den Pfiff eines Habichts, der über die Insel flog, dann nur noch Raatikainens gleichmäßiges Schnarchen. Kuhala fühlte leichte Übelkeit wegen des reichlichen Essens und des Alkohols. Er sah auf die Uhr, die Zeiger zeigten zehn vor vier, und das hieß, dass von Schlaf nicht mehr zu träumen war.

Rapee hatte keinen Abschiedsbrief hinterlassen, aber falls er Suvi, Ingenieur Honkanen und seinen Freund Unto Patala umgebracht hatte, konnte sich auch ein Idiot den Inhalt des letzten Briefes vorstellen. Kuhala hatte sich kaum den Kopf über die Motive des Kioskbetreibers zerbrochen, geschweige denn dass er in der Lage gewesen wäre, den detaillierten Gang der Ereignisse nachzuvollziehen. Annukka hatte ihn einmal angerufen und versprochen, ihm alles zu erklären, soweit die Ermittlungen fortgeschritten waren.

Auch eine SMS hatte sie ihm geschickt, darin stand »Liebster«, und auf der Thermik dieses Wortes war Kuhala lange geschwebt.

Er drehte sich auf der Couch um, verschränkte die Hände im Nacken und starrte auf die Muster in den Deckenpaneelen. Wie so oft in den langen Stunden zwischen Mitternacht und Tagesanbruch dehnten sich die Dinge, die ihm durch den Kopf gingen, zu Dimensionen aus, die ihm am Tag lächerlich und schwachsinnig vorgekommen wären. Er trauerte über seine ruinierte Ehe und freute sich über seine Romanze, er begriff nicht, wo Tatu sich versteckt hatte, und konnte sich nicht entscheiden, was er mit der Detektei in der Vaasankatu machen sollte.

Und er glaubte nicht an Norton Rapees Schuld.

Schweiß trat ihm auf die Stirn.

Er glaubte nicht einmal daran, dass Uupe, Hente oder Tra Pen den reichen Bister umgelegt hatten.

Rapee war fertig gewesen, er hatte genug gehabt von seinem verrückten Dasein und den satanischen Drosseln. Die Musiker waren zu unentschlossen, um jemanden kaltzumachen, und Tra Pen hätte sich nie an zwielichten Geschäften beteiligt, bei denen sein eigener Bruder sterben musste. Der Bruder war dem Bruder aus dem Fernen Osten die einzige Stütze gewesen.

Kuhala wischte den Schweiß am Kissenbezug ab und konzentrierte sich zum wer weiß wievielten Mal darauf, die Stränge der Verbrechen zu sortieren.

Er dachte an das Poltern zurück, das er im Keller von Bisters Villa gehört hatte, und brachte sich einzelne Sätze der Leute in Erinnerung, mit denen er an der Straße nach Vertaala gesprochen hatte, aber irgendwie wollte das Ganze ständig zu einem bedeutungslosen Klappern zusammenschrumpfen oder zu bloßen Nebensätzen ohne entscheidende Information.

Ein Ebereschenzweig schlug gegen das Fliegengitter, in den Wänden knackste es. Kuhala stand auf und massierte sich die Schläfen. Er trat auf die Veranda hinaus und bückte sich, um sich mit einer Handvoll Wasser aus dem Eimer die Kehle zu befeuchten.

Zwar wurden die Gelegenheiten, bei denen er trank, weniger, aber die jeweils getrunkenen Mengen nicht. So war das, und je älter man wurde, umso mieser fühlte man sich am nächsten Morgen. Zum Glück fehlte es in der Kollektion des Hauses an Haddington House.

Der Anzündervorrat im Korb vor der Sauna bestand aus Birkenrinde und einem Stapel der Tageszeitung »Aamulehti«. Bei der obersten waren einige Seiten herausgerissen, und obwohl Kuhala das zum Vorschein gekommene Foto mit blutunterlaufenen und verkaterten Augen betrachtete, war etwas Bekanntes daran. Er hatte das gleiche Bild vor Kurzem schon einmal gesehen, aber in welcher Zeitung und bei wem?

Der vom Alkohol angeschlagene Stoffwechsel und das Zittern beinträchtigten Kuhalas Konzentration so sehr, dass er sich den Rest des Wassers aus dem Eimer über den Kopf schüttete, nur um sich innerlich aufzählen zu können, wer außer Saunabesitzern noch alte Zeitungen aufbewahrte: Fischhändler und Blumenläden.

Verbrauchte jede dieser Gruppierungen ungefähr dieselbe Menge an alten Zeitungen?

Das Wasser rann mit Froschlaichgeschmack aus den Haaren bis auf die Zunge. Kuhala hing über dem Verandageländer und erwog kurz, sich zu übergeben, drehte aber zuvor noch einmal den Kopf zu dem Artikel, der ganz oben im Anzünderkorb lag.

»Verdammt«, sagte er.

»Verdammte Scheiße«, stieß er aus und beugte sich über die Geschichte, die er zuletzt in der Mittelfinnischen zu lesen begonnen hatte, und zwar im Umkleideraum von Pirita Kangas' Sauna. Er war nicht weit gekommen, weil Piritas Vater ihn unterbrochen hatte.

Zum Glück schrieben die Zeitungen alle über dieselben Themen, oder öffentlichkeitssüchtige Leute boten sie eifrig verschiedenen Redaktionen an, und zum Glück waren heutzutage die meisten Fotos farbig, groß und scharf.

Kuhala überwand allmählich den schlimmsten Kater, aber sein Herz hämmerte.

Er las den Artikel dreimal und klemmte sich schließlich die Zeitung unter den Arm.

Ratsku träumte mit der Hand unter der Bettdecke von seiner Krankengymnastin, die Barsch-Baskenmütze am Haken schien bei der Sitzung vom Vorabend in den Bratensaft des Hechtes geplumpst zu sein.

»Wach auf!«

»Nein.«

»Du musst mich ans Festland bringen.«

»Warum?«

Raatikainen sah Kuhala mit Augen an, die nichts begriffen, und drehte sich um.

»Ich glaube, dass die Morde an Bister und Suvi zusammenhängen und dass der Täter noch frei herumläuft.«

»Na, dann«, meinte Raatikainen und fing wieder an zu schnarchen.

Er wurde erst munter, als Kuhala zwei Kellen Wasser ins Bett sausen ließ. Die eine mit elegantem Schwung, die andere mit einem plumpen Klatschen.

Sie ließen das Plantschmobil am Steg zurück und brausten mit dem 40-PS-Polizeiboot zum Festland. Dem eingebauten Alkometer schenkte keiner von beiden Beachtung. Kuhala dankte seinem Freund für die Gastfreundschaft und versprach, sich zu melden, auf Raatikainens vom Fahrtwind zerfurchtem Gesicht machte sich ein Gähnen breit. Wenig später brauste das Boot zurück, und die Heckwellen glätteten sich.

# 32

Wenige Kilometer vor Orivesi geriet Kuhala in den Morgenstau an einer Baustelle. Eine schwarze Teermaschine dampfte und spuckte Flammen, als wäre sie direkt aus der Hölle hier gelandet, dunkelbraun gebrannte Männer saßen rauchend auf der Absperrung und nahmen die Parade der Autos mit dem Selbstbewusstsein ab, dass ohne sie gar nichts ginge.

Kuhala öffnete das Fenster, um die Schläfen zu belüften. Das war ein Fehler. Der Nachhauch der Teermaschine klatschte ihm ins Gesicht und schien ihm den letzten Sauerstoff abzusaugen, die Abgase der Autos vor ihm wirbelten ins Cockpit.

Sein hastiger Aufbruch kam ihm allmählich wie ein Fehler vor, er entsprang dem Wunschdenken, wie es nur ein Organismus im Verwirrungszustand hervorbrachte. Kuhala erinnerte sich, oft in ähnlichem Zustand aufgewacht zu sein, nachdem er ein bisschen was getrunken hatte. Er kurbelte das Fenster hoch, ohne zur Seite zu blicken, denn er wollte den Männern auf der Absperrung nicht den Spaß gönnen, seine vom Kater verfärbte Visage zu besichtigen, und sich erst recht nicht von ihnen Noten für den künstlerischen Ausdruck geben lassen.

In der nächsten Haltebucht hielt er an, um sein Wasser abzuschlagen und um den Artikel ein weiteres Mal zu lesen, als wollte er sich davon überzeugen, dass darin eine zusätzliche Bestätigung für seine Theorie lag, als wäre er fähig, in den einzelnen Sätze Anspielungen zu erkennen, aus denen sich die Geschichte zusammensetzte, die er für wahrscheinlich hielt. Aber er fand nichts dergleichen.

Tuomas Harittu, der Leiter des Veranstaltungsbüros, lehnte sich mit den Händen an den Hüften an sein Auto, das Lächeln in seinem Gesicht war das eines Mannes, unter dessen Fittichen Anfänger wie Künstler, die es bereits weit gebracht hatten, die unangenehmen Seiten des Berufs vergessen und sich aufs Wesentliche konzentrieren konnten, »aufs Entertainment, aufs Singen, auf die Substanz«. Wenn dieses Lächeln für eine Minute verschwand, wurde es ölig und glitschig und brachte einen auf den Gedanken, dass der Anfänger ebenso wie der Künstler, der es bereits weit gebracht hatte, allen Grund besaß, sich so schnell wie möglich aus der Einflusssphäre dieses Mannes zu verflüchtigen.

Harittu war als Blutsauger trotzdem höchstens Mittelgewicht, von Leuten wie ihm wimmelte es in allen Lebensbereichen, und auch wenn die Zeitungsartikel dafür gesorgt hatten, dass das Ansehen der Firma stieg, würde sich bis zum Herbst trotzdem niemand mehr an sie erinnern können.

War sich Kuhala bei dem Auto, an dem der Boss des Veranstaltungsbüros lehnte, überhaupt sicher?

Intuition hatte ihre Berechtigung, wenn auch nach versoffenen Abenden deutlich weniger, aber er hatte keine Lust, wieder umzukehren.

Er warf die Zeitung auf den Beifahrersitz und beschloss, sich mit der Fahrt in einem magenschüttelnden Fahrgeschäft des Vergnügungsparks Särkänniemi zu bestrafen, falls er einen Holzweg beschritten haben sollte. Sollte seine Intuition hingegen stimmen, würde er sich mit einem Bauernfrühstück im Restaurant »Tillikka« belohnen. Das würde den Kohlenhydratvorrat ins Gleichgewicht bringen und in gewissem Maße auch den Magen durchschütteln.

Er ließ den Motor an und wollte gerade den Gang einlegen, als sein Handy klingelte.

»Kuhala.«

»Hi. Tatu hier. Hast du mich gesucht?«

»Tatu! Und ob! Schön, deine Stimme zu hören. Wo bist du? Wo hast du dich versteckt? Deine Mutter macht sich Sorgen. Und ich auch, obwohl ich weiß, dass du klarkommst.«

Tatu sagte, er stehe gerade im Schatten einer Strandhütte mit Schilfdach und fächle sich mit dem Blatt eines Affenbrotbaums Luft zu. Die Hütte wiederum befinde sich zweihundert Kilometer südlich von Nairobi in einem Dorf namens Mabuwa. »Das bedeutet ursprünglich Hüter oder Hirte in irgendeinem Stammesdialekt.«

Kuhala machte erneut das Fenster auf und spürte, wie ihm schwindlig wurde. Dieses verdammte Dröhnen im Kopf. Er würde nie mehr etwas trinken. Sein Kopf füllte sich mit so vielen Fragen, dass ihm nichts anderes einfiel, als zu fragen, wie man den Namen des Dorfes buchstabiere.

Tatu buchstabierte leicht verdutzt das Wort.

»Was zum Teufel machst du da unten?«

»Ich bin hier für sechs Wochen bei einem internationalen Capoeira-Lager. Rate mal, ob es hier klasse ist. Einmal haben wir nachts trainiert, da sind die Hyänen gekommen und haben einen Steinwurf entfernt geheult, und dann hat ein Ami sie fast mit seinem Schlafsack gefüttert ... Ich hab irrsinnig dazugelernt, ich könnte selbst Unterricht geben.«

»Hast du nicht gesagt, Capoeira komme aus Brasilien?«

»Ist auch nicht schlecht, es hier zu trainieren. Ursprünglich haben es schwarze Sklaven entwickelt.«

Kuhala wischte sich übers schwitzende Gesicht und hörte sich den Redeschwall seines gerade erst flügge gewordenen Sohnes an – wie weit ihn seine Flügel getragen hatten! Aber mit wessen Geld? Das wagte er nicht zu fragen.

Tatus gute Laune und Lebensfreude strahlten noch aus Tausenden Kilometer Entfernung und rührten Kuhala so sehr, dass ihn nicht einmal die Erkenntnis schockierte, das Gespräch könnte eventuell auf sein Konto gehen.

»Lass dich nicht von den Malariamoskitos stechen. Geld und Essen hast du ja. Wann kommst du zurück?«

»Ich bleibe hier.«

»Das ist doch nicht ...«

»Ach was. Noch so drei Wochen. Weil ich dich und deine genaue Haushaltung kenne, Daddy, hab ich diese Reise zum halben Preis gekriegt. Dreihundertfünfzig Euro die Flüge und ein bisschen was zum Leben, das ist alles.«

Das Gespräch wurde unterbrochen. Kuhala rief in sein Handy, schüttelte es und hielt es aus dem Fenster, als wollte er versuchen, die verlorene Verbindung nach Afrika durch die Sonne wiederherzustellen; das Hupen des von hinten kommenden Lasters klang wie das Trompeten eines Elefanten.

Kurz nach zehn kam er in Tampere an und bog an der Ampel vor dem Bahnhof auf die Spur zur Hauptpost ein. Die Menschen schienen aufs Land geflohen zu sein. Diejenigen, die zum Bleiben gezwungen waren, gingen mit hängenden Schultern an den Mauern entlang, als hätten sie sich in ihr Schicksal gefügt und würden jeden Moment mit der Straße verschmelzen.

Kuhala kannte die Stadt nur schlecht. Er kaufte sich ein Softeis und verschlang es, bevor er in den Gelben Seiten die Adresse und Telefonnummer des Veranstaltungsbüros suchte. Harittu meldete sich nicht, vielleicht gehörte er zu den Glücklichen, denen die Flucht gelungen war. Oder ging es während der Tanzbodensaison so hektisch in der Firma zu, dass man nicht auf die Anrufe jedes Glücksritters reagieren konnte?

Die Haupthalle der Post war kühl und schattig, an den Schaltern stand nur hier und da ein Kunde. Als ein Dreikäsehoch an der Hand der Mutter diverse Forderungen lautstark ins Falsett hochzog, riss Kuhala aus dem Telefonbuch die Seite mit dem Stadtplan heraus und steckte ihn zusammengefaltet in die Tasche. Er ging zu seinem Wagen und musste sogleich rennen, denn eine Politesse waltete nur noch zwei Parkplätze entfernt ihres Amtes.

Der Rhythmuswechsel stülpte die Magengrube um und ließ den kalten Schweiß des Schreckens auf die Stirn treten, aber Kuhala war nicht scharf auf Reiseandenken in Form von Strafzetteln. Sein Organismus hatte bald ein halbes Jahrhundert gedient und erinnerte ihn an die Endlichkeit des Fleisches sowie daran, dass jeder – sogar er – lebendig sterben musste. Zum Henker, er hatte auch nicht vor, einen Herzinfarkt nach Hause mitzubringen. Sondern die Lösung der Mordserie.

Die Politesse war so ergriffen vom Grinsen des Privatdetektivs durch den Fensterspalt und von der schlecht gefütterten Parkuhr, dass sie das Magazin ihrer Fingerpistole an der Windschutzscheibe leer schoss. Kuhala röchelte und spielte den Toten, passte aber auf, dass die humorvolle Frau es nicht doch noch schaffte, einen Zettel zu schreiben.

Harittus Veranstaltungsbüro befand sich hinter der alten Kirche von Messukylä in einem zweistöckigen Haus in einer Ahornallee. Es handelte sich um Nachkriegsbebauung, und die muffig grüne Farbe harmonierte gut mit dem Dunkel der Ahornbäume. An den sechs Fenstern der Vorderfassade waren schwarze Rollläden heruntergelassen, neben der Anschlussstelle von Regenrinne und Fallrohr schien sich ein großes Stück Putz gelöst zu haben.

Kuhala hielt auf der gegenüberliegenden Straßenseite an und lauschte kurz dem Gesang des Geflügels, das sich mit dem Nachpfeifen des Motors mischte, bevor er ausstieg und läutete. Niemand reagierte. Auf dem Schild stand »TH-Entertainment«.

An dem Foto in der Zeitung, das im Frühjahr aufgenommen worden war, konnte man nicht ablesen, dass man sich jetzt in derselben Gegend befand, und nur schwach vermittelte sich auch die Behauptung des Artikels, es handele sich um eine umtriebige Eventagentur, auf deren Liste so manche Berühmtheit zu finden sei.

Kuhala klingelte noch einmal. Noch immer gab sich niemand die Mühe aufzumachen. Er erwog ein Nickerchen von einer Stunde im Schatten der Ahornbäume, bekam aber neuen Enthusiasmus, als die Kirchenglocken zu dröhnen begannen. Eigentlich sollte es für ihr Läuten keinen Anlass geben, falls nicht der örtliche Kirchenherr die Leute für besonders sündig hielt und es deswegen alle fünf Minuten bimmeln ließ. Es war blanker Terror, in dessen Nähe nicht einmal der Teufel wohnen könnte.

Kuhala machte das kleine Tor neben der Hausecke auf und blickte kurz in den Baumschatten, bevor er im Garten des Veranstaltungsbüros vor einem Rasenstück auftauchte.

Er schluckte und ging in die Hocke. Vor der Tür war ein blauer Renault Laguna Kombi geparkt. Der entsprach genau der Beschreibung des Autos, das einige von Annukkas Augenzeugen zur Zeit von Suvis Verschwinden auf der Straße nach Vertaala und zur Zeit von Bisters Ermordung in der Nähe von dessen Villa gesehen hatten. Kuhala hatte auch schon einen Kandidaten, der als Fahrer infrage kam, aber sicher konnte er sich nicht sein. Überhaupt nicht, denn die Beweise fehlten, aber die fehlten auch der Polizei.

Das verheiratete Cannabisbauernpaar von Stormy und Tra Pen leugneten stur, am Mord an Bister beteiligt gewesen zu sein, Norton Rapee konnte man nicht mehr nach Suvi fragen – und sein Selbstmord brachte auch nicht mehr Licht in die Angelegenheit. Das gab selbst Annukka zu, weil kein Abschiedsbrief von Rapee gefunden worden war, obwohl die Polizei alle potenziellen Verstecke des Kioskbetreibers durchsucht hatte.

Die Glocken verstummten. Ein Rauschen ging durch die Luft, die Äste raschelten, es war, als hielte die ganze Schöpfung den Atem an. Auf der anderen Seite des Geländes, Kuhala gegenüber, stand ein Lagerschuppen, vor dem man einen Flipperautomaten aufgestellt hatte. Die Teufelsfratze auf dem Liegestuhl im Schatten des Spielautomaten zwinkerte dem Privatdetektiv zu, aber dieser hielt das mit dem Ungeheuer bezogene Rückenkissen nicht für bedrohlich, sondern eher für etwas, das die Versandhandelskataloge einem zum Schleuderpreis aufdrängten, seitdem der Horrorboom vorbei war.

Die Ausbesserung an der hinteren rechten Tür des Laguna befand sich erst im Stadium der Vorbehandlung – aber sie befand sich auch an einer Stelle, gegen die das Fass in der Sandgrube durchaus geprallt sein konnte.

Kuhala warf einen Blick in den Wagen, auf der Rückbank waren ein Armvoll Ordner und ein Aktenkoffer zu erkennen. Auf dem Armaturenbrett lag ein Stapel CDs, von denen die oberste ein Sampler von Hits der 40er-Jahre zu sein schien: »Wedding Samba«, »Rum and Coca Cola« und so weiter. Alles sah nach echten Requisiten einer Veranstaltungsagentur aus, und die Plakatrolle auf der Kofferraumabdeckung verstärkte den Eindruck nur noch. Sie hatte sich so weit entfaltet, dass man eine Pranke, die sich um ein Mikrofon geschlungen hatte, erkennen konnte. Das wirkte beängstigend, es brachte die Hand von Ingenieur Honkanen in Erinnerung, die aus dem Sand geragt hatte.

Kuhala hätte den Wagen am liebsten vom Fleck weg zur Spurensicherung gefahren, aber das war mit zwei in die Luft geworfenen Theorien nicht zu begründen. Er hatte ja nicht einmal Annukka gegenüber ein Wort verloren, denn er wollte ihren Stress in Sachen Vantaa nicht durch unvollendete Geniestreiche verstärken, die leicht als Sololauf eines Strebers, der auf Zusatzpunkte scharf war, interpretiert werden konnten.

Die Hintertür des Hauses stand einen Spaltbreit offen, und weil für das Prinzip Türklingel hier offenbar kein Verständnis herrschte, trat Kuhala in eine Art Flur, wo an der Decke eine Vierzig-Watt-Birne brannte, etwas wirkungslos nach all dem Sonnenlicht. Er öffnete die nächste Tür ein wenig und hörte irgendwo matten Salsa-Beat. Direkt vor ihm führte eine Treppe nach oben, links öffnete sich eine weitere Tür. Auf dem Poster in der Eingangshalle posierte der Tangokönig mit einem Wurfpfeil im Auge, am Schwarzen Brett hingen ein Paar Handschuhe.

Kuhala hatte genug vom Schleichen und fragte laut hörbar, ob jemand da sei.

Er trat in die Küche, deren Mobiliar sich aus dem Notwendigsten zusammensetzte. Kühlschrank, Kaffeemaschine für fünfzehn Euro, Spüle, Tanz der Fliegen über müffelndem Biomüll und ein Tisch, an dem der Eventagent Tuomas Harittu Bier süffelte und per Kopfhörer Musik aus einem tragbaren CD-Spieler hörte. Der Mann saß nur in Sonnenblumenboxershorts, also halb nackt, da, sein schwarzes Haar war ungekämmt, und rasiert war er ebenfalls nicht. Die Schlaffheit seines Oberkörpers war mit Schnellgerichten und sitzender Tätigkeit aufgebaut worden und sah unwiderruflich aus; innerhalb weniger Jahre würde sie zum Strandball anschwellen und nur noch mit XXL-Klamotten zu verhüllen sein. Der Funke von Interesse, der in den Augen kurz aufglomm, erlosch sofort wieder, der Griff um die Bierflasche wurde gleichzeitig fester.

Kuhala war bereit, alles dem schweren Kater anzulasten. So viele tranken, weil das Leben hart war. Er signalisierte Harittu per Handzeichen, er solle den Kopfhörer absetzen.

»Wir haben Sommerurlaub. Bedaure«, sagte Harittu und verwuschelte keuchend seinen Scheitel, als würde das Drücken, das die Worte hervorgebracht hatte, sein letztes bleiben.

Kuhala stellte sich vor und sagte, er sei beruflich hier. »Ich störe nicht lange. Gehört das Auto im Hof Ihnen?«

»Ja. Wieso?«

»Über Ihre Firma war neulich ein Artikel in der Zeitung. In zwei Zeitungen sogar, Aamulehti und Mittelfinnische, im Frühling.«

Harittu bat Kuhala nicht, Platz zu nehmen, aus dem Kopfhörer, der jetzt auf dem Tisch lag, hörte man ein Saxophonsolo.

»Stimmt. Man braucht Beziehungen, dann kommt man in die Zeitung. Wenn Sie Beziehungen haben, versuchen Sie Ihre Firma auch in die Spalten zu keilen. Ist für einen Moment kein schlechtes Gefühl.«

»Ich kenne nur einen Typen vom Amtsblatt«, entgegnete Kuhala.

»Klingt vielversprechend.«

»War auf dem Foto in der Zeitung nicht dasselbe Auto zu sehen?«

»Doch. Wollen Sie es kaufen? Was wollen Sie überhaupt?«

Harittu wirkte kein bisschen beunruhigt, sein Adamsapfel bewegte sich, und der Kehle entwich ein männliches Rülpsen. Kuhala fragte, ob eine Rhythmuskapelle namens Stormy aus Jyväskylä auf der Gehaltsliste der Firma stehe. Ohne um Erlaubnis zu fragen, setzte er sich und versuchte so zu tun, als wäre nichts, obwohl die gerade erst dem Kühlschrank entnommene Bierbatterie in Reichweite schwitzte. Harittu bestätigte die Information als richtig und machte eine weitere Flasche auf.

»Steht ja auch in dem Artikel. Ich durfte ihn lesen, bevor er in Druck ging. Die Fakten stimmen, aber warum fragen Sie nicht Joke Makuri? Der schläft oben, hat gestern Abend ein bisschen was getrunken. Wenn Sie was von ihm wollen, dann einfach die Treppe rauf und links. Joke kann sein Ding, und die Band ist gut, aber zur Provinzliga verdammt, weil das letzte Quäntchen fehlt. Charisma, Zauberkraft.«

Kuhala spürte, wie die letzten Wellen seiner Mattheit und seines Katers im Nu wie weggewischt waren, er hatte nicht mal mehr Lust auf ein Bier.

»Haben Sie Joke jemals Ihren Wagen geliehen?«

»Fragen Sie ihn selbst.«

»Und wenn ich ihn nicht wach kriege?«

»Ich hab ihm den Wagen geliehen.«

»Wann?«

»Gehen Sie hoch, und wecken Sie ihn. Ehrlich gesagt, bin ich nicht der Fitteste, und sich an Daten zu erinnern ist besonders schwer. Bei seiner letzten Tour hat der Saukerl eine Tür ramponiert, auch wenn er behauptet, jemand wäre auf dem Parkplatz dagegengefahren, als er einkaufen war. Wenn ich es mir genau überlege, haben wir gestern Abend sogar kurz den Fahrplan für die Rückzahlung der Reparaturkosten gestreift. Künstler gehen immer davon aus, dass sie knapp bei Kasse sind«, erklärte Harittu und holte Luft, als überlege er sich etwas Zündendes, begnügte sich aber damit, zu schnauben und die Kopfhörer wieder aufzusetzen.

Seine Hand wedelte in Richtung Treppe. Er versank im Warten auf den Moment, in dem die Regulationsbiere ihm Trost spendeten, und richtete den Blick auf die Ornamente, die ein Feuchtigkeitsschaden an den Fugen der Kacheln über der Spüle hinterlassen hatte.

Kuhala stieg die Treppe hinauf und irrte durch einige Büroräume auf die Salsarhythmen zu, die irgendwo zu hören waren. Er kam in einen Gang, in dem es so düster und stickig war wie in Hentes und Uupes Cannabistreibhaus.

Jouko Makuri stand am offenen Fenster. Der Rauch aus seiner Zigarette stieg zu den Ahornzweigen auf, das Transistorradio am Fußende des Schlafsacks spuckte den Latinosound aus.

»Guten Tag.«

Der Sänger drehte sich um, breitbeinig und leicht vorgebeugt, als wolle er zu einem seiner Bravourstücke ansetzen. Es konnte allerdings auch eine Angriffshaltung sein. Er war in Unterhosen und offenem Sakko, unter dem ein muskulöser Oberkörper erkennbar war. Sein Gesicht verriet nichts. Die beiden Männer fixierten sich mit Blicken. Dann ließ Makuri die Zigarette in eine leere Erfrischungsgetränkeflasche fallen und schaltete das Radio aus.

»Ermittlungen in Messukylä? Bei deinem Job scheint das Brot in kleinen Stücken über die ganze Welt verstreut zu sein.«

Er wirkte entspannt.

Tausende von Auftritten hatten Makuris Erscheinung stabilisiert, und er hatte den einen oder anderen Toptipp für echte Männer verinnerlicht, zum Beispiel: be cool.

Kuhala fühlte sich durch so etwas gereizt, denn er fand Coolness einfach nur lächerlich. Makuri zog eine schwarze Jeans an, die Gürtelschnalle mit dem Elvis-Motiv klirrte. Kuhala fragte, für welche Tour der Sänger im Frühling und etwas später im Sommer Harittus Laguna gebraucht habe.

»Was bringt dich zu der Überzeugung, dass ich damit gefahren bin?«

Die Stimme klang vorsichtig, die achtlose Betonung der Worte roch ein bisschen zu angestrengt. Kuhala deutete mit dem Daumen über die Schulter in Richtung Erdgeschoss und witterte Gefahr. Er stand in der Türöffnung.

»Harittu hat gesagt, ihr hättet gestern Abend über die Reparaturkosten beratschlagt. Ich hätte mich sonst nicht hierherbemüht, aber die Polizei sucht nun einmal so einen blauen Kombi mit einer Delle in der hinteren Tür. Nach einem Auto, das so aussieht, wird im Zusammenhang mit dem Mordfall Suvi Ojanen und vielleicht auch Viktor Bister gesucht. Komisch, dass es noch nicht gefunden worden ist, aber dann hab ich in einem Korb mit Anzündern einen Zeitungsartikel entdeckt. Es war eine Story über Harittus Firma, darin werden viele Künstler und Formationen genannt, unter anderen Stormy, und zusätzlich ist ein Foto von dem Auto dabei. Ich dachte, ich komme mal vorbei und kläre, von was für einer Größenordnung das Missverständnis ist, das ich diesmal zusammenbaue.«

»Größer, als du zu träumen wagst. In einem Korb mit Anzündern?«

Makuri zog das Sakko aus, erfrischte seine Achseln mit einem Roll-on und zog ein schwarzes Led-Zeppelin-T-Shirt an. Jetzt war er tiptop, aber nicht annähernd so cool, wie er zu sein versuchte.

»Du hast Bister gekannt, dann hattest du einen Gig am Nuotta-Teich, wo in der Sandgrube ganz in der Nähe Suvi Ojanen und Ingenieur Honkanen gefunden wurden.«

»In der Zeitung stand was von Verhaftungen. Und von der Kinnladenschaukel eines Kioskbetreibers. Die Fälle sind geklärt.«

»Bis jetzt keine Geständnisse. Keine Beweise. Ich bin beauftragt, in beiden Fällen zu ermitteln, und möchte nicht so leicht aufgeben.«

Makuri war rosa im Gesicht geworden. Das war die erste schweißtreibende Welle im bis dahin gut kontrollierten Kanonenlauf. Er bückte sich nach den Zigaretten in seinem Sakko und starrte Kuhala von schräg unten zornig an, der Qualm aus Mund und Nasenlöchern verschleierte das Gesicht und schuf Zeit für eine anständige Erklärung.

»Fahr nach Hause und gib auf. Stimmt, ich hab mir den Wagen geliehen. Aber der Rest ist Gesabbere aus dem Arsch.«

»Wie das denn? In der Kammer von Unto Patala, der auf dem Parkplatz überfahren und zermalmt wurde, ist ein Plakat von Stormy gefunden worden. Die Polizei war wer weiß wie oft dort und ich auch. Patala schien mir kein Fan der Band zu sein. Ich wunderte mich über das Poster und vor allem über das Symbol über deinem Kopf, das man nicht genau erkennen konnte und das es auf den anderen Postern nicht gab. Es war so undeutlich, weil es auf die Rückseite des Plakats geschmiert worden war. Ein schwarzes Kreuz. Ein Wunder, dass man so viel davon erkannte. Darunter eine Karte mit dem Weg zur Sandgrube und der Tag von Suvis Verschwinden. Pure Säuferromantik. Was sagst du dazu?«

»Ich weiß nicht, ob ich lachen oder weinen soll.«

»Und dann dieser unschöne Drogenfall in deiner näheren Umgebung. Hente und Uupe. Warum solltest du da nicht mit ins Bild gehören? Tra Pen hat im Frühling vor seinem Laden so einen blauen Laguna gesehen, am selben Tag, an dem bei ihm Messer gestohlen wurden.«

»Leck mich am Arsch, wie du einem den Sommermorgen verderben kannst. Ein erwachsener Mann und in der Birne kein Hirn, sondern lauter Skunkfleisch, in dem es vor Würmern nur so wimmelt.«

»Man sollte Stinktiere nicht unterschätzen. Ich versuche nur einen Sinn in das Ganze hineinzubringen. Vielleicht kannst du mir dabei helfen. Hast du Utis Mütze in deiner Panik bei Rapee auf den Mist geworfen, damit er wie der Schuldige aussieht? Echt ungeschickt.«

Makuri schnappte sich die Getränkeflasche, die als Aschenbecher diente, und tat so, als wollte er die Asche daran abstreifen, schleuderte sie aber auf Kuhalas Kopf.

Der Wurf war schnell und kräftig, dafür dass er aus so einer schwierigen Position kam. Die Flasche zischte knapp vorbei und zerschellte am Türrahmen, die Splitter flogen vor Kuhalas Augen auf den Boden des Gästezimmers.

Mit der Behändigkeit des Bühnenfuchses warf sich Makuri auf Kuhala, sodass beide in den halbdunklen Flur fielen.

»Jetzt stirbst du.«

Kuhala spürte einen brennenden Schmerz in der Schulter. Der Sänger saß rittlings auf seiner Brust, drückte ihm die Kehle zu und wiederholte mit spritzendem Speichel in einem fort seine an sich überflüssigen Morddrohungen.

Es war die letzte Programmnummer des Leadsängers von Stormy, denn der Gewichtsunterschied betrug fast dreißig Kilo.

Und Kuhala wurde auf die ihm eigene, aus seiner urwüchsigen Heimat Kauhava ererbte Art wütend. Er hob Makuri hoch und donnerte ihn gegen die Wand. Der Mann rutschte nach unten und kam mehrere Minuten lang nicht zu Bewusstsein, was Kuhlala Zeit gab, sich das Hemd zu richten und wieder einen klaren Kopf zu bekommen. Er klemmte sich den Sänger unter den Arm und trug ihn zum Fenster mit dem üppigen Ahorngrün, wo er ihn an den Fußgelenken nach draußen hängen ließ. Das hatte er von einem amerikanischen Film gelernt und war ihm eingefallen, weil er keinen Deut Willenskraft mehr hatte, sich die zu erwartenden Spitzfindigkeiten von Makuri anzuhören.

»Jetzt erzählst du mir alles, oder ich lasse los.«

»Nicht!«

»Warum hast du Suvi umgebracht?«

»Ich hab den Fehler gemacht, sie nach dem Ort zu fragen, wo wir auftreten sollten, und das Miststück hat sich über mich lustig gemacht. Hat mich Schimmel-Elvis genannt, dabei hab ich ihr völlig ohne Hintergedanken über die Haare gestrichen. Honkanen kam mir in die Quere, als ich die Leiche loswerden wollte. Alles ging in den Arsch wegen einer Bremse. Ich bin auf einer scheißblöden Abkürzung in die Sandgrube gefahren. Ich kann so nicht reden, zieh mich hoch«, rief Makuri.

Kuhala hievte den Sänger ins Zimmer zurück und starrte ihn ungläubig an. »Wegen so einer Kleinigkeit bringt man doch niemanden um. Ich dachte, du bist cool, der Coolste von allen. Oder wenigstens der Coolste von Jyväskylä.«

»Meine Nerven halten es nicht aus, wenn man mich auslacht. Mir brennt bei der kleinsten Kleinigkeit der Kittel. So ist das. Alles wird schwarz. Und dann diese ständige Hitze. Die Menschen nerven mich, gehen mir auf den Geist.«

»Du Ärmster. Ist dein Publikum kleiner geworden? Hast du einen Tinnitus? Und dann hat Uti Patala versucht, dich zu erpressen, weil er dir irgendwie auf die Schliche gekommen ist. Wenn er nicht sogar gesehen hat, wie du Suvi in den Schuppen der Sandgrube gebracht hast, an einem von den Tagen, nachdem dort alles eingestürzt ist.«

Makuri nickte und sah für einen Moment aus wie ein kleiner Junge, der an der Spekulatiusdose erwischt worden ist, aber dann fasste er sich wieder. Er setzte sich auf den Fußboden und lehnte sich an die Wand.

»Ich wollte ihn nicht umbringen. Wir wollten eine Abmachung treffen, aber dann ist der Scheißkerl auf dem Parkplatz zum Pissen aufgestanden, weil er so besoffen war. Hat direkt durch die Tür in den Impala gestrullt. Da wurde bei mir wieder alles schwarz.«

»Du hast das mit der Nulltoleranz irgendwie total falsch verstanden.«

Kuhala trat ein paar Schritte zurück. Das mit dem Schwarzwerden konnte stimmen, vermutlich würde sich Makuris Verteidiger darauf beziehen oder auf einen noch psychiatrischer klingenden Unzurechnungsfähigkeitsterminus.

»Der Mord an Bister war vorab eingefädelt. Den hast du monatelang geplant.«

»Er wollte mich übervorteilen.«

»Ach Gottchen. Ist es bei dir in dem Fall monatelang schwarz geworden?«

Und dann sang der Sänger Makuri. Er hatte Bister erstochen,

weil dieser bei Drogengeschäften mehr für sich abgezweigt hatte und Makuri aus dem Betrieb drängen wollte. »Das war seine Chefkrankheit. Zuerst ich, dann ich, dann lange nichts und wieder ich. Viktor Bister.«

»Und die Messer hast du aus dem Laden von Tra Pen gestohlen, weil du ihm die Polizei auf den Hals hetzen wolltest? Haben Hente und Uupe nicht gewusst, dass du es warst?«

»Geh hin und frag sie. Stormy war eine enge Formation.«

»So eng, dass du den Jungs nicht mal das Auto dagelassen hast, als du sie zu ihrer Cannabisfarm in Hankasalmi gebracht und ihnen mit wer weiß was für Morddrohungen Angst eingejagt hast. Was ich noch fragen wollte, ist, wer eigentlich dein Auge so zugerichtet hat. Hat eines von deinen Opfern Zeit gehabt, sich zu wehren?«

»Das war die Bremse.«

Makuri hob die Hände und installierte die Miene eines begossenen Pudels auf seinem Gesicht, aber das wirkte bei Kuhala nicht, dem klar war, dass der Sänger unter der Überschrift »Der Mittsommerkiller« oder »Der Sommerserienmörder« in die Annalen der finnischen Kriminalgeschichte eingehen würde. Der Rockstar aus der Bezirksliga hatte den handgewebten Teppich seines Lebens mit derart schmutzigen Boots zertrampelt, dass die im Eigenverlag erschienenen Singles aus den Anfangsjahren zu seltenen Sammlerstücken mit gesalzenen Preisen aufsteigen würden.

»Mir war alles egal, als ich hinging, um Bisters Hütte anzustecken, und das Schlitzauge von Chauffeur da mit irgendeinem Scheißinventar rummachte. Er wollte mich hindern, da hab ich zugelangt.«

»Du scheinst nicht zu wissen, dass ich meinen Besuch dort so getimt hatte, dass ich vor euch da war und fast in den Flammen umgekommen wäre. Warum hast du Bisters Villa angesteckt?«

»Ich hab die verdammte Reisetasche nirgendwo gefunden

und mir gedacht, dann soll sie auch sonst keiner finden, ich war nämlich sicher, dass Viktor sie in seinem Schloss gebunkert hatte. Als Kapital.«

»Du hast in wenigen Wochen fünf Menschen umgebracht. Ist nicht ganz so gelaufen, wie du es geplant hattest«, stellte Kuhala fest.

Makuri schwieg. Sie gingen ins Erdgeschoss, wo der Betreiber der Veranstaltungsagentur noch immer mit den Kopfhörern in der Küche saß. Er hob den Daumen, entweder weil der Kater nachließ oder weil ihm die Musik gefiel, die er gerade hörte.

Kuhala rief die Polizei an.

Zwei Tage später stand er mit einer Flasche Whisky in der Hand im Hotel U Kříže am Fenster und betrachtete die vom Regen gepeitschten Hänge des Petrin. Noch am selben Abend wurde er vor dem Hochwasser zum Flughafen evakuiert, unterwegs kamen ihm Kolonnen von Armeefahrzeugen entgegen, die mit Sandsäcken beladen waren.

Am nächsten Morgen blickte er mit zu Berge stehenden Haaren auf Annukka Maaheimos näher kommende Schritte. Draußen schien die Sonne.

Annukka rannte, sie umarmten sich.

PIPER NORDISKA

**Reijo Mäki**

***Die gelbe Witwe***

Kriminalroman. Aus dem Finnischen von Sanna Klempow und Bernd Lüecke. 304 Seiten. Klappenbroschur

Es ist Herbst in Turku, und der Regen kommt in Kübeln runter. Es ist kein guter Herbst für Antero Kraft, ehemals erfolgreicher Manager und Banker. Denn Antero sitzt ein, und das noch eine ganze Weile, nachdem er 13 Millionen unterschlagen hat. Alles so weit kein Problem für ihn, bis das Haus, in dem er seine Beute versteckt hat, abgerissen werden soll. Er muss sofort raus, und Eeva, die dumme Gans, wird ihm zum Ausbruch verhelfen. Anteros Plan gelingt – aber es gibt noch andere, die hinter seinem Geld her sind. Zum Beispiel die üppige Russin Ifigenia, die von Anteros Erzfeind geschickt wird. Sie knallt ihn ab, nur Eeva entkommt und nimmt dankbar Jussi Vares' Hilfe an. Privatermittler Jussi braucht den Auftrag, und Eeva gefällt ihm.

08/1013/01/L